Eoin Colfer

HINTERHER IST MAN IMMER TOT

Eoin Colfer

HINTERHER IST MAN IMMER TOT

Roman

Aus dem Englischen
von Conny Lösch

List

Die Originalausgabe erschien 2013
unter dem Titel *Screwed*
beim Verlag Headline, London.

MIX
Papier aus verantwortungsvollen Quellen
FSC® C083411
FSC www.fsc.org

List ist ein Verlag
der Ullstein Buchverlage GmbH

ISBN 978-3-471-35103-1

Gesetzt aus der Janson und der Cantoria
bei LVD GmbH, Berlin
Druck und Bindearbeiten: CPI books GmbH, Leck
Printed in Germany

KAPITEL EINS

Cloisters
Essex County, New Jersey

Der großartige Elmore Leonard hat gesagt, man sollte eine Geschichte niemals mit dem Wetter anfangen lassen. Das ist schön und gut – und leicht gesagt, Mr Leonard. Ihre Anhänger werden es sich brav in ihre Moleskine-Notizbücher geschrieben haben. Trotzdem beginnt eine Geschichte manchmal mit dem Wetter, und dann ist ihr scheißegal, was irgendein legendäres Genre-Genie empfiehlt, auch wenn es sich um den großen EL handelt. Fängt also alles mit dem Wetter an, sollte es auch am Anfang stehen, sonst dröselt sich plötzlich alles auf, die Einzelteile fliegen einem nur so um die Ohren, und man hat keine Ahnung mehr, wie man sie wieder zusammenbekommt.

Sie dürfen also mit folgenschweren meteorologischen Bedingungen gleich im ersten Kapitel rechnen, und kämen Kinder und Tiere vor, wären sie auch mit von der Partie – scheiß auf den ewig gestrigen Kerl mit Zigarre und Schielauge aus dem Kino. Die Geschichte ist so, wie sie ist.

Und da sie nun mal so ist, fangen wir einfach damit an:

Ich liege mit einer wunderschönen Frau im Bett und betrachte, wie das morgendliche Sonnenlicht ihr blondes Haar glänzen lässt, ihm eine Art glühenden Heiligenschein verleiht, und zum zigsten Mal denke ich, dass ich dem Glück wahrscheinlich nie wieder so nah sein werde und ihm in diesem Moment bereits sehr viel näher bin, als ich es eigentlich verdient hätte – nach all dem Blut, das ich in meinem Leben schon vergießen musste.

Die Frau schläft, was ehrlich gesagt die beste Zeit ist, um sie zu betrachten. Sofia Delano lässt sich nicht gerne anstarren, wenn sie wach ist. Ein beiläufiger Blick geht in Ordnung, aber fünf Sekunden später machen sich bereits ihre Unsicherheiten und Phobien bemerkbar, und plötzlich hat man es mit einem ganz anderen Menschen zu tun. Besonders dann, wenn sie mal wieder ihr Lithium nicht genommen hat.

Dabei war Sofia ursprünglich frei von Psychosen. Sie wurden ihr regelrecht angezüchtet. Noch im Teenageralter heiratete sie Carmine Delano, der sie schlug und ihre psychischen Defekte so lange kultivierte, bis sie Symptome von Schizophrenie und Demenz sowie eine bipolare Persönlichkeitsstörung entwickelte. Carmine, ihr Prinz, dachte: *Leck mich am Arsch*, besorgte sich ein Ticket irgendwohin, Hauptsache weit weg, und ließ seine junge lädierte Frau zu Hause sitzen, wo sie sich fortan nach ihm verzehrte. Seither ward er nicht mehr gesehen. Kein Pieps, kein Mucks.

Und niemand verzehrt sich so intensiv wie Sofia Delano. Wäre es eine Kunstform, wäre Sofia Picasso. Die einzige Ablenkung, die sie sich gönnte, bestand darin, den Mieter der Wohnung unter ihrer eigenen zu schikanieren. Zufällig war ich das. Vor sechs Monaten tat ich ihr einen recht armseligen Gefallen im Haushalt, und zack, schon war sie überzeugt, ich sei ihr verschollener Ehemann, der seit zwanzig Jahren nicht mehr auf der Bildfläche aufgetaucht war. Zum letzten Mal richtig glücklich war Sofia, als sie und Carmine Ende der achtziger Jahre zusammenkamen, und so ist sie in diesem Jahrzehnt steckengeblieben. Ihre Madonna-Aufmachung ist ziemlich heiß, und als Cyndi Lauper ist sie umwerfend, nur ihre Chaka Khan könnte ehrlich gesagt noch optimiert werden.

Einmal haben wir miteinander geknutscht, aber weiter kann ich guten Gewissens unmöglich gehen. Ich weiß, dass es bei Pärchen durchaus verbreitet ist, so zu tun, als wäre man mit einer ganz anderen Person zusammen, doch sobald einer von beiden wirklich daran glaubt, dürfte mehr im Busch sein, davon bin ich fest überzeugt. Aber küssen ist okay, oder?

Und meine Herren, die kann vielleicht küssen! Als würde sie mir das Pochen direkt aus dem Herzen saugen. Und ihre Augen? Groß und blau, mit viel zu viel Kajal umrahmt. Früher sind Männer für solche Augen in hohle Holzpferde geklettert.

Einmal habe ich mit der Hand ihren Busen gestreift, aber das war keine Absicht, ehrlich. Ich glaube, manchmal weiß sie, wer ich bin. Am Anfang war ich wohl Carmine, aber jetzt ... Ich glaube, es gibt einen Hoffnungsschimmer.

Wenn ich also so verflucht edelmütig bin, wie kommt es dann, dass ich jetzt mit dieser verblendeten Frau im Bett liege? Erstens: Sie können mich mal mit Ihrer schmutzigen Phantasie. Und zweitens: Ich liege auf der Decke, und Sofia kuschelt sich darunter. Zum ersten Mal seit sechs Monaten bin ich über Nacht geblieben, weil wir uns gestern Abend eine Flasche Rotwein (dessen Tanningehalt einen Elefanten niedergestreckt hätte) geteilt und dabei *Die fabelhafte Welt der Amélie* angesehen haben, den wahrscheinlich unbrutalsten Film aller Zeiten.

Wir haben gelacht.

Mit französischem Akzent.

Ich weiß noch, dass ich dachte: *So könnte es doch immer sein.*

Sofia tickt am optimalsten, wenn sie ihre Medikamente mit zwei Gläsern Wein einnimmt. Dann sieht sie mich plötzlich scharf, und wir können gemeinsam Filme gucken wie zwei verliebte Mittvierziger.

Und ich liebe sie. Ich liebe sie wie ein Highschool-Schüler die Königin des Abschlussballs.

Simon Moriarty, der seit meiner Zeit bei der irischen Armee immer mal wieder als mein Therapeut fungiert, hat mir erklärt, ich würde nach dem Unerreichbaren streben, um dadurch ewig rein zu bleiben. Aber was zum Teufel weiß er schon? Auf dem ganzen Planeten gibt es keinen Mann, der liegen könnte, wo ich liege, ohne dass ihm das Herz aufgeht.

Und glauben Sie mir, Sofia ist nicht *unerreichbar.* Seit wir uns angefreundet haben, hat sie ihr Bestmögliches getan, um erreicht zu werden. Aber ich kann es nicht, und dieses gemeinsame Rumliegen macht es nicht besser.

Sofia schlägt die Augen auf, und ich denke, *bitte, Gott, mach, dass sie mich erkennt.*

Mit einer Stimme, die so rauchig ist, dass Katzen allein aufgrund des Klangs schnurren würden, sagt sie: »Hey Dan. Wie geht's?«

Und da ist er: der perfekte Augenblick. Ich präge ihn mir schnell per Zwinkerfoto ein, dann erst antworte ich.

»Mir geht's richtig gut«, sage ich, und das ist die Wahrheit. Jeder Tag, an dem ich nicht Carmine sein muss, ist ein guter Tag für D. McEvoy.

»Warum liegst du da obendrauf?«, fragt sie und fährt mir mit dem Finger übers Gesicht, bleibt mit dem Nagel an meinen Bartstoppeln hängen. »Komm unter die Decke, ins Warme.«

Könnte ich machen. Warum nicht? Erwachsene in gegenseitigem Einvernehmen und so weiter. Aber Sofia kann in null Komma nichts umschalten, und wer bin ich dann?

Carmine?

Ein Fremder?

Und weitere Traumata oder Hirnspielchen kann sie wirklich nicht gebrauchen.

Also sage ich: »Hey, wie wär's, wenn ich dir einen Kaffee bringe?«

Sofia seufzt. »In zwei Monaten werde ich vierzig, Dan. Die Uhr tickt.«

Ich versuche zu lächeln, aber es wird eine Grimasse draus, und Sofia hat Erbarmen.

»Okay, Dan. Kaffee.«

Sie schließt die Augen und streckt sich, ein langes Bein gleitet unter der Daunendecke hervor.

Ich glaube, vielleicht trinke ich jetzt auch einen Kaffee.

Ich lasse sie mit ein paar Kissen im Rücken und einem dieser Cappuccinos aus Tütchen im Bett sitzen, sie liest *Caribbean Cruising*, eine Zeitschrift, die sie schon hundert Mal gelesen hat, obwohl sie in den vergangenen zwanzig Jahren nur ein paarmal aus dem Haus gegangen ist. Wir beide versprechen uns etwas, bevor ich aufbreche. Ich schwöre hoch und heilig vorbeizukommen, wenn ich im Kasino fertig bin, und mit ihr *Manons Rache* zu gucken, was nicht gerade meine Lieblings-DVD ist, aber Sofia schwört, sie wird ihre Pillen nehmen, die ich in einer Tasse auf ihrem Nachttisch bereitgestellt habe.

Ich bin optimistisch, dass ich heute Abend erneut auf Wolke sieben schweben werde.

Es könnte der Anfang von etwas richtig Gutem sein. Sofia wird wieder klar im Kopf, und ich lerne ein bisschen Französisch. Das Kasino kommt in die Gänge, und schon seit einem halben Jahr hat niemand mehr versucht, mich umzubringen. Und – sieht man von den wenigen Pennern ab, die ich mit einem Arschtritt aus dem Club befördern musste – das Allerbeste ist: Ich musste schon lange niemandem mehr weh tun.

Daran könnte ich mich gewöhnen.

Man kann glücklich sein. Es ist möglich. Ich habe Menschen in Parks beobachtet oder draußen vor den Theatern. Himmelherrgott, ich hab sogar schon höchstpersönlich ein paar sehr glückliche Exemplare kennengelernt. Vielleicht bin ich ja jetzt selbst mal dran?

Sei bloß nicht zu gut gelaunt, ermahne ich mich. *Das Universum duldet Glück nie lange*, wobei das wahrscheinlich nicht der Titel eines der Ratgeberbücher sein wird, die kurz vor Weihnachten die Buchhandlungen überschwemmen.

Ich halte im Gehen nach glücklichen Menschen Ausschau, um mein Argument zu untermauern, bin aber noch keine fünf Straßenecken weit gekommen, als mein Handy klingelt. Ohne aufs Display zu schauen, weiß ich, dass mich Zebulon Kronski anruft, einer meiner wenigen Freunde. Ich weiß es, weil er »Dr. Beat« von Miami Sound Machine als seinen persönlichen Klingelton eingestellt hat.

Das allein sagt schon einiges über meinen Freund Zeb. Man muss sich nur mal fünf Sekunden lang die kubanisch-amerikanische Polyphonie anhören, und schon hat man, ohne den Mann je gesehen zu haben, eine präzise Vorstellung. Zeb ist also Arzt, versteht sich. Er hält sich für einen Checker, daher auch der retrocoole Miami-Sound, und außerdem ist er ein dreistes Arschloch, das sich einfach so ein fremdes Handy unter den Nagel reißt und an den Einstellungen rumfummelt. Wer steht schon auf so was? Das Handy eines Mannes ist eine sehr private Angelegenheit, damit macht man keinen Blödsinn. Ich hab noch nie jemanden sagen hören: *Hey, du hast an meinem Bildschirmschoner rumgemacht, super.*

Das alles ist wahr: Zebulon Kronski ist ein dreistes Arschloch von einem Schönheitschirurgen, das sich selbst für einen Checker hält. Wären wir uns unter normalen Umständen begegnet, hätte ich wahrscheinlich den Raum mit geballten Fäusten verlassen, nur um ihm nicht die Lichter auszuknipsen, aber als wir uns kennenlernten, war ich mit den UN-Friedenstruppen im Libanon stationiert und steckte bis zum Hals in der Scheiße, und so wurden wir bombige Blutsbrüder. Manchmal überlebt man den Frieden nur mit einem Freund aus Kriegszeiten. Der Umstand, dass wir in Nahost auf gegnerischen Seiten standen, spielt dabei keine Rolle. Wir sind beide zu alt, um noch an Seiten zu glauben. Ich setze mein Vertrauen einzig in Menschen. Und nicht in allzu viele.

Im Prinzip stand ich ja auf gar keiner Seite. Ich stand mittendrin.

Ich warte, bis Gloria Estefan mit dem Takt fertig ist, dann zücke ich mein iPhone.

»Hallo«, sage ich und halte mich an die irische Maxime, niemals freiwillig zu viele Informationen rauszurücken.

»Einen wunderschönen guten Morgen, Sergeant«, sagt Dr. Zebulon Kronski und träufelt mir mit seinem bestenfalls in Hollywood glaubwürdigen irischen Akzent Gift in die Ohren.

»Morgen, Zeb«, erwidere ich müde und misstrauisch.

Ich kenne einen bei der Army, der am Telefon nicht mal durchblicken lassen würde, dass es tatsächlich Morgen ist, weil sich dadurch seine Position unter Umständen besser einkreisen lässt.

»Hast du den Akzent geübt?«, frage ich. »Ist gut.«

»Echt?«

»Nein, nicht echt, du Hornochse. Dein Akzent ist so schlecht, dass er schon rassistisch ist.«

Die Attacke ist ein bisschen billig, weil Zebulon gerade erst mit dem Schauspielunterricht angefangen hat, sich aber schon für einen Charakterdarsteller hält.

Ich hab so was Verschrobenes, gestand er mir mal nach einer Flasche Illegalem aus den Everglades – vielleicht, vielleicht aber auch nicht, steckte sogar ein Stück Alligatorpenis drin. *Ein bisschen was von Jeff Goldblum und ein Hauch von diesem Typen, der Monk spielt. Weißt du, was ich meine? Ich hab mal bei irgendeiner CSI-Serie vorgesprochen. Der Regisseur meinte, ich hätte ein interessantes Gesicht.*

Ein interessantes Gesicht? Das kannst du singen, Bruder.

Wie ein normales Gesicht, das zwischen zwei Panzerglasscheiben zerquetscht wurde. Andererseits ist meine eigene Visage auch nicht gerade aufsehenerregend. Der mürrische Ausdruck des harten Mannes steht mir schon so lange ins Gesicht geschrieben, dass er hängenblieb, obwohl der Wind längst gedreht hat.

Unbeeindruckt von meinem Rassismus-Vorwurf kontert Zeb mit ungeschönten Neuigkeiten.

»Mrs Madden ist gestorben, Dan. Wir sind mega gefickt.«

Zeb und ich stehen beide auf den Begriff »mega« und behalten ihn in einer Zeit des ständig im Mund geführten »Wahnsinns« und der schrecklichen Missverständnisse zwischen den Generationen in Hinblick auf »krank«, »krass« und »porno« Situationen vor, die dieses Adjektiv wirklich verdienen.

Mein Herz gerät ins Stottern, und das Telefon scheint mir schwerer zu wiegen als ein Backstein. Ich hätte ans Glücklichsein nicht mal denken dürfen; das hab ich jetzt davon.

Mrs Madden tot? Schon?

Die Information ist falsch. In meinem Leben gibt es derzeit keinerlei Spielraum für Schwierigkeiten. Meine Probleme hängen dichter aufeinander als Patronen in einem Magazin.

Sie darf nicht tot sein.

»Erzähl keinen Scheiß«, sage ich, will aber nur Zeit schinden, damit mein Herz seinen Rhythmus wiederfindet.

»Ich erzähl keinen Scheiß, alter Ire«, sagt Zeb. »Ich hab gesagt *mega*. Bei mega versteh ich keinen Spaß, das ist unser Code.«

Normalerweise wäre ich nicht so erschüttert, wenn eine Dame, die ich nicht mal persönlich kenne, den Löffel abgibt, auch nicht, wenn sie aus Irland stammt. In diesem Fall aber hängt mein persönliches Wohlergehen davon ab, dass Mrs Madden lebendig genug ist, um ihren Sohn einmal wöchentlich anzurufen.

Das Problem ist folgendes: Mike Madden, der geliebte Sohn, ist ein großer Fisch in unserem kleinen Teich, und mit großem Fisch meine ich, dass er das fieseste Gangsterarschgesicht unseres ruhigen Reviers ist. Mike regelt seine einschlägigen Geschäfte aus seinem Hauptquartier, dem Brass Ring Club auf dem Cloisters Strip. Für ihn arbeiten rund ein Dutzend Schläger mit viel zu vielen Waffen und zu wenigen Highschool-Abschlüssen, die alle bereit sind, über seine Witze zu lachen und jedem weh zu tun, der es wagt, Steinchen ins Getriebe der Madden-Maschine zu werfen. Eigentlich ist er eine Lachnummer, dieser falsche keltische Vollhorst mit seinem irischen Dialekt, der wie eine Kopie von *Der*

Sieger klingt. Beim Friedenscorps bin ich einigen wie ihm begegnet; selbsternannte Obermotze, die sich einbilden, mächtig zu sein, Muskeln aber von Hirn nicht unterscheiden können – keiner von denen hätte sich lange an der Spitze einer Organisation halten können. Der Nächstbeste stand immer schon bereit, hatte die besseren Beziehungen und eine Kalaschnikow unter dem Jackett versteckt. Aber hier in Cloisters hatte Mike immer leichtes Spiel, weil die Stadt viel zu unbedeutend ist, als dass sich irgendein Gangster mit Selbstachtung hätte breitmachen wollen. Mike ist lange nicht so kapitalkräftig wie andere Bosse, dafür muss er aber auch nicht jede zweite Woche Revierkämpfe führen. Außerdem kann er von morgens bis abends seine Leute volllabern, ohne dass jemand auch nur flüstern würde: »Verdammt noch mal, halt den Rand!«

Niemand außer mir.

Mike und ich hatten im vergangenen Jahr eine kleine Aussprache, nachdem es zwischen mir und seinem Lieutenant zu Spannungen mit teilweise tödlichem Ausgang gekommen war. Zeb war ebenfalls in die Sache verwickelt, was allen Beteiligten böse aufstieß. Das Ende vom Lied war dann, dass ich mich gezwungen sah, einen meiner irischen Kumpel aus alten Armeezeiten zu bitten, sich bis an die Zähne bewaffnet wie ein Kobold in Mrs Maddens Garten in Ballyvaloo einzunisten, damit Zeb und ich weiterhin die gute Luft im Essex County schnuppern konnten.

Ich spürte einen Teil meiner Seele verkümmern, als ich der Mutter meines Gegenspielers drohte. Tiefer war ich nie gesunken, aber ich sah keinen anderen Ausweg. Seit diesem Deal bin ich davon überzeugt, wer Geschäfte mit dem Teufel macht, erfindet sich nach seinem Vorbild neu. Es gab Zeiten, da wäre es mir absolut nicht in den Sinn gekommen, jemandes Mutter zu drohen, egal unter welchen Umständen, schon gar nicht, wenn ich daran denke, was meine eigene Mutter durchmachen musste.

Ich hätte die Drohung doch nie wahr gemacht, sage ich mir jeden Tag. *So schlimm bin ich auch wieder nicht.*

Vielleicht kann ich wieder werden, wie ich einmal war. Vielleicht mit Sofia neben mir im Bett, wenn ihr Haar golden in der Morgensonne glänzt.

Hört euch das an. Ich klinge wie Céline Dion auf einem Ozeanriesen.

Egal …

Irish Mike Madden ist nur bereit, Zebulon und mich nicht abzuschlachten, solange seine Mutter lebt – oder anders gesagt, er hat angekündigt, uns zu töten, sobald seine Mutter das Zeitliche segnet. Die Umstände im Einzelnen sind dabei gar nicht so wichtig. Im Prinzip sind Zeb und ich jetzt mit heruntergelassenen Hosen an ein Fass gefesselt, und Mike steht mit einer extragroßen Portion Gleitcreme hinter uns.

Metaphorischer Gleitcreme.

Hoffe ich.

Ich bin im Zwiespalt, was diese jüngste Entwicklung angeht. Bei dem Gedanken, erneut in die Schlacht ziehen zu müssen, überfällt mich eine ungeheure Müdigkeit, gleichzeitig bin ich aber auch ein klitzekleines bisschen erleichtert darüber, dass Mrs Madden gestorben ist und ich nicht schuld daran bin. Jedenfalls glaube ich, dass ich nicht schuld daran bin. Allerdings sollte ich meinen Kobold möglichst bald anrufen, denn mein alter Kamerad, der Mrs Madden in meinem Auftrag im Auge behielt, ist für seine eigenmächtigen Entscheidungen bekannt. Vielleicht hat Corporal Tommy Fletcher sein Auge für was anderes gebraucht.

Ich höre Zeb an meinem Ohr.

»Yo, D-man? Bist du umgekippt?«

Yo? Zeb liebt die Kultur, die er sich hier angeeignet hat. Vergangene Woche hat er *bee-yatch* zu mir gesagt, und ich musste ihm ernsthaft an die Stirn tippen.

»Ja. Ich bin da. Die Nachricht hat mir nur vorübergehend den Wind aus den Segeln genommen.«

»Du liebe Güte. Noch sehen wir uns die Gänseblümchen nicht von unten an.«

»Also, was ist mit der Mutter passiert? Natürliche Todesursache, oder was?«

Ich hoffe bei Gott, dass es eine natürliche Todesursache war.

»Teilweise war's natürlich«, sagt Zeb nervenaufreibend vage.

»Was soll das heißen, ›teilweise‹?«

»Na ja, der Schnee und der Blitz.«

»Mach schon, erzähl's mir, ich weiß, dass du's kaum abwarten kannst.«

»Ich wünschte, du wärst bei FaceTime. Ohne Video wird man dem kaum gerecht.«

Jetzt stellt Zeb meine Geduld wirklich auf die Probe. Ich hätte nicht so respektlos über seine schauspielerische Begabung sprechen sollen.

»Zeb. Red Klartext.«

»Klartext? Für wen hältst du dich? Shaft?«

Ich schreie ins Handy. »Was ist mit der verfluchten Mutter passiert?«

Ich verliere die Nerven, das heißt, Zeb hat gewonnen.

»Reg dich ab, Ire. Geht's noch?«

Zeb liebt Spielchen. Sein Lieblingsspiel ist, mir auf die Nerven zu gehen, aber ich habe auch ein paar Spielchen auf Lager. Durch meinen Therapeuten habe ich ein bisschen was über Manipulation gelernt, was nicht wirklich im Lehrplan stand, aber er dachte, es könnte praktisch sein, zumal ich nach New York City ziehen wollte.

»Okay. Ich bin ganz ruhig. Aber ich muss los – hab ein Meeting im Kasino. Kannst ja später noch mal anrufen und mir dann alles in Ruhe erzählen.«

Ich höre förmlich, wie sich Zeb vor Schreck kerzengerade aufrichtet.

»Komm schon, Danny Boy. So viel Zeit muss sein. Vielleicht ist es die letzte Geschichte, die du je zu hören bekommst.«

»Ich sag dir was, sprich sie mir auf die Mailbox, dann hör ich's mir später an.«

Jetzt habe ich den Bogen überspannt.

»Fick dich, Danny. Du kannst mich mal mit deinen Scheißmeetings. Eine Sekunde lang hast du mich drangekriegt, aber ich will mal nicht so sein. Die alte Lady Madden ist Ski gefahren, kannst du dir das verdammt noch mal vorstellen?«

Ich halte die Frage für rein rhetorisch, doch Zeb wartet tatsächlich auf eine Antwort.

»Nein, das kann ich mir nicht vorstellen«, sage ich absichtlich gemein.

»Na dann streng dich an, Ire. Die alte Dame hat sich Skier umgeschnallt und ist raus auf die Pischte.«

»Pischte. Piste. Das ist doch kein Hebräisch, oder?«

»Wenn du schon weißt, was es nicht ist, wieso unterbrichst du mich dann? Manchmal hab ich das Gefühl, du hasst mich.«

Sollte es etwas Nervenaufreibenderes als ein Gespräch mit Dr. Zebulon Kronski geben, würde ich mich lieber erschießen, als es zu versuchen.

»Wir sprechen hier nicht von Abfahrtski, das habe ich nicht behauptet, immerhin war die Frau fünfundachtzig, um Himmels willen, aber sie hat sich mit ihrem Hund über den Acker geschoben, um ihre alte Schwester zu besuchen.« Zeb kichert hämisch. »Ihre *ältere Schwester*, wohlgemerkt. Ihr Iren seid aus Vulkangestein.«

»Erzähl weiter.«

»Ein Gewitter zieht auf. Riesenregenwolken sitzen bedrohlich auf den Bergen ringsum, deshalb nimmt Ma Madden eine Abkürzung. Wie sich später herausstellt, eine verhängnisvolle Entscheidung.«

Ich muss mir das Theater weiter antun. Ich habe keine andere Wahl.

Bedrohliche Riesenregenwolken, verhängnisvolle Entscheidung, leck mich am Arsch.

»Sie klettert über einen Stägel, wobei ich ewig gebraucht habe, bis ich endlich herausfand, was das ist, das kann ich dir sagen. Das alte Mädchen kraxelt also munter wie Forrest Gump mit hoch erhobenem Skistock über den Zauntritt, ein Blitz fährt hinein und befördert Ma Madden in null Komma nichts ins Jenseits. Ein gottverfluchter Scheißblitz.«

Ein gottverfluchter Scheißblitz. Und hier haben wir das Wetter, Elmore möge es uns verzeihen.

»Du machst doch Witze, oder?«, frage ich absolut unrhetorisch. Allmählich glaube ich, dass mich Zeb verarscht. Das macht er nämlich ständig, und nichts ist ihm dabei heilig. Letztes Jahr wollte er mir während meiner Haartransplantation weismachen, ich hätte Schädelkrebs. Drei ganze Stunden lang hat er es stock und steif behauptet.

»Verarschen, wo denkst du hin? Ihre Augäpfel sind verbrutzelt wie Spiegeleier. Einmalig.«

Das sind schlechte Nachrichten. Die schlechtesten überhaupt. Mike kam mir nie vor wie jemand, der viel vom Vergeben und Vergessen hält.

»Vielleicht ist Mike doch mächtiger, als wir denken«, sage ich, während mir die Tragweite des Geschehenen immer bewusster wird. »Vielleicht begreift er ja, dass ihm der Club ausreichend einbringt, und er lässt die Sache unter den Tisch fallen.«

Zeb schmunzelt. »Ach ja? Und *vielleicht* hat mein Onkel Mort ein Miezekätzchen, aus dessen Arschloch ich Koks schniefe, bevor ich es ficke. Mike lässt ganz bestimmt überhaupt nichts unter den Tisch fallen.«

Onkel Mort und ich haben das ein oder andere Mal gemeinsam einen gehoben, und jetzt ist Zeb schuld daran, dass sich ein weiteres groteskes Bild in meine Vorstellung gräbt.

Plötzlich erfasst mich dasselbe eisige Entsetzen, wie wenn man aus Versehen eine E-Mail über ein Superarschloch an genau dieses Superarschloch forwardet.

»Zeb, bitte sag mir, dass dir der untröstliche Mike nicht gegenübersitzt und zuhört, wie du Witze über seine arme, kürzlich verstorbene Mutter reißt.«

»Natürlich nicht«, sagt Zeb. »Ich bin ja kein Vollidiot.«

»Also, woher willst du dann wissen, dass er nichts unter den Tisch fallen lässt?«

»Ich weiß es«, sagt Zeb denkbar ruhig, »weil mir Mike einen seiner irischen Kleeblattschmocks vorbeigeschickt hat. Momentan sitze ich auf dem Rücksitz seines Wagens und lasse mich in den Brass Ring chauffieren.«

»Dann komme ich besser gleich vorbei«, sage ich und beschleunige meinen Schritt.

»Genau das hat der Kleeblattschmock auch gesagt«, erwidert Zeb und legt auf.

Ich mache mir ernsthaft Sorgen, dass mein Wachhund, Corporal Tommy Fletcher, eigenmächtig aktiv wurde und die alte Dame an eine Autobatterie angeschlossen hat. Mit Gewalt hatte er noch nie Probleme, obwohl er sich auf Facebook selbst als liebenswerten Teddybär beschreibt. Ich würde sogar so weit gehen zu behaupten, dass ein Großteil von Tommys denkwürdigen Scherzen auf Momente extremer Brutalität zurückzuführen sind. Zum Beispiel gab es da vor vielen Jahrzehnten mal eine Nacht im Libanon, in der Tommy und ich mit unserem Colonel zwischen einem Wachturm und einem Bunker auf einem matschigen Hausdach festsaßen und dem Zischen der Hisbollahgranaten lauschten, die über uns hinwegsausten. Ich schwöre bei Gott, dass ich die Melodie von »Jealous Guy« heraushörte und dachte: *Matsch? Im Nahen Osten dürfte es doch gar keinen Matsch geben.*

Aber der Matsch war gar nicht das Hauptproblem. Schlimmer als die zähe Pampe oder das uns entgegenkommende feindliche

Feuer war die Todesangst und wie sie sich bei unserem Vorgesetzten äußerte. Der Colonel, der blauäugig genug gewesen war, seine Jungs auf Wachposten zu begleiten, war jetzt der Ansicht, er dürfe eigentlich gar nicht hier sein und könne daher unmöglich sterben.

Begreifen das diese dämlichen Idioten nicht?, wiederholte er mehrfach mit zunehmend schriller Stimme. *Ich wollte mich doch nur ein kleines bisschen solidarisch zeigen, verdammt noch mal. Dafür darf man doch niemanden umbringen.*

Und der Colonel behielt recht, die Hisbollah hat ihn nicht getötet, sondern ihm lediglich ein Auge und ein Ohr abgenommen, was Tommy nur wenige Stunden später in den Truppenunterkünften zu der Bemerkung veranlasste: *Typisch Offizier. Erwischt man ihn auf dem falschen Fuß, hört und sieht er nichts mehr.*

Wenn's um geistreiche Sprüche geht, war Oscar Wilde ein Waisenknabe gegen Corporal Thomas Fletcher.

Ich beschließe zum Brass Ring rüberzurennen. Downtown Cloisters ist nur ein paar Straßenecken entfernt, und ein Taxi hätte dem neuen Einbahnstraßensystem des Bürgermeisters folgen müssen, was darauf angelegt zu sein scheint, ehrliche Bürger auf dem alltäglichen Weg zur Arbeit in wutschäumende Psychopathen zu verwandeln. Außerdem verschafft mir der kleine Dauerlauf einen klaren Kopf, auch wenn ein joggender Affenmensch in Lederjacke erstaunte Blicke auf sich zieht und die verdatterten Passanten für den Bruchteil einer Sekunde fest davon überzeugt sind, augenblicklich ausgeraubt zu werden.

Männer meiner Statur sollten sich möglichst nicht schnell bewegen, es sei denn beim Wrestling in einem Cage-Match, und normalerweise gebe ich mich schön unbedrohlich zwischen schreckhaften Zivilisten, aber heute handelt es sich quasi um einen Notfall. Ich sage *quasi*, weil ich relativ sicher bin, dass Mike in seinem eigenen Laden keinerlei Gewalt anwenden wird, außerdem hätte er Zeb wohl kaum Gelegenheit gegeben, mich vorzuwarnen, wenn er mich töten wollte.

Mike weiß, was ich draufhabe, und er hat einen Vorschlag für mich. Ich wette, er hat seinen Auftritt minutiös geprobt.

Siehst du, mein Junge. Ich bin Geschäftsmann. Und was wir hier haben, ist eine Geschäftschance.

Nur dass er *Geschäftsschangse* sagen würde. Aus irgendeinem Grund kann er das Wort nicht richtig aussprechen, und mir wäre es egal, würde er es nicht in jeden zweiten Satz einbauen. Irish Mike Madden sagt häufiger *Geschäftsschangse* als der Papst *Jesus*. Und der Papst sagt sehr oft Jesus, besonders wenn sich jemand von hinten an ihn ranschleicht.

Solche Kleinigkeiten machen mich echt fertig. Einen Kinnhaken kann ich problemlos wegstecken, aber wenn jemand mit den Fingernägeln auf die Tischplatte trommelt oder ein bestimmtes Wort immer wieder falsch ausspricht, macht mich das wahnsinnig. Einmal habe ich einem Mann in der U-Bahn den Kaffee aus der Hand geschlagen, weil er vor jedem Schluck in den Becher geatmet hat. Das war, als würde man in der Frühstückspause neben Darth Vader sitzen. Und ich verrate Ihnen noch was: Drei Mitfahrende haben applaudiert.

Bis zum Brass Ring läuft man circa eine halbe Meile über flaches Gelände, also bin ich bei meiner Ankunft schön aufgewärmt und locker. Ich glaube nicht, dass ich jemandem den Schädel einschlagen muss, aber es kann nie schaden, Verkrampfungen zu lösen. Hat man die vierzig erst einmal hinter sich, tritt man nicht mehr einfach so von null auf hundert in Aktion. Früher konnte ich mit einem sechzig Pfund schweren Rucksack zwanzig Meilen über staubige Straßen in Nahost marschieren; jetzt komme ich außer Puste, wenn ich den Müll rausbringe. Na ja, das ist vielleicht ein bisschen übertrieben. Ich kann den Müll ohne weiteres rausbringen, aber ich wollte den Unterschied verdeutlichen. Wir sind alle nicht mehr so jung, wie wir mal waren, abgesehen natürlich von denen, die schon tot sind. Die werden nicht mehr älter. Und wenn ich nicht gleich aufhöre abzuschweifen und mich nicht sofort konzentriere, gehöre ich wahrscheinlich bald dazu.

Staubige Straßen in Nahost? Du liebe Güte …

Mike erstand den Brass Ring zu einem Spottpreis, kurz nachdem der Vorbesitzer zusätzliche Körperöffnungen an sich festgestellt hatte. Für einen Club in Cloisters, Essex County, hat der Laden durchaus Klasse. Die Fassade ist halbherzig auf Seefahrt getrimmt, wozu auch die Holzverkleidung und die Bullaugen gehören, nicht aber die Stahltür mit ihren vielen klobigen Schlössern, die die Oberfläche sprenkeln wie Spione.

Davor steht ein Mann und raucht. Er ist nicht besonders groß, aber er wirkt gemein und nervös. Außerdem ist mir dieser Honk nicht übermäßig freundschaftlich gesonnen, da ich ihm vor einiger Zeit schon mal weh tun musste. Genaugenommen habe ich schon sämtliche Angehörige von Mikes Crew zum einen oder anderen Zeitpunkt windelweich geprügelt, weshalb ich in diesem Club zwar willkommen bin, aber eher so, wie Piranhas rohes Fleisch willkommen ist.

»Yo, Manny«, rufe ich und winke ihm zu, als würden wir sonntags zusammen Tennis spielen. »Mike erwartet mich.«

Manny Booker zuckt zusammen wie von einer Ohrfeige getroffen, wahrscheinlich weil ihm unsere letzte Begegnung wieder einfällt.

»Reg dich einfach ab, McEvoy«, sagt er und stranguliert mit der Hand die Luft direkt vor seiner Brusttasche. Nur allzu gerne würde er seine Knarre ziehen und mich erschießen, aber er hat strikte Anweisung, niemals in der Öffentlichkeit eine Schusswaffe zu benutzen.

»Ich bin ganz ruhig, Manny, aber du wirkst ein bisschen schreckhaft. Hast du Angst, dass ihr nicht in der Überzahl seid?«

»Dein Freund sitzt schon drin, Pistole vor der Nase.«

Manny platzt damit raus, mitten auf der Straße.

Ich kann Manny wegen seines Vollbarts nie lange angucken. Er trägt ein Folksänger-Gestrüpp, wie es sich heutzutage auf allen möglichen Gesichtern ausbreitet, was völlig in Ordnung ist, damit hab ich gar kein Problem, zumal ich in den neunziger Jahren selbst mal einen hatte, aber was mich schaudern lässt, ist der Umstand, dass sein langes drahtiges Nasenhaar direkt in den Bart übergeht, wodurch ihm dieser aus der Nase zu wuchern scheint. Wundert mich nicht, dass Mike ihn draußen vor die Tür gestellt hat; wer kommt schon zum Arbeiten, wenn ihn ein Nasenbart umschwirrt? Außerdem hat der Wichser auch noch rote Haare, von weitem sieht es also aus, als hätte Manny was auf die Fresse bekommen und würde sich an dem Blut nicht stören.

Nasenblutbart? Menschen sind Tiere.

Ich stoße beim Reingehen kräftig gegen seine Schulter, nur um ihn an vergangenes Leid zu erinnern. Man weiß nie, ob ich nicht an ihm vorbei flüchten muss, wenn die Verhandlungen scheitern.

Im Brass Ring liegt hübscher Teppich, schokoladenbraun mit Goldfaden. Stinkvornehm. Und die Bar ist aus poliertem Walnussholz, das dem Trinker Vertrauen in den Barmann einflößt, noch bevor er diesen überhaupt zu Gesicht bekommt. Irish Mike und acht seiner Jungs sitzen in der Lounge, die Knarren vor sich auf dem Tisch. Und mittendrin Zebulon Kronski, der Geschichten aus dem Krieg erzählt. Ich glaube, gerade schwadroniert er davon, wie wir uns kennengelernt haben, in dem Suk draußen vor dem UN-Hauptquartier im Libanon, wo sich Zeb illegal als Schönheitschirurg betätigte und religiösen Fanatikern zu mehr Standhaftigkeit verhalf.

»Also jedenfalls kommt Daniel McEvoy hereinspaziert, gerade als ich einem Milizionär eine Fettspritze in den Schwanz jagen will.«

Mike lacht, aber seine Honks lachen nicht mit, weil sie mich im Gegensatz zu ihm entdeckt haben. Sie springen auf, greifen nach ihren Waffen. Zwei verwechseln ihre Schießeisen und streiten sich wie kleine Kinder darum, bis einer tatsächlich ein Foto aus der Brieftasche zieht.

Es ist beschämend.

Mikes erster Impuls ist, ebenfalls aufzuspringen, aber er hält sich zurück. Schließlich ist er der Boss.

»Daniel, mein Junge«, sagt er. »Setz dich doch.«

Ich tigere ein paarmal um den Tisch, präge mir die Sitzordnung ein, speichere die Stuhlpositionen ab, falls ich Möbel umwerfen muss.

Mike ist nervös. »Setz dich, verdammt noch mal. Du bist kein Spaniel.«

In der guten alten Zeit hätten seine Jungs über so was noch laut gelacht, aber inzwischen bin ich eine bekannte Größe, und deshalb kommt es ihnen jetzt vor, als hätte man einen Gorilla im Zimmer freigelassen.

Ich setze mich zwischen Mike und die Bar, behalte rechts die Tür im Blick und links Zeb, für den Fall, dass ich ihm was auf die dämliche Rübe geben muss, weil er den Karren hier an die Wand fährt.

»Mike«, sage ich und setze eine traurige Miene auf. »Tut mir leid wegen deiner Mutter.«

Mike hat sich ein mit Spitze gerahmtes Bild seiner alten Ma ans Revers geheftet. Wenn das irischer Brauch ist, dann habe ich noch nie davon gehört, dabei habe ich über zwanzig Jahre in dem Land gelebt.

»Ja, sie war eine großartige alte Dame.«

»Wieso sitzt du nicht im Flugzeug?«

Mike wird rot, als hätte ich ihm durch die Blume vorgeworfen, dass er lieber hier mit mir einen Kleinkrieg eröffnet, als seine Mutter in der guten alten Heimat zu beerdigen. Wobei ich natürlich genau das getan habe. Das Problematische an dieser Situation ist, dass Mike so gut wie alle Karten in der Hand hält. Nur meine

Einstellung dazu kann er nicht kontrollieren, und diese letzte Karte werde ich ihm erst überlassen, wenn es gar nicht mehr anders geht.

»Ich bin in Irland nicht unbedingt gerne gesehen. Bei der Einreisebehörde hängt ein Foto von mir. Damals war ich mit *den Jungs* und ein bisschen Semtex unterwegs.« Er erwähnt *die Jungs*, damit ich weiß, dass von der IRA die Rede ist, wobei ich mir das beim Stichwort Semtex schon fast gedacht hatte.

»Ja, könnte problematisch werden. Warum kommen wir nicht direkt drauf zu sprechen, warum ich hier bin?«

Mike hat Freude an ein bisschen Theater, und deshalb schmerzt ihn meine Bitte. Und dieser Schmerz wiederum zeigt sich in seinem Gesicht, was dank Mikes Kneipenschlägerkartoffelkopf aussieht, als würde jemand einen unförmigen alten Schwamm ausdrücken.

»So einfach ist das nicht, mein Freund«, sagt er und tastet nach dem Bild von Ma Madden an seinem Revers. »Ich bin in Trauer. Ich leide unter Schweißausbrüchen, Durchfall und starken Stimmungsschwankungen. Seit gestern bin ich betrunken.«

Seine Jungs brummen voller Mitgefühl. Sie klingen wie der Wirklichkeit entrückte Mönche.

Zeb meldet sich zu Wort. »Dagegen hab ich was. Drei Dosierungen, zweimal täglich. Sind allerdings Zäpfchen, musst sie dir schön tief reinschieben.«

Tarantino ist der Mann für so was, wobei ich ihm die Dreiecksschießereien, die er manchmal einbaut, nie abgekauft habe. Wen packt schon dermaßen die Wut, dass er losballert, obwohl der Lauf einer Pistole auf den eigenen Kopf gerichtet ist? Aber allmählich glaube ich, wenn Zebulon Kronski einer von den dreien ist, ist einem auch egal, ob man lebend aus der Situation rauskommt. Zeb würde den Dalai Lama dazu bringen, Delphine zu erschießen. Ich brech mir hier einen ab, um ein bisschen Oberwasser zu gewinnen, und er kommt mit Zäpfchen.

»Tu mir einen Gefallen, Mike«, sage ich rasch. »Schieb den kleinen Wichser hier vor die Tür, bevor jemandem die Sicherung durchbrennt.«

Mike schnippt mit den Fingern Richtung Manny. »Da hast du verdammt recht. Dreimal schon hätte ich ihn fast erwürgt. Meine Frau liebt ihn leider. Zeb, der kleine Wunderheiler.«

Bei mir macht es Klick.

Zeb zappelt gar nicht am Haken.

Nur ich.

Zeb ist für Mike von unschätzbarem Wert, denn er hat sich und seine Botoxspritzen bei Mrs Madden unentbehrlich gemacht. Vielleicht geht er gar nicht so lax mit seinem eigenen Leben um, wie ich dachte.

Manny schiebt Zeb Richtung Tür, wobei dieser versucht, Blickkontakt zu mir aufzunehmen, aber ich habe ihn ignoriert. Zeb hat ein Spiel gespielt und die ganze Zeit so getan, als säßen wir in einem Boot.

»Komm schon, Daniel, Danny Boy. Was ist los?«

Zeb hat dieses schuldbewusste Jaulen in der Stimme. Er weiß es, verdammt noch mal. Und ich will, dass er weiß, dass ich es auch weiß, was typisch ist für unsere pubertäre Beziehung, also lass ich ihn meinen Zorn spüren.

»Ihr Jungs steht doch nicht auf Jesus, oder? Wie sieht's denn mit Judas aus? Habt ihr den auf der Rechnung?«

Eins muss ich Zeb lassen, ein schlechter Schauspieler ist er nicht. *Entsetzen* und *Verletztheit* hat er ausgezeichnet drauf. Zuerst zuckt sein gesamter Kopf unter der Wucht meiner Worte, dann steigt ihm Schmerz in den Blick. Ganz und gar nicht *schofel.*

»Was willst du mir damit sagen, Dan? Sprich mit mir.«

Aber hier sackt die Nummer in sich zusammen. Jeder, der Dr. Kronski einigermaßen gut kennt, weiß, dass seine Reaktion auf falsche Anschuldigungen normalerweise in zweisprachig geäußerten Variationen der Formulierung *Fick dich* besteht.

Ich sehe ihm direkt in die Augen. »Du fällst aus der Rolle, Zeb. Dir fehlt es an innerer Motivation.«

Als ihn Manny durch die Schwingtür schiebt, hat er den Mund immer noch nicht wieder zubekommen, und ich kann nicht fassen, dass ich für dieses undankbare Arschloch mehrfach mein Leben riskiert habe. Ich will keinen Dank, aber ein bisschen Solidarität wäre schön.

Mit Zeb verschwindet auch einiges von dem Wahn, der vorher in der Luft lag, und fast scheint es möglich, dass Mike und ich ein ernstes Wort von Mann zu Mann wechseln, doch dann sagt Mike:

»Daniel, ich weiß, dass wir beide uns ein bisschen festgefahren haben, aber ich denke, wir sollten das Ganze als Schangse betrachten.«

Schangse. Ich knirsche mit den Zähnen. Ich muss hier den bestmöglichen Deal rausschlagen, und mich wegen eines falsch ausgesprochenen Begriffs künstlich aufzublasen scheint mir kindisch.

Also haue ich Mike nicht auf die schmierige Fresse. Ich sage: »Mike, du bist in Trauer. Du hast gerade deine Mama verloren, und das wäre für jeden eine traumatische Situation, für uns Iren ist es aber der Weltuntergang.«

Gut, oder? Das hatte ich auf dem Weg hierher geübt.

»Genau das ist es, Dan. Der Weltuntergang. Du hast den Nagel auf den Kopf getroffen.« Mike befingert wieder die Spitze an seinem Revers. »Aber wir haben eine Pflicht gegenüber den Toten, und das bedeutet weiterzuleben. Wir respektieren die Verstorbenen, indem wir das Leben am Kragen packen.«

Anscheinend bin ich nicht der Einzige, der vorher geprobt hat. Ich nicke eine Weile, als wollte ich die Weisheit seiner Worte verinnerlichen, überlege aber tatsächlich, ob ich es schaffen kann, meine Finger in seinen fetten Nacken zu graben, bevor mich seine Jungs erschießen. Zweifelhaft. Zwischen uns befinden sich drei Meter und ein Tisch.

»So sieht es aus, Daniel«, sagt Mike. »Ich habe einen Vorschlag für dich. Du hast eine echte Schangse, endlich hochzukommen.«

Er hat es wieder gesagt, und ich merke, wie mein Gesicht verkrampft, als hätte mich jemand geohrfeigt.

»Hochzukommen? Wo hoch?«

»Hochzukommen, so dass ich dich nicht mehr töten muss.«

»Du meinst, mich und Zeb?«

Mike grimassen-grinst, als hätte er sein Gesicht nicht mehr unter Kontrolle. »Na ja, Zeb nicht unbedingt. Er ist Mrs Maddens kleiner Arzt. Sie hat jetzt viel mehr Freunde. Davon profitieren alle – aber du, du bist entbehrlich.«

Phantastisch. Ich bin entbehrlich. Wann war ich es nicht? Das werden sie noch auf den Leichensack kritzeln, in dem ich begraben werde. Soundso war entbehrlich.

»Ist das alles? Du musst mich nicht töten! Wie sieht's mit Schutz für den Club aus?«

Mike lacht. »Nein. Das ist kein Thema. Hat nicht mal dieselbe Postleitzahl wie ein Thema.«

Das sind gute Neuigkeiten, denn würde Mike damit rechnen, dass ich seinen Vorschlag nicht überlebe – worin auch immer er bestehen mag –, würde er die monatliche Rate in den Topf werfen. Warum nicht? Andererseits könnte er mich natürlich auch reinlegen wollen.

Mike räuspert sich vor seiner großen Ansprache: »Du musst dich fragen, Dan, warum will mir Mister Madden die Schangse geben, etwas wiedergutzumachen?«

Das ist verwirrend: Mike spricht von sich selbst in der dritten Person, aber über mich in der ersten.

»Soll ich die Schangse ergreifen?«, fährt Mike fort »Oder soll ich die Schangse mit Füßen treten?« Das muss ein Witz sein. Ich spüre eine Schlagader in meiner Stirn pochen.

»Weil man Schangsen wie diese nicht jeden Tag bekommt.«

Aaargh. Ich muss dem Ganzen ein Ende machen. Ich muss etwas sagen.

»Mike, darf ich dir eine Frage stellen?«

Mike ist gedanklich bereits zwei Absätze weiter, ihm bleiben kurzfristig die Worte im Halse stecken. Ich presche vor, bevor er erneut einen Vorwand findet, um *Schangse* zu sagen.

»Was machst du hier?«

Mike kneift seine kleinen feuchten Augen zusammen, und einen Moment lang verschwinden sie vollkommen aus seinem rotgeäderten Gesicht. »Was machen wir alle hier, Daniel?«

»Nein. Ich meine, was machst du *hier?* In Cloisters. New Jersey ist ein italienischer Staat. In Jersey gibt es keine irischen Banden. Du bist wie ein Pickel auf dem Arsch eines Supermodels, Mike. Du gehörst hier nicht hin.«

Mikes Stuhl knarzt, als er sich zurücklehnt und ich ihn in seiner gesamten korpulenten Statur bewundern darf, die ich noch vor fünf Jahren als beängstigend empfunden hätte. Jetzt sehe ich lediglich einen alternden Säufer, der sich in einen teuren Anzug gezwängt und dessen Eleganz durch den Stoff ausgeschwitzt hat. Kraft hat der Alte noch, aber wenn er zu viel davon einsetzt, läuft er Gefahr, einen Herzinfarkt zu erleiden. Meiner ungebildeten Ansicht nach bleiben Mike höchstens noch fünf Jahre, bis ihm das Speckfett die Pumpe verstopft. Möglicherweise hätte ich den Prozess beschleunigen können, hätte ich Zeb nicht aus dem Raum schaffen lassen.

»Die Italiener haben keine Lust, sich mit mir anzulegen«, sagt er schließlich, womit er meine Frage tatsächlich sogar beantwortet, wenn auch nicht wahrheitsgemäß. »Wir sind hier eine ruhige kleine Stadt, mein Sohn, und das Blutvergießen wäre es nicht wert.«

»Ja, wahrscheinlich hast du recht«, sage ich scheinbar unbeteiligt, als könnte er den Italienern theoretisch großen Schaden zufügen.

Die schlichte Bemerkung scheint im Widerspruch zu all dem

anderen argumentativen Müll zu stehen, den ich so von mir gebe, aber ich habe eine Methode. Zwischen meinen Einsätzen im Nahen Osten als Soldat der irischen Friedenstruppen gab mir mein damaliger Psychotherapeut, Dr. Simon Moriarty, ein paar Tipps für den Umgang mit Autoritäten. Ich kann ihn jetzt praktisch vor mir sehen, wie er ausgestreckt auf dem Bürosofa liegt, auf dem eigentlich ich hätte liegen sollen, eine dicke Zigarre raucht und die Asche in einen Kaffeebecher abstreift, den er auf seinem Ramones-T-Shirt balanciert.

Du musst dir eins klarmachen, Dan. Jeder durchschnittliche Boss hat sich den Platz an der Spitze mit Schikanen erkämpft, weshalb er tief in seinem Innersten glaubt, er habe diesen Platz gar nicht verdient. Du bedenkst ihn also erst mal mit ein paar wohlüberlegten Beleidigungen, nur um ihm zu beweisen, dass du's draufhast. Wenn du ihn schön eingeschüchtert hast, machst du ihm Komplimente. Hältst du den Blödsinn zwei Wochen durch, frisst er dir aus der Hand.

Zwei Wochen hab ich nicht, also muss ich mich darauf verlassen, dass Zeb den Boden mit Beleidigungen bereits bereitet hat.

»Nein, die Italiener haben nichts damit zu tun«, fährt Mike fort, rückt seine Schiebermütze auf eine Weise zurecht, die seine Unerbittlichkeit gegenüber italienischen Kriminellen unterstreichen soll. »Das ist wie in Sparta. Wir können hier einfach nicht so viele davon gebrauchen, sonst müssen wir den ganzen Tag Dosenravioli fressen.«

Dosenravioli. Reizend.

»Die Leute dazu hast du jedenfalls«, sage ich und verknüpfe erneut eine Beleidigung mit einem Kompliment.

Mikes Männer lassen die Muskeln spielen, so dass ihre Sakkos knarzen.

»Andererseits hab ich die meisten davon vor wenigen Monaten ganz alleine windelweich geprügelt, obwohl ich verletzt war. Jetzt könnte ich's wahrscheinlich mit vier oder fünf gleichzeitig aufnehmen, wenn's sein muss.«

Darauf ist Mike vorbereitet. »Oh nein, mein Junge. Du legst uns nicht noch mal rein. Calvin hat schon einen roten Punkt auf deine Stirn gemalt.«

Und sicher nicht im buddhistischen Sinne, denke ich mal.

Calvin. An den erinnere ich mich. Junger Typ, kennt sich aus mit Polizeiarbeit. Spricht von *Spurenmaterial* und *genetischem Fingerabdruck*, ohne eine Miene zu verziehen. Mike himmelt ihn an. Hat den Jungen im vergangenen Jahr direkt zur Nummer zwei befördert. Plötzlich könnte ich schwören, dass ich den Laserpunkt an meinem Hinterkopf spüre.

»Okay, also lass uns zur Sache kommen. Warum bin ich hier?«

»Meinst du jetzt metaphysisch?«, fragt Mike und beweist damit, dass man niemals vor Überraschungen sicher ist.

»Nein. Ich meine, warum sitze ich hier in deinem neuen Clubhaus, obwohl ich meins auf Vordermann bringen sollte, damit du deine Schutzgeldtarife erhöhen kannst?«

»Du bist hier, weil ich dir einen Mord schulde. Du hast mein ganzes Unternehmen um Monate zurückgeworfen. Verdammt noch mal, mein Junge, du hast meine Nummer zwei unter die Erde gebracht, du hast die Schangse gesehen, mir weh zu tun, und du hast die Sch…«

Ich halt's nicht aus. Verflucht sei mein aufbrausendes Wesen.

»Moment mal, *mein Junge*. Glaubst du, ich wollte deinen Mann umlegen? Meinst du, das raubt mir nicht den Schlaf? Ich hab ihm jede Möglichkeit gegeben abzuhauen, aber nein, dein Holzkopf von einem Stellvertreter ist mit einem Eispickel auf mich los, und ich habe mich verteidigt. Ich habe eine *Schangse* gesehen zu überleben und sie genutzt.«

Calvin kichert und entschuldigt sich sofort dafür.

»Tut mir leid, Mike. Er hat das Wort gesagt, du weißt schon, das Wort, das du immer sagst, so *wie* du's sagst.«

Mike ärgert sich, dass die Unterhaltung nicht den erwarteten Verlauf nimmt.

»Welches Wort, Calvin? Welches verfluchte Wort kann das sein?«

Ich rette Calvin den Arsch. »Du bist ein Tyrann, Mike, weißt du das? Du findest doch für jeden Scheiß einen Vorwand. Du willst mich töten und meinen Club abfackeln, es sei denn, ich mache was für dich, hab ich recht? Also sag mir einfach, was es ist.«

Anscheinend ist mir zu diesem Zeitpunkt die Psychotaktik flöten gegangen. Lange hat's nicht gedauert. Vorauseilende Verärgerung.

»Vielleicht bring ich dich auch lieber gleich um«, sagt Mike, pikiert darüber, dass er so leicht zu durchschauen ist. »Hast du dir das auch schon überlegt?«

»Nein, Mike. Wenn du mich tot sehen wolltest, dann lägen jetzt vier oder fünf deiner Jungs im Krankenhaus und ich hätte eine Fleischwunde. Wenn's hochkommt.«

Mit der Bemerkung ist Mikes Toleranzgrenze ruck, zuck überschritten, und eine Sekunde lang schließt er die Augen. Als er sie wieder aufschlägt, befinden wir uns in Gegenwart von Dark Mike. Mike, dem Gnadenlosen. Dieser Mann hat jegliche zivilisierte Fassade abgestreift wie eine Schlange ihre abgestorbene Haut. Irish Mike hat blutige Revolutionen, Gefängnisaufstände und Messerstechereien hinter sich, und ein paar Jahrzehnte in New Jersey, unterbrochen von dem ein oder anderen Ausflug zu einer Aufführung auf dem Broadway, werden diese Erinnerungen nicht auslöschen.

»Okay, weißt du was? Fick dich, Dan. Fick dich. Ich hol mir hier eine beschissene Migräne, wenn ich mir noch länger deinen beschissenen Scheiß anhören muss.«

Das ist plötzlich eine ganze Menge Scheiße. Als ich noch hauptberuflich Türsteher war, habe ich die Theorie entwickelt, dass es eine direkte Verbindung zwischen der Häufigkeit von *beschissener Scheiße* in einem Satz und der Anzahl von Sekunden bis zum Erstschlag gibt.

Vier Fäkalausdrücke, und wir haben die Hände aus den Taschen gezogen.

Die Temperatur im Raum scheint zu steigen. Mikes Jungs beugen sich vor wie hochgewachsene Blumen, die der Sonne entgegenstreben. Sie spüren, dass es allmählich so weit sein könnte, dass sie etwas für ihr Geld tun müssen.

»Die Situation ist folgende, pass gut auf«, sagt Mike, Speicheltröpfchen auf den Lippen. »Mir gehört diese Stadt, und du bist mir – verdammte Scheiße – was schuldig, McEvoy. Egal, wie du's drehst und wendest. Also, du hast zwei Möglichkeiten, dich aus der Scheiße zu ziehen. Entweder jagt dir Calvin jetzt gleich eine Kugel in den Kopf und ich lasse den Fußboden schrubben, oder du lieferst in SoHo ein Päckchen bei einem Typen namens Shea ab, der manchmal ein bisschen überempfindlich reagiert; dafür brauche ich nämlich einen Idioten. Das ist es. Du hast die Wahl. A oder B, C gibt es nicht. Ach warte mal, doch. Es gibt auch noch Möglichkeit C: Calvin schießt dir zuerst in die Eier, dann in den Kopf.«

Möglichkeit B klingt zumindest weniger endgültig als die anderen beiden. Allerdings auch zu einfach: ein Päckchen bei einem Kerl abliefern, der ein bisschen überempfindlich reagiert?

Ein bisschen überempfindlich? Ich wette, das ist die Untertreibung des Jahrhunderts.

Blödsinn.

Wahrscheinlich will mich Mike als Prügelknaben vorschicken, und zum Schluss gucke ich blöder aus der Wäsche als die Trojaner, die ein hohles Holzpferd in ihre bis vor kurzem noch belagerte Stadt gezogen, den Wachposten freigegeben und sich selbst eine Sauforgie gegönnt haben. Der Vorteil ist natürlich, dass ich nicht lange dumm gucken müsste, da die dämmernde Erkenntnis sicher einen raschen Tod nach sich ziehen würde.

»Nein, Mike. Vergiss es. Ich lass es jetzt drauf ankommen. Warum machen wir nicht so eine Art *Death Match* draus? Ich gegen zwei von deinen Jungs.«

Mike greift in seine Tasche und zieht ein Tütchen Koks raus, von dem er sich ein bisschen was auf die Handfläche streut und es ableckt wie ein Esel seinen Zucker.

»Ich brauch ein bisschen was, um runterzukommen«, sagt er nach einer Schweigeminute. »Ansonsten, mein Junge, mach ich dich kalt und scheiß drauf. Meinst du, ich weiß nicht, dass du Kugeln kackst? Und wenn du mir bis zum Jüngsten Tag mit frechen Sprüchen kommst, in Wahrheit hast du die Hosen voll, und da bist du auch gut beraten.«

Verdammt. Das Koks scheint Mike ein bisschen schlauer gemacht zu haben.

»Ja, ich hab Schiss, aber ich spring nicht vom Regen in die Traufe. Ich brauche mehr Einzelheiten. Was ist in dem Päckchen? Woher weiß ich, dass mich dieser Shea nicht auf der Stelle erschießt?«

»Ich kann das Päckchen auch abliefern, Mister Madden«, sagt Calvin, auffallend bemüht, sich nach dem Schangse-Debakel wieder beliebt zu machen.

Mike reibt sich mit seinen Stummeldaumen die Augen. »Nein, Calvin. Du bist mein Mann, und ich brauche dich hier. Shea steht unter Strom, ich brauche einen, der Frieden schafft.« Er guckt mich an. »Du bist doch von der Friedenstruppe, oder nicht, McEvoy?«

Mike zieht einen Umschlag aus der Schublade, nimmt den Inhalt raus und blättert ihn auf den Tisch.

»Inhaberschuldverschreibungen, McEvoy. Im Wert von zweihunderttausend Dollar. Besser als Bargeld. Ich schulde diesem Shea etwas, und so will er's zurückbezahlt bekommen. Diese kleinen Scheißerchen sind fünfzig Jahre alt und haben mehr Blut gesehen als die Schweinebucht – trotzdem sind sie quietschsauber und leichter zu transportieren als Geld. Ich möchte, dass du Mister Shea diese Schuldverschreibungen tagsüber in sein Hotel in SoHo bringst. Ganz einfach. Wenn du das machst, ohne mir weiter mit deinen Klugscheißereien auf den Geist zu gehen, werde ich dich als zu fünfundzwanzig Prozent entlastet betrachten.«

»Fünfundzwanzig Prozent, so ein Scheiß«, sage ich. »Sagen wir fünfzig.«

»Na schön«, erwidert Mike breit grinsend. »Scheiß drauf, fünfzig.«

Verdammt, ich hab mich von Mike Madden reinlegen lassen.

»Und wenn ich dein Angebot ablehne?«

»Du weißt, was dann passiert.«

»Sag's mir. Buchstabier's. Wir werden hier doch nicht abgehört, oder?«

Mike leckt sich noch einmal über die faltige Handfläche, und ich sehe zum ersten Mal, dass der Mann auf seine eigene verdrehte Art tatsächlich trauert. Es gibt Menschen, die sich erst besser fühlen, wenn es jemand anderem schlechter geht.

»Wenn du das nicht für mich tust, dann mache ich dich fertig, und diese irre Sofia, die du anscheinend unter deine Fittiche genommen hast, gleich mit. Vielleicht auch deinen Partner im Kasino, mal sehen. Ich weiß es noch nicht. Irgendwas fällt mir ein. Ich kann im Moment nicht richtig drüber nachdenken, aber was die Brutalität betrifft, wird sie in keinem Verhältnis zu dem stehen, was du uns angetan hast. Nichts auf der Welt ist sicherer als das, sieht man von den Inhaberschuldverschreibungen ab.« Mikes Pupillen werden stecknadelgroß. »Also pass auf die Papiere auf, als würde dein Leben davon abhängen.«

Weil es das natürlich tut.

Er muss es nicht sagen, ich kann's mir denken.

KAPITEL ZWEI

Mein Tag wurde ein ganzes Stück komplizierter, und ich habe das untrügliche Gefühl, dass dies größtenteils auf meine vermaledeite Freundschaft mit Dr. Zebulon Kronski zurückzuführen ist. Wobei ich mit meiner großen Klappe durchaus eine gewisse Mitverantwortung trage. Jedes Mal, wenn ich Mike gegenübertrete, gebe ich dreist Widerworte und werfe ihm Unverschämtheiten an den Kopf. Bekomme ich es mit der Angst zu tun, scheint sich mein Mundwerk von meinem Gehirn abzusetzen, welches augenblicklich zusammenschrumpft wie ein Stück Fleisch auf einem heißen Stein. Simon Moriarty, mein Gelegenheits-Therapeut, sprach diese Neigung während einer unserer Sitzungen an, in der ich wieder einmal versuchte, meine Kriegsneurose mit Humor zu überspielen.

»Sie haben zwei Probleme, Sergeant McEvoy«, erklärte er mir, als ich am Fenster stand und den Blick über den Hof schweifen ließ.

»Nur zwei«, erwiderte ich. »Dann haben wir ja Fortschritte gemacht.«

»Sehen Sie, das ist schon das eine. Dieses permanente Gequatsche. Der verbale Dünnpfiff.«

»Von verbalem Dünnpfiff bekomme ich Durchfall«, sprudelte es aus meinem Mund.

Simon schlug die Hände zusammen. »Und schon wieder. Der Fachbegriff für diesen Tick ist Nichtwahrhabenwollen. Sie benutzen ihn als Bewältigungsmechanismus.«

»Nichtwahrhabenwollen. Das Wort ist viel zu lang für einen einfachen Sergeant, Doctor.«

»Irgendwann waren Sie mal ansatzweise witzig, aber jetzt verschwenden Sie nur Ihre Zeit.«

Ich lenkte ein. »Okay, Simon. Schießen Sie los.«

»Das Nichtwahrhabenwollen ist der klassische Bewältigungsmechanismus. Er schützt das Ich vor Dingen, mit denen es nicht klarkommt. Der Patient weigert sich schlichtweg zu glauben, dass er unter Stress steht, und ich denke, dass Sie grundsätzlich in Stresssituationen Witze reißen, ohne es überhaupt zu merken. Je gefährlicher die Situation, umso mehr pseudowitzige Klugscheißerei.«

Ich ließ es mir durch den Kopf gehen. Zweifellos war es richtig, dass ich dauernd die Klappe aufriss und mir damit oft selbst ins Bein schoss. Ich hatte mich für mutig gehalten und geglaubt, andere Menschen würden mich zähneknirschend dafür bewundern.

Da fiel mir etwas ein. »Hey, Doc. Sie haben gesagt, ich hätte noch ein zweites Problem.«

»Das stimmt.«

»Wollen Sie's mir verraten?«

Simon schob sich mit seinem Bürostuhl ans Fenster, zündete sich einen Stumpen an und blies den Rauch nach draußen.

»Ihr zweites Problem ist, dass Sie nicht witzig sind, und ein Klugscheißer wird nur dann toleriert, wenn er amüsant ist.«

Das verletzte mich. Ich hatte mich insgeheim für halbwegs lustig gehalten.

Zeb steht im Gang und fleht Manny an, ihm in die Magengrube zu schlagen.

»Komm schon, Mann, hau mir eine rein«, drängt er ihn, zieht sein Hemd hoch und entblößt einen Bauch, der ungefähr so muskulös wirkt wie eine Tüte Milch. »Mach's einfach. Ich hab mit *Personal Trainer der Stars* auf DVD trainiert. Du kannst mir gar nicht weh tun, selbst wenn du's versuchst. Die Muskeln hier sind hart wie Stein.«

Ich kann sehen, wie Manny Bookers Hirn eine Kernschmelze durchläuft. Normalerweise betteln die Leute nicht darum, verprügelt zu werden, und trotzdem ist er angestellt, um Menschen weh zu tun. Ich erlöse beide aus ihrem Elend, indem ich Zeb im Vorbeigehen einen Haken in den Solarplexus verpasse. Er rollt sich atemlos zur Kugel zusammen, und ich kann nicht behaupten, dass mir der Anblick kein Grinsen entlockt.

»Das Geld für die DVD solltest du dir wiedergeben lassen, Zeb«, sage ich im Weitergehen, was ziemlich cool aussehen muss, falls jemand mitfilmt.

Ich bin versucht, stehen zu bleiben und zuzusehen, wie Zeb sich auf dem Teppichboden windet, aber eigentlich genügt es mir schon, ihn würgen zu hören.

Ich bin zwei Straßenecken weiter, als er mich mit seinem Prius einholt. Jemand hat Zeb erzählt, Leonardo würde einen Prius fahren, und das war's dann.

»Was soll das, Ire? Du stellst unsere Freundschaft auf eine harte Probe.«

Ich gehe weiter. Man darf sich auf keine Debatte mit Zeb Kronski einlassen, sonst wird man verrückt. Trotzdem kann ich nicht anders, als in Gedanken zu erwidern:

Ich stelle unsere Freundschaft auf die Probe? Ich? Wegen dir muss ich bei einem überempfindlichen Kerl in SoHo einen geheimnisvollen Umschlag abliefern. Wegen dir stecke ich erneut in einer Situation, in der es um Leben und Tod geht. Wobei es sich um mein Leben und daher wahrscheinlich auch um meinen Tod handelt.

»Ich dachte, wir sind ein Team, Dan. Semper fi, bro.«

Semper fi, dass ich nicht lache. Er war Sanitäter bei der israelischen Armee, ich war Friedenswächter bei den UN. Keiner von uns beiden war jemals ein Marine.

Ich gehe weiter, und er fährt neben mir her wie ein Freier.

»Geht's um Mikes bessere Hälfte? Okay, bei der hab ich einen Stein im Brett, Mann, aber ich hatte vor, dich zu einem späteren Zeitpunkt einzuführen, weil ich dachte, vielleicht willst du selbst mal was einführen, wenn du verstehst, was ich meine. Ich hab's für uns beide getan.«

Ich knirsche mit den Zähnen. *Ach ja? Für uns beide? Wie kommt's dann, dass dieser Umschlag in meiner Tasche steckt, während du Hausfrauen in Jersey billige chinesische Pampe unter die Falten spritzt? Das ist nicht fair.*

Zeb zündet sich eine fette Zigarre an, und der Innenraum des Toyota füllt sich mit blauem Dunst. »Ich hab langfristig gedacht. Ich spritze Mikes Schlampen noch ein, zwei Jahre lang knitterfrei, dann haben wir's geschafft. Woher hätte ich wissen sollen, dass Mrs Madden der Blitz trifft?«

Zwei Straßenecken weiter bin ich am Kasino angekommen. Zeb hat im Slotz Hausverbot.

»Ich kann nicht glauben, dass du mich geschlagen hast«, sagt Zeb, der niemals lange reumütig bleibt. »Ich dachte, du bist mein *Bobeshi*.«

Allmählich glaube ich, Zeb will mich mit seinen unglaublich verdichteten Behauptungen nur zu einer Reaktion bewegen. Wenn's ein Trick ist, falle ich jedes Mal drauf rein.

Ich mache zwei schnelle Schritte auf das Fenster des Prius zu. »Du kannst nicht glauben, dass ich dich geschlagen habe?«, schreie ich und ziehe die Blicke der draußen auf der Straße Zigaretten rauchenden Angestellten auf mich. »Du hast es doch so gewollt. Du hast dein Hemd hochgezogen, Himmelherrgott.«

»Ich wollte aber doch nicht von *dir* geschlagen werden«, widerspricht Zeb. »Der andere war ein Schwabbelsack. Meine Bauchmuskeln hätten ihm jederzeit widerstanden.«

Ich ändere meinen Kurs. »Und ich bin dein *Bobeshi*?«, sage ich und schlage mit der flachen Hand auf den Toyota. »Tatsächlich?«

»Hey«, sagt Zeb. »Vorsicht mit dem Wagen. Hast du was gegen deine Umwelt?«

»Ich bin ein verfluchter irischer Katholik, und sogar ich weiß, dass *Bobeshi* Großmutter heißt. Seit wann bin ich deine Großmutter?«

Zeb zeigt sich uneinsichtig. »Meine Patientinnen stehen auf Jiddisch, also werfe ich hier und da was ein. Dadurch wirke ich weise oder so. Ich wollte nur auf das Familiäre zwischen uns anspielen, wir sind doch wie Brüder. Im Hebräischen kenne ich mich ehrlich gesagt besser aus, Dan. Bist du *deshalb* eingeschnappt? Weil dir mein Jiddisch nicht gut genug ist?«

Mit Zeb zu streiten ist unmöglich, man verläuft sich in einem Labyrinth. Als wollte man sich an einem Aal festklammern, wenn Sie mir meinen Metaphernmischmasch verzeihen wollen.

Einen Augenblick lang lehne ich am Wagen, spüre ihn vibrieren, dann richte ich mich auf.

»Okay, fahr nach Hause, Zeb.«

»Sind wir wieder Freunde?«

»Ja, die besten. Egal. Vergiss es einfach.«

Zeb schnippt Asche auf die Straße. »Was ist mit meinem Akzent?«

Er hat mich in der Tasche, das weiß er. »Dein Akzent?«

»Du hast gesagt, mein irischer Akzent sei schlecht. Ich hab dran gearbeitet, Mann. Ich hab mir zweimal *Far and Away* angesehen.« Er verzieht das Gesicht, um optisch Tom Cruise zu imitieren. »Bist ein Prachtkerl, Shannon«, flötet er. »Und was für einer!«

Am liebsten würde ich auf den Bürgersteig kotzen. Möglicherweise bin ich bei Anbruch der Dunkelheit bereits tot, und dieser Oberarsch hätschelt sein angeschlagenes Ego.

»Das ist gut«, sage ich um des lieben Friedens willen. »Täuschend echt.«

Zeb blickt entrückt in die Ferne. »Ich hätte viel mehr aus der Rolle rausgeholt.«

»Vielleicht gibt's ja ein *reboot*«, sage ich.

Den Fachbegriff kenne ich nur, weil Zeb und ich, als nicht mehr ganz junge alleinstehende Herren, einen Großteil unserer Freizeit vor dem Fernseher verbringen. Wahnsinnig cool und aufregend, oder? Die meisten Anspielungen zwischen uns beziehen sich auf Popkultur, und derzeit stehen wir vor allem auf alte Folgen der unerhörterweise abgesetzten Serien *Terriers* und *Deadwood*.

Absolute Klassiker.

Wie kommt jemand auf die Idee, *Deadwood* abzusetzen? Wenn sich der Kerl jemals in meinem Club blicken lässt, hat er besser die Einschaltquoten dabei.

Zeb horcht auf. »*Reboot?* Aber hallo!«

»Aber hallo!«, pflichte ich ihm gequält bei.

Zeb, der alles bereits glasklar vor sich sieht, tritt aufs Gas und rast mit der Geschwindigkeit eines Vierjährigen auf Rollerskates die Straße entlang, und ich frage mich nicht zum ersten Mal, ob mein Leben weniger erbärmlich wäre, würde er keine Rolle darin spielen.

Aber hallo!

Am schäbigeren Ende der Nachtclub-Meile von Cloisters befindet sich das Slotz. Mein Reich.

Ein bisschen was Besseres als ein Bordell. Meistens.

Den Pachtvertrag für den Laden habe ich vor wenigen Monaten bei einer Pokerpartie gewonnen und mir gedacht, dass ich ebenso gut auch die Wohnung darüber beziehen könnte, da ich sowieso dafür bezahle. Der vorherige Pächter wohnte anderswo, hielt sich die Wohnung aber als Fickwiese, wie er sie zärtlich nannte. Sie dürfen gerne Ihren letzten Groschen darauf verwetten, dass ich ein ganzes Team professioneller Reinigungskräfte engagiert habe, die die Räume vor meinem Einzug gründlichst durchgeschrubbt haben, nur das Wasserbett und einen münzbetriebenen (kaum zu glauben!) Jacuzzi habe ich behalten. Wüsste Mike von der Jacuzzi-Münzbox, würde er auch davon einen Anteil verlangen, da bin ich mir sicher. Mir ist bewusst, dass Schutzgeld ein notwendiges Übel ist, aber diese Leute scheinen nicht zu kapieren, dass wir in einer Wirtschaftsflaute stecken.

Zeb macht sich grundsätzlich nicht viel aus Jacuzzis.

Scheißwichsbecken, meinte er eines Abends, als er sich tatsächlich eine rassige Lady im Club geangelt und ich den beiden galant eine Handvoll Kleingeld für eine Runde in meiner Luxuspowerwanne angeboten hatte. *Was glaubst du, was unter dem ganzen Geblubber los ist? Wie oft werden überhaupt die Düsen gereinigt? Der ganze perlende Schleim ist wahrscheinlich längst ins Grundwasser gelangt. Und wir ziehen uns menschliche Kaulquappen rein, schmatzen mit den Lippen und sagen, mmmh lecker.*

Wahrscheinlich muss man nicht besonders schlau sein, um Arzt zu werden.

Ich versuche das mit dem Slotz positiv zu sehen, aber es fällt mir schwer, weil ihm doch noch immer der Ruf eines Drecklochs anhaftet. Zehn Jahre galt das Slotz als Saftladen und in den zwanzig Jahren davor als Absteige, aber das wollen wir ändern. Ich und mein Geschäftspartner Jason Dyal.

Jason erledigt den Großteil der Arbeit, das muss ich zugeben. Er war eine Offenbarung und ein Gottesgeschenk. Und falls sich das ein bisschen übertrieben liest, dann deshalb, weil Jason schwul ist und ich dazu neige, es mit Lob zu übertreiben, nur um zu beweisen, wie ungeheuer lässig ich damit umgehe. Tatsächlich ist es mir peinlich, wenn er mit Begriffen wie *queer* und *homo* um sich wirft, aber er hat es so lange für sich behalten müssen, dass er jetzt ruhig ein bisschen auf die Tube drücken darf.

Ich bin Tunte in einer sicheren Umgebung, Danny, hat er vor ein paar Monaten zu mir gesagt. *Deshalb kommst du in den Genuss meines wahren Ichs.*

Verschwuchtel dich, hab ich geantwortet in dem Versuch, den richtigen Ton zu treffen, woraufhin er zur Salzsäule erstarrte.

Seitdem habe ich lieber nicht mehr versucht, den Ton zu treffen.

Also jedenfalls ist Jason jetzt schon seit ein paar Jahren mein Partner, seitdem wir hier zusammen als Türsteher angefangen haben. Ich habe immer gewusst, dass er Haare auf den Zähnen hat, aber nicht, dass er auch ein geborener Geschäftsmann ist und mit einem Werkzeugkasten umgehen kann, was keinesfalls ein Euphemismus ist.

Fast zehn Jahre lang stand ich mit dem Mann bei Regen und Schnee im Eingangsbereich und habe Süchtigen und Perversen die Tür aufgehalten, aber nichts über ihn gewusst. Andererseits wusste er gleich dreimal weniger über mich. Jetzt, wo wir Geschäftspartner sind, haben wir ein gewisses Interesse an der Zukunft des anderen, und deshalb ist gegenseitiges Vertrauen dazugekommen. Im alltäglichen Geschäft ist das ein gutes Gefühl, aber langfristig betrachtet ist es schlecht, denn jetzt hat Mike noch jemanden, den er für meine Sünden bestrafen kann.

Da haben wir also Sofia, die an guten Tagen so was wie meine Freundin ist.

Dr. Zeb, mein Freund in Friedenszeiten, den ich im Kriegsgebiet kennengelernt habe.

Und Jason, mein werkzeugschwingender Geschäftspartner.

Jetzt hab ich schon drei Freunde. Ich verwandele mich noch in Miss Superbeliebt.

Jason sieht mich durch die Tür kommen, steigt von der Leiter und winkt.

»Hey, Bossmann. Du bist nach Hause gekommen, ich hab mir Sorgen gemacht.«

»Ein bisschen weniger Sarkasmus, J, und außerdem sind wir jetzt Partner, schon vergessen?«

Jason sieht mit seiner Latzhose und dem Bauhelm wie ein Linebacker aus, und ich weiß, wäre Zeb hier, würde er Jason fragen, ob er mit den anderen von den Village People später noch zum Tanzen verabredet sei. Jason würde sich wegschmeißen vor Lachen. Ein solches Maß an Gelassenheit kann ich nur bewundern.

»Ja, Partner. Ich mache die ganze Arbeit, und wenn sich der Tag gen Ende neigt, beglückst du uns mit deiner Anwesenheit.«

»Tut mir leid, J. Wird nicht wieder vorkommen.«

Jason zieht ein Post-it von seinem Helm, das höchstwahrscheinlich Marco, unser Barchef und Jasons Freund, dorthin geklebt hat.

»Das ist deine Liste mit Aufgaben für heute.«

Ich hänge meine Lederjacke auf. »Fass es für mich zusammen, J. Ich muss duschen und los. Probleme mit Mike.«

Jason knurrt. Ich kann den Diamanten in seinem Schneidezahn funkeln sehen, und ich glaube nicht, dass es auf der ganzen Welt eine Menschenseele wagen würde, den Begriff Tunte auf ihn anzuwenden.

»Dieser Mike steht uns nur im Weg, Dan. Komm schon. Wir haben doch Möglichkeiten, ich glaube, wir könnten Leute finden, die ihn in unserem Auftrag beseitigen.«

Jason weiß jede Menge über Buchhaltung und Renovierungsarbeiten, und vielleicht kann er auch ganz geschickt Schädel spalten, aber er hat nicht den blassesten Dunst von Taktik, und damit meine ich nicht nur, wie man zum richtigen Zeitpunkt abdrückt, sondern auch, wie man hinterher mit sich selbst weiterlebt.

»Niemand wird irgendwen *beseitigen*, J. Ich muss was für Mike erledigen. Du hämmerst hier schön weiter.«

Jason zieht eine Schnute, was neu ist. »Hier gibt's mehr zu tun, als ein bisschen zu hämmern, Danny. Wenn wir fertig sind, haben wir aus dem Dreckloch einen Palast gemacht. Der ganze Bereich soll offen sein. Ich schwöre, ich könnte die Trennwände da mit den Zähnen einreißen, und das Schöne ist, wir brauchen nicht mal eine Genehmigung, weil die Wände auf den ursprünglichen Grundrissen gar nicht auftauchen.«

Die Beförderung zum Partner hat Jason echt Auftrieb gegeben.

Er agiert mit derselben Begeisterung, mit der ein Fünfjähriger Murmeln spielt.

»Das ist toll. Also was steht heute an?«

Verrückt, ich plaudere, als wär's ein ganz gewöhnlicher Tag, dabei brennen mir gerade zweihundert Riesen in prähistorischer Währung ein Loch in die Tasche. Plötzlich dämmert mir, dass Mike durchaus zuzutrauen wäre, mir jemanden hinterherzuschicken, der mir seine eigenen Schuldverschreibungen klaut und mich gegen Shea ausspielt. Mit einem Schlag hätte sich Mike damit aus der Schuld dieses Shea befreit, ohne selbst das Risiko einzugehen, sich an mich heranzuschleichen.

Jason läuft hinter mir her wie der Sekretär dem Präsidenten, und ich versuche mich auf das zu konzentrieren, was er sagt. »Heute machen wir den Durchbruch vom Hinterzimmer zum Roulettetisch. Damit haben wir den Platz praktisch verdoppelt. Später kommen noch ein paar Jungs zum Helfen. Hübsche grüne und gelbe Farbe an die Wand und fertig.« Er sieht mich durchdringend an. »Die Farben gehen doch okay für dich, oder?«

Farbtöne stehen auf der Liste meiner Sorgen im Moment ganz unten.

»Na klar. Warum nicht? Und das mit der Eröffnung am Freitag haut hin?«

»Komplett fertig sind wir dann noch nicht, aber der Eröffnung wird nichts im Wege stehen.«

»Gut. Du machst das super.«

Das ist die Wahrheit. Jason macht das super. Ohne ihn und seine Beziehungen könnten wir uns gar keinen neuen Anstrich leisten.

Ich gestatte mir fünf Sekunden lang, positiv zu denken, simuliere einen Kinnhaken, und Jason simuliert Abwehr. »Ich setze große Hoffnungen auf dich, J. Vielleicht können wir ja bald davon leben. Alle.«

»Ach, Quatsch«, sagt Jason, »wir werden reicher als die Bank.«

Ich zucke zusammen. Das ist eine irisch-katholische Reaktion auf jegliche Form von Optimismus, die Schlimmeres verhindern soll, denn: Hochmut kommt vor dem Fall. Bei den Juden gibt's das auch, Zeb sagt immer: *Wer die Nase zu hoch trägt, dem wird sie platt gehaun.*

Wie viele von Zebs Sprüchen darf man auch diesen nicht allzu wörtlich verstehen, aber irgendwie kommt doch rüber, was er meint.

Außerdem sind heutzutage nicht mal mehr Banken reich.

Ich habe einen Plan, wie mit der Mike-Inhaberschuldverschreibungs-Situation zu verfahren ist. Ich werde in meine Wohnung gehen, mich waschen und meine Marschierstiefel schnüren. Dann fahre ich zum Busbahnhof, hole mir eine Waffe aus meinem geheimen Schließfachversteck und fahre mit dem Bus in die Stadt. Vielleicht mache ich noch mal in Spring Zwischenstation und hole mir ein Stück Pizza bei Ben's, aber das hat keine Priorität und funktioniert nur, wenn ich bis dahin noch am Leben bin und die Touristen nicht wieder bis um die Ecke Schlange stehen.

Ein bislang noch recht unausgereifter Plan, aber ich denke, dass ich im Bus Zeit für die Ausarbeitung der Feinheiten haben werde.

Aber selbst die durchdachtesten Pläne werden über den Haufen geworfen, und Kausalketten scheitern noch schneller. Das Duschen und Umziehen klappt noch genau nach Vorstellung, aber der Waffe-Bus-Pizza-Teil meiner Strategie übersteht draußen keine fünf Schritte, weil mir auf der anderen Straßenseite ein Zivilfahrzeug der Polizei auffällt, das mit laufendem Motor neben einem Hydranten parkt. Die beiden Beamten darin erkenne ich an der Kopfform. Zwei Armleuchter von Detectives namens Krieger und Fortz, über die mir Lieutenant Ronelle Deacon einst zu berichten wusste, sie würden ihre Schwänze nicht mal unter einem Schwanzoskop finden, was ich damals zum Brüllen komisch fand.

Jetzt scheint mir ein solches Maß an Unfähigkeit eher unheilvoll. Fortz sieht aus, als würde er einen Helm tragen, und Krieger wirkt mit seinem langen Hals und dem schmalen Schädel, als hätte man ihm eine Glühbirne zwischen die Schultern geschraubt.

Vielleicht haben sie's ja gar nicht auf mich abgesehen, denke ich.

Ja, und vielleicht hat Zebs Onkel Mort ein Miezekätzchen und so weiter …

Krieger entdeckt mich im Rückspiegel und versucht, lässig aus dem Wagen zu steigen, was ziemlich schwierig ist, wenn dein Partner direkt neben einem Hydranten parkt. Krieger haut eine ordentliche Delle in die Tür, bevor er kapiert, dass er eingesperrt ist.

An sich wäre dies eine ausgezeichnete Gelegenheit für mich, einen schnellen Absprung zu suchen, vorausgesetzt, ich wollte mich auf ein Katz-und-Maus-Spiel mit diesen Herren einlassen, doch nach den Strapazen des Vormittags bin ich dafür zu erschöpft, außerdem steckt in meiner Brusttasche ein Umschlag mit dicken Wertpapieren, von denen ich sicher bin, dass sie nicht legal erworben wurden. In Anbetracht dessen beschließe ich also, mit den Herren von der Streife fair zu verhandeln, egal wie dämlich sie sich anstellen.

Fortz schiebt sich aus der Tür auf der Fahrerseite, hält aber Abstand. Ich nehme an, es hat sich herumgesprochen, dass ich ganz gut Leute umhauen kann.

»Morgen«, sagt Fortz halb hinter der Tür versteckt. »Oder ist es schon Nachmittag?«

»Brunchtime«, sage ich höchst kultiviert.

»Witzig«, sagt Fortz und klappt seine Brieftasche auf, damit ich einen Blick auf seinen Dienstausweis werfe. »Ich bin Detective Fortz, und der Trottel, der gerade versucht, aus dem Wagen zu steigen, ist Detective Krieger«, sagt er und hakt seinen Daumen am Gürtel ein, eine Hand immer am Holster. »Sie sind McEvoy, hab ich recht?«

Leugnen hat keinen Sinn. »Das bin ich, Detective Fortz von der Force. Was kann ich für Sie tun?«

Fortz ist der lebende Beweis dafür, dass die Evolution in zwei Richtungen verläuft. Er hat den bereits erwähnten Helmkopf, sein Schädel glänzt wie eine polierte Bowlingkugel. Der Mann ist vollkommen haarlos, soweit ich das feststellen kann, und seine Züge scheinen in ein sehr viel kleineres Gesicht zu gehören. Als wäre sein Kopf weitergewachsen, aber seine Augen, seine Nase und sein Mund hätten es im Alter von circa fünfzehn Jahren mit dem Größerwerden aufgegeben. Seine Zunge hängt leicht heraus, wenn er nicht spricht. Eine meiner Türstehertheorien besagt, dass Zungenhänger zu Gewalt neigen. Eines Tages werde ich meine gesammelten goldenen Weisheiten für künftige Generationen von Türstehern zu Papier bringen. Vielleicht erlange ich den Status eines Gurus und werde *Dr. Phil.* Das würde mir sehr gefallen, mich Phil gegenüber auf einen Stuhl zu pflanzen, gerade nah genug, um dem hochnäsigen Wichser eins auf die Fresse zu geben. Wahrscheinlich würde ich es nicht tun, aber Träumereien versüßen den Alltag.

Fortz steckt seine Brieftasche ein und zückt sein Handy, blickt auf das Display, um mir zu demonstrieren, wie gefragt er ist.

»Lieutenant Deacon will Sie sprechen«, sagt er. »Es ist wichtig.«

»Ihr beiden seid jetzt die Handlanger der Kavallerie, oder wie?«

Fortz grinst. »Wir helfen nur aus. Spielen schließlich alle im selben Team.«

Ich ermahne mich, die Ruhe zu bewahren. Ronnie ist straighter als Robocop, und ich habe heute noch nichts Böses getan. »Sagen Sie ihr, ich bin später im Club, und sie kann mich dort besuchen.«

»Nein«, sagt Fortz. »Wir sollen Sie abholen.«

In meiner Vorstellung leuchtet der Umschlag durch den Stoff meiner Jacke.

»Was soll das für ein Date sein?«, frage ich, als könnte es was Gutes bedeuten.

»Ich denke, es wird ein Kaffeekränzchen«, sagt Fortz, und sein kleines Gesicht zittert vor lauter Freude wie die letzten Jelly Beans in einer Glasschale.

»Steigen Sie jetzt hinten ein, sonst muss ich mich fragen, warum Sie's nicht tun?«

Krieger hat es aufgegeben, aussteigen zu wollen, und an seiner Körperhaltung kann ich erkennen, dass er schmollt.

»Okay, ich steige ein. Sagen Sie Ihrem Partner nur, dass er mich nicht erschießen soll. Ich hab ihn nicht in den Wagen gesperrt.«

Fortz' Augenrollen deutet auf ein gestörtes Kollegenverhältnis hin, verdorben durch viele gemeinsame Jahre übellaunigen Observierens und jede Menge schlechten Kaffee.

»Vielleicht erschieße ich ihn selbst und schiebe es Ihnen in die Schuhe. Wie wäre das?«

Er schubst mich, immer noch grinsend, auf den Rücksitz.

Streifenpolizisten. Echte Spaßkanonen. Irgendwo habe ich mal gelesen, dass Cops einen makabren und unangemessenen Sinn für Humor entwickeln, nur um in ihrem Job zu überleben, aber ich denke, die Veranlagung ist angeboren, lauert unter der Oberfläche und wartet nur darauf, zum Vorschein zu kommen. Wie ein Troll aus einem dunklen Brunnen.

Krieger bietet keinen schönen Anblick, nicht mal von hinten. An seinem Kopf kleben seltsame kleine Haarbüschel wie schmierige Stalaktiten, und sein Specknacken quillt über den zu engen Hemdkragen, was seltsam wirkt, weil er ansonsten streichholzdürr ist.

Fortz fährt. Krieger hat die Arme verschränkt, von ihm gehen frostige Schwingungen aus. Fortz lässt sich das circa zwei Minuten lang bieten, dann …

»Komm schon, Mann«, sagt er, beugt sich rüber und stubst

seinen Partner an. »Das mit dem Hydranten war doch lustig. So gut musst du erst mal parken können. *König der Rennfahrer*, Sportsfreund.«

Knack und Back, denke ich.

Krieger wehrt ihn ab. »Lustig? Wie oft willst du das noch machen? Ich hab's satt, die Autotür einzudellen. Du weißt doch, dass ich Platzangst habe, Fortz, du Arschloch.«

»Natürlich weiß ich das. Deshalb ist es ja so lustig.«

Sosehr ich diese beiden auch für Idioten halte, müsste ich doch sehr verblendet sein, um die Ähnlichkeiten zwischen ihren Zickereien und dem, was ich mir mit Zeb so alltäglich liefere, nicht herauszuhören. Ein bisschen deprimierend finde ich das schon.

»Hey, Leute«, sage ich und versuche, fröhlich zu klingen. »Wollt ihr wirklich, dass ein Zivilist Zeuge eurer Ehestreitigkeiten wird?«

Krieger fährt mit der Hand zwischen Kopfstütze und Rückenlehne, hält sich fest und dreht sich um. Ich kann nicht anders, als die grün blinkende Elektroschockpistole in seiner Hand zur Kenntnis zu nehmen.

»Nein«, sagt er. »Wollen wir nicht.«

Und er schießt mir in den Oberkörper. Mein gesamtes Universum erstrahlt blau. Durch das Neonlicht höre ich Krieger sagen: »Hat sich dieser Vollpfosten selbst zuzuschreiben.«

Ich frage mich, wen er mit »Vollpfosten« meint.

KAPITEL DREI

Ich zucke unkontrolliert und würdelos auf dem Rücksitz eines Streifenwagens herum, und da meine Wenigkeit nun mal die Geschichte erzählt, müsste herkömmlicherweise an dieser Stelle jetzt eine Traumsequenz oder eine Erinnerung folgen. Ein paar Absätze einfügen und damit die Hintergrundgeschichte aufpeppen. Eine perfekte *Schangse*, hab ich nicht recht? Nur dass ich irgendwie das Bewusstsein gar nicht so richtig verliere.

Ist mal wieder typisch. Im Libanon damals haben wir uns nur so aus Scheiß ab und zu was mit dem Taser verpasst. Sehr witzig, oder? Einem Typen, der gerade mit seiner Verlobten telefoniert, was ihm nur einmal die Woche gestattet ist, fünftausend Innereien aufwirbelnde Volt durch den Körper jagen. Was haben wir gelacht. Monatelang ging das so, bis einer der Feldwebel einen Herzinfarkt erlitt und ehrenhaft entlassen, wenn auch ohne funktionsfähiges rechtes Bein, nach Hause verschifft wurde. Die Sache ist die, dass ich ein Dutzend Mal dran glauben musste, meistens aber bei Bewusstsein geblieben bin. So wie jetzt auch.

Deshalb sitze ich hier, knirsche so heftig mit den Zähnen, dass die Emaillefüllungen knacken. Mein ganzer Körper ist steif wie ein Bügelbrett, und um meinen Kopf kreist ein Heiligenschein aus Schmerz.

Ich sollte bewusstlos sein. Das tut viel zu weh.

Ich konzentriere mich und spucke Krieger vier Worte entgegen.

»Gib's … mir … noch mal.«

Krieger lässt sich nicht lumpen und tut, wie ihm geheißen.

Wenn ich das Bewusstsein verliere, träume ich tatsächlich ein bisschen. Vor allem von Sofia Delano, was nicht verwunderlich ist, da zwischen uns genug sexuelle Spannung herrscht, um einen Getränkekühlschrank mit Strom zu versorgen.

Der Vorfall, der mir in den Sinn kommt, sagt einiges aus über mich und meine vielfältigen Unsicherheiten. Ich bin in meiner alten Wohnung, direkt unter der von Sofia, und ich komme aus der Dusche, sie steht in Gymnastikklamotten vor mir, und mein Handtuch baumelt an ihrem Finger.

»Oh Baby«, sagt sie, ihre Stimme nach jahrelangem Genuss von Jameson und Marlboro supersinnlich. »Du siehst gut aus.«

Ich habe nicht das Gefühl, gut auszusehen, noch nie gehabt. Aber in meinem Bad steht eine Frau, die Olivia Newton-John aus *Let's Get Physical* verdammt ähnlich sieht und mir sagt, dass ich gut aussehe, und das ist schon mal kein schlechter Start in den Tag.

»Danke, Sofia«, sage ich und versuche meine Geschlechtsteile zu verdecken, ohne dazu die Hände zu benutzen. Knifflig. »Du siehst aber auch gut aus. Ganz toll.«

Sie lacht. »Baby, du hast keine Ahnung. Ich habe schon größere Männer als dich humpeln lassen.«

Das ist nicht fair. Diese Frau ist im richtigen Alter für mich, das heißt, sie fällt in mein Plus/minus-zehn-Jahre-Schema, sie hat Witz und so viel Sex-Appeal, dass er bis ans Ende ihrer Tage reicht, aber sie hält mich für ihren lange verschollenen, arschgesichtigen Ehemann.

Sie zieht sich mit dem Handtuch zurück, und mir bleibt nichts anderes übrig, als ihr zu folgen.

»Oh Baby«, sagt sie, und allein den Klang ihrer vollen, beim B aufeinanderschmatzenden Lippen finde ich schändlicherweise sehr aufregend.

Eine Frau mit Wahnvorstellungen darf man nicht ausnutzen, sagt das Engelchen auf meiner Schulter.

Auf meiner anderen Schulter antwortet der Dämon: *Aber gibt es hier überhaupt ein Opfer? Du würdest der Dame doch einen Gefallen tun.*

Halb erwarte ich ein weiteres Kompliment von Sofia, was mir zum Verhängnis geworden wäre, aber stattdessen sagt sie: »Ich dachte, er wäre größer, Carmine. War er früher nicht größer? Du solltest dir mal den von Dan ansehen.«

Obwohl ich gar nicht sicher bin, wer hier der Beleidigte ist, weicht die Erregung aus mir wie Luft aus einem angestochenen Ballon, und ich reiße nuschelnd irgendeinen lahmen Witz über die Relativität unterschiedlicher Perspektiven. Sofia lacht nicht, stattdessen wird sie metaphorisch.

»Mit den Spielplätzen meiner Kindheit geht es mir genauso, die kommen mir auch viel kleiner vor.«

Das hat Tiefgang. Zu viel Tiefgang für einen notgeilen Mann, der gerade aus der Dusche gestiegen ist.

Sofia hat einen lichten Moment und sagt: »Ich muss los, Dan. Carmine könnte anrufen, und wenn ich dann nicht am Telefon sitze, gibt's ein Feuerwerk.«

Ich reiße ihr das Handtuch aus den Fingern und nicke. Ich wollte, dass sie geht, aber jetzt, da sie's tut, fühle ich mich um etwas betrogen.

Sofia küsst mich so heftig, dass meine beschämten Körperteile alle Schmach vergessen.

»Schon besser, Baby«, sagt sie mit einem Lächeln, das möglicherweise sogar mir persönlich gilt.

Als sie weg ist, steige ich erst mal wieder in die Dusche.

Ich merke, wie ich wieder zu mir komme, aber Sofias Augen sind noch da. Jetzt allerdings nicht mehr ganz so himmelblau – eher schmutziges Petrol.

Das sind nicht Sofias Augen, meldet mein Unterbewusstsein. *Sieh dir doch die dichten Augenbrauen an, von der Gummimaske mal ganz zu schweigen.*

Ich habe ein recht zwangloses Verhältnis zu meinem Unterbewussten. Vielleicht sogar ungesund zwanglos. Wir führen häufig *Dialoge*, was irgendwie nicht so richtig der Funktion eines Unterbewussten entspricht.

Trotzdem hat meine innere Stimme recht. Sofia hat keine dichten Augenbrauen. Ich werfe mich ein bisschen herum, versuche mich zu erden, in welcher Situation auch immer ich mich gerade befinde.

Unter mir spüre ich einen Stuhl. Dass ich mich an das Wort *Stuhl* erinnere, beweist noch nicht, dass kein Hirnschaden vorliegt, aber ich bin optimistisch. Mehr Informationen sickern durch den Dunst zu mir durch. Zum Beispiel bin ich anscheinend mit Handschellen an einen Bürostuhl gefesselt, und Stoffbahnen aus rosa Satin hängen von der Decke des Raums. Außerdem bin ich offensichtlich nackt, sieht man von dem rosafarbenen Ledertanga ab, den ich definitiv heute Morgen nicht angezogen habe. Kann das wahr sein? Vielleicht hat mir der Taser die Neuronen ein bisschen durcheinandergewirbelt. Ich blinzele, bis ich die Welt wieder scharf sehe, und wünsche sofort, ich hätte es nicht getan.

Zwei Typen in Latexklamotten und mit Masken vorm Gesicht, vermutlich Krieger und Fortz, tanzen um einen Laptop auf einem Hocker herum. Der Boden ist mit Plastik ausgelegt.

Was ist nur aus der Menschheit geworden? Einst war Marilyn Monroe mit einem Apfel in der Hand das schärfste Ding auf Erden. Jetzt haben wir in die Jahre gekommene Streifenpolizisten im Latexdress?

Ich huste ein paarmal, was sich anfühlt, als würde sich mein Hirn aufblasen, dann sage ich: »Wisst ihr was, Jungs. Egal was passiert, Hauptsache, wir haben unsere Würde bewahrt.«

Nichtwahrhabenwollen. Klarer Fall von.

»Hey«, sagt Fortz, und ich weiß, dass er es ist, nicht weil der Satz nur aus einer einzigen Silbe besteht, sondern weil seine eng beieinanderliegenden Augen sich aufgrund der Suppenschüsselform seines Kopfes nicht genau dort befinden, wo sie den Augenhöhlen nach eigentlich sein sollten.

»Na schau mal, wer da aufgewacht ist.«

Krieger pfeift. »Gott sei Dank. Eine Sekunde lang dachte ich schon, wir hätten ihn mit der zweiten Ladung umgebracht.«

Fortz knufft seinen Partner an die nackte, dichtbehaarte Schulter. »Warum hast du sie ihm dann verpasst, du Horst?«

»Weil ich sauer auf dich war, Dirk«, sagt Krieger, dessen Körpersprache *Arschloch* schreit. »Du hast mich schon die ganze Woche auf dem Kieker.«

Dirk Fortz verdreht erneut die Augen. »Ach, Scheiße, Krieger. Wir sind doch Partner. Ein bisschen Verarsche gehört doch dazu.« Er wendet sich an mich. »Da hast du aber keine schlechte Pumpe. Ich hab's noch nie erlebt, dass einer nach einem Elektroschock noch so viel quasseln kann.«

Hinter meinen Augen wogt der Schmerz, und eigentlich würde ich wirklich gerne ein Nickerchen machen, aber ich vermute, dass ich die Scheiße, die gleich in irgendeiner Form auf mich zukommen wird, am besten abwehre, wenn ich das Gespräch in die Länge ziehe.

»Kommt auf die Waffe an. Ich wurde im vergangenen Jahr von fünftausend Volt getroffen, da bin ich aus den Latschen gekippt. Was habt ihr da? Dreißig?«

Fortz' Lippe quillt aus dem Loch in seiner Gummimaske. »Nein, das sind schon fünfzig. Jedenfalls steht's auf dem Lauf. Bei den Dingern weiß man aber nie, stimmt's? Eine Kugel ist eine Kugel. Aber aus einem Taser könnte auch Feenstaub spritzen, woher soll ich das wissen.«

»Verflixte Elektrizität«, pflichte ich ihm gutmütig bei, versuche es mit umgekehrtem Stockholm-Syndrom. »Das ist gemeine unsichtbare Scheiße.«

Krieger unterbricht unseren emotionalen Bindungsprozess. »Dirk, wir sind jetzt schon bei fünfzehntausend«, sagt er und tippt auf den Bildschirm des Laptops. »Wir sollten uns einölen.«

Wegen der Maske ist Krieger schwer zu verstehen. Ich hoffe, dass er nicht *einölen* gesagt hat.

»Fünfzehntausend«, sagt Fortz und klatscht in die Hände. »Zwanzig haben wir uns vorgenommen, worauf du sehr stolz sein kannst. Noch fünf, und es kann losgehen.«

Losgehen? Soll das heißen, es hat noch gar nicht angefangen? Ich habe eine Ahnung, worauf das hier hinausläuft, sträube mich aber noch dagegen. »Was zum Teufel soll losgehen, Fortz?«, platzt es aus mir heraus.

Der Detective kratzt sich am Bierbauch und ignoriert meine Frage. »Wahrscheinlich hast du dir schon gedacht, dass in diesem Gebäude Pornos gedreht werden, McEvoy. Ein Freund von mir überlässt uns gelegentlich einen Raum. Wusstest du, dass die komplette Serie *Zu zwölft im Bett* auf dem Bett da hinter dir gefilmt wurde? Sunny Daze hat ihr Debut genau hier gegeben.«

»Nein, wirklich?«, sagt Krieger. »Das hast du mir nie erzählt. Ich liebe die Streifen mit ihr. Besonders *Good Daze and Bad Daze.*«

»Ein Klassiker!«, sagt Fortz und verliert sich einen Augenblick in liebevoller Erinnerung.

Ich versuche es erneut. »Kommt schon, Jungs. Was hab ich hier verloren?«

Fortz nimmt ein Skalpell vom Tisch. »Deacon meinte, du wärst schlauer, als du aussiehst, also überleg's dir selbst. Kommst du nicht drauf? Wir sehen uns mal die Hinweise an: Du bist in einem Pornostudio mit Handschellen an einen Stuhl gefesselt. Zwei Männer in Gummi sehen zu, wie die Gebote auf dem Laptop mit der eingebauten Webcam steigen. Was glaubst du wohl, was hier passiert? Wird das ein Pokerabend?«

Die Indizien sind ziemlich eindeutig, aber Cops sind dafür bekannt, dass sie ausgeklügelte Szenarien entwerfen, um Verdächtigen Geständnisse zu entlocken. Mein alter Kumpel Tommy Fletcher hat mir erzählt, dass sich mal zwei Kerle aus Athlone als Kämpfer der al-Qaida verkleidet haben und ihm eine rollende Mülltonne voller Stinger abkaufen wollten, die er angeblich, wie sie felsenfest glaubten, auf seinem Hof hatte.

Ich hätte ihnen sogar die Mülltonne noch dazuverkauft, gestand er. *Nur haben sie in einer überheizten Bar ein paar Whiskey zu viel gekippt, so dass ihnen die Bärte abfielen. Da haben meine Alarmglocken geläutet.*

Tommy. Was für ein verfluchter Irrer.

»Vielleicht wollt ihr mich ja nur reinlegen«, presche ich vor. »Mir ein Geständnis abluchsen.«

»Hast du was zu gestehen?«, fragt Fortz.

»Nichts, was den Aufwand hier rechtfertigen würde.«

»Und schon ist's Essig mit deiner schönen Theorie«, sagt Krieger.

»Das ist es also? Ihr wollt mich online versteigern?«

»Genau«, sagt Fortz. »Man muss bezahlen, wenn man sich einloggen und zusehen will, wie wir dich zu Tode foltern. Du würdest dich wundern, wie viele kranke Arschlöcher da draußen rumlaufen.«

Nein, heute wundert mich das nicht.

Das ist das Schlimmste, was mir je zugestoßen ist. Ich kann ehrlich sagen, wäre Sofia nicht auf mich angewiesen, wäre ich jetzt lieber tot. Man sagt, es gibt keine gute Art zu sterben, aber ein Herzinfarkt erscheint mir gerade ziemlich verlockend. Und so wie mein Herz in meiner Brust wummert, wäre das bestimmt machbar, ich müsste nur meiner Angst gestatten, Amok zu laufen.

»Kommt schon, Jungs. Da muss doch was zu machen sein. Bestimmt bin ich für euch lebendig mehr wert als tot. Ich habe gewisse Fähigkeiten.«

Fortz lacht. »Hör zu, du Liam Neeson für Arme. Gewisse Fähigkeiten.«

Krieger fällt ihm ins Wort. »Er könnte uns erzählen, wo das Päckchen abgeblieben ist. Das wäre schon mal was wert.«

Päckchen? Woher wissen die von Mikes Umschlag?

Ich begebe mich auf Los. »Welches Päckchen?«

Fortz zuckt mit den Schultern. »Wenn du's nicht weißt, dann weißt du's nicht, und wir haben keine Verwendung für dich.«

Ich habe nichts zu verlieren. Diese Vollidioten müssen nur meine Klamotten durchsuchen, und dann finden sie den Umschlag. Ich kann kaum fassen, dass sie's nicht bereits getan haben, wahrscheinlich waren sie zu beschäftigt damit, sich in ihre Gummiklamotten zu zwängen.

Vielleicht sind sie wirklich so blöd, dass ich sie irgendwie austricksen kann.

»Detectives, zwanzigtausend verdient ihr damit? Das ist Kleingeld im Vergleich zu dem, was ich euch bieten kann.« Die beiden machen sich nicht mal die Mühe, mir zu antworten, sondern richten ihre Aufmerksamkeit ausschließlich auf die angezeigte Gesamtsumme.

Ich lasse das Kinn auf die Brust sinken und schnaube animalisch, irgendwas zwischen Schluchzen und Schmunzeln.

Behalt die Nerven, Soldat. Noch bist du nicht tot.

Fortz kneift seinen Partner in den Bauch. »Neunzehntausend. Und immer noch steigend.«

Krieger kichert und macht einen Satz von ihm weg. »Lass das, Dirk.«

»Okay«, sage ich, als ich mich ein bisschen erholt habe. »Dann machen wir jetzt das, weshalb wir wirklich hier sind.«

»Und was ist das?«, fragt Fortz und tritt näher an mich heran.

Wir sind hier, weil diese beiden Freund-und-Helfer-Arschgesichter habgierig sind, und vielleicht kann ich mir diesen Aspekt ihrer Wesensart zunutze machen.

»Verhandeln«, sage ich.

Fortz fuchtelt mit einem Skalpell vor meiner Nase herum. »Verhandeln? Was willst du denn verhandeln, Ire? Wer dir die Eier in Scheiben schneiden darf?«

Die beiläufige Bemerkung trifft mich wie eine Faust in den Magen, und ich merke, dass ich hyperventiliere. Ich habe schon das ein oder andere Mal in der Klemme gesessen, aber diese Situation ist so finster, dass ich ganz knapp vor einem Panikanfall stehe.

Fortz tippt mir mit dem Skalpell an die Wange. »Hey, Dan. Danny. Jetzt komm schon. Rück ein paar flotte Sprüche raus, dafür bist du doch bekannt. Die Perversen sollen was bekommen für ihr Geld.«

Ich schlucke die Panik herunter. »Ich hab das Päckchen in der Jackentasche, da drüben auf dem Fußboden.«

»Du hast das Päckchen in der Jackentasche?«

Fortz stößt Krieger einen Ellbogen in die Seite. »Meint er das ernst?«

»Der Boss hat sowieso gesagt, es sei bloß eine Vermutung.«

»Also hat er kein Päckchen. Egal. Unser Geld bekommen wir trotzdem.«

Ich bin beleidigt, weil an meiner Integrität gezweifelt wird. »Ich habe das Päckchen, ich sollte es im Auftrag von Mike Madden abliefern. Warum holt ihr's nicht aus der Tasche und seht nach?«

Krieger und Fortz fangen wieder mit ihren Spielchen an.

»Warum nicht?«

»Ja, warum sehen wir nicht nach?«

»Klingt vernünftig.«

»Absolut vernünftig.«

Fortz dirigiert beim Sprechen mit dem Skalpell. »Wir müssten schon ganz schöne Makroidiotiker sein, um deinem Vorschlag nicht Folge zu leisten.«

Krieger lacht über das Wort *Makroidiotiker*, womit er wahrscheinlich erneut einen Schatten auf ihre Doppelnummer wirft.

»Sehen wir in deinen Augen aus wie *Makroidiotiker*, McEvoy?«, will Krieger wissen.

Das ist eine knifflige Frage.

»Nein, hört zu, es steckt in meiner Tasche.«

Wenn ich Krieger und seinem Partner entkommen kann, mache ich mir wegen Mike später Sorgen. Und wenn ich hier überlebe, kehre ich so gut wie sofort zurück und prügele diesen beiden Clowns die Scheiße zu den Ohren raus.

»Mein Päckchen ist zweihunderttausend wert, was ein ganzer verfluchter Batzen mehr ist als das, was ihr hier zusammenkratzen könnt. Außerdem gibt's da, wo's herkommt, auch noch mehr.«

Mit einer Prise Wahrheit verkaufen sich Lügen viel besser.

»Halt die Luft an, McEvoy«, sagt Krieger. »Du brauchst sie noch zum Schreien.«

Fortz klopft Krieger in stiller Anerkennung seines Spruchs auf die Schulter.

»Meinst du, wir haben uns rein zufällig für dich entschieden, Danny?«, fragt er und gibt die Antwort gleich selbst. »Nein, wir wurden beauftragt, dich abzuholen und nachzusehen, wo das Päckchen ist. Aber da du offensichtlich glaubst, das Päckchen könne in deine Jackentasche passen, dann weißt du nicht mal, was das Päckchen ist. In diesem Fall dürfen wir mit dir verfahren, wie wir es für richtig halten, vorausgesetzt, deine Leiche wird niemals gefunden.«

»Sie werden dich niemals finden«, wiederholt Krieger im Brustton der Überzeugung, als hätte ich daran gezweifelt.

»Wir haben deine Akte gelesen«, fährt Fortz fort. »Wir kennen deine Special-Forces-Tricks. Ich gehe an die Jacke und suche nach deinem Päckchen, dann explodiert es, und mir spritzt Säure oder irgendein anderer Scheiß entgegen. Nein, so weit wird es nicht kommen. Wir ziehen hier unser Ding durch, danach lassen wir uns Zeit und holen dein Päckchen mit der Pinzette raus. Aber hey, danke, dass du uns über seine Herkunft aufgeklärt hast. Die Information könnte für die *Verhandlungen* nützlich sein.«

Arschloch. Unverschämtheit, die vernünftigen Vorschläge eines Mannes gegen ihn selbst zu verwenden.

»Hey«, sagt Krieger. »Jetzt kriegen wir gleich dreimal Geld. Vom Boss, den Perversen und das, was im Päckchen steckt.«

Fortz wirft das Skalpell in die Luft und fängt es gekonnt auf. »Wer kann bei einem guten Dreier schon nein sagen?«

Ich war dämlich, und Fortz hat mich drangekriegt.

Jetzt spricht die Panik aus dir, Dan. Mach dich locker.

In einem früheren Leben, als ich noch unbedingt meinem Land dienen wollte, indem ich es auf schnellstem Wege verließ, hat mir der Armee-Psychiater die Ohren über drohende Geiselnahmen vollgequatscht. Anscheinend wurden UN-Friedenswächter ebenso regelmäßig entführt wie Batmans Robin, nämlich ungefähr einmal pro Woche. Leider überlebten wir nicht mit derselben Konsequenz wie der kleine Freund des Superhelden.

Führe Verhandlungen stets aus überlegener Position heraus, oder zumindest einer, die als solche wahrgenommen wird, hatte mir Simon Moriarty geraten. *Sollte dies nicht funktionieren, bleibt dennoch erstaunlich, dass so viele dieser Schwachköpfe nicht einmal wissen, wie man einen Knoten bindet.*

Nichts davon lässt sich auf meine jetzige Situation anwenden, da ich an Händen und Füßen gefesselt und strenggenommen auch gar keine Geisel bin. Ich bin eine Ware, mein Leben wird gegen Geld versteigert, Stück für Stück, die Eier zum Schluss.

»Ihr könnt doch nicht einfach einen erwachsenen Mann auf offener Straße entführen und glauben, dass das niemand mitbekommt«, sage ich und versuche, nicht allzu weinerlich zu klingen. »Ihr seid doch Polizisten, um Himmels willen. Habt ihr schon mal was von Überwachungskameras gehört?«

Fortz erwidert voller Herablassung: »Ja, haben wir, wir kennen jede einzelne Kamera in der Stadt. Was glaubst du wohl, warum wir an der Stelle geparkt haben, an der wir geparkt haben?«

»Es muss doch Zeugen geben?« Jetzt klinge ich definitiv weinerlich. Wie ein trauriges Zicklein.

»Kann sein«, räumt Krieger ein. »Aber bis jemand draufkommt, dass du verschwunden bist, haben wir, die wir bekannt sind als unbeugsame Polizisten, längst vergessen, dass wir uns überhaupt mit dir unterhalten haben. Kannst du dich an den Mann erinnern, Partner?«

»An welchen Mann?«

»So ein Ire.«

»Was für ein Ire?«

»Genau.«

Und dann klatschen sie mit ihren verschwitzten Oberkörpern aneinander, und mir bleibt nicht verborgen, dass verklebtes Brusthaar den Besitzer wechselt.

Ihre Freude wird vom Laptop unterbrochen, der plötzlich schrill wie ein Kanarienvogel piept. Das unerwartete Geräusch wird von den beiden Cops mit stiller Ehrfurcht quittiert, als handele es sich um das Horn des Erzengels Gabriel.

»Ein verfluchter Kanarienvogel!«, flüstert Fortz, und Krieger ermahnt ihn, den Mund zu halten.

»Warte, Dirk. Lass mich erst nachsehen.«

Er eilt zum Computer und blickt auf den Bildschirm. »Privatsitzung«, sagt er mit gedämpfter Stimme.

»Klingeling!«, entfährt es Fortz, der daraufhin das Skalpell wie Excalibur gen Himmel reckt. »Sag an.«

»Hunderttausend Dollar von Citizen Pain.«

Citizen Pain? Ich möchte wetten, den Namen benutzt er nicht in Partnerportalen. Wenn es mir gelingt, mich hier irgendwie aus diesem gemeinen kleinen Raum zu befreien, werde ich den lieben Citizen aufspüren und ihn lehren, was Schmerz bedeutet.

»Ich wusste, dass Pain auf den Trailer abfährt«, sagt Fortz. »Er steht auf Special Forces. Der Mann ist ein Sklave seines Schwanzes.«

»Soll ich zusagen?«

»Mach den Deal klar, Partner!«

Krieger wackelt mit den Fingern wie Oliver Hardy, wenn er an seiner Krawatte zupft, dann lässt er einen Zeigefinger auf die Enter-Taste sausen.

Klick.

»Unter Dach und Fach«, sagt er. »Wir haben das Angebot angenommen, das Geld liegt auf unserem Konto.«

Unter Dach und Fach, denke ich. *Die reden über mich. Meinen Körper.*

Mich schaudert's beim Gedanken daran, was für einen Trailer die beiden wohl gedreht haben, als ich bewusstlos war.

»Wann gehen wir auf Sendung?«, frage ich, warum auch nicht?

»Jetzt sofort«, sagt Fortz. »Sobald ich dir deine große irische Klappe zugeklebt habe.«

Natürlich. Klebeband. Die beiden wollen nicht, dass ihre Namen im Internet die Runde machen. Selbst wenn der Ton abgestellt wird, gibt es immer einen superschlauen Lippenleser.

Fortz muss sich mir nähern. Das könnte meine letzte Chance sein.

»Halt ihn in Schach«, sagt Fortz und zieht eine Rolle Klebeband aus seiner Werkzeugtasche unter dem Tisch.

Ja, Krieger wird mir den Mund zukleben, aber er wird es sich zweimal überlegen, bevor er mir noch einen Elektroschock verpasst, schließlich bin ich schon verkauft.

Ich spanne mich innerlich an, versuche mich zu konzentrieren.

Eine Chance. Was hast du zu bieten, Soldat?

Meine Finger schieben sich unter den Sitz des Bürostuhls, wo ich einen Kaugummi und den Hebel zum Verstellen der Höhe finde. Wenn ich an dem Hebel ziehe, müsste sich der Stuhl absenken, vorausgesetzt, er funktioniert.

Krieger zielt auf mich, ist aber mit seiner Aufmerksamkeit noch halb am Computer. Fortz nähert sich mir in immer engeren Kreisen. Misstrauisch wie eine Hyäne einem sterbenden Löwen.

Ich rieche den penetranten Geruch von Körperpuder, Nerven und billigem Deo, während Fortz sich weiter von hinten anschleicht. Schweißtröpfchen landen auf meinem Kopf.

Ein Schatten fällt auf mich, und Fortz' Ellbogen legt sich auf meine Schulter. Zwischen den Fingerspitzen hält er vorsichtig einen Streifen Klebeband, bemüht, die klebrige Seite nicht zu berühren. Selbst wenn man einem Entführungsopfer den Mund zuklebt, muss man aufpassen, nicht an die klebrige Seite zu kommen.

Kaum habe ich das Klebeband vor den Augen, ziehe ich am Hebel. Der Stuhl saust dreißig Zentimeter tiefer und ich mit ihm. Fortz, der sich auf meiner Schulter abgestützt hatte, verliert das Gleichgewicht, und ich spüre seine gesamte Masse auf meinem Rücken. Meine Beine haben jetzt etwas mehr Spielraum, allerdings reicht es gerade mal, um ein paar Schritte weit zu hoppeln, genug, um das Chaos in dieser Situation zu vergrößern. Ich drehe mich auf dem Stuhl, so dass Fortz mit seiner ganzen Breite zwischen mir und Kriegers Elektroschockpistole hängt, dann konzentriere ich meine Energie auf meine Knie, springe hoch, so weit es mir meine Fesseln erlauben, was aber reicht, um Fortz auf seinen Partner zu schleudern.

Über meine Schulter hinweg sehe ich Fortz mit Wucht zu Boden gehen, wobei er sich an der Laptop-Tastatur ein paar Zähne ausschlägt, was nur von Vorteil sein kann. Krieger wird zurückgeworfen, und im Gemenge der Arme und Beine verliert er die Waffe.

Mir bleiben vielleicht fünf Sekunden, bis ich erschossen werde. In dieser Aufmachung in einem Leichensack zu landen steht aber definitiv in meiner Top-Five der »Lass es bitte nicht so enden«-Liste, knapp vor dem versehentlichen Trinken von Chlorbleiche und hinter der Rettung eines Hundewelpen von einem überfrorenen Teich, wobei sich der Welpe als alter Lappen entpuppt und sich herausstellt, dass das Mädchen, das ich damit beeindrucken wollte, Hunde hasst.

Wie Sie sehen, habe ich große Sorgfalt in die Erstellung der Liste fließen lassen. Dr. Moriarty würde sagen, ich sei analfixiert, und meine aktuelle Kleiderwahl würde diese These nicht widerlegen.

Durch die niedrige Sitzposition sind die Fesseln jetzt so locker, dass ich vornübergebeugt ein paar Schritte hoppeln kann. Meine Hände und Füße sind an der Drehsäule festgebunden, weshalb ich aussehe wie ein … buckliger Vollidiot. Ist das die Ironie der Geschichte, dass ich hier herumhopse wie ein buckliger Vollidiot, während die beiden buckligen Vollidioten, die mich in diese Lage gebracht haben, aufrecht gehen? Ich glaube kaum. Ich denke, die Situation ist einfach nur ungünstig.

Fortz hat seine Maske abgezogen und sie sich in dem lächerlichen Versuch, die Blutung zu stoppen, in den Mund gestopft. Entscheidender aber ist, dass Krieger auf der Suche nach seiner Waffe auf dem Boden herumrutscht.

Zeit also, den Ausgang zu suchen.

Der Raum hat keine Fenster, nur eine Tür, die mir von zwei unförmigen Cops versperrt wird, deshalb muss ich durch die Wand.

Durch die Wand?

Der bloße Gedanke scheint mir lächerlich. Aber entweder das, oder meine Eier werden in Scheiben serviert. Ich bewege mich im rollenden Krebsgang auf das Bett zu, nehme gerade ausreichend Anlauf, um auf die Füße zu springen.

»Hey«, blubbert Fortz durch den Blutfluss. »Halt! Stehen bleiben! Polizei!«

Um es mit den Worten des legendären schweißbandtragenden John McEnroe zu sagen: *Das kann doch nicht dein Scheißernst sein!*

Ich wette, McEnroe hat ununterbrochen geflucht, auch wenn keine Kamera dabei war. Man sieht die Schimpfwörter förmlich aus seinem Mund fließen.

Ich springe aufs Bett, um erneut Anlauf zu nehmen, und höre hinter mir ein Poltern und Klicken. Ich wette, das ist Krieger, der seine Knarre gefunden hat. Er mag ja ein beschissener Cop sein, aber oft sind die beschissensten Cops die besten Schützen.

Eine Kugel knallt an die Drehsäule des Stuhls, schiebt mich einen Schritt nach vorne, und ich beschließe, die kinetische Energie auszunutzen, mich selbst gegen die Wand zu werfen und Gott im Himmel um eine Rigipsplatte anzuflehen.

So wie der Tag bis jetzt gelaufen ist, knalle ich wahrscheinlich mit dem Kopf gegen eine Wasserleitung.

Auch mag der Begriff *werfen* ein bisschen zu optimistisch gewählt sein. *Wanken* trifft es wohl besser.

Lob sei allen Heiligen, gesegnet das irische Volk, die Wand ist nur ein instabiler Raumteiler, und ich breche durch, direkt auf ein vögelndes Trio. Jedenfalls zähle ich nur drei. Im einen Augenblick befinde ich mich in einem Raum mit zwei entschieden aus dem Leim gegangenen Cops, und im nächsten sitze ich mit ausgesprochen gutgebauten jungen Menschen, die ihren Beruf scheinbar leidenschaftlich lieben, auf einem Bett.

Ich schaue unter etwas hindurch, von dem ich hoffe, dass es ein Unterarm ist, und stürze auf den Boden.

Eine Filmcrew steht am Fußende des Bettes, und den Regisseur reißt es mitsamt Pferdeschwanz und Froschmaul von seinem Stuhl.

»Ein Eunuch? Ich habe keinen Eunuchen bestellt!«

Darüber werde ich später noch mal in Ruhe nachdenken und mich ärgern.

Nach einem Augenblick der Stille verursacht mein plötzliches

Erscheinen tumultartige Zustände. Selbst während einer noch so abgefahrenen Pornoszene rechnet niemand damit, dass ein halbnackter Mann mittleren Alters eine Zimmerwand durchbricht. Ich wurde ja nicht mal entwachst und bin am ganzen Körper behaart, um Himmels willen.

Den Männern platzt der Kragen, wenn auch sonst nichts, und die Schreie der Mädchen klingen jetzt sehr viel authentischer als noch vor wenigen Sekunden.

»Tut mir leid«, sage ich automatisch. »Bin nur auf der Durchreise.« In einer Ecke steht eine ältere Dame, die den Herren bei mangelndem Stehvermögen zwischendurch oral auf die Beine hilft und einen Servierwagen voller Accessoires bewacht. Sie ist die Einzige, die sich über meinen Auftritt kaum zu wundern scheint. Ihr verbrauchter Blick sagt mir unter schweren Lidern hindurch, dass sie im Lauf der Jahre schon sehr viel Seltsameres gesehen hat.

»Kannst du mich davon befreien?«, frage ich vom Boden aus und rüttele an meinen Handschellen.

Die Frau wirft einen skeptischen Blick darauf, während der Regisseur immer wieder und zunehmend hysterisch »Cut!« ruft und ein teuer aussehender Scheinwerfer mitsamt Aluminiumständer umkippt, woraufhin die Glühbirne weiße Funken sprühend explodiert.

»Was sind das für Handschellen?«

Ich spähe nervös durch das Loch in der Wand. »Ganz gewöhnliche von der Polizei.«

Sie lacht. »Polizeihandschellen? Die krieg ich mit der Zunge auf.«

Die Vorstellung ist auch deshalb so unappetitlich, weil sie einen Mund voller nikotinverfleckter Beißerchen hat.

»Ein Schlüssel würde es auch tun, Schätzchen«, sage ich verschmitzt. Die Frau findet einen Schlüssel und macht sich damit an meinen Handschellen zu schaffen. In der Zwischenzeit tut sich was hinter mir auf dem Bett, Krieger versucht, durch das Loch zu klettern.

»Was soll der Sadomaso-Freak?«, ruft der Regisseur. »Ich drehe hier doch keine SM-Szene.«

Ich wirbele gerade noch rechtzeitig herum, um mitzubekommen, wie einer der Zuchthengste, ein geradezu obszön muskulöser Mensch, Krieger mit einem rechten Haken beinahe enthauptet.

»Das Arschloch hat eine Knarre«, erklärt er, was genügt, um den weiblichen Star schreiend aus dem Raum rennen zu lassen.

Krieger hängt in der Öffnung. Hundertsechzig Pfund lebloses Gewicht.

Ein paar Schlüsselumdrehungen später bin ich ein freier Mann.

»Wer zum Teufel bist du?«, kreischt der Regisseur. »Was geht hier verdammt noch mal vor sich?«

Irgendwo habe ich gelesen, dass Männer durchaus wie Mädchen kreischen dürfen, vorausgesetzt, es handelt sich um Filmregisseure.

»Schon okay, Leute«, sage ich und rappele mich auf, versuche trotz meiner Aufmachung so was wie Würde auszustrahlen. »Ich bin Polizist. Verdeckter Ermittler. Diese beiden wollten illegal Filme drehen. Wenn ihr einfach alle eure Genehmigungen und Geburtsurkunden auf den Tisch legt, seid ihr in fünf Minuten draußen.«

Im Raum wird es still, und ich höre Fortz nebenan glucksen wie ein Baby auf der Suche nach der Mutterbrust.

»Kann ich sonst noch was für dich tun, Süßer?«, fragt meine Retterin mit einem Stirnrunzeln, das mir verrät, dass sie mir den Mist keine Sekunde lang abkauft.

Ich klemme mir den Schlüssel für die Handschellen in den Ledertanga – man weiß ja nie –, dann suche ich auf dem Dessertwagen nach Verwendbarem.

»Darf ich mir einen Dildo borgen?«, frage ich.

Der Antrag ist anscheinend nicht spezifisch genug. »Klar. Welchen?«

»Den großen«, sage ich.

Ich überlege, Krieger und Fortz totzuschlagen, ganz im Ernst. Die Schweine haben es verdient. Zweifellos ist das nicht ihr erstes Rodeo gewesen, Gott weiß also, wie viele Leben ich retten könnte, wenn ich sie unter die Erde bringe.

Aber Mord liegt mir einfach nicht, egal wie leicht er zu rechtfertigen wäre.

Die ganze Episode mag ja recht komisch rüberkommen, mit dem Ledertanga und dem Pornodreh, aber in Wirklichkeit hatte ich in meinem Leben noch nie so viel Angst, und mich hat noch nie etwas so sehr angewidert wie das eben. Im Libanon wurde ich Zeuge entsetzlicher Verderbtheit, aber was ich in diesem Raum mit ansehen musste, hat meiner Psyche ganz neue Narben beschert.

Ich schiebe Krieger zurück in den Raum, lasse ihn auf dem Bett liegen und steige über ihn drüber. Fortz liegt noch immer in einer Lache aus Fett und Blut auf dem Boden, flucht wegen seiner ruinierten Kauleiste, als hätte er einfach einen schlechten Tag erwischt. Halbherzig bringt er die Energie auf, nach Kriegers Waffe zu greifen, aber ich ziehe ihm den Dildo über, verpasse ihm einen ordentlichen Schlag an die Schläfe, der ihn unschädlich macht.

»Du kannst von Glück reden«, schreie ich den bewusstlosen Cop an, »dass ich dieses Ding als Schlagstock benutze und nicht auf die Art, für die es eigentlich vorgesehen ist.«

Mein Puls liegt immer noch bei etwa zweihundert, was bei einem Mann meines Alters durchaus im Risikobereich liegt, aber ich fühle mich schon ein bisschen besser. Die unmittelbare Gefahr ist gebannt, und jetzt muss ich mich nur noch um Mikes Auftrag kümmern und aufpassen, dass sich mir diese beiden Vollidioten nicht an die Fersen heften, sobald sie aufwachen.

Ich ziehe mich an, lasse den Ledertanga aber drunter, weil die gesamte Porno-Crew, die wahrscheinlich längst kapiert hat, dass ich kein Cop bin, durch das Loch in der Wand gafft. Dann wedele ich mit Mike Maddens Umschlag unter Fortz' Nase herum.

»Siehst du das?«, frage ich, glaube aber kaum, dass er es hört. »Ich hatte das Päckchen doch, ich hab's euch gesagt.«

Die Cops haben eine reiche Auswahl an Waffen dabei, die ich dankbar an mich nehme. Vier Handfeuerwaffen: zwei standardmäßige Glock 19 und zwei Baby Kel-Tec in Holstern um die Knöchel.

Aufeinander abgestimmte Waffen. Ich wette, Fortz entscheidet sogar, welche Knarren sie einstecken.

Ich verteile die Dinger auf meine verschiedenen Taschen, lass den Dildo aber in Kriegers zuckenden Fingern liegen und mache aus reiner Boshaftigkeit mit meinem Handy ein Foto davon, um es später auf der Website der Polizei zu veröffentlichen.

Die beiden können von Glück reden, sage ich mir, als ich den Horrorraum zum ersten und letzten Mal durch die Tür verlasse. *Wenn mir die beiden noch mal unter die Augen kommen, bringe ich sie um.*

Ich beschließe, mir den Ledertanga später an den Badezimmerspiegel zu hängen, *Rocky Style*, so dass ich ihn jeden Morgen sehe und er mich daran erinnert, wie viel Hass ich mobilisieren kann, falls ich mal welchen brauche.

So ein Theater, nur damit ein paar Perverse Spaß haben.

Je älter ich werde, desto weniger gefällt mir diese Welt und umso mehr weiß ich alles Gute zu schätzen.

Sofia zum Beispiel.

KAPITEL VIER

Kaum ist die Tür hinter mir zugeschlagen, fühle ich mich schwach wie eine Katze im Sack. Mein Adrenalinspiegel sinkt bis zu meinen Füßen, und ich lehne meine Stirn gegen eine Wand, um nicht zu kotzen. Der Taser hat Male auf meiner Brust hinterlassen, die sich anfühlen, als würden sie immer noch glühen, und meine Gedanken wirbeln plötzlich die Abflussrinne meines verwirrten Gehirns hinunter.

Jedenfalls fühlt es sich so an.

Vielleicht sollte ich noch mal reingehen und den beiden Cops die Lichter ausblasen, denn wenn sie aufwachen, werden sie hinter mir her sein. Ihnen bleibt gar nichts anderes übrig. Rein praktisch betrachtet ist das ein gutes Argument. Mach Krieger und Fortz fertig, dann hast du deine Ruhe, aber wenn man Cops tötet, kommt es zu keiner Gerichtsverhandlung mehr, auch nicht, wenn man wie ich Beziehungen zum Department hat.

Vor ein paar Monaten bin ich mit Deacon und ihrem Captain was trinken gegangen, und zum Schluss sind wir im Hinterzimmer des Slotz gelandet, mit einer Flasche Jack Daniels und einem dreckigen Grinsen im Gesicht. Wir kamen auf die blöden Ausreden zu sprechen, mit denen Cops in schriftlichen Berichten den Gebrauch ihrer Schusswaffen rechtfertigen.

Einer hat behauptet, er habe den Verdächtigen erschießen müssen, da der Verdächtige ein T-Shirt mit Schriftzug trug, erzählte der Captain und verbürgte sich, Hand aufs Herz, für den Wahrheitsgehalt seiner Geschichte. *Der Schriftzug sei, Zitat, »unamerikanisch« gewesen, und der bescheuerte Anfänger glaubte außerdem, auch das Wort »dschihad« gelesen zu haben* – der Captain hielt inne, um einen Schluck Whiskey zu trinken, und wir wussten, dass gleich der Clou kommen würde. *Er fand, er könne den Mann nicht am Leben lassen, zumal er sich zu diesem Zeitpunkt weniger als fünf Meilen von einem Flughafen entfernt befand. Wie sich später herausstellte, war's aber nur ein Spruch aus* Der Herr der Ringe, *Elbisch oder so ein Scheiß.*

Und Ronelle meinte, *Elbisch hat das Gebäude verlassen.*

Wir bekamen Seitenstechen vor Lachen. Allerdings kommt mir die Geschichte jetzt gar nicht mehr so lustig vor. Sollten mich Krieger und Fortz jemals erwischen, haben sie sich ihre Ausreden bestimmt längst zurechtgelegt.

Ronelle Deacon ist Cop durch und durch. Sie stammt aus einer echten Polizistenfamilie, auch ihr Großvater war schon einer, einer der wenigen Afroamerikaner bei der Texas Police Force und einer der berühmten Beamten, die 77 den Universitätsturm stürmten, um den Austin City Sniper rauszuholen. Ronnie übernahm den Schlagstock von ihrem Vater, der in Rundberg als schwarzer Mann in blauer Uniform Streife lief, was einiges an Mumm erfordert. Ronnie hatte es nicht leicht, wurde streng erzogen. Als sie zwölf war, sah sie ihrem Daddy in der Garage bei den Liegestützen zu. Mit vierzehn machte sie selbst schon hundert, und mit zweiundzwanzig fing sie beim NYPD an, arbeitete hart an ihrer Festnahmequote und lernte, was das Zeug hielt, weil sie spätestens mit dreißig Detective sein wollte. Sie schaffte es zwei Jahre schneller.

Krieger und Fortz nutzten meine Freundschaft zu Ronelle aus, um mich in ihren Wagen zu locken. Ihnen muss klar sein, dass ich sie anrufen werde, sobald meine Hand nicht mehr zittert. Dass die beiden Cops sind, wird Ronnie nichts bedeuten, sie hasst korrupte Bullen mehr als gewöhnliche Verbrecher. Und damit steht auch sie auf der Liste der Gefährdeten. Fortz kommt mir nicht vor wie einer, der Dinge irgendwie ungeklärt lässt. Erst werden sie hinter mir her sein und anschließend Ronelles Tod als Unfall inszenieren.

Ich muss was unternehmen.

Ich rufe Ronelle an, aber die Mailbox springt an, weshalb ich eine kurze Nachricht hinterlasse, die möglichst dringlich, aber nicht verzweifelt klingen soll.

Ronnie. Hier ist Dan. Wir müssen uns treffen. Ich bin mega*gefickt.*

Mein Ton wird darauf schließen lassen, so hoffe ich, dass es was Ernstes ist. Mir fällt ein, dass Ronnie vielleicht gar nicht weiß, was es mit *mega* auf sich hat, und wenn man das nicht weiß, könnte die Nachricht auch ein bisschen albern rüberkommen. Ich hoffe, sie wird mir den Ernst der Lage anhören. Wahrscheinlicher aber ist, dass Ronnie nichts kapiert. Sie wird das Gesagte wörtlich nehmen, mehr nicht. Nur ich habe diese schreckliche Angewohnheit, alles Mögliche irgendwo hineinzuinterpretieren, was niemand sonst nachvollziehen kann. Als würden alle immerzu in Metaphern sprechen oder ihre Absichten vermittels winzigster Gesten kundtun, deren wahrer Bedeutung man permanent auf den Grund gehen muss. Das kommt davon, wenn man in seiner Kindheit von einem Elternteil geschlagen wurde: Ständig versucht man, die Zeichen zu lesen, die Stimmung zu erahnen, um sich zurückzuziehen, wenn's mal wieder hart auf hart kommt.

Irgendwann wird einem klar, dass Leute normalerweise, wenn sie blinzeln, einfach nur blinzeln, dass es sich um keinen geheimen Code handelt, oder wenn sie sich im Bett wegdrehen, dies nicht bedeutet, dass sie einen nicht mehr lieben, sondern nur, dass man spitze Ellbogen hat.

Manchmal ist ein Tiger, *tiger tiger burning bright*, doch nur ein Tiger.

Ich weiß das, aber jahrelanges Verprügeltwerden hat aus dieser Gewohnheit einen Reflex werden lassen.

Halte nach Anzeichen Ausschau. Alles hat etwas zu bedeuten.

In gewisser Weise ist es ganz praktisch, wenn man geschlagen wurde. Ich kann so ziemlich alles, was ich je ausgefressen habe, meinem Dad in die schuldigen Schuhe schieben.

Aus irgendeinem Grund hatte ich mich in einem freistehenden Haus draußen außerhalb der Stadt vermutet. Vielleicht sogar in einem Haus mit Garten. Wo die Nachbarn entsetzt reagieren, wenn sie herausfinden, dass dort Pornos gedreht werden.

Ich kann's kaum glauben. Es war immer so ruhig in dem Haus. Die Leute lebten zurückgezogen, nie wurden Partys gefeiert.

Doch als mein Kopf wieder klar genug für eine kleine Bestandsaufnahme ist, merke ich, dass mir der Schallschutz des Pornofilmstudios den Orientierungssinn vernebelt hat. Ich stehe nämlich im Gang eines New Yorker Hochhauses, ganz ohne Zweifel. Das lässt sich anhand der Straßengeräusche, die im Treppenhaus aufeinanderprallen, einwandfrei feststellen. Verkehr und Ströme von Fußgängern. New Yorker, die knappe Nachrichten in ihre Handys brüllen, das entzückte Gurren der Touristen, die zum ersten Mal einen Blick auf den Trump Tower oder den Apple Store werfen, und die Mischung aus arabischen Dialekten, die man nicht mal in Guantánamo finden würde. Auch die Gerüche sind vertraut: Straßenimbisse, heißer Asphalt und das Gummi von Millionen von Reifen.

New York. Die Kasper haben mich nach New York verschleppt.

Zu meiner Linken befindet sich ein Fahrstuhl, der mich an eine Hintertür im Erdgeschoss bringen würde, aber ich pferche mich lieber nicht da rein. Anders als das Kino glauben macht, gibt es meist keine unverriegelte Fluchtklappe in der Decke, falls der Action-Held in Schwierigkeiten gerät. Im Fahrstuhl bist du im Zweifelsfall, wie man unter uns Puffmüttern sagt, total gefickt.

Gar nicht leicht, mit der Jugendsprache mitzuhalten. Neulich im Club habe ich zu einem Collegetypen FUBAR gesagt und einen Blick kassiert, als würde ich noch Schwarzweiß senden.

Tango and Cash, Kleiner. Kauf dir doch mal eine DVD.

Aus dem Grund steige ich also nicht in den Fahrstuhl. Aber auch, weil in mir die Phantomerinnerung aufsteigt, dass ich von Fortz' höhnischem Gelächter begleitet in diesen Schacht gedrängt werde. Allein der Anblick der Stahltür lässt mich schaudern.

Scheiß drauf. Ich muss die beiden aus dem Weg räumen.

Nein. Ich hab in meinem Leben schon so manche Verzweiflungstat hinter mir, aber ich habe nie jemanden umgebracht, wenn es sich irgendwie vermeiden ließ. Irgendwie.

Fortz, dieser Wichser, sollte besser aus seinen Fehlern lernen, weil ich das nächste Mal nicht mehr für meine Selbstbeherrschung garantieren kann, schon gar nicht, wenn ich ausreichend Zeit hatte, über das mir angetane Unrecht nachzudenken.

Nach ein paar tiefen Atemzügen zur Stabilisierung nehme ich die Treppe. Drei Stockwerke tiefer, vorbei an einem Nagelstudio und einem Kühlhaus für Fleisch, stehe ich auf der Straße. Ich wende mich nach rechts und gehe gesenkten Hauptes weiter, weil möglicherweise irgendwo Überwachungskameras filmen. Abstand zwischen mich und dieses Gebäude zu legen hat jetzt oberste Priorität. Wenn mein Herz aufhört zu hämmern, kann ich mir überlegen, wo ich mich genau befinde. Allzu schwierig dürfte es nicht sein. Ich muss nur auf dem Handy nachsehen.

Wie sich herausstellt, bin ich in Manhattan auf der 42nd Street Ecke 8th, eine Gegend, die ich noch sehr gut kenne aus der Zeit, als ich in den Clubs von Big Apple an der Tür stand. Ich könnte in ein Taxi nach SoHo springen und diesen vermaledeiten Umschlag abgeben, aber mein Gehirn braucht ein bisschen Frischluft, um die Kampfneurose niederzuringen, die ich in mir aufsteigen fühle, und etwas zu essen wäre außerdem auch keine schlechte Idee. Es ist nach zwei, und ich habe noch keinen Krümel im Magen.

Nach zwei? Wie zum Teufel ist das denn passiert?

Krieger muss mir im Wagen zusätzlich eine Spritze verpasst haben, um sicherzugehen, dass ich nicht so schnell aufwache. Ein weiterer Grund, weshalb ich die beiden hätte töten sollen. Ich beschließe, Zeb zu bitten, mich einmal gründlich durchzuchecken, sollte ich es je wieder nach Hause schaffen; es sollen keine fremden Chemikalien in meinem System zurückbleiben. Viele Sedativa haben Nebenwirkungen, wenn man nichts dagegen unternimmt. Von Amnesie bis Paranoia kann einen noch Tage nach der letzten Injektion alles Mögliche überfallen. Das Letzte, was ich jetzt gebrauchen kann, ist die Angst, dass mich jemand umbringen will, ohne mich erinnern zu können, wer das eigentlich sein soll.

Wahrscheinlich würde ich einen Cop um Hilfe bitten, und das wäre dann Dirk Fortz.

Ich marschiere ungefähr ein Dutzend Straßenecken weiter zum Parker Meridien, bin froh um die vielen Menschen, die mir auf der Straße Deckung geben, und setze mich an einen kleinen Tisch bei Norma's, dem berühmten Frühstücksrestaurant.

Dirk Fortz. Was ist das bloß für ein bescheuerter Name? Als hätten sich seine Eltern nicht entscheiden können, ob er in Dynasty *oder in* Star Wars *mitspielen soll.*

Dieser Typ ist mir unter die Haut gegangen wie sonst niemand zuvor. Er wollte mich nicht nur umbringen, er wollte noch viel weiter gehen.

Meine Hände zittern, und ich verstecke sie unter dem Tisch, als die Kellnerin mit der Speisekarte kommt. Verzeihung, nicht die Kellnerin. Die Bedienung.

Die *Bedienung* ist ungefähr zehn Jahre jünger als ich, darf also gerade so in meiner Phantasieliga mitspielen, hat ein offenes Gesicht, und ihre Augen strahlen entweder aufgrund gesunder Ernährung oder der Einnahme von Speed.

»Die Speisekarte brauche ich nicht«, sage ich. »Ich war schon mal hier. Bringen Sie mir eine Kanne Kaffee und den French Toast, mit allem.«

Die Bedienung lächelt so breit, dass ich's ihr abnehme. Wenn Amerikaner eins draufhaben, dann ist es, Leuten das Gefühl zu geben, willkommen zu sein.

Ich komme mir vor wie ein Stammgast, dabei war ich seit Jahren nicht mehr hier.

»French Toast«, sagt sie und notiert die Bestellung auf ihrem Block. »Nahrung für die Seele, hm?«

»Ja«, sage ich. »Ich kann ein bisschen Trost gebrauchen.«

Früher hab ich mir hier nach turbulenten Nächten an der Tür ein Frühstück gegönnt. Viele Cafés haben ein Plakat mit der Aufschrift *Bestes Frühstück von New York City* im Fenster, aber bei Norma's steht es zu Recht.

Ich lese das Namensschild der Bedienung. »Es gibt nichts Besseres für die Seele als French Toast, Mary. Stammen Sie aus Irland, Mary?«

Mary findet die Frage total spannend. »Oh Gott, ja! Ich stamme ja so was von aus Irland. Mein Urgroßvater kam aus County Wales hierher.«

Ich bin froh, dass ich jetzt einen Vorwand habe zu lächeln. »Das ist toll! Ich habe Cousins in County Wales.«

Mary streckt entschlossen die Brust heraus. »Na, dann hoffe ich, dass Sie Hunger haben, lieber Cousin. Der Toast wird nämlich so groß sein, dass eine Armee davon satt wird.«

Ich mag Mary jetzt schon, und hätte ich nicht kürzlich erst zwei Stromschläge kassiert und wäre entführt worden, hätte ich mich vielleicht sogar ein bisschen mehr angestrengt. Aber in meiner Tasche stecken Inhaberschuldverschreibungen, und realistisch betrachtet, bemüht sich Mary wahrscheinlich gerade um ein gutes Trinkgeld, und selbst wenn nicht, fühle ich mich Sofia gegenüber verpflichtet wie einem schizophrenen Engel auf meiner Schulter.

Mary marschiert in die Küche, und ich lege meine Hände auf den Tisch, schaue nach, ob sie noch zittern.

Regt euch ab, ihr kleinen Scheißerchen, strahle ich sie an. *Ihr habt viel zu tun.*

Norma's ist sehr viel schicker als der Laden, in dem ich sonst frühstücke, aber manchmal muss man einem guten Toast zuliebe auch ein kleines bisschen Klasse in Kauf nehmen. Selbst kurz vor drei am Nachmittag ist der hohe Raum noch zur Hälfte mit Geschäftsleuten besetzt, die sich die Krawatten lockern und Kragenknöpfe öffnen, die anderen sind von außerhalb und wegen der berühmten Pfannkuchen extra in die Stadt gereist. Ich wette, ein Mädchen wie Mary verdient hier zweihundert Dollar pro Tag allein an Trinkgeld.

Vielleicht sollte ich ihr einen Job anbieten.

Während ich mir vorstelle, mit welch völlig übertriebener Begeisterung meine Bedienung auf mein imaginiertes Stellenangebot reagieren würde, hat Mary die Zeit genutzt, um eine Kanne Kaffee zu besorgen und mir an den Tisch zu bringen.

»Hey, Cousin«, setzt sie an und erstarrt plötzlich mit Blick auf meine Hände.

Nein, nicht meine Hände, etwas in meinen Händen. Ich sehe nach und merke, dass ich eine der beiden Glocks auf den Tisch gelegt habe. Dabei kann ich mich gar nicht dran erinnern. Wozu soll das gut sein in einem Restaurant? Ich spüre kalten Schweiß durch meine Nackenporen dringen.

Aber Mary lässt sich nicht lange aus dem Konzept bringen. Das Mädchen arbeitet immerhin in NYC.

»Ah, schon kapiert. Ire, hm? Dann sind Sie also Cop?«

Schön, wenn man die eigenen Ausreden serviert bekommt. Ich wünschte, das wäre immer so.

»Das ist die Pistole eines Polizisten«, sage ich wahrheitsgemäß und nehme die Glock vom Tisch. »Musste mich nur vergewissern, dass sie gesichert ist. Ich will ja keinen Gast erschießen.«

Mary schenkt mir eine Tasse Javabohne ein, und ich weiß schon allein wegen des Aromas, dass der Kaffee erstklassig ist.

»Sehen Sie die beiden da in der Ecke, die immer Stielaugen machen, wenn ich mit meinem Hintern vorbeiwackle?«, flüstert sie.

»Ja, die sehe ich«, erwidere ich.

Jetzt, wo sie die Worte *Hintern* und *wackeln* in einem Atemzug erwähnt hat, werde ich natürlich auch Stielaugen machen.

»Die beiden dürfen Sie ruhig erschießen, Officer«, sagt Mary, und ich spüre ihren Atem an meinem Ohr, was beinahe die Erinnerung daran verdrängt, dass Fortz vor noch nicht allzu langer Zeit an dieselbe Stelle geatmet hat.

Der Toast ist genauso gut, wie ich ihn in Erinnerung hatte, nur doppelt so groß, unter einem Berg von Obst, Sahne und Sirup vergraben und versüßt durch den diskreten Hüftschwung, den mir Mary im Vorübergehen schenkt. Als würde man einem ertrinkenden Hund einen Knochen zuwerfen. Ich weiß die Geste zu schätzen, aber meine Situation verbessert sich dadurch nicht.

Ich mache mich über den Toast her, der so gut ist, dass ich ihn mir widerwillig schmecken lasse, obwohl meine Verschnaufpause zeitlich begrenzt ist.

Treibstoff, sage ich mir. *Vor Sonnenuntergang gibt es noch viel zu tun. Du musst immer noch nach SoHo.*

Ich lege das Besteck weg und überlege, den Deal sausenzulassen. Nach meinem Zusammenstoß mit dem falschen Arm des Gesetzes kann ich nicht anders, als in Erwägung zu ziehen, mein Waffenlager im Schließfach am Busbahnhof zu räumen und die Sache mit Mike Madden direkt zu klären. Die irische Regierung hat eine Menge Geld darauf verwendet, mir feuchte und stille Methoden beizubringen, und es wäre doch schade, wäre die Investition umsonst gewesen.

Immer besser, man entscheidet sich für das schon bekannte Übel, stimmt's? Dieser überempfindliche Kerl in SoHo könnte irgendein Mafiaarsch sein, dem völlig egal ist, ob ich einen hundsmiserablen Tag hatte.

Ich widme mich erneut meinem Toast und schenke mir eine weitere Tasse Kaffee ein, spüre, wie das Koffein meine Herzfrequenz ankurbelt.

Ja. Ich mache Mikes gesamte Gang unschädlich, warum nicht? Kostet mich nicht mehr als einen Nachmittag und ein paar Ladestreifen.

Vielleicht läuft das so im Kriegsgebiet. Aber wir sprechen hier von New Jersey. Überall sind Kameras und aufmerksame Bürger.

Und wenn du's versaust?

Dann wird Mike die Ausgänge des Clubs versperren und meinen Laden abfackeln. Jason, Marco und die Mädchen wären dann Geschichte.

Sofia. Vergiss Sofia nicht.

Sofia wäre so gut wie tot.

Und wenn ich einfach nur Mike umbringe? Der Schlange den Kopf abschlage?

Nein. Calvin wartet nur darauf, endlich mal zum Zug zu kommen. Manny möglicherweise auch. Da, wo Mike herkommt, gibt es mehr als genügend Schlangenvieh. Und diese Kerle lieben es, Exempel zu statuieren.

Ich beschließe, Sofia eine SMS zu schicken, aus dem einzigen Grund, damit es mir danach bessergeht.

Also schicke ich: ?

Das ist alles, nur ein Fragezeichen. Früher hieß es noch: *Hey, was geht ab? Wie geht's?* Jetzt haben wir für alles Abkürzungen, wahrscheinlich nennt man so was Fortschritt.

Eine Minute später kommt von ihr: ?

Das bedeutet: Gut. Und dir?

Ich antworte: cul8r?

Das heißt: *See you later?*

Und bekomme einen dicken grinsenden Smiley zurück.

Das ist schon mal gut. Es bedeutet, dass Sofia ihre Pillen genommen hat, beziehungsweise nicht akut selbstmordgefährdet ist und mich später gerne noch sehen würde.

Ich habe ein bisschen ein schlechtes Gewissen, eine Verabredung zu treffen, die ich möglicherweise nicht einhalten kann und bei der ich, wenn doch, von meinem Gegenüber gar nicht erkannt werde, aber manchmal braucht's eben mehr als einen French Toast, um die Schikanen des Tages zu überstehen.

Da ich das Handy schon mal in der Hand halte, checke ich meine nicht angenommenen Anrufe und merke, dass ich sechs von Mike und drei von Zeb erhalten habe. Scheiß auf die beiden.

Meine boshafte Seite liebäugelt mit dem Gedanken, dass Mike Zeb als Geisel gefangen halten könnte, um mir Beine zu machen. Ein kleines bisschen milde Folter wäre auch nicht verkehrt. Nichts Lebensbedrohliches, aber so, wie ich Zeb kenne, braucht er seine Fußzehen sowieso nie alle gleichzeitig.

Mein Twitter-Logo zwitschert, teilt mir mit, dass ein Tweet von meinem Therapeuten eingetroffen ist. Neuerdings verbreitet er seine Weisheiten online, was – wie er mir versichert – früher oder später unumgänglich sein wird, warum sollte er also nicht vorangehen. Selbst habe ich nie getweetet, aber ich lese Dr. Simon und Craig Ferguson, einen lustigen keltischen Kasper.

Tweets haben was Zwanghaftes, also stürze ich mich auf Simons jüngsten Erguss:

Denkt dran, meine lieben Phobiker: Kurz vor der Dämmerung ist es immer am dunkelsten, es sei denn, wir haben eine Sonnenfinsternis.

Ich frage mich, wen er damit beruhigen möchte.

Ich schalte auf Sofias kurze Nachricht zurück, und allein der Anblick des schlichten Emoticons lässt es mir ein paar Grad wärmer ums Herz werden.

Sofia. Ob uns wohl eine Chance vergönnt ist?

Scheiße. Wenn das so weitergeht, schreibe ich bald Gedichte.

Meine Sinne täuschen mich nicht, ich spüre, dass jemand vor mir steht. Ohne hinzusehen, weiß ich, dass es eine Frau ist. Mein Unterbewusstsein versteht die Anzeichen zu deuten. Parfüm, der

Klang der Schritte zuvor, das Geräusch ihres Atems. Eine Frau, aber Mary ist es nicht.

Ich blicke also auf, und keinen Meter von mir steht eine vornehme Dame, die mich anstarrt, als hätte sie ihr Dienstmädchen bei Tiffany's erwischt. Sie ist um die vierzig, wovon man dank Schönheitssalons und Gymnastik gute zehn Jahre abziehen darf.

Blondes Haar rahmt ihr auffallend schönes Gesicht, das auf gute Weise an ein Pferd erinnert, und ihr durchtrainierter Körper wird auf das Angenehmste von einem roten Jogginganzug aus Samt verhüllt, auf dessen Hinterteil garantiert in großen Lettern ein provokanter Spruch steht. Anhand des glitzernden Diamantrings an ihrem Finger und der Tatsache, dass gleich ein ganzer Kellnertrupp im Abstand von zwei Metern besorgt um sie herumscharwenzelt, erkenne ich, dass sie steinreich ist.

Keine Ahnung, was das soll, aber ich habe keine Zeit dafür.

Ich entscheide mich für schnelles Abwimmeln.

»Gute Frau«, sage ich. »Was auch immer Sie glauben ...«

Sie fällt mir ins Wort. »Mister McEvoy? Daniel McEvoy?«

Das ist erstaunlich. Normalerweise werde ich von stinkreichen Menschen nicht erkannt, weil ich meine Mitgliedschaft im Country-Club nicht mehr erneuert habe, seit Enron pleiteging.

»Wer will das wissen?«, frage ich, da wir uns sowieso schon mitten in einem Noir-Film befinden.

Unaufgefordert zieht sich die Lady einen Stuhl heran und setzt sich mir gegenüber.

»Daniel«, sagt sie. »Ich glaube, ich bin deine Großmutter.«

Offensichtlich befinden wir uns in zwei verschiedenen Filmen.

Mary schenkt mir noch mehr Kaffee ein und unterstreicht ihren Hüftschwung mit einem kurzen Ausblick auf ihr Dekolleté, da sie als Profi weiß, dass statistisch gesehen allein die Anwesenheit einer weiteren weiblichen Person am Tisch ihr Trinkgeld um mindestens fünf Prozent senken wird.

Reiß dich zusammen, Soldat. Das Mädchen schenkt Kaffee ein, und du bist dreiundvierzig Jahre alt.

Ich kann nicht anders. Ständig lege ich Bedeutung in die Verhaltensweisen meiner Mitmenschen. Wahrscheinlich deshalb, weil es mir manchmal so vorkommt, als hätten alle um mich herum böse Absichten. Außerdem hat mir mein Therapeut Simon mal versichert: *An Paranoia ist noch niemand gestorben, an mangelnder Paranoia schon …*

Die ominöse Oma hat sich auf einen Stuhl mir gegenüber gepflanzt und ist jetzt dabei, ihr Handy auszuschalten, damit wir nicht gestört werden. Sie bestellt einen Grapefruitsaft bei Mary, ohne meine reizende Bedienung auch nur anzusehen, und legt anschließend mit ihrer Geschichte los.

»Ich besuche hier das Fitnessstudio. Das ist wirklich gut. Ich habe einen Trainer, der zu mir nach Hause kommt. Pablo ist fantastisch. Ich bin heute gelenkiger, als ich es mit zwanzig war.«

Das lasse ich so stehen, Pablos Methoden mögen wirklich effektiv sein, aber sie gehören noch zur Einleitung.

»Du siehst gut aus, Daniel. Gesund. Bist du verheiratet? Hast du Kinder?«

Ich schüttele einmal den Kopf als Antwort auf alle beiden Fragen.

»Ich auch nicht«, sagt sie. »Nicht so richtig. Nicht mehr.«

Drei kurze Sätze. Alle vollgepackt.

»Tut mir wirklich leid … äh … Oma, aber ich stehe heute unter Zeitdruck.«

Sie patscht sich selbst sachte auf die Wange, wirbelt eine zarte Puderwolke auf, obwohl ich hätte schwören können, dass sie gar keins aufgelegt hat.

»Oh Gott, wo hab ich bloß meine Manieren?«, sagt sie und streckt mir die Hand seltsam seitlich angewinkelt hin wie jemand von den Royals. »Ich bin Edit Vikander Costello.«

Sie spricht Edit so aus, dass es sich auf Michael Jacksons »Beat it« reimt.

Ich schüttele die Hand. Ehrlich gesagt ist es weniger ein Schütteln als ein Schwingen, aber ich spüre Kraft unter der zarten trockenen Haut.

»Costello«, sage ich. »Bist du mit dem alten Paddy verheiratet?«

»Ehefrau Nummer vier«, sagt sie. »Die erste, die ihn überlebt hat.«

Das ist durchaus eine Leistung. Paddy Costello schien mir immer aus Granit gemeißelt.

»Dann bist du also genetisch gesehen gar nicht meine Großmutter?«

»Nein. Ich bin das Nachfolgemodell. Version Vierpunktnull.«

»Und woher weißt du von mir, Edit? Wie hast du mich erkannt?«

»Ich habe dich gesucht, Daniel. Seit sechs Monaten habe ich irische Detektive auf deine Spur angesetzt. Und jetzt tauchst du hier auf, zwei Straßenecken entfernt von meinem Apartment am Central Park South.«

»Warum suchst du mich denn? Hat mir der alte Paddy etwas vermacht?«

Edit guckt verlegen und faltet an ihrer Serviette herum. »Nein. Du wurdest enterbt, zusammen mit deiner Mutter. Ich suche dich, weil Evelyn verschwunden ist, meine einzige Verwandte, die mir noch geblieben ist.«

Evelyn Costello. Allein der Klang ihres Namens versetzt mich ins Dublin der siebziger Jahre zurück. Die kleine Schwester meiner Mutter, das Mädchen, das trotz des Verbots ihres Vaters den Atlantik überquert und uns besucht hat. Das Mädchen, das meinem Dad versichert hat, sie würde *seine Nudel auf einen Eispickel spießen, sollte er sich je wieder in der Zimmertür irren.*

Das war wahnsinnig cool. Wir hatten gar keinen Eispickel. Ich kannte niemanden, der einen hatte.

Evelyn Costello. Meine erste Heldin. Wochenlang habe ich jeden Penny gespart, nur damit wir auf jeden Fall einen Eispickel im Haus haben, wenn sie noch mal zu Besuch kommt.

Meine Tante Evelyn, die immer mit mir ins Schwimmbad ging, außer einmal, als sie aus irgendeinem Frauengrund nicht konnte, den ich damals nicht verstand und über den ich auch heute nicht viel mehr weiß.

»Evelyn ist verschwunden?«

Edit knetet erneut an ihrer Serviette. »Ja. Sie hatte Suchtprobleme wie ihre Mutter. Nach dem letzten Rückfall haben wir sie bei Betty Ford abgeliefert, aber du kennst ja Evelyn: Sperrt mich bloß nicht ein. Sie hat auf eigene Faust ausgecheckt und jetzt haben wir sie seit über zwei Jahren nicht mehr gesehen. Zur Beerdigung ihres Vaters ist sie auch nicht erschienen.«

Sollte Edit einen mitleidigen Blick erwartet haben, so geht sie leer aus. *Väter* haben bei mir nicht das Ansehen, wie sie es in den Sitcoms der sechziger Jahre hatten. Hundert Prozent der Vaterfiguren in meinem Leben waren leibhaftige Teufel, immer besoffen und prügelnd.

Edit merkt, dass der Druck auf die Tränendrüse keine Wirkung zeigt.

»Klar hatten sie auch ihre Differenzen, aber Eve hat ihren Vater geliebt, und Patrick hat sie geliebt. Es ist eine Tragödie, dass sie vielleicht nicht mal weiß, dass er tot ist.«

Sie weiß es, es sei denn, sie hat sich unter einem Stein verkrochen, aber selbst dann müsste sie's mitbekommen haben, denn heutzutage sind die meisten Steine ans Netz angeschlossen. Als Paddy Costellos Herz schließlich unter dem Hammerschlag eines massiven Infarkts seine Tätigkeit einstellte, hatten die meisten Fernsehsender längst einen Nachruf vorbereitet. Big Paddy Costello, der letzte große Industriemagnat. Der Mann, der Amerika zu dem gemacht hat, was es ist – oder so ein Scheiß.

Mein Großvater.

In Irland verstehen wir viel von Männern, die Imperien bauen. Bei der Armee hab ich ein paar davon kennengelernt. Ich denke, wenn ein Mann es ernst damit meint, dann muss sich sein komplettes Leben einzig und allein darauf konzentrieren, alles in Schutt und Asche zu legen, das ihn davon ablenken könnte. Konkurrenten beispielsweise. Oder seine Familie.

»Ich dachte, vielleicht hat sie Kontakt zu dir aufgenommen, Daniel. Ihr standet euch doch nahe, oder? Sie hat von dir gesprochen.«

Das stimmt. Wir standen uns nahe, auch wenn sie vielleicht nur ein Dutzend Mal bei uns übernachtet hat. Evelyn hatte Pfiff. Als ich vierzehn und sie sechzehn war, kam sie eines Abends nach einem Fummeldate nach Hause und hielt mir einen strengen Vortrag darüber, wie man die Titten eines Mädchens richtig begrapscht. So was vergisst ein Junge nicht. Niemals.

»Ja, wir standen uns nahe. Evelyn war wie eine große Schwester für mich.«

Edit nickt. »Eben. Das hat sie gesagt. Dannys große Schwester, sie hat auf dich aufgepasst. Deshalb dachte ich, du hast vielleicht was gehört ...«

Edit Costello senkt den Blick. Sie musste im Leben so viele Enttäuschungen hinnehmen, dass sie sich jetzt gegen diese wappnet. Ich bin nicht gerne der Überbringer schlechter Nachrichten, aber ...

»Nein, tut mir leid, Edit. Ich habe seit zwanzig Jahren nicht mehr mit Evelyn gesprochen. Sie hat mir ein paarmal geschrieben, als ich in der Armee war, aber das war nur Small Talk. Vor ein paar Jahren hab ich gehört, dass sie in der Betty-Ford-Klinik ist, und hab ihr eine Karte geschickt. Aber ich habe keine Ahnung, wo sie jetzt steckt.«

Edit setzt sich auf, um nicht zusammenzusacken. »Natürlich. Woher auch? Dann kann ich zumindest die Privatdetektive zurückpfeifen.«

»Ja. Die konnten ihren Aufenthaltsort ja offensichtlich nicht mal auf einen Kontinent eingrenzen.«

Wir grinsen, aber ich bin gestresst, und sie ist enttäuscht, deshalb lassen wir den Raum nicht gerade vor Helligkeit erstrahlen.

Edit fährt mit dem Finger an ihrem Glas entlang. »Mister McEvoy. Daniel. Vielleicht kannst du mich anrufen, wenn sich Evelyn bei dir meldet. Sie muss sich nicht mit mir treffen, wenn sie nicht will, ich würde nur gerne wissen, ob es ihr gutgeht. Wenn sie Geld braucht, es ist genug für sie da.« Edit senkt die Lider auf halbe Höhe, als würde sie Berge aus Gold vor sich sehen. »Ich meine, mehr als genug.«

Einerseits hoffe ich, dass der Satz noch weitergeht – zum Beispiel mit: *Für dich ist auch mehr als genug da*, aber meine Stiefoma hat bereits ausgeredet.

Ich nehme die Karte, die sie Gott-weiß-wo herausfischt, dann sehe ich, dass sie ein kleines Reißverschlusstäschchen an ihrem Schweißband hat. Ich wusste nicht, dass es so was gibt. Praktisch.

»Na klar. Ich rufe an. Aber nach all den Jahren …«

Edit ist so schlank, dass sie aufsteht, ohne den Stuhl zurückzuschieben.

»Ich weiß. War nur ein Versuch. Manchmal zahlt sich das aus.«

Ich sehe ihr in die Augen, und sie hat diesen verzweifelten Blick. Wie eine Spielsüchtige auf der Rennbahn.

»Sieh mal, Edit«, sage ich und kann kaum glauben, dass ich mich darauf einlasse. »Ich habe diese Woche einiges um die Ohren. Wichtiges, sonst würde ich dich nicht hinhalten, aber nächste Woche kann ich ein paar Anrufe machen. Vielleicht ist Evelyn ja nach Irland gefahren. Hast du daran schon gedacht?«

»Ja, natürlich. Sie hat Dublin immer geliebt. Meine Privatdetektive haben auch dort nach ihr Ausschau gehalten. Ohne Erfolg.«

Ich schiebe meinen Teller weg, wünschte, es wäre ein Teller voll Reibekuchen mit Speck und nicht dieses Kinderessen.

»Klingt nicht, als wären deine Detektive wahnsinnig auf Zack. Offensichtlich haben sie nicht mal mitbekommen, dass ich schon vor Jahren aus der Stadt weggezogen bin. Ich kenne ein paar Leute, die ihre Finger überall im Spiel haben. Ich melde mich bei dir.«

»Danke, Daniel«, sagt Edit und zieht dabei automatisch ihren so gut wie nicht existenten Bauch ein, so dass sich ihre Rippen durch den Samt abzeichnen.

»Ich werde mich erkenntlich zeigen.«

Ich muss mir irgendwas Edelmütiges einfallen lassen, damit ich am Ende dieser Begegnung nicht wie ein Pfannkuchen futternder Hinterwäldler dastehe.

»Das ist nicht notwendig«, sage ich und hoffe, dass mein Kinn nicht verschmiert ist. »Gefälligkeiten innerhalb der Familie sind kostenlos.«

Edit ist ganz gerührt von meiner großartigen Geste und beugt sich vor, um mir ein Küsschen auf die Wange zu drücken, dabei schmiert sie sich Sirup an die Lippen.

Wir ignorieren es beide, und sie geht, wischt sich auf dem Weg zur Tür das Gesicht mit einem Feuchttuch sauber.

Ich bin so ein Vollidiot.

Mein Twitter-Vögelchen zwitschert. Ich gucke aufs Display und lese: *Analysier nicht immer alles vorwärts und rückwärts. Du weißt, was die ersten beiden Silben des Wortes Analyse bedeuten.*

Ich komme nicht umhin festzustellen, dass meine Großmutter doch keinen Schriftzug auf dem Hintern trägt.

Das ist echte Klasse.

Ich gebe Mary das dreifache Trinkgeld, und sie dankt es mir mit einem Lächeln, das einen Mann fast vergessen lassen könnte, dass es Leute gibt, die ihn töten wollen. Im Nachglanz dieses Lächelns beschließe ich, sollte mich Sofia je an die frische Luft setzen, werde ich nach Manhattan fahren und sehen, ob ich diese Dame überreden kann, mich in ein Restaurant zu begleiten, in dem auch sie sich setzen darf.

Der Gedanke macht mich ein kleines bisschen schuldbewusst, aber in meinem Alter muss man vorausschauend planen. In meinem Alter haben doch nicht mehr so viele Mütter schöne alleinstehende Töchter.

Auf dem Weg nach draußen schaue ich auf dem Klo vorbei, was eine gute Sache ist, weil ich schon wieder das große Zittern kriege und die ganze Toastpampe wieder hochkommt, bevor sie überhaupt unten angelangt ist.

Fortz und Krieger, diese verdammten Arschlöcher. Scheiß auf die beiden.

Wie krank muss man sein, um sich Leute von der Straße für Snuffstreams zu schnappen? Während ich über der Schüssel hänge, bereue ich eine ganze Minute lang, dass ich diese Blödmänner laufengelassen habe. Erstaunlich, wie schnell ein kurzer heftiger Schock das eigene Verhältnis zu Mord verändern kann.

Blödmänner? Das ist ein bisschen milde ausgedrückt. Mindestens Arschgesichter.

Das Gute an meiner kleinen Klopause ist, dass alles sauber rauskommt. Einmal würgen, und schon fühle ich mich besser.

French Toast. Vielleicht war das doch ein bisschen zu ambitioniert.

Ich spüle mir den Mund aus, so gut ich kann, und trotte möglichst lässig und energiegeladen die Stufen zur Lobby rauf, als hätte nie jemand in den schicken Toilettenräumen einen Brechreiz verspürt. Trotzdem fühle ich mich ein bisschen schwach auf den Beinen und paranoid außerdem. Ich bin davon überzeugt, dass jeder Tourist, der mit ausdrucksloser Miene auf das Display seines Handys starrt, in Wirklichkeit ein Foto von dem großen Honk macht, der sich gerade im Scheißhaus übergeben hat.

Gut möglich, dass längst nach mir gefahndet wird und meine Verbrechervisage schon auf der Website der Polizei zu finden ist.

Jedermann mit Dienstabzeichen in dieser großartigen Stadt könnte bereits mein Foto und meinen Lebenslauf auf seinem Smartphone haben.

Ich rechne damit, dass Fortz die ungeklärte McEvoy-Angelegenheit selbst in die Hand nimmt und nur ungern seinen Kameraden überlässt.

Mindestens zwei korrupte Bullen werden mir also auf den Fersen sein.

Genug von diesem Blödsinn. Ich habe was zu erledigen.

Sobald ich diese Inhaberschuldverschreibungen abgeliefert habe, kümmere ich mich um die Sache mit Krieger und Fortz.

Dabei kann mir nur Ronnie helfen.

Ich nehme ein Päckchen Lifesavers aus der Lobby mit, dann schiebe ich mich durch die Drehtür ins nachmittägliche Manhattan.

Ich fühle mich, als wäre es mindestens schon Mitternacht, aber die Mühen des Tages haben diesen ähnlich in die Länge gezogen wie ein Baseballmatch, und das ist – Gott möge mir verzeihen – so ziemlich das Langweiligste, was man auf einem Sportplatz machen kann, abgesehen vielleicht von Fegen. Bei meinem ersten Spiel als Zuschauer war die Hälfte der Leute schon weg, bis ich überhaupt gemerkt habe, dass das Match vorbei war. Zeb hatte mich mitgenommen und mir erklärt, wer von der gegnerischen Mannschaft Syphilis hat. Anscheinend war die halbe Spielerbank betroffen.

Ich bin zu erschöpft für den öffentlichen Nahverkehr, also winke ich mir ein Taxi an der Ecke zum Broadway heran und bitte den Fahrer, mich direkt nach SoHo zu bringen. Man sollte meinen, der Kerl wäre außer sich vor Freude über eine so schöne teure Fahrt, aber er trommelt auf dem Lenkrad, als hätte ich gerade gestanden, seine Mutter gevögelt zu haben.

Normalerweise bin ich sehr sensibel gegenüber anderer Leute Stimmung, auch wenn es Arschlöcher sind, aber heute ist nicht normal, also klopfe ich an die Trennscheibe.

»Zwei Sachen, mein Freund«, sage ich. »Erstens, machen Sie bitte diesen Minifernseher hier aus. Lady Gagas modische Erscheinung geht mir am Arsch vorbei.« Was irgendwie gelogen ist, weil sie mich fasziniert und sie außerdem sogar singen kann. »Und zweitens, wenn Sie nicht aufhören, aufs Lenkrad zu trommeln, werde ich Ihnen mit einer der vier Pistolen, die ich bei mir habe, in den Kopf schießen.«

Danach reißt sich der Typ ein bisschen am Riemen, aber sollte es wirklich so weit kommen, wird er mich mit Vergnügen bei einer Gegenüberstellung identifizieren.

Dank des innerstädtischen Verkehrs habe ich jetzt Ruhe, um Tommy Fletcher in Irland anzurufen. Ich suche unter den gespeicherten Kontakten in meinem Handy, das kleine Porträtfoto neben den Details versetzt mich in Gedanken wieder zurück in unsere gemeinsame Zeit bei der Armee. Ich erinnere mich, wie das Foto entstand. Es war der Tag, an dem Corporal Tommy Fletcher bei einer Minenräumaktion am frühen Morgen sein linkes Bein verlor. Tommy meckerte wegen der Hitze und der Fliegen, die ihm wie Geschosse ins Gesicht knallten. Der Schweiß lief mir in die Augen, und ich konnte das Blut unter meinem Helm rauschen hören, war fassungslos darüber, dass die anderen von mir erwarteten, die Leitung zu übernehmen. Die Kinder sahen uns nach, als würden wir sie langweilen, und die alten Männer hockten faul in Sandalen und Jogginghosen von Nike herum, tranken süßen Tee aus winzigen Gläsern, spielten ihre Version von Backgammon und unterhielten sich in einem Tonfall, der sich nach Streit anhörte, von dem ich inzwischen aber wusste, dass er ganz alltäglich war. Sie kümmerten sich absolut nicht um uns.

Ich weiß noch, dass ich dachte: *Das könnte hier ein Paradies sein. Sie haben gutes Wetter, Meer, wunderschöne Mädchen. Verfluchte Scheiße, die besten Surfspots am ganzen Mittelmeer.*

Dann sauste eine Katjuscha-Rakete vom obersten Stockwerk

eines nie fertig gebauten Wohnblocks, der Schweif zischte wie eine Schlange. Sie verfehlte Tommy und mich, traf aber den Laster, der über Fletchers Bein rollte. Dann fing die Schießerei an, und plötzlich befanden wir uns mitten im Kugelhagel. Um nicht komplett auszuflippen, beschloss ich, Tommy zu retten. Eine einfache Anweisung an mein Gehirn, dank derer es mir gelang, Ordnung ins Chaos zu bringen. Ich warf meine Waffe und meinen Rucksack ab und hievte mir Corporal Fletcher auf die Schulter. Danach erinnere ich mich kaum an Einzelheiten der heroischen Rettungsaktion, erst wieder ans Krankenhaus. Als der Sanitäter Tommys Hose herunterschälte und sein Bein abfiel, nahm Tommy dies dank der Unmengen von Morphium in seinem Blutkreislauf gefasst auf und sagte: »Du liebe Güte, pass doch auf mit der Schere!«

Später wollte er, dass ich mich zu ihm aufs Bett setze und wir ein Foto von uns mit dem abgetrennten Bein in einem Sack quer auf unseren Knien schießen. Das ist das Bild, das ich mit seinen Kontaktdaten abgespeichert habe.

Ich drücke auf Anruf, und Tommy geht gleich beim ersten Klingeln dran, als hätte er nur darauf gewartet.

»Was willst du?«, fragt er mit Belfaster Akzent. Tommy stammt eigentlich aus Kerry, wobei sein Akzent noch mehr Angst einflößt, wenn man dazu seine Psychopathen-Visage sieht. Seine Belfaster Nummer sollte man zur Abschreckung Außerirdischer über Satellit ins All senden.

»Tommy. Ich bin's, Danny.«

»Du liebe Güte, Sarge«, sagt er und kehrt zu seiner normalen Stimme zurück. »Das ist echt unheimlich. War gerade dabei, dich anzurufen.«

Die Verbindung ist einwandfrei, und es klingt, als säße mein alter Kamerad im Taxi neben mir.

»Ja? Und warum, Tom? Gibt's was Neues?«

»Du wirst nicht glauben, was der alten Lady passiert ist, die ich für dich im Auge behalten sollte.«

»Ich hab's gehört. Ein Blitz. So ein Pech.«

Tommy holt tief Luft. »Ein verfluchtes Naturereignis. Eigentlich mochte ich das alte Mädchen ganz gerne, sie hatte einen super Hintern.«

Unmöglich festzustellen, ob Tommy lügt oder nicht. Nein, das stimmt nicht. Tommy lügt immer. Das ist seine Ausgangsdisposition. Es ist unmöglich, den Blödsinn von den kleinen Notlügen zu unterscheiden.

Warum nur ziehe ich gerade diese Menschen an?

»Dann ist dir der Auftrag also gar nicht langweilig geworden, und du hast die Sache auch nicht selbst in die Hand genommen?«

Tommy schnappt nach Luft. »Das ist eine unerhörte Unterstellung, Sarge. Sicher, ich hab so einiges auf dem Kerbholz, aber Marge per Stromschlag ins Jenseits befördern?«

In meinem Hirn läuten Alarmglocken. »Marge? Wieso Marge?«

Eine Pause entsteht, in der sich Tommy überlegt, mit wie viel Wahrheit er herausrücken muss.

»Äh ... das alte Mädchen hat mich entdeckt, Sarge. Nach der Laserbehandlung hatte sie Augen wie ein Habicht. Hat mir immer belegte Brote in den Garten gestellt. Wunderbare Brote. Köstlich.«

Jetzt fällt es mir wie Schuppen von den Augen. Tommy hatte was mit Irish Mikes Mutter.

»Herrgott noch mal, Tom!«

»Was?«

»Gottverfluchte Oberkacke! Kannst du deinen Dödel nicht einmal unter dem Reißverschluss halten?«

Tommy war bekannt für seine gründlichen »Rund-um-die-Uhr-Observationen«. Es wird behauptet, Corporal Fletcher sei dank seiner überzeugenden Infiltration einer IRA-Terrorzelle in Wirklichkeit der Vater eines gewissen Sinn-Fein-Parlamentsabgeordneten.

»Reißverschluss? Wie kommst du denn auf so was?«

»Wieso?«

»In meiner Hose steckt ein Monster, Sarge. Das weiß doch jeder. Mit Reißverschlüssen würde ich das Schicksal herausfordern. Für mich gibt's nur geknöpfte Hosen.«

Hübsches Ablenkungsmanöver. Aber vermutlich werde ich die gute Mrs Madden durch mein Verhör nicht wieder lebendig machen.

»Ist sie ganz bestimmt tot, Tommy? Hast du die Leiche gesehen?«

Tommy seufzt. »Die Arme hatte ein künstliches Hüftgelenk aus Metall, sie wurde gebraten wie am Spieß. Ich hab genug gesehen, um zu wissen, dass sich der Auftrag erübrigt hat. Hab ein bisschen was mit dem Handy gefilmt, könnte dich interessieren.«

Ich lege auf. *Künstliches Hüftgelenk? Gebraten? Davon brauche ich kein Video.*

Kein Wunder, dass Mike außer sich ist.

Fünf Minuten später kommt das Video. Ich kann's mir nicht ansehen. Die arme alte Dame war jemandes Mutter, auch wenn dieser jemand Irish Mike ist.

Den Rest der Fahrt über denke ich nach. Ich versuche, mich auf die Höhle des Löwen zu konzentrieren, die ich in Kürze aus freien Stücken betreten werde, aber meine Gedanken schweifen ab, und schon bald bin ich bei meiner Mutter in Irland.

Gott hab sie selig, die Arme.

Das haben die Leute hinterher zu mir gesagt.

Margaret Costello war eine Rebellin. Und sie rebellierte sich vom Regen in die Traufe. Gegen Ende der Freie-Liebe-Ära kam Mom in die Pubertät und wollte es allen zeigen. Vor allem natürlich *dem* Mann in New York City: Paddy Costello. Ihrem Imperien schaffenden, Gewerkschaften brechenden, in Hinterzimmern zockenden, unvergleichlichen Arschloch von einem lieben

Herrn Papa. Paddy hatte sich so viele gute Männer gefügig gemacht, indem er ihre Kinder bedroht hatte, dass er seine eigenen ebenfalls für potentielle Sicherheitslücken in der Costello-Abwehr hielt. Sein Herz verschloss sich, und Margaret und Evelyn wurden in Klosterschulen mit hohen Mauern, strengen Nonnen und in unförmige Schlüpfer gesteckt.

Dabei hätte sich Paddy keine Sorgen machen müssen. Niemand wollte seinen Kindern schaden, das bekam er ganz alleine hin. Evelyn entschied sich wie auch schon ihre Mutter für Alkohol und Tabletten, und Margaret heiratete einen Mann, von dem sie dachte, dass sie ihn liebe, allein schon, weil ihr Daddy ihn hasste.

Vielleicht vereinfache ich hier ein bisschen. Vielleicht hat meine Mutter Arthur McEvoy in den ersten beiden Jahren wirklich geliebt, wenigstens bis er anfing, ihr jedes Mal eine runterzuhauen, wenn sie einen Schritt aus der Küche wagte.

Mr und Mrs McEvoy zogen nach Dublin zurück, wo Dad es sich im Sessel bequem machte und wartete, bis das Geld aus dem Treuhandfonds eintrudelte. Er glaubte, er sei *der Sau auf den Rücken gestiegen*, wie man in Irland sagt.

Paddy aber machte das Scheißspiel nicht mit, wie man in den Staaten sagt. Wenn seine Tochter sich unbedingt an genau die Sorte besoffenen Loser binden wollte, die Irland und den Iren in ihrer neuen Heimat einen schlechten Ruf eingetragen hatte, dann sollte sie alleine sehen, wie sie damit klarkam. Er hatte Margaret vor ihrer Hochzeit gewarnt: *Entscheide dich. Deine Familie oder der Mann.*

Die Rebellin Margaret hatte den Unterkiefer vorgeschoben und gesagt: *Ich habe meine neue Familie gefunden.*

Also wurde der Kontakt abgebrochen.

Arthur McEvoy ließ sich von dieser neuen Entwicklung nicht entmutigen. Enkelkinder lassen alte Herren weicher werden, dachte er und zeugte rasch zwei Söhne, um die McEvoys und die

Costellos auf ewig aneinanderzuketten. Er bestand sogar darauf, den zweiten Jungen Patrick zu nennen.

Durchschaubarer geht's wohl kaum.

Trotzdem ließ sich Paddy nicht erweichen, und die Ehe rutschte in betrunkene Brutalität ab, nicht schleichend und allmählich wie sonst üblich, sondern über Nacht.

Am Morgen war Margaret noch mit einem charmanten Schlawiner aufgewacht, am Abend ging sie bereits mit einem besoffenen Teufel zu Bett. Margaret McEvoy fühlte sich, als wäre sie von einer Klippe gestürzt. Der charmante Schlawiner ließ sich nie wieder blicken. Mir fällt es schwer zu glauben, dass es ihn je gab. Jedenfalls kann ich mich nicht erinnern, ihm je begegnet zu sein. Mom flüsterte mir und Pat Geschichten zu, wenn wir eingezwängt zu dritt im selben Bett lagen. Darüber, wie unser Dad in Bars für sie gesungen hatte. Oder einmal auf Carthy's Field auf eine hohe Eiche geklettert war, um ihren vom Winde verwehten Schal vom höchsten Ast zu holen. Ich habe meine Mom geliebt, aber geglaubt habe ich ihr kein Wort.

Meine Mutter entschied sich, für ihre Kinder zu leben, und das gelang ihr auch einigermaßen, bis der besoffene Arthur mit dem Morris Minor und der kompletten Familie kurz vor Dalkey Village gegen einen Esel raste und dabei alle umbrachte, außer dem Esel und mir. Der Esel wurde über den Graben geschleudert, der Wagen donnerte gegen eine Mauer, und ich landete bei der Armee.

Weil es das einzig Vernünftige ist, wenn die gesamte Familie bei einem traumatischen Verkehrsunfall ums Leben kam: Man schließt sich einer Gruppe von Homophobikern an, zieht mit ihnen in ein kleines Zelt und lernt, wie man Leute ermordet.

Trotzdem muss ich gestehen, dass ich dankbar alles in mich aufgesaugt habe und bei der Armee bekam, was ich brauchte: Selbstbewusstsein, Knarren und Messer.

Ein gottverfluchter Esel.

Solche Szenen sind es, ebenso wie der jüngste Langlauf-/Gewitter-Quatsch, der die ganze Insel in meinen Augen zu einem tragikomischen Märchenland macht. Und hören Sie bloß auf mit *Waking Ned Devine*. Gott sei Dank haben wir noch ein paar ernstzunehmende Vertreter wie Jimmy Heany und Sheridan, die der Republik ein bisschen Würde verleihen.

Außerdem alberne Kobolde, Riverdancing, strohgedeckte Cottages, Fiddle-Musik und der ganze Blödsinn von The Quiet Man.

Jetzt hab ich also den Umschlag für diesen Kerl, und glauben Sie mir, ich weiß, welche Frage auf der Hand liegt:

Warum zum Kuckuck setze ich mich mit den zweihunderttausend nicht einfach nach Mexiko ab?

Weil mir Mike etwas versprochen hat:

Das ist eine bedeutende Transaktion, mein Kleiner, hatte er mir im Brass Ring eingeschärft. *Sollte sich dir die Gelegenheit bieten, die Flatter zu machen, überlegst du's dir besser genau, ob du die Schangse wirklich nutzt, weil das gegen unsere Abmachung verstößt und ich mich dann an deine Nächsten und Liebsten wenden muss. Bei Mrs Delano schauen wir zuerst vorbei.*

Deine Nächsten und Liebsten.

Früher wäre das mein kleiner Bruder gewesen. Sein ganzes Leben über haben wir uns ein Zimmer geteilt.

Selbst nach so vielen Jahren verkrampfe ich vor Schmerz, wenn ich an den kleinen Pat denke. Ich erinnere mich an sein Lachen, mit seinen schiefen Zähnen hatte er was von einem alten Matrosen, aber seine Augen sehe ich nicht mehr vor mir.

Ich schniefe und denke *Edit. Sie hat mich ganz rührselig gemacht, wo ich doch eigentlich hellwach sein sollte.*

Jetzt spricht mich der Taxifahrer an.

»Hey, Freundchen. Heulst du da hinten?«

Ich reiße mich zusammen. »Für dich immer noch ›Mister mit den vier Knarren‹. Sind wir schon da?«

Der Fahrer tippt an sein Fenster. »Schon seit zehn Minuten. Hast du Flashbacks oder so? Bist du einer von diesen durchgedrehten Vietnamveteranen?«

Flashbacks aus Vietnam? Für wie alt hält der mich?

Vietnam klingt fast schon malerisch. Heute geht es um andere Flashbacks, um Erinnerungen an Desert Storm. Diese Veteranen sind ja so selbstgefällig, aber wenn die posttraumatischen Belastungsstörungen bei den Jungs aus dem Irak erst mal ordentlich einsetzen, wird ihnen das Grinsen schon vergehen.

»Keine Sorge. Wenn ich dich erschieße, dann mit voller Absicht.«

»Gut zu wissen«, sagt der Taxifahrer, dessen große Klappe sich urplötzlich verflüchtigt.

»Das macht fünfundzwanzig fünfzig, alter Freund.«

Ansatzweise kann ich den Mann jetzt leiden, also gebe ich ihm fünfzig Dollar, weil ich ja auch gar nicht weiß, ob ich lebend aus dem Hotel komme, und mir die Vorstellung nicht gefällt, dass die Drecksäcke drinnen meine Brieftasche plündern.

»Danke, Mann«, sagt der Fahrer. »Soll ich warten?«

Ich rutsche zur Gehwegseite rüber. »Kannst du, aber nachher gibt's kein Trinkgeld mehr.«

Der Wagen fährt an, bevor meine Finger sich vom Türgriff lösen.

New York, New York, die Stadt, in der es völlig okay ist, ein Arschloch zu sein, Hauptsache, ein einheimisches.

Dan McEvoys Türstehertheorie Nummer drei: New Yorker sind felsenfest der Überzeugung, dass jeder Ort, der nicht New York ist, per geographischer Definition der großen Fünf-Bezirke-Nation unterlegen ist. In der Bronx gibt es besseren Fisch als an der Côte d'Azur. Die Strände von Staten Island sind denen in Rio de Janeiro weit überlegen, und auf dem ganzen Planeten findet sich keine Einkaufsstraße, die auch nur annähernd mit der Fifth Avenue in Manhattan mithalten kann. Deshalb verreisen die meisten New Yorker auch nicht – warum zum Teufel sollten sie? Und diejenigen, die sich doch einmal in die unendlichen Weiten des Mittelmaßes begeben, sind Geschäftsleute oder Intellektuelle, die in der Regel keinen Ärger machen. Außer den Typen aus dem East Village. Diese Künstler sind schon so dermaßen lange PC, dass sie beim Anblick eines Dekolletés ausflippen. Jason und ich behalten jeden Pferdeschwanzträger genauestens im Auge. Diese Wichser bringen es fertig, einer Kellnerin an die Titten zu grapschen und hinterher zu behaupten, sie hätten sie aus ihrer Unterdrückung befreit.

Ziemlich offensichtlich, dass Jason und ich jede Menge Zeit totzuschlagen hatten, als wir im Slotz an der Tür standen. Und irgendwann hat man dann auch genug Bauchbeugen gemacht.

KAPITEL FÜNF

Draußen auf der Straße fühle ich mich schutzlos ausgeliefert. Auch hier sind noch jede Menge Passanten zu Fuß unterwegs, andererseits aber nicht so viele, dass mir ein Scharfschütze keine Kugel in den Kopf jagen könnte. Problemlos ließe sich mir von einem Dach aus der Schädel wegblasen. Die Leute hier sind anders, anspruchsvoller, weniger Turnschuhe, und selbst das Licht scheint hier indirekter – irgendwie nicht so grell, im Einklang mit der dezenten Mode der hier in SoHo Ansässigen.

Früher bin ich durch dieses Viertel gelaufen und habe mich souverän und geerdet gefühlt. Jetzt würde ich zwei Jahre meines Lebens dafür geben, einfach nur ein Typ zu sein, der in versteckten Läden nach trendigen Klamotten sucht.

Am besten, denke ich, schiebe ich meine stämmige Statur jetzt ins Masterpiece.

Ganz schön bombastischer Name für ein Boutique-Hotel: The Masterpiece. Aber da ich früher öfter hier war, weiß ich zufällig, dass es der Spitzname ist, den die Einheimischen dem Gebäude wegen seiner schmiedeeisern verzierten Fassade gaben.

The Masterpiece. Vor ein paar Jahren war ich hier mit Zeb während der New York Fashion Week, Zeb war im Botox-Außendienst, und ich habe für ihn aufs Geld aufgepasst. Plötzlich kommt diese umwerfende – und ganz ehrlich, absolut außerhalb meiner Liga spielende – Señorita in der Bar auf mich zu und hängt zwei Lemon Gingertinis später an mir wie Frischhaltefolie am Frankfurter Würstchen. Damals habe ich einen kleinen Kinnbart getragen, um von meiner fliehenden Stirn abzulenken, und das Mädchen, das wie ein Gewürzkraut oder so hieß, erklärte mir, mein Schnurrbart würde meinen Bart erdrücken. Später rutschte ihr heraus, dass sie mich nur benutzt hatte, um ihren Freund zu ärgern, der sich mit einem Megamodel unterhielt, während sie selbst bloß ein Topmodel war. Als Zeb und ich später alleine nach Hause gingen, machten wir uns über diese Hierarchien lustig. Und daher stammt das bereits erwähnte *mega*.

Coriander, so hieß sie.

In der Lobby ist es dunkel und die Atmosphäre düster, überall schwimmende Lichtkugeln und Wellenmacher. Sollte ich jemals mit ein paar Bier intus dem Innenarchitekten begegnen, werde ich durchblicken lassen, dass mich der Laden an einen Stripclub in Joburg erinnert, wo ich mal an der Tür stand – nur dass die Stripperinnen längere Röckchen trugen als die Mädels hier.

Der Empfangstresen besteht aus einem Stück geschwungenem Edelstahl mit Glasplatte, die alle paar Sekunden die Farbe wechselt, wobei die junge Dame dahinter bei jedem neuen Farbton zusammenzuckt. Das kann nicht gut sein fürs Gehirn, deshalb bemühe ich mich, besonders nett rüberzukommen.

»Hallo. Ich habe einen Umschlag für Mister Shea.«

Das Mädchen wirkt streng und sieht in ihrem stahlgrauen Hängerkleid sehr hübsch aus. Wenn sie nicht von dem Tresen wegkommt, graben sich tiefe Furchen in ihre Stirn, bevor sie fünfundzwanzig ist.

»Den können Sie bei mir abgeben. Wir gestatten Lieferanten nicht die Benutzung der privaten Fahrstühle.«

Wir gestatten nicht. Ist sie etwa schon Teilhaberin?

Ich bestehe freundlich darauf. »Ich bin Besucher. Würden Sie Mister Shea anrufen und ihm sagen, dass das Päckchen von Mister Madden eingetroffen ist?«

Mister Shea. Noch so ein irischer Name. Angeblich gibt es

zwanzig Millionen irische Amerikaner, und anscheinend laufe ich den meisten davon im Laufe dieses einen Tages über den Weg.

»Sind Sie Mister Madden?«, fragt sie und nimmt den Hörer in die Hand, der dieselbe Farbe hat wie ihr Hängerkleid.

»Nein, ich bin Mister Maddens …«, ich durchforste mein Gehirn nach einer Umschreibung, die meiner Wichtigkeit gerecht wird, »Mädchen für alles.«

Ich hoffe, die Kleine wird meinem verschrobenen Grinsen entnehmen, dass ich meine eigene Bedeutung in dieser gesamten Päckchen-Lieferaktion herunterspiele. Sie tut es nicht.

»Mister Shea«, sagt sie ins Telefon und runzelt die Stirn, als der Tisch grün wird, »Mister Maddens Mädchen für alles ist hier.«

Fünf Sekunden später überreicht sie mir eine elektronische Liftkarte, ironischerweise in der Form eines Schlüssels.

»Penthouse Apartment«, sagt sie. »Die privaten Fahrstühle befinden sich hinten.«

Ironische Hotels. Gibt's nur in Manhattan.

Ich mache auf der Toilette Station und deponiere eine der Glocks in einer Kabine, falls ich hier Wildwest-mäßig um mich schießend flüchten muss. Und mit *Wildwest* meine ich Limerick, nicht Texas. Auf der O'Connell Street kann es nach Kneipenschluss am Wochenende ungemütlich werden. Die anderen drei Knarren behalte ich in der Hoffnung bei mir, wenigstens eine davon durch die mir zweifellos bevorstehende Leibesvisitation zu schmuggeln.

Ich spaziere blind in diese Situation, habe keine Ahnung, welche Art von Szenario mich dort oben erwartet. Ich kenne die Ausgänge nicht; weiß nicht, mit wie vielen Gegnern ich es zu tun bekomme. Mit welchen Waffen, Absichten, Verhandlungspositionen. Nichts.

Die Chancen stehen gut, dass die Sache nicht eskalieren wird, nicht in einem schicken Hotel in SoHo. Welcher Vollidiot würde in einem Etablissement wie dem Masterpiece eine Schießerei anfangen?

Die Fahrstuhltüren sind innen verspiegelt, und ich betrachte mich, während die Lampen immer höher Richtung PH blinken, überlege mir, welche Version von Daniel McEvoy ich wem auch immer dort oben auf der anderen Seite der Türen präsentieren möchte.

Ich beschließe, den eiskalten Profi heraushängen zu lassen, überlege es mir dann aber doch noch mal anders. Sollen die mich ruhig unterschätzen. Mach auf groß und blöd, wie einer, der den Profi markiert, tatsächlich aber völlig überfordert ist. Halte deine Zunge im Zaum. Antworte, wenn du angesprochen wirst, und gib keine Widerworte. Folgendes hatte mir Mike geraten:

Denk dran, mach auf blöd, McEvoy. Mr Shea soll das Gefühl haben, der Umschlag wird ihm von einem hirnverbrannten Vollidioten überreicht. Also keine schlauen Sprüche. Je mehr dümmer du rüberkommst, desto schneller lassen sie dich gehen. Wenn die dich nach Einzelheiten zu meiner Organisation fragen, weißt du nichts. Klar?

Mehr dümmer? Der Mann leitet ein Unternehmen.

Im Fahrstuhl mache ich ein bisschen Schattenboxen, um meinem Kreislauf auf die Sprünge zu helfen, dann übe ich meinen Auftritt in den verspiegelten Türen. Ich möchte, dass Mr Shea sich einem Mann gegenübersieht, der zwar groß und dämlich ist, aber alles daransetzt, noch größer und noch dämlicher zu erscheinen. Allmählich wird es Zeit zu akzeptieren, dass ich die Nummer hier durchziehen werde und all mein Können, worin auch immer es bestehen mag, einsetzen muss, um heil aus der Sache herauszukommen.

Mit anderen Worten, ich muss zum Soldaten werden.

Der Fahrstuhl teilt mir mit der erotischsten Stimme, die ich je gehört habe, mit, dass wir das Penthouse erreicht haben. An dieser Stelle würden die meisten Fahrstühle einfach klingeln, aber dieser hier seufzt, was mich ein bisschen aus dem Konzept bringt.

Soldat, ermahne ich mich. *Sei dämlich, Soldat.*

Die Tür öffnet sich und gibt den Blick auf einen Gang mit weichem rotem Teppichboden frei, so wie man ihn für eine Königin auslegt; außerdem stehen drei Männer Wache.

Militärisch sehen sie nicht aus, zwei von ihnen sitzen sogar, du liebe Zeit. Einer davon isst ein Grillhuhn. Der Dritte steht vor mir, wartet direkt vor der Tür, ein strahlendes Lächeln im Gesicht. Ein Lächeln, wie es Menschen im öffentlichen Dienst zur Schau tragen. Sie knipsen es an wie eine Glühbirne, aber es liegt keinerlei Wärme darin.

Durch meine Fassade – *dämlich, macht aber auf ausgefuchst* – versuche ich, ihn zu taxieren. Er ist groß, aber ein bisschen aus der Form geraten, hätte schon vor einiger Zeit die Hemden eine Nummer größer kaufen sollen, denn sie spannen über dem Bauch. Er hat ein plattes Gesicht und seltsam angeordnete tränenförmige Sommersprossen, als hätte er jemanden aus nächster Nähe erschossen und ein paar Spritzer abbekommen. Er ist flink auf den Beinen, und ich kann seine Muskeln an Schultern und Armen erkennen. Außerdem, ich sage es nur ungern, funkelt in seinen Augen sehr viel Schläue, was im Nahkampf immer die beste Waffe ist. Auf größere Entfernung kommt man mit einem guten Zielfernrohr und einer ruhigen Hand allerdings mühelos dagegen an.

»Ich hab das Päckchen«, sage ich und versuche grimmig zu klingen. »Für Mister Shea.«

Der Mann spricht, und erstaunt vernehme ich das echte Irisch der ersten Einwanderergeneration. Vielleicht ist er vor der Rezession geflohen, aber ich möchte es bezweifeln. Wahrscheinlich hat er einfach ein paar Sachen in eine Reisetasche geworfen und, von den laserscharfen Blicken der Ordnungshüter verfolgt, in Windeseile das Land verlassen.

»Wir haben dich erwartet, Daniel. Schon seit zwei Stunden. Mister Shea wird allmählich unruhig.«

Ich verkneife mir eine Bemerkung. Ich zucke mit den Schultern, was alles bedeuten kann: *Im Stau steckengeblieben* oder *fickt euch.* Das gefällt mir so am Schulterzucken: die Ambivalenz.

Der Typ winkt mich aus dem Fahrstuhl, und ich bleibe mit der Fußspitze an der Schwelle hängen, was meiner Nummer mit dem knallharten Kerl ein kleines bisschen Abbruch tut, mir aber andererseits einen Vorwand liefert, vorwärtszustolpern und ihm die leichte Kel-Tec, die ich verborgen in der Hand halte, in seine Jackentasche gleiten zu lassen.

»Achtung, Großer«, sagt der Mann, als wäre ich ein Pferd auf dem Weg zum Abdecker.

Er stößt mich sanft beiseite, dann hebt er die Arme und zappelt mit den Fingern.

»Willste mich hochnehm'?«, frage ich in der Überzeugung, dass die Bemerkung durch meine schlechte Aussprache ins Repertoire von *dämlich macht auf ausgefuchst* passt.

»Heb die Füße«, sagt er, und das mache ich. Dann nähert er sich, um mich zu filzen. Und eins muss ich ihm lassen, er weiß, wie. Es gibt Länder, in denen würden wir jetzt als verheiratet gelten. Er braucht fünf Sekunden, um die beiden verbliebenen Waffen zu finden, und weitere zwei Minuten, um sich zu vergewissern, dass ich nicht doch noch mehr dabeihabe. Keine zärtlichen Berührungen. Wir sind hier nicht am JFK. Hier läuft niemand Gefahr, wegen sexueller Belästigung verklagt zu werden.

»Wolltest wohl was in petto haben, hm?«, sagt er und übergibt meine Waffen einem der Sitztrottel, der erst Grillhuhnfett ans Holster schmiert, bevor er die guten Stücke in einen Eimer unter seinem Stuhl wirft. Wenn ich eins nicht ausstehen kann, dann sind das Fettfingerabdrücke auf meinen Sachen, und nur weil sich diese Pistolen noch gar nicht lange genug in meinem Besitz befinden, um als mein Eigentum gelten zu können, gelingt es mir, mich zusammenzureißen. »Petto ist mein zweiter Vorname«, sage ich, weil ich glaube, dass es dämlich genug klingt, um die ›Hochnehm‹-Scharte wieder auszuwetzen.

Das Lachen meines Filzers ist ungefähr so herzlich wie sein Lächeln. »Ach ja? Das ist schön, Daniel. Warum schiebst du jetzt nicht einfach deinen *Pettopopo* in Mister Sheas Büro?«

Popo. Ein Wort, das man viel zu selten hört.

»Kann ich dir nicht einfach den Umschlag übergeben?« Man wird ja wohl noch fragen dürfen.

»Nein. Diese Angelegenheit wird persönlich geregelt. Mister Shea möchte dich unbedingt kennenlernen.«

Ich dagegen möchte heute absolut niemanden mehr kennenlernen.

»Okay, dann bringen wir's hinter uns.«

Mit verhängnisvollen Schritten nähere ich mich der Tür, ich weiß, das klingt melodramatisch, aber so kommt es mir vor. Die Anspannung verkrampft meinen Magen, und mich überkommt der beinahe unwiderstehliche Drang, es mit den Wärtern hier aufzunehmen, anschließend an die Tür zu klopfen und mich diesem Shea selbst vorzustellen. Die Sitzenden springen auf, als könnten sie das Bedrohliche meiner Aura spüren, und bedenken mich mit gemeinen und durchdringenden Blicken. Möglicherweise habe ich die beiden sitzenden Grillhuhnesser voreilig abgetan. Aufrecht stehend wirken sie durchaus beeindruckend. Meine gewalttätigen Anwandlungen verpuffen, und ich beschließe, der Situation zu erlauben, sich weiterzuentfalten.

»Ihr bleibt hier draußen und behaltet den Fahrstuhl im Blick«, sagt Blutspritzer-Splatter zu seinen Jungs. »Im Stehen, bitte. Und kein verfluchtes Kentucky Fried Chicken mehr.«

Sie bleiben draußen. Das ist gut, es sei denn, in dem Raum soll sich etwas ereignen, für das Splatter keine weiteren Zeugen wünscht.

Das Problematische an Zeugen ist nämlich, dass sie am Anfang immer gar keine sind. Die Leute sehen nichts und wissen nichts, bis Gesetzeshüter ihrer Erinnerung auf die Sprünge helfen. Die meisten lassen sich unter Druck setzen, und ein guter Boss weiß das auch. Sofern hier jemandem tödliche Verletzungen beigebracht werden sollen, ist es eigentlich umso besser, wenn mehrere dabei zusehen.

Die Tür ist reich verziert, und ich kapiere, dass sie der Hotelfassade mitsamt dem protzigen Eingangsportal nachempfunden wurde.

»Ist ja eher ein kleines Hotel«, sage ich und markiere weiter den Dämlichen.

»Ganz genau, Einstein«, sagt Splatter und schiebt mich mit der Schulter weiter, was mir Gelegenheit verschafft, mir die kleine Neun-Millimeter in seiner Jackentasche wieder anzueignen. Er merkt nichts, und ich fühle mich der winzig kleinen Kel-Tec jetzt inniglich verbunden; nun gehört sie wahrhaftig mir, denn wir haben schon einiges miteinander durchgestanden.

Damit habe ich sieben Überraschungen für Mr Shea und seine Jungs in petto, denke ich und befingere die federleichte Pistole in meiner Tasche. *Sieben im Magazin und eine im Lauf.*

Ich will niemanden töten, wenn ich nicht muss, aber um ehrlich zu sein, bin ich dem Morden heute weniger abgeneigt als gestern. Sollte ich irgendwo Latex riechen, ziehe ich die Samthandschuhe aus, wenn Sie meine Ausdrucksweise bitte entschuldigen mögen.

Dieser Tag entpuppt sich als Abfolge konfliktgeladener Begegnungen mit wütenden Männern. Anscheinend spielt es keine Rolle, wie weit oben man in der Nahrungskette steht, es gibt immer einen von Selbstzweifeln und Unsicherheit geplagten Obermotz, der nur darauf wartet, dass irgendein armer dahergelaufener Tropf seine Wichtigkeit unterschätzt. Das Hotel hier, The Masterpiece, ist erstklassig, aber ich wette, dieser Shea gibt sich grundsätzlich herablassend, sogar gegenüber dem Pizzajungen. Ich bin noch keinem Boss begegnet, der sich wohlgefühlt hätte in seiner eigenen Haut.

Als ich durch die Tür trete, stelle ich mir vor, wie das laufen wird. Obwohl Shea den kompletten Vormittag über nervös auf und ab gegangen ist und darauf gewartet hat, dass ich endlich mit seinem wertvollen Päckchen auftauche, lässt er mich jetzt wahrscheinlich erst mal warten, bis er in Ruhe seine Lachsblinis verspeist oder »Verkaufen! Verkaufen! Verkaufen!« in sein iPhone gebrüllt hat.

Aber ich irre mich.

Der Kerl springt von einem dieser seltsamen lehnenlosen Schreibtischhocker auf und rennt mir mit dem Mund voller Hummus entgegen.

Ich kann's kaum fassen. Das ist nun schon das dritte Mal: Der Erste schlürft Kaffee, der Zweite hat fettige Finger, der Dritte schmatzt mit offenem Mund.

Wissen Sie was? Menschen sind Tiere.

Du bist doch kein Affe, will ich diesem Mann sagen. *Mach verdammt noch mal den Mund zu.*

Aber das würde zu Spannungen führen. Also kichere ich.

»Wird aber auch Zeit, McEvoy …«, fängt er an, dann hört er mich kichern. Seine Technoturnschuhe kommen auf dem Holzboden quietschend zum Stehen. »Was? Lachst du mich aus?«

In Sheas schlaffem Kinnbärtchen hängen verschiedene Speisereste. Wie soll ich diese Person ernst nehmen?

Mir fällt wieder ein, dass ich mich dumm stellen wollte. Oder besser gesagt, dümmer als ich bin. Wäre ich nicht dumm, wäre ich dann überhaupt hier?

»Nein, Sir, Mister Shea«, stammele ich. »Ich hab da so 'ne Krankheit. Hat mit Stress zu tun, hat meine Mom gesagt. Heißt A … D … irgendwie so. Ein D ist auch noch dabei. Ich hab auch was dafür, eine Medizin, aber wir haben keine Cheerios mehr, und da hab ich sie nicht genommen. Sie sind ganz toll, Mister Shea, und ich war noch nie in einem Penthouse. Wissen Sie, dass Ihre Tür aussieht wie das Hotel, aber geschrumpft?«

Ich fürchte schon, dass ich es mit der Dämlichkeit vielleicht übertrieben habe, aber meine kleine Ansprache bringt Shea zum Lachen.

»Hast du den Scheiß gehört, Freckles?«, fragt er Splatter. »Mike hat uns vorgewarnt, dass der Typ unterbelichtet ist, ausnahmsweise hat er wohl die Wahrheit gesagt.«

Jetzt bin ich im Besitz neuer Informationen, die weitere Schlussfolgerungen zulassen: Der Spitzname des Chefaufpassers ist also »Freckles«, was aufgrund des Gesetzes der umgekehrten Proportionalität bedeutet, dass er gemeiner ist als eine Schlange.

Shea wackelt wieder zurück zu seinem ergonomischen Hocker, und ich betrachte den Mann unter schweren Lidern, versuche vorübergehend über die Kichererbsensesampaste hinwegzusehen, wobei ich nicht ausschließen kann, ihn später darauf anzusprechen.

Shea ist kaum mehr als ein Junge. Höchstens zweiundzwanzig, angezogen wie direkt aus Abercrombie, wahrscheinlich steht er an den Wochenenden mit anderen Jugendlichen vor der Disco an. Auf der Stirn hat er Aknespuren und äußerst gepflegtes blondes Haar, das kunstvoll in hundert verschiedene Richtungen absteht. Wenn dieser Jüngling die Spitze der Organisation bildet, die von hier aus geleitet wird, dann kann er das noch nicht lange tun.

Vielleicht ist der König gestorben, und der Junge ist ihm auf den Thron gefolgt.

Shea trommelt ein bisschen mit den Zeigefingern auf der Tischplatte, dann nickt er mir zu, ich möge mich setzen.

»Pass auf, McEvoy, Folgendes ist passiert.«

Ich will nicht wissen, was passiert ist. Herausfinden, was passiert ist, hat noch selten jemanden glücklich gemacht.

»Sie können's mir gerne erzählen, Mister Shea«, sage ich und frage mich, wie lange mir der Dämliche abgekauft wird. »Aber wenn ich Mister Madden was ausrichten soll, dann würd ich's lieber mit meinem Handy aufnehmen.«

Shea grinst Freckles dreckig an, und ich weiß, dass ich gearscht bin. »Du musst nichts aufnehmen, McEvoy. Du wirst Mister Madden gar nichts erzählen.«

»Na gut.«

Shea fährt mit seiner Geschichte fort, schiebt sich dabei Essen aus einem Pappbehälter in den Mund. »Mike. Mister Madden. Mein Dad hat ihn sein eigenes kleines Unternehmen draußen in der Pampa führen lassen, weil er Mike den ein oder anderen Gefallen schuldig war. Mikes Geschäfte sind unbedeutend, wen interessiert's? Aber jetzt ist Dad verstorben, und wir befinden uns mitten in einer Rezession, deshalb müssen alle unbedeutenden Unternehmungen zu bedeutenden zusammengefasst werden. Wenn man hundert Cent aufeinanderstapelt, hat man einen Dollar, stimmt's?«

»Stimmt«, sage ich erstaunt.

»Ich habe jemanden geschickt, der sich mit Mike unterhalten soll. Einen Freund. Netter Typ, baut ausgezeichnetes Gras an. Harvardabsolvent, so wie ich.« Shea wackelt mit einem Finger, und ich sehe einen Harvardring mit fetten Diamanten besetzt. »Was für eine Schule! Kluge Frauen, so weit das Auge reicht.«

Ich nicke im Takt seines Sprechrhythmus, warte, dass er zum Punkt kommt.

»Es entsteht ein Missverständnis zwischen ihm und einem von Mikes Leuten, und anschließend ist mein Mann auf mindestens ein halbes Jahr handlungsunfähig, sein Nervenkostüm ist ruiniert, und das kommt mir persönlich wirklich sehr ungelegen. Meine Pot-Partys sind legendär, Mann. Hast du schon mal was von meinen Partys gehört, McEvoy?«

»Nein. Hab ich nie was von gehört. Hast du mich denn eingeladen?«

Das ist ganz ungeheuerlicher Blödsinn, aber sie haben angebissen. Hinter mir höre ich Gekicher.

»Eigentlich will ich Irish Mike fertigmachen«, fährt Shea fort,

»aber Freckles hat mich überzeugt, die Sache ruhen zu lassen, weil er mit dem guten alten Mikey dicke ist.«

Sheas Harvardakzent verflüchtigt sich, und nasales Brooklyner Gejaule schlägt durch.

»Mike erklärt sich also bereit mitzuspielen und verspricht mir, mich für meine Unannehmlichkeiten zu entschädigen und mir den Namen des Mannes, der meinem Bekannten so zugesetzt hat, in einem Umschlag zu senden, quasi als Friedensangebot. Hast du den Umschlag dabei, Daniel?«

Mein ratloser Gesichtsausdruck ist jetzt echt, da ich nicht weiß, was Mike damit bezweckt, falls ich jetzt der Typ gewesen sein soll, der Sheas Kumpel von Harvard vermöbelt hat. Er weiß doch, dass mich niemand so leicht umhaut.

Shea schnippt mit den Fingern, und Hummus spritzt auf den Tisch. »Hey, Weltraumforscher. Hast du meinen Umschlag?«

Ich greife langsam in meine Jackentasche. »Hab ihn hier irgendwo. In der Jacke sind so viele Taschen, aber meine andere ist in der Reinigung. Eigentlich bei meiner Mom, aber das sage ich nicht gerne vor anderen, also behaupte ich, die ist in der Reinigung.«

Shea nickt Freckles zu. »Anscheinend haben wir's mit dem dämlichsten Menschen auf Erden zu tun.«

Freckles tippt sich an die Schläfe. »Der ist wirklich nicht ganz frisch hier oben, Boss.«

»Nenn mich nicht Boss«, fährt ihn Shea an. »Mein Vater war ein Boss. Wie ein Plantagenbesitzer. Nenn mich Sir.«

»Ja, Sir. Mister Shea. War nur ein Reflex. Bin ein alter Hund und brauch ein bisschen Zeit für neue Tricks.«

Shea nickt, als wollte er sagen, *wie wahr, wie wahr.* »Na ja, wir wissen ja, was mit alten Hunden passiert.«

Oha. Hallo. Spannungen im Camp.

Shea trommelt wieder auf der Tischplatte. »Umschlag, bitte.«

Ich schiebe ihn rüber und fange an, mir meine nächsten

Schritte zu überlegen. Freckles hat sich ein bisschen verschoben, aus meinem Blickfeld heraus, er ist also das, was meine Armeekumpels als Hauptgegner bezeichnen würden. Shea ist bloß ein Junge, und seine Körperhaltung verrät mir, dass er nicht der Sportlichste ist, trotzdem muss ich ihn einkalkulieren. Man weiß nie, ob er nicht doch ein erstklassiger Schütze ist oder mit einem Messer umzugehen weiß. Vielleicht ist der Wichser mit *Duke Nukem* aufgewachsen und kann Ratten im Laufschritt enthaupten.

Mir ist immer noch nicht klar, was hier gespielt wird. Warum will mich Mike in die Sache reinziehen? Ich bedeute Chaos, bin unberechenbar. Wenn sich Mike bei diesem Unistreber beliebt machen will, kann er doch jederzeit einen seiner Wichte opfern, die er sich im Brass Ring hält.

Er muss wissen, dass ich irgendwann eine Möglichkeit finden und mich eigenhändig aus dem Schlamassel herausknüppeln werde. Und wenn's dunkel wird, komme ich zu ihm nach Hause.

Shea zählt die Schuldverschreibungen und schiebt mir eine rüber. »Das Wort hier, Dummkopf«, sagt er und tippt auf eine. »Was heißt das?«

»Schuldverschreibung«, sage ich und betone jede Silbe einzeln.

»Weißt du, was das bedeutet?«

Ich kann's erraten, aber ich gebe ihm die Antwort, die er wahrscheinlich hören will.

»Dass es falsch geschrieben ist?«

»Es bedeutet, dass du schuld bist, du bist der Typ. Ich weiß nicht, ob du's wirklich bist, aber anscheinend hat Mike keine Verwendung mehr für dich.« Shea schiebt mir den leeren Umschlag wieder zu, als wär's Long John Silvers schwarzer Punkt. »Ich glaube, dein Boss will zwei Fliegen mit einer Klappe schlagen, und Mister Daniel McEvoy, eine von den beiden Fliegen bist du.«

Ich habe ein Damaskuserlebnis, der Groschen fällt aus großer Höhe, und ich sehe Mikes Zukunftsvision deutlich vor mir. Irish Mike ist dumm wie Moos, aber etwas macht ihn sehr gefährlich;

er hält sich wirklich und wahrhaftig und allen gegenteiligen Beweisen zum Trotz für sehr schlau. Für einen ausgezeichneten Strategen.

Und ich glaube, hier ist er auf einen anderen dämlich-schlauen Typen gestoßen.

Ich denke Folgendes: Freckles und Mike haben sich zusammengetan.

Freckles hat Mike gebeten, einen Blödmann zu schicken, damit Freckles Shea erschießen und es dem Blödmann in die Schuhe schieben kann. Er selbst übernimmt dann die freie Spitzenposition. Der arme Collegeabgänger soll enterbt werden.

Aber Mike spielt außerdem sein eigenes Spiel. Anstatt irgendeinen tollpatschigen Vollpfosten zu beordern, schickt er den ehemaligen Soldaten Daniel McEvoy in der Hoffnung, dass dieser gezwungen sein wird, beide umzulegen, nur um selbst zu überleben.

Ich muss schon zugeben, mit dem Blödsinn von wegen zu *fünfzig Prozent* entlastet hat er mich drangekriegt.

»Das siehst du falsch, mein Junge«, sage ich jetzt in normalem Sprechtempo und hoffe, dass es ihm auffällt. »Ich bin keine Fliege. Ich bin die Klappe.«

Das ist ein echt guter Satz, und ich sehe schon den Kinotrailer vor mir, aber Shea ist nicht besonders beeindruckt.

»Kannst ja doch schneller sprechen, oder wie? Bist jetzt plötzlich einer von den ganz Ausgeschlafenen?«

»Okay, alle zusammen. Wichtig ist jetzt vor allem, dass wir die Ruhe bewahren. Lasst uns Klartext reden, ich erzähle euch, was hier los ist, und bis ich damit fertig bin, haltet ihr alle schön still.«

»Du willst Klartext reden? Für wen hältst du dich? Shaft?«

Schon das zweite Mal heute. Noch mal, und ich fange an zu glauben, dass ich wirklich was von ihm habe.

»Wovon redest du?«, fragt Shea. Er macht sich keine Sorgen, aber immerhin hat er zugehört.

»Shea. Hör mir gut zu. Vergiss alle anderen. Die Situation ist kurz davor zu eskalieren.«

»Ja, gleich eskaliert sie dich ins Jenseits.«

»Mir gefällt, wie du meine Begriffe aufnimmst und in verändertem Kontext neu verwendest. Das ist echt toll, aber hör zu. Ich glaube, ihr werdet benutzt.«

Shea prustet laut los, und Essen spritzt ihm aus dem Mund. »Benutzt? Mister, das Wort habe ich erfunden. Ich komme aus dem Business. Große weiße Haie, Mann. Ich war ein hohes Tier an der Wall Street. In der Höhle des Löwen. Mich benutzt man nicht.«

Der Mann lebt in seiner eigenen kleinen Blase. Ich habe nicht die Zeit, die nötig wäre, um zu ihm durchzudringen.

Ich drehe mich um, will Freckles im Auge behalten. »Ich wette, wenn du Freckles hier bittest, die Taschen zu leeren, wirst du eine Pistole mit Schalldämpfer finden.«

Shea ist jung und hält sich immer noch für unsterblich.

»Na und? Die Kugeln darin sind für dich.«

»Wirklich? Erschießt du jetzt schon Leute in deinem eigenen Penthouse, Junior?«

Shea runzelt die Stirn. »Halt die Fresse, Blödmann. Freckles hat keinen Schalldämpfer. Oder, Freckles?«

»Natürlich nicht, Mister Shea. Der Wichser nimmt dich hoch.«

»Ich dachte, der wäre hohl.«

»Hab ich auch gedacht. Mike meinte, blöd wie Schweinescheiße.«

Ich lehne mich zurück, um auszuholen, falls nötig. »Mike hat uns alle reingelegt, Gentlemen. Ihm ist hundertprozentig klar, dass ich die gefährlichste Person in diesem Raum bin, und trotzdem hat er mich seinen künftigen Partnern auf den Hals gehetzt.« Ich sehe, wie Zweifel auf Freckles' Stirn aufflackern, also mache ich weiter. »Oh ja, der gute alte Mike kann nur gewinnen. Wenn du es hinbekommst, mich und deinen Boss heimlich um die Ecke zu bringen und mir die Schuld in die Schuhe zu schieben, dann ist er Shea los, pflegt beste Beziehungen zum neuen König und hat die noch offene Rechnung mit mir beglichen. Wenn ich gegen euch beide tätig werde, dann wird er in dem ganzen Durcheinander vergessen, und seine kleine Heimindustrie in Cloisters bleibt unabhängig.«

Shea futtert immer noch, hört aber mit mindestens einem Ohr zu. »Du hast aber nicht wirklich eine Knarre mit Schalldämpfer einstecken, oder Freckles?«

Freckles wirft mir todbringende Blicke zu. »Nein, hab ich verdammt noch mal nicht. Aber ich hab eine Waffe. Darf ich den Wichser jetzt endlich abknallen, bitte?«

Ich richte eine Fingerpistole auf den Jungen. »Wenn er zieht, bist du Geschichte, Harvard.«

»Aber du hast doch gesagt, du hast keinen Schalldämpfer«, sagt Shea.

Sein Akzent ist jetzt reinstes Brooklyn, die Universität ist perdu.

Freckles legt die Stirn eine Sekunde lang in Falten, und ich sehe, dass er eine Entscheidung trifft, und die Entscheidung lautet: *Scheiß drauf.*

»Nein«, sagt er und zieht eine Pistole aus einem Holster hinter seinem Rücken und einen Schalldämpfer aus der Tasche, dann schraubt er ihn gekonnt auf den Lauf. »Aber jetzt hab ich einen.«

Während er schraubt, habe ich Gelegenheit, mich unter seinem Schussarm durchzuducken und mit der Kel-Tec in der Hand wiederaufzutauchen. Ich presse ihm den kurzen Lauf so fest ins weiche Fleisch unter dem Kinn, dass ich ihm damit die Haut aufschürfe, und sage sachte:

»Schschsch.«

Freckles erstarrt, als würde er auf einer Landmine hocken, und weil er schlecht nicken kann, blinzelt er zweimal, um anzuzeigen, dass er mich verstanden hat. Er muss nicht wissen, wie es dazu kommen konnte, dass meine Pistole auf sein Hirn zeigt, er muss nur wissen, dass es so ist.

»Gut«, sage ich. »Jetzt lass die Waffe fallen.«

Was zum Teufel sage ich da?

Lass die Waffe fallen?

So werden in der wirklichen Welt doch keine Schlachten geschlagen. Wenn jemand vorhat, dich zu erschießen, machst du ihn kalt. Man lenkt eine solche Situation nicht in Bahnen, in denen der Betreffende Gelegenheit bekommt weiterzuatmen.

Freckles' Pistole fällt laut klappernd zu Boden, aber nicht laut genug, um die Jungs von draußen auf den Plan zu rufen.

»Pack aus«, sage ich zu ihm. Wenn er mir auch nur eine Silbe Bullshit erzählt, werde ich ihn, so wahr mir Gott helfe, mitsamt selbigem ins Jenseits befördern.

»Machtspielchen«, sagt er. »Ich und Mike. Er wollte aufrücken.«

Wie ich gedacht hatte. Freckles und Mike: zwei aufstrebende Möchtegern-Shakespeare, die gemeinsame Sache machen wollten.

Ich nicke Shea zu, der jetzt nicht mehr kaut, sondern mit heruntergeklapptem Unterkiefer am Tisch sitzt.

»Da hörst du's«, sage ich.

Und noch bevor Shea die Worte herausbringt, weiß ich genau, was er sagen will:

»Einen Mann wie dich könnte ich gebrauchen.«

Dann:

»Erschieß das blöde Arschloch.«

Ah, Harvard. Dein Glanz vergeht wie Tautropfen in der Mittagssonne.

Ich sollte Freckles und Shea zusammen erledigen. Mit der Schalldämpferpistole wäre das kein Problem, KFC und seinen Partner draußen im Flur gleich mit, so dass es in ein echtes Blutbad ausartet. In Massenmord.

Wenn ich schon einen Massenmord begehe, dann wenigstens richtig. Ich finde, Mike, seine Jungs und Krieger und Fortz müssen auch noch dran glauben.

Das sind so viele, dass ich mich damit allmählich in Kriegsverbrecherdimensionen bewege.

Dabei rede ich mir an kalten Winterabenden ein – wenn ich an all die Gespenster denke, die mich in meinen schlaflosen Nächten verfolgen –, dass ich in Wirklichkeit gar nicht so schlimm bin. Klingt kindisch, ich weiß, aber um drei Uhr morgens ist das ein gutes Mantra.

Ich bin gar nicht so schlimm. Manchmal singe ich das zur Melodie von »In the Name of Love« von U2. Wenn jemand bei mir übernachtet, verkneife ich's mir natürlich.

»Ich kann dir Geld geben, McEvoy«, sagt Freckles und kommt mit dem unausweichlichen Gegenangebot. »Im Wagen hab ich Bargeld. Fluchtkapital. Hunderttausend.«

Ich verpasse ihm einen Schlag auf den Hinterkopf, der ihn – wie wir Türsteher sagen – in Erlöserhaltung auf den Schreibtisch knallen lässt.

»Das glaube ich dir sofort, Freckles. Danke für den Tipp.«

»Du verfluchter Drecksack. Ich hab dir vertraut.«

Im Kopf des Älteren dröhnt es, und er interessiert sich nicht für Sheas Mist.

»Scheiß auf dich. Du bist nicht mal ein Mann. Ich schulde dir nichts.«

»Erschieß ihn, McEvoy. Freckles ist mein Angestellter, ich habe mehr auf der hohen Kante als er. Das versteht sich doch von selbst.«

Ich nehme Freckles' schallgedämpfte Pistole und bohre ihm den Lauf in die Arschbacke. »Das leuchtet ein, Freckles. Wie willst du als Einwanderer aus Donegal da noch was drauflegen?«

»Du kannst das Geld haben und den Wagen. Die Schlüssel sind in meiner Tasche.«

Er wackelt mit dem Arsch, und die Schlüssel klappern. Für ihn ist das erniedrigend. Kein Mann über fünfzig sollte gezwungen werden, mit dem Arsch zu wackeln. Eigentlich müsste es ein Gesetz dagegen geben.

Ich taste nach dem Klappern und finde einen Schlüsselbund, ein Parkticket und ein Handy. Aber keinen Autoschlüssel.

»Das sind Hausschlüssel, Freckles.«

»Der Schlüsselanhänger ist es, McEvoy. Fernbedienung.«

Na, das ist ja praktisch.

»Das ist ja praktisch«, sage ich und stecke die Schlüssel, das Ticket und das Handy ein.

Jetzt kann ich verstehen, was so toll daran ist, Leute zu bestehlen. Man läuft einfach mit einer Knarre durch die Gegend und nimmt sich, was man will.

»Erschießt du das kleine Arschloch jetzt endlich?«, drängt mich Freckles. »Der macht das ganze Business kaputt.«

Shea nimmt eine Handvoll Hummus und schmiert ihn Freckles ins Gesicht. »Und dann willst du gleich einen Mord begehen? Wollen wir nicht erst mal drüber reden?«

Der Junge befindet sich noch im Wolkenkuckucksheim. Ich sollte ihn ein bisschen aufmischen, damit er es sich zweimal überlegt und sich mir nicht an die Fersen heftet, falls er die Vorstellung hier überlebt. Ich mache zwei schnelle Schritte um den Schreibtisch herum und drücke ihm den Kopf in die Essensreste, reibe ihn richtig schön rein.

»Als hättest du mit mir erst mal geredet«, sage ich. »Wolltest du das damit sagen?«

»Ich wollte dir bloß Angst machen«, protestiert er.

»Blödsinn. Du hast gedacht, ich bin ein toter Mann.«

»Du warst ja auch absolut tot«, bestätigt Freckles. »Wir hatten uns alles ganz genau ausgedacht, McEvoy. Der Wichser wollte dich höchstpersönlich erschießen, sich seine Sporen verdienen, hat er gesagt, als würde irgendwer noch so reden.«

Ich steh hier mit zwei Typen, einer mit dem Kopf auf der Tischplatte, der andere reckt den Arsch in die Luft. Die Situation ist untragbar. Ich brauche eine Ausstiegsstrategie.

»Okay, rüber zum Fenster, alle beide.«

»Aber …«, sagt Edward Shea, weshalb ich ihm eins mit Freckles' Schalldämpfer überziehe.

»Halt die Klappe, Kleiner. Wer zu viel redet, stirbt schneller. Ans Fenster.«

Sie gehen, werfen sich wütende Blicke zu und schubsen sich wie zwei Jungs auf dem Schulhof. Freckles brummt und mault, aber er weiß, wenn ich wollte, könnte ich ihm seine Waffe wiedergeben, eine Hand in die Hosentasche stecken und ihn trotzdem noch windelweich prügeln, deshalb wartet er's lieber ab.

Am Fenster tritt der gewünschte Effekt ein. Das Sonnenlicht taucht die Gesichtszüge in Schatten, macht es fast unmöglich, die beiden auseinanderzuhalten.

»Okay. Dann lasst die Hosen runter.«

Freckles hat Eier, aber er will sie mir nicht zeigen.

»Fick dich, McEvoy. Meine Hose lass ich nur runter, wenn mir Jennifer Aniston einen bläst.«

Ein frommer Wunsch, aber Freckles wird einsehen müssen, dass er damit, gelinde gesagt, ein bisschen zu sehr nach den Sternen greift.

Ich spanne die Waffe. »Ich rufe Jenn an, mach dich bereit.«

Freckles fingert an einer Schnalle in Form eines klassischen Playboy-Bunnys herum, und ich bin sicher, Ms Aniston wäre mächtig beeindruckt.

Der, wo der Superstar dem irischen Mafioso einen bläst.

»Was ist mit dir, Junge? Hast du auch Sonderwünsche?«

»Klar. Warum lutschst *du* mir nicht den Schwanz?«

Nicht schlecht, der Kleine. Hat ja vielleicht doch ein bisschen Schneid.

Dann schält er sich aus seiner kleinen Hipster-Jeans, und,

verfluchte Scheiße, ich kann's kaum glauben, die beiden tragen identische Unterhosen. Weiß mit y-Eingriff und gelben Paspeln.

Ich bewege mich schon den ganzen Tag dicht am Abgrund der Hysterie, und der Anblick gibt mir den Rest. Zehn Sekunden lang huste ich mehr, als ich lache, wische mir Tränen aus den Augen, weil nur Amateure ihre Gegner mit verschwommenem Blick in Schach halten.

»Ihr wollt mich doch verarschen. Ich weiß gar nicht, warum ihr euch so zankt, ihr habt doch eine Menge gemeinsam.«

»Ich hab die Hose seit Jahren nicht mehr angehabt«, sagt Freckles schlechtgelaunt. »Jedenfalls nicht genau diese.«

»Stimmt«, sagt Shea. »Ich bin bei dir eingebrochen und hab sie dir geklaut.«

»Woher soll ich das wissen?«, fragt Freckles. Versteh einer die Jugend von heute. Neulich hab ich einen Film gesehen, wo so ein Typ namens Jigsaw Leuten die Haut vom Gesicht geschält hat. Was ist das denn für ein Scheiß?

Freckles ergreift die Initiative, indem er an mich appelliert, einen Oldie wie ihn, allerdings ohne Wirkung.

»Jetzt haltet Händchen«, befehle ich mit versteinerter Miene. Ich weiß, dass sie widersprechen werden, wofür mir die Geduld fehlt, und so schieße ich ein Loch in Sheas Hocker, der daraufhin rückwärts umkippt. Der Aufprall ist lauter als die Kugel.

»Händchen halten, Mädels! Schön feste.«

Was haben sie schon für eine andere Wahl? Sie halten Händchen. Ich frage mich, ob sie sich auch küssen würden, wenn ich drauf bestehe?

Das Gepolter lässt einen Gorilla an die Tür springen. Er hämmert wild dagegen.

»Hey, Boss? Alles okay?«

»Nenn mich nicht Boss!«, schreit Shea, ich vermute mal, im Affekt.

»Sorry, Mister Shea. Habt ihr die Sache mit dem Mann, äh … geklärt?«

Ich fuchtele ein bisschen mit der Pistole, Shea versteht die Botschaft und regt sich ab.

»Ja, alles cool. Kommt rein, alle beide. Wir müssen was Schweres heben.«

Ich trete ein Stück zurück, halte weiterhin eine Pistole aufs Fenster gerichtet, die andere auf die Tür. Das ist der Teil mit dem Drahtseilakt, die Jonglierbälle müssen in der Luft bleiben, um mal wild mit Zirkusmetaphern um mich zu werfen. Alles Show. Und zwei Clowns draußen vor der Tür.

Die jetzt lässig und supercool wie zwei ganz harte Kerle hereingetrottet kommen, aber abrupt stehen bleiben, als sie sehen, wer da am Fenster in Schach gehalten wird.

»Was zum Teufel …«, sagt KFC.

»… ist hier los?«, vollendet sein Partner den Satz.

Ich frage mich, wie die beiden die Situation wohl deuten werden, und beschließe einzugreifen.

»Okay, Jungs. Waffen auf den Tisch.«

KFC bewegt sich ein bisschen schneller als erwartet, weicht nach links aus und geht in Deckung, mit dem Resultat, dass ich ihm in die Wade anstatt in den Fuß schieße und er mit dem Gesicht auf die Schreibtischplatte knallt, sich selbst außer Gefecht setzt.

Sein Partner ist starr vor Unentschlossenheit und bleibt bibbernd stehen, bis die Gelegenheit verstrichen ist. Seine massiven Schultern beben, als er zu schluchzen beginnt, was ihn sichtlich selbst anwidert. Er zieht seine Waffe aus dem Holster und legt sie kleinlaut auf den Tisch. Ich filze KFC und finde eine Pistole und ein Messer. Das Messer stecke ich in der Hoffnung ein, dass ich demnächst keinen Metalldetektor passieren muss, da ich allmählich zum wandelnden Waffenarsenal werde. Die Pistole lege ich auf den Tisch.

Ich packe KFC am Kragen und ziehe ihn auf die Füße.

»Das bindest du besser ab«, sage ich und zeige auf die Schusswunde.

»Du bist tot, Mann«, erklärt er mir, aber nur aus Showgründen. Er ist blass und hat einen Schock erlitten, aber motorisch ist er gerade so noch in der Lage, seinen Gürtel rauszuziehen und das verletzte Bein abzubinden.

Als ich alle am Fenster versammelt habe, halte ich meine Rede.

»Ich will die Situation mal zusammenfassen. Ihr seid ein schöner Haufen Rowdies. Drogen, Geld, egal, ich hab noch nie was von euch gehört.«

»Hauptsächlich Drogen«, sagt KFC ein bisschen verwirrt. »Aber wir legen auch Leute um und so.«

»Super, okay. Wir verstehen uns. Also Folgendes ist passiert: Ich wurde in einen Bandenkrieg hineingezogen. Freckles hier sollte den Jungen erschießen und mich zum Sündenbock machen.«

KFC hebt die Hand. »Was ist ein Sündenbock?«

Ich hatte nicht damit gerechnet, unterbrochen zu werden. »Das ist ein Prügelknabe.«

»Nein«, sagt KFC. »Jetzt komme ich nicht mehr mit.«

Möglicherweise dreht der Kerl den Spieß um und macht jetzt selbst auf hohl.

»Verarschst du mich?«

KFC ist verletzt. »Hey Mann, du hast auf mich geschossen, ich kann vor Schmerzen und was weiß ich noch alles kaum noch denken.«

Und was weiß ich noch alles? Der Mann gefällt mir.

»Okay. Shea und Freckles sollten sich gegenseitig umbringen, das ist der Deal. Habt ihr das kapiert?«

Alle nicken. Sogar Shea und Freckles.

»Bei euch gibt's ein Schisma.«

KFC hebt die Hand. Ich habe jetzt aber keinen Nerv dafür.

»Ihr seid gespalten«, sage ich. »Uneins. Okay?«

KFC stützt sich auf seine blutigen Fingerknöchel. »Ja, ich hab's kapiert. Hättest du mir nicht in den Arm schießen können? Meine Karriere kann ich doch jetzt vergessen.«

»Ich kann dir gleich in den Arm schießen, wenn du möchtest. Würdest du dann die Fresse halten?«

KFC merkt, dass es keine richtige Antwort auf die Frage gibt, und entscheidet sich klugerweise dafür zu schweigen.

Ich komme zurück zum Punkt. »Der Punkt ist folgender: Diese Gruppe agiert nicht als Einheit. Ich weiß nicht, wer hier wem gegenüber loyal ist. Ihr braucht ein bisschen Zeit für euch, um das herauszubekommen. Lasst es euch mal richtig durch den Kopf gehen, zeichnet ein Diagramm oder was auch immer. Ich hab damit nichts zu tun, und deshalb werde ich mich jetzt auch absetzen.«

Shea wird unruhig. Wahrscheinlich fragt er sich, ob Freckles die anderen Jungs geschmiert hat.

»Nimm die Waffen, McEvoy. Du musst dich schützen.«

Ich zucke mit den Schultern. »Ich hab genug Waffen dabei. Die zwei auf dem Tisch lasse ich euch da. Ich mag grundsätzlich keinen Überfluss. Ich töte nur, was ich auch verzehren kann, wie die Apachen.«

Shea fängt jetzt an zu schwitzen. »Du kannst mich doch nicht hier alleine lassen. Ich gehöre nicht zu diesen Typen.«

Der Junge ist so gut wie tot, und das weiß er auch. Ich frage mich, ob ich ein schlechtes Gewissen haben sollte. Wahrscheinlich. Würde man als irischer Katholik nur Entscheidungen treffen, die das eigene Gewissen nicht belasten, dürfte man morgens gar nicht mehr aufstehen und ganz gewiss nicht vorher an sich selbst herumspielen.

Ich entferne mich von der Gruppe, ordne jedem Einzelnen seine Überlebenschance zu. An sich hätte ich auf Freckles gesetzt, aber durch die heruntergelassenen Hosen ist er gewissermaßen gehandicapt. KFC ist angeschossen, andererseits hat er die Hand schon auf dem Tisch. Shea wird dran glauben müssen, es sei denn, er springt aus dem Fenster oder wird in den nächsten zehn Sekunden von Außerirdischen gekidnappt, und der andere brummelt immer noch. Alles in allem bleibt es wohl bei Freckles.

Ich gehe rückwärts aus der Tür, halte dabei weiter die Versammlung in Schach.

»Niemand rührt sich, bis ich im Fahrstuhl bin, und danach trefft ihr eure Entscheidungen.«

Die Situation ist angespannt. Freckles versucht sich mit Kniebeugen die Hose hochzuziehen, und KFC schiebt seine Hand langsam an die Waffen heran.

Ich schieße ein Loch in die Tischplatte, damit er sich nicht draufstürzt.

»Mh-mh«, sage ich wie eine Kindergärtnerin zu einem ungeduldigen Kleinkind. »Warte, bis ich im Fahrstuhl bin.«

Shea schluchzt hemmungslos, drückt Freckles' Hand wie ein Junge die Hand seines Mädchens beim Abschlussball. Ich versuche Mitleid für ihn aufzubringen, aber in seinem Gesicht kleben Essensreste, und die sprechen gegen ihn. Mir wird mit einem Schlag klar, dass ich mich noch mehr wegen des Hummus über ihn ärgere als wegen des Mordversuchs.

Scheiße. Das ist verkorkst.

Aber wer mit offenem Mund isst, tut mehr als nur kauen. Er sagt: *Ich bin arrogant. Du bist mir scheißegal. Ich interessiere mich so wenig für dich, dass ich mir nicht mal die Mühe mache, den Mund zu schließen.*

Sieht man jemanden, der mit offenem Mund isst, handelt es sich höchstwahrscheinlich um einen Psychopathen.

Ich werde die These noch mit weiteren Recherchen untermauern müssen, bevor ich sie veröffentliche.

Ich drücke auf den Fahrstuhlknopf und höre die Kabine und die Kabel im Schacht knarzen. Weit ist er nicht, denke ich. Wahrscheinlich ein Stockwerk tiefer.

»Ihr habt die Wahl«, erkläre ich den vieren. »Ihr könnt auch einfach alle nach Hause gehen.«

Das ist Blödsinn, das weiß ich, aber ich versuche mir einzureden, dass ich nicht mindestens die Hälfte dieser Menschen passiv ermorde. Ich trenne mich mental von dem Blutbad, das sich gleich ereignen wird. Das ist wie das Spiel mit der Bacon-Zahl, nur umgekehrt, mit Mord und Totschlag und nur einer Zahl.

Der Fahrstuhl seufzt, und ich springe gewandt hinein, drücke mit dem Schalldämpfer auf den Knopf für die Lobby. Die Schießerei beginnt, bevor sich die verspiegelten Türen schließen, und ich sehe mich unerwartet meinem eigenen Anblick gegenüber. Ich zucke zusammen, auch deshalb, weil mein Spiegelbild meinem Vater ähnelt.

Mit einem flotten Spruch versuche ich, mich zu beruhigen.

»Hättest lieber die Klappe halten sollen, Junge«, murmele ich vor mich hin.

Ich bin gar nicht so schlimm. Nein, nein, so schlimm bin ich nicht.

Von wegen.

Der Portier wirft kaum einen Blick auf mich, wahrscheinlich sieht nach dreißig Jahren Gesichtskontrolle ein Ire wie der andere aus. Er scannt nur mein Ticket, und fünf Minuten später sitze ich in einem Cadillac mit mehr Schnickschnack ausgestattet als die *USS Enterprise*.

Freckles' Handy ist mit dem Bordcomputer verbunden, der mich fragt, ob ich eine Nachricht versenden möchte, was mich auf eine Idee bringt, wie ich mir ein bisschen Vorsprung verschaffen könnte. Ich diktiere eine SMS von Freckles an Mike Madden, die einfach lautet: *Es ist vollbracht, Partner.*

Hoffentlich wird sich Mike zur Feier des Tages ins Koma saufen und nicht wissen, wie ihm geschieht, wenn ich's ihm heimzahle, was ich natürlich tun muss. Früher gab es vielleicht mal eine Zeit, da hätte ich den Wagen einfach gen Westen gelenkt und den Fuß nicht mehr vom Gas genommen, bis der Kühler kocht, aber jetzt übernehme ich die Verantwortung.

Sofia. Jason. Sogar Zeb. Sie alle sind mir durch die Ritzen meiner Rüstung unter die Haut gekrochen.

Wäre meine Rüstung eine echte aus Metall, würde ich sie zurück ins Rüstungsgeschäft tragen und mal ein ernstes Wörtchen mit dem zuständigen Verkäufer wechseln.

Standard der Überwachungsabwehr wäre es eigentlich, mich eine Weile in SoHo herumzutreiben und jegliche Verfolger, die sich an mich gehängt haben könnten, abzuschütteln. Woher soll ich wissen, dass sich die Bundespolizei nicht längst für Shea und seine Leute interessiert und mich in einem Fahrzeug anhält, dessen Türverkleidungen mit Schmuggelware ausgestopft sind? Aber ich habe keine Zeit für »Räuber und Gendarm«. Menschen befinden sich in Gefahr, weil ich mich nicht wie geplant habe abknallen lassen, also muss ich etwas unternehmen.

Ich bitte den Wagen, Sofia anzurufen, und er erwidert:

»Sofia Domina?«

Domina? Freckles kann meine Sofia nicht in seinem Handy gespeichert haben. Aber anscheinend hat er diverse andere Nummern.

»Nein. Negativ. Anruf abbrechen«, rufe ich in dem Bemühen, einer Auseinandersetzung mit einer lederbekleideten Nutte zu entgehen.

»Anruf abgebrochen«, sagt der Wagen mit einer Stimme, die ich erst nach einer Sekunde als die von Clint Eastwood identifiziere.

Wow. Freckles ist/war ein harter Brocken. Sogar seine Software ist auf Zack.

Ich diktiere die Nummer, während ich in den Hollandtunnel biege, aufs Lenkrad trommele und darauf warte, dass Sofia drangeht.

Dreimal klingeln, dann:

»Willkommen im House of Jesus. Interessieren Sie sich für unser jüngstes Angebot: *Mietfrei wohnen im House of Jesus?*«

Das ist einer von Sofias Standardsprüchen. Sie hat eine ganze Reihe davon drauf, damit Anrufer möglichst sofort wieder auflegen. Ein anderer Klassiker lautet: »Dies ist ein automatischer Bestelldienst, Sie werden jetzt mit unserer Kreditkartenabbuchungsstelle verbunden.« Meine Lieblingsnummer hat sie aus *Ghostbusters* abgekupfert. Sofia schreit den unglückseligen Anrufer zehn Sekunden lang ohrenbetäubend laut an und knurrt anschließend: »Zuul.«

Sofia bezeichnet diese Technik als »Zeugen Jehovas andersrum«. Einmal habe ich sie gefragt, weshalb sie den Anschluss überhaupt behalten will, und sie hat erwidert:

»Du bist so ein trauriger Tropf. Willst du denn nie was zu lachen haben?«

Darauf fiel mir nichts ein.

»Ich gehe kaum noch aus dem Haus«, fuhr sie fort, pikste mir mit einem Finger in die Brust und drängte mich in eine Ecke. »Und du hast dieses dämliche Kasino. Ich mache nichts anderes, als ungebetene Anrufe entgegenzunehmen und mich um meinen Look zu kümmern. Gefällt er dir heute, Baby?«

Mir gefiel ihr Look. Sie trug einen Ledermantel mit Gürtel um die Taille, zerrissene Strumpfhosen und Ohrringe, die so groß waren, dass sie damit wahrscheinlich Signale aus dem All empfing. Ich denke, Paula Abdul könnte Patin gestanden haben.

»Du siehst toll aus. Ganz bestimmt.«

Sofia strich mir über die Wange, und ich errötete wie eine Jungfrau. »Wenn ich so toll aussehe, wieso bleibst du dann untätig da stehen?«

Ich frage sie, was ich sie immer frage, wenn wir auf dieses Thema zu sprechen kommen.

»Wie heiße ich? Wer bin ich?«

Sofias Blick trübte sich, und sie stampfte mit ihren dünnen

Stummelabsätzen auf. »Warum fragst du mich das immer wieder, Carmine? Sind wir nicht lange genug verheiratet? Ich gebe mir so viel Mühe, und du löcherst mich mit Fragen. Du solltest mir überhaupt keine Fragen stellen, es sei denn, die Antwort darauf lautet *oh Baby.*«

Sofia hing plötzlich an mir wie geschmolzene Lava, all ihre kurvigen Auswölbungen passten in meine Vertiefungen.

Herrgott noch mal, ich bin auch nur ein Mensch.

Ich musste dafür sorgen, dass sie abkühlte, und ich wusste auch genau, wie.

»Sofia, hast du dein Lithium genommen?«

Sie stieß mich angewidert von sich. »Lithium? So viel hat sich in dir angestaut, und dann fragst du mich nach meinen Medikamenten? Du liebe Güte, Daniel.«

Und damit war der Brunnen versiegt.

Wie kommt es, dass ich immer Daniel bin, wenn sie nicht mehr rallig ist? Wenn Sofia richtig heiß läuft, frage ich sie, was aus Carmine geworden ist. Dann wird sie schlagartig kalt wie ein Fisch und erwidert: *Dasselbe wie aus dir, wenn du nicht aufhörst, mich nach ihm zu fragen.*

Was für eine künftige Beziehung nichts Gutes verheißt.

Ich spreche in ein kleines Mikrofon am Visier, wahrscheinlich lauter als nötig, bedenkt man, wie hochgradig ausgereift die Technik hier ist.

»Sofia? Ich bin's, Daniel.«

»Wie lautet das Codewort, Dan?«

Ich hatte nicht an Sofia Delanos Paranoia gedacht. Normalerweise war's immer der Titel eines Achtziger-Jahre-Superhits.

»Sofia, Darling. Ich hab den Code vergessen.«

»Dann hörst du besser auf, mich anzurufen, sonst schicke ich Voodoo durch die Leitung, bis deine Eier auf Rosinengröße schrumpfen.«

Das ist eine drastische Drohung, und der abergläubische Paddy in mir könnte schwören, dass in seinem Gehänge *tatsächlich* etwas kribbelt, was wiederum meinem Gedächtnis auf die Sprünge hilft.

»Der Code lautet: *When the going gets tough, the tough get going.*«

»Dan, Schatz«, sagt Sofia zuckersüß und verheißungsvoll. »Wo bist du?«

Mädchen, die mit Babystimme sprechen, lassen mich normalerweise zusammenzucken, aber Sofia tut es mit solcher Bedürftigkeit und Überzeugungskraft, dass sie die härtesten Herzen erweicht. Hätte der alte Paddy Costello jemanden wie Sofia kennengelernt, hätte er vielleicht tatsächlich Freude an seinem elenden Leben in sagenhaftem Reichtum gefunden.

»Ich bin unterwegs zu dir«, sage ich ins Mikrofon. »In spätestens neunzig Minuten bin ich da.«

Ich fahre auf den Newark Turnpike zu, und der Verkehr fließt zäh, aber er fließt, was schon mal ganz gut ist, deshalb könnte ich es in einer Stunde und zwanzig Minuten schaffen.

»Ist dir heiß, Baby?«

Möglicherweise glaubt Sofia Delano ernsthaft, dass Sex der einzige Grund ist, weshalb sich irgendjemand mit ihr abgeben möchte. Carmine, dieses Arschloch, hat sie wirklich gründlich verkorkst. So weit ich das bei ihren Nachbarn heraushören konnte, war Carmine ein eifersüchtiger Typ, der aus einem lebhaften jungen Mädchen eine Einsiedlerin gemacht hat – eine Katzendame ohne Katzen –, und Menschen sind zu allem Möglichen fähig, wenn sie nach Jahren, in denen ihnen systematisch jede Zuwendung entzogen wurde, ein bisschen Aufmerksamkeit bekommen wollen. Ich kann mich erinnern, als Kind mal beim Arzt gewesen zu sein und fast gehofft zu haben, der Schmerz in meinem Kopf käme von einem Tumor, weil Väter kranke Kinder doch immer lieben, nicht wahr?

Glaube ich jedenfalls, irgendwie.

Vor zwei Monaten habe ich versucht, Carmine zu finden, um Sofia endlich zu erlösen. Ich habe sogar ein mit Jason befreundetes Computergenie auf den Fall angesetzt, aber Carmine blieb einfach wie vom Erdboden verschluckt, als hätten sich Außerirdische in ihn verknallt.

Wahrscheinlich ist er tot oder sitzt eingesperrt in den tiefsten Tiefen eines mexikanischen Gefängnisses. Aber ich kann nicht anders, als mir Sorgen zu machen.

Die bösen Buben sind ja meistens doch nicht kleinzukriegen und tauchen früher oder später wieder auf.

»Nein, Sofia. So ist das nicht. Vielleicht kommt noch jemand bei dir vorbei, bevor ich da bin. Ich möchte, dass du die Kette vorlegst und niemandem außer mir aufmachst.«

»Sind das böse Menschen, Dan?«

Sie klingt nicht ängstlich, eher ungeduldig, und ich mache mir Sorgen, dass sie nicht abschließt, nur weil sie sich über ein bisschen Gesellschaft freuen würde. Mike könnte ein paar eiskalte Killer vorbeischicken, und mein Mädchen würde ihnen Martinis mixen. Andererseits ist sie aber auch imstande und schlitzt ihnen die Bäuche auf, anschließend sagt sie ihnen anhand ihrer blutigen Eingeweide die Zukunft voraus. Ich übertreibe in beide Richtungen, aber der Punkt ist, dass Sofia beim Thema Zuwendung »gut« von »schlecht« nicht unterscheiden kann.

»Ja, das sind böse Menschen, Sofia. Du musst mir vertrauen und abschließen. Was hast du für Waffen?«

Sofia dreht mit ihrer Klein-Mädchen-Stimme noch weiter auf, deshalb weiß ich, dass sie lügt. »Ich habe keine Waffen, Danny. Hier gibt's keine Schießeisen.«

»Ich weiß, dass du mindestens eine Pistole hast, Sofia. Ich hab eine Patronenhülse im Müll gefunden.«

»Ich brenne gerne Löcher in den Teppich, das beweist aber noch nicht, dass ich Schusswaffen besitze.«

Damen anschreien ist schlecht, deshalb verzichte ich darauf.

»Bitte, Sofia. Pass auf dich auf, bis ich bei dir bin. Tu, was nötig ist.«

»Was nötig ist?«

»Egal was.«

Es knallt dumpf, als Sofia das Telefon fallen lässt. Sie ist so aufgeregt, dass sie vergessen hat aufzulegen.

So ganz verstehe ich nicht, wie es Sofia schafft, mich derart in ihren Bann zu ziehen. Es gibt ein altes gälisches Wort, *geasa*, besser kann ich es nicht erklären. In der Schule hat uns unser bescheuerter Lehrer alles über *geasa* beigebracht: Mr Fitzgerald wollte von uns Kindern Fitz genannt werden. Den Mädchen hat er zugezwinkert und den Jungs Zigaretten geschenkt. Ein unheimlicher Zeitgenosse. Fitz wollte von uns die Bedeutung von *geasa* wissen. Das war wirklich eine schwere Frage, aber verfluchte Scheiße, ich wusste die Antwort.

»Hängt dein Arm da an deiner Hand, Daniel?«, fragte Fitz, als er sah, wer sich freiwillig meldete. »Ich sollte ein Foto machen.«

»*Geasa* sind magische Bindungen«, ratterte ich los, aus Angst, mein Gehirn könne gleich aussetzen. »Sie fesseln einen Mann an die Frau, die ihn liebt.«

Fitz war baff, und ich konnte es ihm nicht verdenken. In den drei Monaten, in denen er Mythologie bei uns unterrichtete, hatte ich nie etwas anderes gesagt als: *Das war ich nicht.* Dabei war ich gar nicht so schwer von Begriff, ich wusste nur nie, was.

»Verfickte Scheiße«, sagte er mit dicken hochgezogenen Augenbrauen, die an Nacktschnecken erinnerten.

Das war lustig. Fitz wurde vom Dienst freigestellt, und ich zerschnitt ihm die Reifen, ohne dass es irgendwen gekümmert hätte.

Ich kannte den Begriff, weil meine Mom, die in irischer Folklore so gut Bescheid wusste, wie es nur Emigrantenkinder tun, den Verdacht hegte, mein Vater habe den Zauber vielleicht umgedreht und sie magisch an sich gebunden. Vielleicht hatte sie recht. Margaret Costello McEvoy kam jedenfalls nie von ihrem Ehemann los. Er riss sie mit sich in den Dreck.

Paddy Costello knickte nicht mal ein, als seine älteste Tochter starb, kam nicht an ihr Grab geeilt, um seinen Enkelsohn zu trösten.

Der Typ ist ein reiches Arschloch. Das Einzige, was ihn von anderen gewöhnlichen Arschlöchern unterscheidet, sind seine mit Monogrammen bestickten Hemden.

Also wie gesagt, Sofia Delano hat mich in ihren Bann gezogen. Und ich glaube, es gibt keinen anderen Grund, weshalb ich mich nicht daraus befreie, als dass ich es eigentlich gar nicht will. In Wirklichkeit hoffe ich, dass sie irgendwann wieder bei klarem Verstand sein wird und wir tagelang Sex haben und in einem Caddy-Cabrio Abenteuer erleben werden.

Sogar Zeb kennt sich mit psychischen Krankheiten gut genug aus, um zu kapieren, dass ich in dieser Hinsicht vielleicht ein bisschen zu optimistisch bin. Oder wie er meint: *Du steckst so tief mit dem Kopf im eigenen Arsch, dass du oben wieder rausgucken kannst.*

Vielleicht habe ich ihn auch falsch verstanden, oder möglicherweise wusste Zeb gar nicht, wovon er sprach, jedenfalls liebt er drastische Metaphern. Besonders verstörend finde ich seine Beschreibung einer Morgenlatte: *Danny, ich krieg einen Ständer wie ein rachsüchtiger Gorilla, der im Dschungellotto gewonnen hat.*

Ich habe keine Ahnung, was das heißen soll, aber ich würde lieber auswandern als ihn fragen, weil sich Zeb sowieso nur stundenlang im Kreis drehen würde, um seine Wortwahl zu rechtfertigen.

Sicher weiß ich nur, dass ich nicht zulassen darf, dass Sofia etwas zustößt. Hoffentlich komme ich bei ihr an, bevor Mike kapiert, dass ich seine Kacke zum Dampfen gebracht habe. Oder wie Zeb sagen würde: *Bevor Mike merkt, dass er gefickt ist wie ein glattgewachster Dachs, der mit Honig am Arschloch rückwärts durch ein Flamingogehege watschelt.*

Verstehen Sie jetzt, was ich meine? Man bekommt schon Migräne, wenn man sich nur überlegt, was der Mann sagen könnte.

Sofia ist erst mal in Sicherheit, und an der Front kann ich einstweilen nichts ausrichten, also wende ich mich gedanklich den Kriegsschauplätzen im Norden und Osten zu. Jason versetze ich mit einer knappen SMS in Alarmbereitschaft. Es wird ihm Spaß machen, seine Muskelmänner zusammenzutrommeln. Der Mafioso, der jetzt im Slotz an die Tür klopft, tut mir leid. Jasons Jungs werden ihn erst windelweich prügeln und dann eine Farbberatung mit ihm machen.

Wenn Sie ein modisches Problem haben, bei dem Ihnen bislang niemand helfen konnte, wenden Sie sich an unser Gay Team.

War das jetzt homophob? Darf ich ein bisschen sticheln?

Ich sag lieber nichts. Halte mich raus.

In knapp über einer Stunde habe ich endlich die Stadtgrenze erreicht und stehe noch mal zehn Minuten an der Ausfahrt im Stau, während ein Auffahrunfall weggeräumt wird. Ein paar Polizisten auf Motorrädern vermitteln zwischen den Fahrern, und nur deshalb hänge ich mich nicht auf die Hupe und lasse Dampf ab. Mikes Jungs könnten in diesem Moment bereits auf dem Weg zu Sofia sein, und ich sitze hier und muss zusehen, wie ein Armani tragendes, mitten im Winter sonnengebräuntes Hedgefonds-Arschloch wegen seiner E-Klasse-Stoßstange total kindisch ausflippt. Die Vorstellung überfällt mich, ich könnte ihn einfach packen und über die Leitplanke befördern, und ich klammere mich fest ans Lenkrad, um es nicht zu tun.

Bis ich weitergewunken werde, drehe ich dermaßen am Rad, dass ich beim Anfahren beinahe gegen ein Absperrgitter donnere.

Auf die Art fällst du in deinem gestohlenen Wagen natürlich überhaupt nicht auf, du Hornochse.

Das macht Sofia mit mir. Jegliche Vernunft schwindet.

Ich meide die Hauptstraße in Cloisters, mache den illegalen

U-Turn auf der Cypress, den aber jeder macht, womit ich mir ein paar Straßenecken Umweg spare. Sofias Haus ist so gewöhnlich, dass ich oft kaum fassen kann, dass sie wirklich dort wohnt, denn nichts von ihrem Quecksilber dringt bisher durchs Mauerwerk und verfärbt den Putz aufs brutalste.

Wer ist jetzt der Psycho? Aufs brutalste verfärbt? Ich sollte unbedingt Dr. Moriarty anrufen und ihm von meinen neuesten Theorien berichten.

Ich lasse den Wagen im Halteverbot stehen und nehme zwei Stufen auf einmal, mache nur kurz halt, als mein ehemaliger Nachbar, der alte Mr Hong, aus seiner Wohnungstür schlappt, seine Einkaufskarre, die er an einer Schnur zwischen seinen krummen Beinen befestigt, hinter sich herzieht – wobei sich die Schnur an Stellen spannt, wo man eigentlich überhaupt keine Schnüre haben möchte.

»Mister Hong«, sage ich betont höflich.

»Mir tun die Eier weh«, teilt er mir ungehalten mit. »Als hätte jemand Knoten reingemacht.«

Hundert Mal hat er das zu mir gesagt, und hundert Mal habe ich auf die Schnur gezeigt. Jetzt denke ich mir einfach irgendeinen Mist aus.

»Das ist die Feuchtigkeit hier in New Jersey«, sage ich, gebe mir aber keine allzu große Mühe. »Ist bekannt, dass so was auf die Eier schlägt.«

Hong grunzt, holt irgendwo einen Pfirsich raus, stopft sich ihn komplett in den Mund und widmet sich dem alltäglichen Kampf, das Obst zu Brei zu verarbeiten, bevor er daran erstickt. Ich schiebe mich an ihm vorbei und denke: *Wir sind doch hier alle verrückt.*

Sofias Wohnung befindet sich im dritten Stock, und ich springe mit großen Schritten die Treppe hinauf, knalle auf jedem Treppenabsatz lieber mit der Schulter an die Wand, als langsamer zu laufen. Im zweiten Stock schlage ich eine Delle in die Rigipsplatte, und mir dämmert, dass ich irgendwann dafür bezahlen muss, was mich ärgert, weil ich eigentlich finde, dass einem Schulden erlassen werden sollten, wenn man versucht, jemandem das Leben zu retten.

Das Geländer fängt den Großteil der Wucht ab, mit der ich um die letzte Kurve gerast bin, und das Holz splittert laut genug, um Eindringlinge vorzuwarnen. Selbst ein Tauber hätte die Vibrationen gespürt, die ich mit meinem Donnerschritt verursache.

Was ist nur aus dem leisen Anschleichen geworden? Früher war das meine Spezialität. Jetzt ist keine Zeit mehr für die sanfte Tour. Mein keltischer sechster Sinn, der mich vor Bösem warnt, schlägt Alarm und lässt mein Inneres brodeln. Wie ein Spinnensinn, der Durchfall verursacht, was allerdings bei Peter Parker nicht gut aussehen würde, wenn er sich über Manhattan schwingt.

Es ist etwas Schlimmes passiert. Ich komme zu spät.

Die Befürchtung bestätigt sich, als ich Sofias sperrangelweit geöffnete Tür erblicke, die noch in den Scharnieren quietscht; ich bin also nur Sekunden zu spät. Sekunden.

Oh Sofia, Liebes, denke ich und befürchte das Schlimmste, was gilt es auch sonst zu befürchten? *Ich habe dich nicht schützen können. Nie bist du die Meine geworden.*

Wenn sie tot ist, suche ich ihren Ehemann und zahle es ihm heim, das schwöre ich. Vielleicht verkaufe ich den Videomitschnitt sogar an Citizen Pain.

Ich poltere in die Wohnung, fliege halb durch den Raum, verliere fast das Gleichgewicht.

Blöder Amateur. Wirklich blöd.

Das Erste, was ich wahrnehme, ist der zähe Widerstand, wenn ich die Füße hebe. Mein Leben ist eine einzige Spur aus blutigen Fußabdrücken, deshalb weiß ich sofort, was da so klebt. Und sehe mich gleich in meinem Verdacht bestätigt, ein blutiges Gitter zieht sich über die Bodenfliesen, bildet ein schiefes Dreieck. An der Spitze befindet sich der Kopf einer Frau, gewaltsam gespalten, die Haare rundum ausgebreitet wie ein Heiligenschein. Sofia liegt völlig verdreht da, von all ihren schrulligen Lebensgeistern verlassen.

Ich vergesse alles, was ich je über den Umgang mit Gewalterfahrung gelernt habe, und mache nicht dicht. Wehre die Trauer nicht ab. Ich benehme mich wie ein stinknormaler Bürger, dem die Augenbinde der Zivilisation vom Kopf gerissen wurde und der nun einen ersten Blick auf die Welt in all ihrer Hässlichkeit wirft.

Ich breche von innen heraus zusammen, taumele, während mein Gehirn motorisch die motorische Kontrolle verliert. Ich sacke zu Boden und verfluche die Männer, die für so viel Brutalität verantwortlich sind. Ich verfluche den Banker an der Auffahrt, Mike Madden, Zeb, Freckles. All diese Typen. Ich wünsche ihnen die Pocken und ihren Angehörigen die Pest.

Das ist natürlich alles Blödsinn. In Wirklichkeit bin ich derjenige, der am Schicksal der armen verwirrten Sofia die Schuld trägt. Ich habe sie auf die Lippen geküsst, und dadurch sind die Bösen erst auf sie aufmerksam geworden.

Also verfluche ich mich selbst und meine blutbefleckten Hände. Ich verfluche meine abschweifenden Gedanken, weil ich mich selbst in den brenzligsten Situationen nicht konzentrieren kann. Ich weine um alles, was nie geschehen ist. Um die vielen Toten in meiner Vergangenheit, die mein Gewissen plagen, bis hin zu einem wirren Haufen von Gliedmaßen in einem zerquetschten Auto in Dublin.

Ich bin faules Obst, an dem sich kaum noch eine unverdorbene Stelle findet. Noch ein Bissen, und ich bin verloren.

Ich liege auf dem Boden, den Kopf halb unter dem Sofa, und sehe, wie das Sonnenlicht Laserstrahlen in das blutige Muster sendet, als Sofias Hand zuckt und mir auffällt, wie abgekaut ihre Nägel sind.

Sofia kaut nicht mehr an den Nägeln. Sie ist stolz auf ihre lackierten Krallen. Sie schnurrt wie eine Katze und kratzt mit den Fingern in der Luft.

Nicht Sofia? Nicht tot?

Das ist zu viel für mich. Ich fühle mich stumpf und dumm und habe den Witz nicht verstanden.

Ich rappele mich auf die Knie.

»Sofia?«, krächze ich.

Und sie kommt ganz in Schwarz aus der Küche, jede Menge Taschen, Militärstil. Janet Jackson. Rhythm Nation.

»Hey, Baby«, sagt sie, hält einen Hammer in ihrer Hand und ein Stück blutigen Skalp zwischen den Fingern. »Du hattest recht. Jemand war hier und hat dich gesucht. Ich habe getan, was nötig war. Eine Pistole hab ich dazu nicht gebraucht.«

Wer ist das auf dem Boden? Wer liegt da halbtot?

Ich brauche Antworten, um dieses entsetzliche Vakuum zu füllen.

Kriechen scheint möglich. Ich krieche über den Boden, ziehe die Knie durch das immer dunkler werdende Blut und drehe den Kopf der Frau mit unendlich großer Vorsicht um und blicke ihr ins Gesicht.

Jetzt bin ich endgültig verrückt.

Es war nur eine Frage der Zeit. Ich sollte jetzt aufpassen, weil Simon später bestimmt alle Einzelheiten wissen will, wenn wir in einer unserer Therapiesitzungen darüber sprechen werden.

Die Frau ist meine Mutter.

Seit fünfundzwanzig Jahren tot.

Meine liebe Mama. Und sie sieht keinen Tag älter aus als damals.

»Mom?«

Ich höre das Wort, und ich weiß, dass es meinem Mund entfuhr, fühle mich aber momentan ein kleines bisschen körperlos. Völlig kirre an der Küste bei Blackrock Beach, wo wir immer spazieren gingen.

Die Lider der Frau flattern, öffnen sich, und sie hustet mir eine Lunge voll Alkohol in die brennenden Augen.

»Danny«, sagt sie, als hätten wir gestern das letzte Mal miteinander gesprochen. »Irgendwas ist mit meinem Kopf. Ich hab's vergessen.«

Mein Langzeitgedächtnis springt an, und im Rausch der Erinnerungen begreife ich plötzlich: Eispickel, keusche Gutenachtküsschen, Grapschunterricht.

Das ist nicht meine Mutter. Es ist ihre kleine Schwester, die ihr so ähnlich sieht, dass sich mein erschöpftes Gehirn täuschen ließ.

Ganz eindeutig nicht deine Mutter, Idiot.

Evelyn Costello streckt die Hand aus; ihre Fingernägel sind blutrot lackiert. Nein, nicht lackiert. Das ist echtes Blut, und zwar ihr eigenes.

»Danny, ich habe dich gefunden. Behandelst du Mädchen mit Respekt, Danny?«

Ihre Lider flattern noch einmal, und sie verliert wieder das Bewusstsein.

Umso besser. Ich muss nachdenken.

Ich spüre Sofia hinter mir. »Wer ist das, Carmine? Ist das eine von deinen Nutten? Ist sie das?«

Jetzt bin ich also wieder Carmine. Schon klar.

Auf dem Boden ist alles voller Blut.

»Nein, Sofia. Das ist keine von meinen Nutten, das ist meine Tante.«

Sofia schnieft verächtlich, als würde ich Blödsinn erzählen. Wer kann es ihr verübeln? Evelyn ist nur zwei Jahre älter als ich.

»Tante? Ach ja, im Ernst, Baby?«

Es ist nicht ihre Schuld. Sofia hat nur gemacht, was ich ihr gesagt habe, aber plötzlich bin ich wütend.

Ich springe auf die Füße und schnappe den Hammer. »Ja, im Ernst. Du hast meiner Tante den Schädel eingeschlagen.«

Sofia erkennt einen Irren, wenn sie einen vor sich sieht, und weicht zurück.

»Tut mir leid.« Sie richtet sich auf, steht stramm und salutiert. »Habe nur Befehle ausgeführt, Carmine.«

Dan-Carmine. Carmine-Dan.

Vielleicht bin ich wirklich Carmine. Kann ja nicht so schwer sein?

Das ist mir hier alles zu verworren. Zu viele verschiedene Handlungsstränge.

Mein Soldatenleben war einfacher: Man hat nur einen Feind.

Dessen Gesichtsfarbe ist grundsätzlich dunkler als die eigene, und er trägt Wüstenkluft. Keinen Tarnanzug, richtigen Wüstenscheiß. Ziegenfell, grobe Schals, alte Levi's.

Suche den Feind.

Töte den Feind.

Aber hier und jetzt habe ich eine Menge Feinde, die alle verdammt noch mal gleich aussehen. Mike, Freckles, Shea, KFC, Krieger und Fortz.

Ich brauche einen Freund. Jemanden, der die Trickser austrickst. Eine Person mit Paranoia, die mir ihr Leben verdankt.

Hier in der Wohnung ist es mir zu hell. Alles sieht aus wie gebleicht. Wie kann das sein bei so kleinen Fenstern?

Evelyn stöhnt zu meinen Füßen.

Ich brauche einen Arzt.

Ich nehme mein Handy, um Zeb anzurufen.

Besser, er hält mich nicht hin. Dafür bin ich nicht in Stimmung.

Ich gebe Zebs Nummer ein und bete, während das Handy an meinem Ohr tutet, dass mein Freund nicht schon wieder stoned ist.

KAPITEL SECHS

Hier haben wir also Evelyn Costello, die verschollene Erbin, die mich in der Kunst der Mammipulation – ein Wort, das es nicht gibt, aber geben sollte – unterrichtet hat. Vierundzwanzig Stunden nachdem ich ihrer Stiefmutter begegnet bin, die ungefähr zehn Jahre jünger ist als ihre Stieftochter, trat sie erneut in mein Leben. Allmählich klingt das hier nach Wildwest: *Manchmal ist es im Trailerpark so verdammt einsam, dass einem gar nichts anderes übrigbleibt, als es mit der eigenen Schwester zu treiben.*

Ich kenne viele Leute, die nicht an Zufälle glauben, aber ich schon. Passiert ständig. Normalerweise geht es um Kleinigkeiten, dass man innerhalb einer Stunde gleich zwei Typen kennenlernt, die beide Ken heißen, oder dass man eine DVD genau an dem Tag kauft, an dem der Film abends im Fernsehen läuft. Normalerweise haben Zufälle keine unmittelbaren lebensverändernden Folgen. Ich nehme an, es ist möglich, dass Edit und Evelyn sich rein zufällig an ein und demselben stressigen Tag entschieden haben, in mein Leben zu treten, aber wenn es so war, dann war das ein verdammt verwegener Winkelzug des Schicksals.

Jetzt, wo ich ihr ganz nah bin und die Wunde an ihrem Kopf, die ihr Sofia zugefügt hat, in Augenschein nehme, fällt mir auf, dass Evelyn noch genauso riecht, wie ich es in Erinnerung hatte. Sie benutzt immer noch dasselbe Shampoo. Frauen machen so was: Sie bleiben demselben Produkt über Jahre hinweg treu.

Männer glauben immer, es könnte noch was Besseres geben. Männer wie Carmine.

Ich desinfiziere die Wunde, aber mehr nicht, weil Zeb sonst einen seiner kleinen Anfälle bekommt, von wegen ich sei kein Profi und nicht ausgebildet und ob ich denken würde, er habe sechs Jahre lang Medizin studiert, nur damit irgendein Dödel hier den Chirurgen markiert? Zeb hat nicht oft Gelegenheit, den echten Arzt rauszukehren, und reagiert supergenervt, sobald ihm jemand auch nur ein klitzekleines Lüftchen aus den Segeln zu nehmen droht.

Mein Twitter-Icon zwitschert und spuckt eine Weisheit von Simon aus:

An Klingon22: Natürlich ist das in Ordnung, wenn du dich zu einem Romulan hingezogen fühlst. Unter dem Latex sind wir alle gleich.

Ich weiß zwar nicht, wer Klingon22 ist, aber ich würde jederzeit mit ihm tauschen.

Ich lege Evelyn aufs Sofa und bin immer noch dabei, sie zu betrachten, als Zeb auftaucht. Wie immer ist Sofia alles andere als froh, sein Gesicht zu sehen, und wie immer versucht sich Zeb an sie heranzumachen.

»Hey, Sofia, Baby«, sagt er mit ausgebreiteten Armen. »Ich bin's, dein geliebter Carmine, zurück aus dem Krieg, wo ich die letzten beiden Jahrzehnte gewesen bin. Die haben mich ins Militärgefängnis gesteckt, Baby. Hab Sachen aus Bambus gebaut. Das Einzige, was mich davon abgehalten hat, mir die Pulsadern aufzuschlitzen, war der Gedanke an deinen süßen Hintern.«

Jemand sollte ein Buch über Zeb schreiben und all die Lügen und Betrügereien für die Nachwelt festhalten, aus denen sein bisheriges Leben besteht. Ein Buch wäre gut, kein Film. Filme brauchen einen Spannungsbogen, vielleicht auch einen durchgängigen roten Faden. »Typ verzapft jeden Tag irgendeinen blöden Scheiß« ist kein brauchbarer roter Faden, oder? Nicht so richtig. Da bleibt kein Platz für die Entwicklung einer Figur.

Sofia wirft mir böse Blicke zu, als wäre ich für diesen Mist verantwortlich. »Du hast doch Pistolen, Dan. Wieso erschießt du ihn nicht und tust der Welt damit einen Gefallen?«

Zeb schiebt sich an ihr vorbei. »Entzückend. Das hat man davon, wenn man sich als Gentleman präsentiert.«

Ich wünschte, Zeb würde sich nicht mit Sofia anlegen, besonders nicht, wenn sie in Stimmung ist, einen Hammer zu schwingen. Eines Tages wird er sie mit einer seiner beiläufigen, frauenverachtenden Bemerkungen begrüßen, und sie wird ihm den Schädel spalten, als wär's ein Frühstücksei. Und anschließend wird es heißen: Auch der König mit seinem Heer rettete ihn nicht mehr ...

Zeb hockt sich neben mich.

»Hey, Filmstar«, sagt er und stellt einen ledernen Arztkoffer zwischen seinen Füßen ab. »Was haben wir hier? Lebendiges oder totes Fleisch?«

Mich beunruhigt, dass unserer medizinisch qualifizierten Fachkraft nicht auffällt, dass die Patientin atmet. Ich beschließe aber, die üblichen Zankereien zu vertagen, bis Evelyn wieder zusammengeflickt ist.

»Eine Kopfverletzung«, sage ich kurz und bündig, um ihm möglichst wenig Angriffsfläche zu bieten. »Muss mit ein paar Stichen genäht werden, würde ich sagen.«

Zeb beugt sich näher heran und drückt mit schmutzigen Fingerspitzen an Evelyns Wunde herum. »Ich stimme mit Ihrer Diagnose überein, Dr. Paddy. Natürlich könnte der Schädel der Patientin Schaden genommen haben, was bedeuten würde, dass just in diesem Moment bereits Gehirnflüssigkeit austritt. Hat sie Krämpfe? Spricht sie wirr? Du weißt schon, wie in *Der Exorzist*?«

»Nein. Sie liegt nur da. Und würdest du jetzt deinen Finger wieder aus dem Kopf meiner Tante nehmen?«

Zeb zieht den Finger heraus und betrachtet das klumpige Blut an der Kuppe. »Tante? Also ist sie noch zu haben?«

Ich bin nicht sicher, was für ein Minderwertigkeitskomplex Zeb das Verlangen einimpft, alles zu vögeln, was keinen Schwanz in der Hose hat. Vielleicht ist er einfach nur völlig auf den Hund gekommen. Ich erinnere mich vage, dass ich seine ungebrochene Geilheit irgendwann einmal lustig fand, aber jetzt im Moment bin ich aufgrund der potenzierten Stressfaktoren, mit denen ich zu kämpfen habe, nur um Haaresbreite davon entfernt, Zeb auf die Schläfe zu boxen, und das, obwohl er der Einzige ist, der Evelyn zusammenflicken kann.

»Zeb, derzeit stehst du wegen der Sache mit Mike ganz oben auf meiner schwarzen Liste. Wenn du mir diesen kleinen Gefallen tust und die Lady hier wieder hinkriegst, sind wir quitt, kapiert? Du solltest auf den Deal eingehen, der ist nämlich gut.«

Zeb summt »Tainted Love«, was einer seiner Nachdenksongs ist, dann zieht er ein riesiges Jagdmesser aus seinem alten ledernen Arztkoffer.

»Hübsches Messer«, sagt Sofia, magisch angezogen von dessen funkelnder Klinge.

Zeb will es einmal durch die Luft wirbeln und wieder auffangen, schafft es aber lediglich, sich beinahe einen Zeh zu amputieren. »Ja, danke, meine kleine Prinzessin. Dieses wunderschöne Stück ist John Rambos Klinge aus *First Blood* nachempfunden. Ein Sammlerstück.«

Allmählich fürchte ich, dass Zeb in seiner cineastischen Begeisterung vielleicht doch ein bisschen zu weit geht, noch mehr aber fürchte ich, dass er Evelyn den Skalp vom Schädel trennt, obwohl eigentlich nur ein paar kleine Stiche nötig wären.

»Zeb, hör auf zu schneiden. Sie wurde genug geschnitten.«

Zeb seufzt. »Schneiden? Ich dachte, du kennst dich mit Filmen aus, Dan. Kannst du dich nicht an die Szene erinnern? Alle machen das jetzt, das gehört einfach dazu, aber damals hat Stallone völlig neues Terrain betreten.«

Ich erinnere mich. Das Messer.

»Ein Klassiker.« Ich muss es zugeben.

»*First Blood* ist ein Film?«, fragt Sofia. »Ich hätte schwören können, dass das echt war.«

Zeb schraubt den Kompass oben am Griff seines Messers ab. In dem Hohlraum darunter befinden sich Nadel und Faden, steril in Plastik verschweißt.

»Sly hatte kein verschweißtes Päckchen im Griff«, sagt Zeb beiläufig, als wären er und Stallone beste Bowlingkumpels. »Aber er musste sich ja auch keine Sorgen um seine Lizenz machen.«

Zeb befindet sich mit seiner Zulassung als Arzt noch in den Flitterwochen, da er sie erst jüngst über dubiose schlitzohrige Geschäftemacher in Atlantic City erworben hat. Zeb deutete an, mindestens drei von Tiger Woods ehemaligen Geliebten seien in die Verhandlungen involviert gewesen, wobei ich sicher bin, dass im Verlauf der kommenden Jahre weitere Informationen durchsickern werden.

»Hast du was zum Betäuben?«

Zeb schnaubt und klopft Evelyn auf die Stirn. »Machst du Witze? Ich könnte ihr den Arm amputieren, und sie würde nicht mal zusammenzucken.«

Er betupft die Wunde mit einem sehr Rambo-untypischen Babyfeuchttuch, dann flickt er Evelyn zusammen. Zwei Minuten später beißt er den Faden ab.

Eins muss ich ihm lassen, das kleine Arschloch kann ganz tüchtig sein, wenn ihm der Sinn danach steht.

»Gute Arbeit, Zeb«, sage ich und genieße den flüchtigen Moment aufrichtiger Dankbarkeit, den Zeb zweifellos zerstören wird, sobald er den Mund aufmacht.

»Ja, na ja, vielleicht will sich *Tantchen* später ja noch mal richtig bei mir bedanken. Wenn du verstehst, was ich meine, Sarge?«

Zuverlässig wie ein Schweizer Banker. Zeb gießt weiter Öl ins Feuer: »Meinst du, die Irre hat was zu trinken? Ich bin am Verdursten, du Filmstar.«

Anscheinend stört es Sofia nicht, als *die Irre* bezeichnet zu werden, denn sie geht in die Küche, um uns beiden einen Drink zu holen.

Ich bin erleichtert, dass Evelyn regelmäßig atmet. Einen Augenblick lang konzentriere ich mich darauf, weil ich über so viel Dringenderes nachdenken muss, dass mein Gehirn gerade gar nicht mehr funktioniert.

Irgendetwas, das Zeb gesagt hat, nagt an mir, lässt mir keine Ruhe.

»Hey, Zebulon, wieso nennst du mich *Filmstar*? Das ist doch neu.«

Zeb springt förmlich auf die Füße, stolpert ein paar Schritte rückwärts, stößt um ein Haar mit Sofia und ihrem Tablett zusammen.

»Oh, Scheiße! Oh, verflucht, Dan! Das weißt du nicht? Du weißt es ehrlich nicht?«

Ich stöhne. Offensichtlich geht's um aufregende Neuigkeiten, das heißt, Zeb wird nicht einfach so damit herausrücken.

»Nein. Also tu mir den Gefallen und erzähl's mir nicht. Ich hab schon genug Scheiße an der Backe, okay?«

Ich spiele keine Spielchen. Meine Krisenkapazitäten sind einigermaßen erschöpft.

Zeb geht auf und ab, völlig aus dem Häuschen, als könne er den Drang, einen traditionellen irischen Stepptanz aufzuführen, nur mit Mühe unterdrücken.

»Okay, scheiß drauf. Ich zeig's dir einfach.« Er zieht sein Handy aus der Tasche und ruft einen Clip auf.

»Das ist auf YouTube. Fünfzigtausend Leute haben sich das schon angesehen, und es werden immer mehr.«

Mein Magen verkrampft, weil mein Unbewusstes längst draufgekommen ist. Der Rest muss wie ferngesteuert hingucken.

Sieh nicht hin.

Ich muss. Wie soll ich da nicht hingucken?

Ich warne dich. Das ist kein lustiges Kindervideo.

Also gucke ich hin.

Und es ist kein Kindervideo. Auch keine Katze, die einem Hund eine Ohrfeige verpasst. Oder ein dreadlockiger Teenager, der vom Skateboard fällt.

Ich bin es. Und ich verprügele einen Cop mit einem riesigen Dildo. Die Pornocrew hat die gesamte Szene mitgefilmt. Vielleicht weiß Zeb aber gar nicht, dass mein Opfer ein Cop ist.

»Du weißt schon, dass der Typ da ein Cop ist, oder?«, fragt Zeb. »Und der andere da hinten, der da heult. Ist auch ein Cop. Die Detectives Krieger und Fortz. Wurden ungefähr hundert Mal getaggt, hauptsächlich von anderen Cops, die sich vor lauter LOLs gar nicht mehr eingekriegt haben.«

»Ich dachte, der Dildo wäre kleiner«, nuschele ich, um vom Video abzulenken.

Zeb lässt sich in seiner Konzentration nicht stören. »Ist eine Frage der Perspektive. Dildos wirken immer kleiner, wenn man sie in der Hand hält.«

Ich bin derzeit nicht in der Lage, über Zebulon zu urteilen.

Sofia nimmt Zeb das Handy aus der Hand und zieht sich mit einer Flasche Whiskey in eine Ecke zurück. Nachdem sie sich den Clip ein paarmal angesehen hat, nimmt sie einen Schluck aus der Flasche und sagt:

»Hübscher Tanga, Dan.« Und dann: »Das hier soll Realität sein, aber Rambo nicht? Jetzt bin ich verwirrt.«

Ich auch. Aber das bin ich ja meistens.

Mein eigenes Handy vibriert und spuckt einen Tweet aus. Ich lese ihn, auch wenn mir das in jüngster Zeit wenig Glück gebracht hat.

Das Leben ist keine Theaterprobe. Das Leben ist real. Kein zweiter Versuch. Also stell die Flasche Grouse auf den Tisch und hab Sex.

Kein zweiter Versuch. Nichts mehr rückgängig zu machen. Der Geist ist aus der Flasche entwichen.

Schade nur, dass der Flaschengeist einen pinkfarbenen Tanga trägt und einen Dildo schwingt.

Irgendwie schlafe ich ein, direkt dort im Stehen. Es kommt einfach über mich. Eben brannte mir noch die Scham im Nacken, und im nächsten Moment blinzele ich schon den Nebel eines kurzen tiefen Schläfchens aus den Augen.

»Hä?«, sage ich, weil ich eine Sekunde brauche, bis die Zylinder in meinem Gehirn zünden.

Ich gebe Ihnen einen kleinen Rat: Gehen Sie niemals ans Telefon, wenn Sie gerade aus dem Tiefschlaf erwacht sind. Erstens klingt Ihre Stimme, als hätten Sie die letzten zwanzig Jahre mit Bob Dylan und Rod Stewart Schnaps getrunken, und zweitens werden Sie vermutlich etwas sagen, das nicht unbedingt einen Bezug zur Realität hat. Wie wahr das ist, musste ich auf die harte Tour lernen, als mich Tommy Fletcher zu irischer Ortszeit anrief und ich kerzengerade im Bett saß und behauptete: *Terrortauben, ohne Scheiß, die haben Terrortauben ausgebildet.*

Tommy ruft mir die Szene häufig mit großer Schadenfreude ins Gedächtnis. Ich rate Ihnen also, wenn Sie das Telefon klingeln hören, reden Sie erst mal ein paar Sekunden lang mit sich selbst, bevor Sie drangehen.

Anscheinend habe ich im Schlaf gesprochen, denn Zeb weiß plötzlich bestens Bescheid über die Ereignisse meines höllischen Tages.

»Du Idiot«, sagt er und klatscht sich mit der flachen Hand an die Stirn. »Hast du dich gelangweilt, war es das? Du konntest dich nicht einfach nur so mit Mike treffen, ohne dass Armageddon draus wird?«

Ich schnaube ein bisschen, aber eigentlich hat er recht. Als würde ich Menschen zur Gewalt treiben. Als kämen sie überhaupt erst auf die Idee, wenn sie mich sehen.

Blödsinn. Mike hat sich Gewalt wie einen kalten Umschlag um die

Stirn gewickelt. Und Shea hatte dein Grab schon ausgehoben, bevor du überhaupt dort angekommen bist.

Diese Menschen sind gewalttätig, aber ich kann nicht leugnen, dass der gemeinsame Nenner all dieser verdrehten Szenarien Dan McEvoy ist. Ich trotte zum Sofa und lasse mich neben Evelyns Füßen nieder. Schnuppert man an ihrem Shampoo vorbei, stinkt sie wie eine Brauerei, aber sie sieht absolut friedlich aus. Mit dem Alkoholschweiß könnte ich leben, wenn ich dafür Frieden bekäme.

»Wird sie wieder?«, frage ich, weil ich denke, dass ich dieses Durcheinander nur überstehe, wenn ich klare Prioritäten setze.

»Sie wird wieder ganz die Alte«, sagt Zeb. »Du allerdings bist gefickter als meine Cousine Ada auf einer Bat-Mizwa, und das ist die Nutte in unserer Familie, die wird ständig gefickt.«

Ada ist das reizendste Mädchen, das man sich nur vorstellen kann. Wahrscheinlich hat sie Zebs Annäherungsversuche abgewehrt oder sich geweigert, ihm Geld zu leihen. Aber auch wenn wir uns über Adas Nuttenhaftigkeit uneins sind, so bin ich doch unbestritten gefickt.

Ich berühre Evelyn am Kopf, und Sofia knurrt in ihrer Ecke.

»Gibt es einen Ausweg?«

Normalerweise würde ich Zeb Kronski nicht um taktischen Rat bitten, aber er ist eine schlüpfrige Person, und je enger die Schlinge, umso heftiger zappelt er, um sich daraus zu befreien.

Zeb geht ein bisschen auf und ab. »Du hast hier keine Macht, Ire. Nur Verbindlichkeiten.«

Bei dem Wort *Verbindlichkeiten* nickt Zeb plump Richtung Sofia, die sich daraufhin mit der Whiskeyflasche aus ihrer Ecke erhebt.

»Hey, ich zähle mich selbst dazu«, sagt Zeb eilig. »Wir alle sind Ritzen in der McEvoy-Rüstung. Wenn Mike mitbekommt, dass sein Plan in die Hose ging, wird er herkommen. Außerdem musst du dir wegen der Cops Sorgen machen und dich vor den Überlebenden des Shea-*Massakers* in Acht nehmen.«

Ich zucke zusammen. *Die Sopranos* und Kokain haben Zeb desensibilisiert, jetzt hält er Massaker für cool. Er sollte es besser wissen, wir waren gemeinsam im Krieg. Na schön, ich muss zugeben, auch damals hat er sich seine Medikamente schon selbst verschrieben.

»Wieso muss ich mir wegen der Cops Sorgen machen?«

Zeb guckt mich an, als hätte er nicht richtig verstanden. »Was? Meinst du das im Ernst, Mann? Du hast gerade zwei mit einem Dildo verprügelt, und man kann's auf YouTube sehen.«

Sofia hat anscheinend den Eindruck, ich könnte einen Drink gebrauchen, denn sie reicht mir die Flasche. Ich habe sie fast zum Mund gehoben, als mir einfällt, dass ich vielleicht lieber klar im Kopf bleiben sollte.

»Nein danke, Baby. Ein betrunkenes Familienmitglied reicht.«

Zeb bleibt stehen. »Okay. Okay. Darf ich dich was fragen? Ist diese Edit echt? Klingt in meinen Ohren alles ziemlich zweifelhaft. Sie erkundigt sich nach der abtrünnigen Evelyn, und plötzlich taucht Tantchen auf?«

Daran hatte ich auch schon gedacht. »Ja, daran hab ich auch schon gedacht. Ich glaube aber, Edit ist okay. Leuchtet mir ein, dass sie Evelyn nach Hause holen will. Wenn es ihr um Geld ginge, würde sie ihre Stieftochter doch in der Gosse liegenlassen.«

»Okay«, sagt Zeb. »Wenn das so ist, dann habe ich einen Plan: Bring die Tante nach Hause und bitte um Asyl.« Er breitet die Arme aus, als hätte er mir gerade ein verschollenes Shakespeare-Sonett präsentiert.

»Und das war's? Ich soll nach New York zurückfahren, wo sowohl Cops wie Gangster hinter mir her sind?«

»Genau«, sagt Zeb und reißt mir die Flasche aus der Hand. »Jason und seine Jungs sind auf alles vorbereitet, außerdem wird sich Mike bei Tage dort nicht hintrauen. Ich nehme Miss Plemplem mit auf meine Runde, und du lieferst Evelyn bei deiner scharfen Oma ab. Niemand wird in ein privates Apartment in

Manhattan einbrechen. Reiche Leute haben mehr Security als der Präsident. Da bist du sicherer als in einem Safe. Und zwar so einem mit Wolfram oder so einem Scheiß an der Tür.«

Ich reibe mir über die Bartstoppeln am Kinn. Wolfram oder so ein Scheiß. Dr. Kronski weiß, wie man Werbung macht. Aber wenn man mal außer Acht lässt, dass er ein Vollarsch ist, dann hat er gar keinen so schlechten Vorschlag gemacht. Nur eins muss noch geklärt werden.

»Wo willst du Miss Plem… Sofia hinbringen? Sie verlässt nur ungern das Gebäude.«

Sofia tritt an Zeb heran, und würde er eine Brille tragen, wäre sie jetzt beschlagen.

»Miss Plemplem geht nirgendwohin«, sagt sie mit Bestimmtheit. »Niemals.«

»Ich kann dir Pillen geben«, sagt Zeb, der weiß, welche Register er ziehen muss. »Und du darfst Leuten Spritzen verpassen … ins Gesicht.«

Sofia bekommt einen verträumten Blick, und ich weiß, er hat sie überredet.

Bevor wir uns trennen, drückt mir Sofia einen dieser Küsse auf den Mund, die mir das Herz aus der Verankerung reißen. Eigentlich ist es mir ein bisschen peinlich, einfach so auf offener Straße eine Lady zu küssen, aber Sofia packt mich an den Haaren, legt noch zehn Prozent extra drauf, und ich verliere mich in dem Moment. Ich möchte ihn genießen, solange er anhält, weil jeder Kuss der letzte sein könnte.

Schließlich errötet sogar Zeb und beschließt, die romantische Blase platzen zu lassen.

»Dan, warum spritzt du nicht endlich ab, bevor wir noch alle abgeknallt werden?«

Sofia reißt sich mit einem sanften Schmatzen los und bricht den Bann.

»Dan«, sagt sie mit funkelnden Augen. »Ich darf Spritzen in Gesichter setzen.«

»Ich freue mich sehr für dich, Baby«, sage ich. Das ist nicht sarkastisch gemeint. Alles, was meine Sofia glücklich macht, ist eine gute Sache.

Evelyn liegt immer noch ohnmächtig auf dem Sofa. Ich hieve sie problemlos hoch, und sie rülpst mir Dämpfe ins Gesicht. Normalerweise reagiere ich nicht sehr freundlich auf Whiskeyopfer, aber sie gehört zur Familie, da muss man Zugeständnisse machen.

»Komm schon, Tante Evelyn«, sage ich und lege ihren Arm über meine Schulter. »Wir bringen dich zum Wagen.«

Evelyn wacht lange genug auf, um zu beweisen, dass ihr Sinn für Humor nicht gelitten hat.

»Ich fahre«, sagt sie, dann sackt sie wieder schwer in meine Arme zurück.

Ich setze Tante Evelyn auf den Beifahrersitz von Freckles' Caddy und ziehe zu ihrer Sicherheit den Gurt straff. In einem gestohlenen Wagen herumzufahren ist nicht ideal, aber zu diesem Zeitpunkt scheint mir alles *Ideale* nicht mehr als eine hübsche Erinnerung. Verglichen mit sexueller Folter ist das Steuern eines geklauten Wagens keine allzu schwierige Aufgabe.

Ich mache einen Umweg, fahre am Club vorbei und sehe erleichtert Jason an der Tür stehen, flankiert von zwei Angehörigen seines Bauarbeitertrupps. Die drei werfen der allgemeinen Öffentlichkeit bedrohliche Blicke zu und spannen ihre Brustmuskulatur in synchronem Rhythmus an, was mich vermuten lässt, dass sie Musik hören, die ich nicht hören kann.

Jason sieht mich vorbeifahren und ruft auf meinem Handy an. Ich nehme den Anruf über die Freisprechanlage entgegen.

»Hey, Chef. Alles senkrecht?«

Das ist eine irische Redewendung, die sich Jason bei mir abgeguckt hat. Wenn er sich traut, macht er sogar meinen Akzent nach.

»Ja, alles senkrecht, aber ich stehe heute ganz schön unter Beschuss, deshalb halte ich mich lieber vom Club fern. Kommst du mit Mike klar, falls er sich blicken lässt?«

Jason knurrt ins Telefon. »Und wie ich mit dem arschgesichtigen Wichser klarkomme.«

Das ist nicht gut. J ist schon auf Alarmstufe Rot.

»Hey, Partner. Bleib locker. Mike hat jede Menge Personal. Wir nicht. Wenn du ihm eine reinhaust, kommt er mit Knarren wieder, also immer schön sachte, comprende?«

»Abgespeichert, Dan. Bei dir auch alles okay, alter Falter?«

»Könnte nicht besser sein, Bruder. Solange ich Abstand zu den Cops halte, ist alles paletti.«

Comprende. Bruder. Paletti.

Mir ist nichts mehr peinlich.

Die Fahrt nach Manhattan dauert kaum zwei Stunden, aber ich habe das Gefühl, dabei um fünf Jahre zu altern. Hinter jeder Windschutzscheibe und auf jedem Dach sehe ich Polizisten. Wenn es etwas gibt, das Gangs und Bullen gemeinsam haben, dann den Wunsch, sich an jedem zu rächen, der einem Angehörigen ihrer Bruderschaft auch nur das geringste Leid zufügt. Dildos und YouTube-Videos dienen dabei einzig dazu, die Aufregung auf beiden Seiten zu steigern.

Die Bullen bestehen auf Vergeltung, und man kann sich darauf verlassen, dass sie vollkommen unverhältnismäßig ausfallen wird.

Mein Therapeut, Simon Moriarty, hat mir einmal gesagt, ich sei von dem Gedanken an Vergeltung besessen, woraufhin ich erwidert habe: *Besessen von Vergeltung? Wer hat das behauptet? Ich bring ihn um.*

Was haben wir gelacht. Ich vermisse die Zeit, als alle meine Probleme einzig in meinem Kopf existierten. Heutzutage scheinen sie ausschließlich extern zu sein und außerdem schwerbewaffnet.

Ich rufe kurz bei Edit durch, um ihr mitzuteilen, dass ich mit dem Päckchen unterwegs bin, und mein Gequatsche lässt Evelyn aufwachen. Sie befühlt mit zwei Fingern ihren Kopf und zuckt zusammen, als sie die wulstige Naht berühren.

»Mannomann«, sagt sie. »Das war heftig. Hast du was zu trinken im Wagen, alter Freund? Irgendwas, das einem Mädchen hilft klarzusehen?«

Allmählich habe ich das Gefühl, die Frauen in meinem Leben bemühen sich bewusst darum zu vergessen, wer ich bin.

»Evelyn. Ich bin's, Daniel, weißt du noch? Margarets Sohn.«

Ich beäuge die Frau kurz von der Seite und sehe, dass sie die Fassung verliert. So viel Selbsthass setzt den Gesichtszügen zu. Man sagt, die Augen seien Fenster zur Seele, aber das Gesicht ist die Straßenkarte der Vergangenheit, was ein ziemlich gutes Tattoo für Leute wäre, die sich gerne verschwurbelte Weisheiten auf die Arme stechen lassen.

Evelyns Gesichtszüge kollabieren inwendig, als hätte sie einen Faustschlag abbekommen. Ihr Mund zerknittert und knautscht sich zusammen, zieht ihre Nase mit runter, woraufhin das Kinn nach oben fährt. Ihre Stirn ist plötzlich glatt, dann aber, als sie nach Luft ringt, wieder voller Furchen. Evelyns Haut ist trocken und schuppig um die Nase, und Flecken sprenkeln ihre Wangen. Sie schnieft wie ein kleiner Teddybär, dann heult sie laut los. Ich bin ganz betroffen, aber nicht, weil Erwachsene angeblich nicht weinen sollten. Ich habe gestandene Männer auf dem Schlachtfeld schluchzen sehen wie kleine Kinder. Wenn ich irgendwo in Deckung kauerte und auf das tödliche Geschoss mit meinem Namen drauf gewartet habe, ist mir das auch schon passiert. Aber ich habe nie *gejault*. Das tut man als Erwachsener nicht. Das ist schlimmer, als sich in die Hose zu pinkeln.

»Hey«, sage ich. »Hey, komm schon.«

Genial, oder? Ich sollte als professioneller Tröster arbeiten. Bestimmt habe ich noch einige weitere Plattheiten auf der Pfanne.

»Ist schon okay, Evelyn. Jetzt bin ich ja da.«

Mit meinen erbärmlichen Mega-Klischees bringe ich sie nur noch mehr zum Weinen. Evelyn blökt inzwischen wie eine Ziege, gräbt sich die Fingernägel in die Beine. Ich weiß nicht, was ich tun soll. Ich bin ratlos. Soll ich rechts ranfahren und sie in den Arm nehmen oder so?

Also mache ich nichts. Ich sitze es aus, warte, bis meiner Tante die Puste ausgeht. Endlich beruhigt sie sich, zieht den weiten Pulli enger um sich, als wollte sie Nacktheit verbergen.

»Dan«, sagt sie mit vom Heulen dünner Stimme. »Daniel. Danny. Mir geht's nicht gut, lieber Neffe. Kannst du an einem Schnapsladen halten? Ich brauche nur einen Schluck. Einen einzigen Kurzen.«

Einen Schluck? Einen einzigen Kurzen?

»Nein, Evelyn. Wir müssen sehen, dass wir ankommen. Bei mir bist du im Moment nicht sicher. Du hast dir eine schlechte Zeit ausgesucht, um Kontakt aufzunehmen.«

»Tut mir leid«, sagt Evelyn und kratzt sich am Arm. »Eigentlich wollte ich schon letzte Woche kommen, aber in Queens ist was passiert. Ich hab einen Mann kennengelernt, und der hat mich ausgenommen und übers Ohr gehauen. Kannst du das glauben? Ein Typ hat mich über den Tisch gezogen. Es gab mal eine Zeit, da war das umgekehrt. Weißt du, bevor mein Leben den Bach runterging.«

»Schon okay. Du siehst gut aus. Du brauchst nicht mehr als ein Wellnesswochenende. Vielleicht ein bisschen Vitamin B1. Das wird schon wieder.«

Und das stimmt, Evelyn sieht wirklich gut aus. Sie ist eine dünne Säuferin, ohne eine einzige graue Strähne im dunklen Haar. Ich kann mir genau vorstellen, welches Gesicht sie macht, wenn sie Männer um ihr Geld erleichtern will. Manchmal beobachten Zeb und ich andere Leute in Bars, überlegen zum Beispiel, ob ein Mädchen wirklich schön oder einfach nur jung ist. So perfekt, wie wir selbst sind, können wir's uns ohne weiteres erlauben, solche Spielchen zu spielen. Die Sache ist die: Es gibt Gesichter, deren Schönheit nie vergeht. Andere werden dreißig und sehen plötzlich über Nacht nicht mehr gut aus. Evelyns Schönheit dagegen ist von Dauer. Sie hat zarte Gesichtszüge und die Art von Dekolleté, das andere fotografieren, um es ihrem plastischen Chirurgen vorzulegen. Und die Vorstellung, dass die kleine Schwester meiner Mutter ihr hübsches Gesicht benutzt, um Männern Kohle für Bier abzuluchsen, schmerzt mich.

Evelyn schnappt nach Luft. »Vitaminspritzen? Verschon mich, Dan, okay? Das hab ich schon ein Dutzend Mal hinter mir. Ich brauche einen Flachmann. Vielleicht auch noch zwei Percodan gegen diese verdammten Kopfschmerzen.«

Ich merke, dass mir der Geduldsfaden heute schneller reißt als sonst. Verdammt noch mal, ich habe mein halbes Leben als Türsteher gearbeitet. Ich habe täglich mit Betrunkenen zu tun. Aber das ist Evelyn. Die liebe tapfere Evelyn, die meiner Mutter wie aus dem Gesicht geschnitten ist. Also schlage ich mit der Hand aufs Lenkrad und schreie: »Reiß dich zusammen, Tante Evelyn. Herrgott noch mal, du bist die kleine Schwester meiner Mutter. Du bist das Letzte, was mir von ihr geblieben ist.«

Evelyn lacht. Zweifellos ist sie in der Gosse schon gemeineren Gestalten begegnet als mir.

»Okay, Neffe. Wow! Ich bin das Letzte, was dir von ihr geblieben ist. Jetzt kommt's aber richtig dicke. Und ich dachte schon, ich selbst wäre vielleicht auch was wert.«

»So hab ich das nicht gemeint.«

»Entspann dich, Danny. Du kannst auch einen Drink vertragen. Warum hältst du nicht irgendwo an, und wir kippen ein bis zwei. Reden über alte Zeiten. Weißt du noch, das mit dem Eispickel?«

Diese schöne Erinnerung hat sie mir längst madig gemacht. Verdorben durch ihr alkoholsüchtiges Schlampendasein. Verfluchte Trinker.

Egoisten sind das.

Von wegen Krankheit.

»Evelyn, bitte, bleib einfach ruhig sitzen, ja?« Ich flehe sie jetzt an, komisch, wie schnell man in alte Muster verfällt. *Bitte, Dad. Bleib einfach sitzen. Ich mach dir einen Tee.*

Evelyn zieht an ihrem Gurt. »Ich hab ja wohl kaum eine andere Wahl, Dan? Willst du mich entführen?«

»Hey, du bist zu mir gekommen, schon vergessen?«

»Ich dachte, wir könnten ein bisschen Zeit miteinander verbringen. Feiern, so wie früher.«

Evelyn hatte mir damals meinen ersten Schluck Alkohol gegeben. Sherry zum Kochen war das gewesen. Absolut widerliches Zeug, aber es hatte was Glamouröses, ihn aus dem Schrank zu klauen. Inzwischen ist der Lack ab. Die in die Jahre gekommene Frau mit den Flecken auf der Hose hat nichts Glamouröses mehr.

»Du hast genug gefeiert. Wie hast du mich gefunden?«

»Hab deine Postkarten behalten, Dan. Die letzte kam aus Cloisters.«

Blöde Frage. Ich wette, meine aufmunternden Postkarten haben Evelyn super über den Entzug hinweggeholfen.

»Ach so? Du arbeitest also einfach nur die Liste ab.«

Evelyn fährt sich mit den Fingern durch das zerzauste Haar, blickt in den kleinen Spiegel in der Sonnenblende. »Junge, du stehst ganz oben auf der Liste.«

»Brauchst du keine Hilfe?«

»Doch, ich brauche Hilfe, sieh mich doch an. Und ich werde mir auch welche besorgen, vielleicht in ein, zwei Jahren. Erst ist aber noch ein bisschen feiern angesagt.«

Evelyn reibt sich über die trockene Haut unter einem Auge, dann dämmert ihr, dass die Reise ein Ziel hat. »Dan, wo bringst du mich hin?«

»Nach Hause«, sage ich und biege rechts ab zum Central Park South.

Ich rechne damit, dass Evelyn ausflippt, schreit und wild um sich schlägt, ihren verstorbenen Vater verflucht und schwört, lieber sterben zu wollen, als noch einmal einen Fuß in das verdammte Apartment zu setzen, in dem sie durch eine eiskalte Hölle ging. Aber Evelyn zittert lediglich, als hätte sie gerade zum ersten Mal im Leben eine Auster verschluckt, und sagt:

»Ja, ich denke auch, das ist das Beste.«

»Macht es dir nichts aus, wieder nach Hause zu fahren?«

»Nein, es wird Zeit. Edit ist okay. Und die haben super Stoff zu Hause. Ich habe schon Geschichten gehört, Dan, Geschichten über reiche Säufer, die einfach einmal im Jahr zur Blutwäsche gehen. Das funktioniert super, Danny. Die leiten Banken und so.«

»Warum bist du dann weg?«

Evelyn hustet eine halbe Minute, bevor sie antwortet: »Weg? Wahrscheinlich, weil ich dumm war. Armes kleines reiches Mädchen, nicht wahr? Ich dachte, ich würde das Leben kennen, aber da hab ich mich getäuscht.«

Ich nicke. Diese traurige Geschichte habe ich schon ein Dutzend Mal miterlebt: Die Tochter reicher Eltern glaubt, sie hat's schwer, lebt ein paar Jahre von ihrer Kreditkarte, dann endet das Ganze mit blauen Flecken und Blackouts. Wenn sie den billigen Fusel überlebt, rennt sie schneller wieder zurück ins elterliche Penthouse, als man *delirium tremens* sagen kann, auch bekannt als *Irish jig.*

Dass ein Land auf den Hund gekommen ist, erkannt man daran, dass durch Alkoholmissbrauch verursachte Krankheiten danach benannt werden.

»Ehrlich gesagt, Dan«, fährt Evelyn fort und wischt sich die Nase am Ärmel ab, »ich weiß nicht mehr, warum ich weg bin. Aus keinem besonderen Grund. Ich hatte ständig Streit mit Dad. Aus welchen Gründen auch immer, damals schienen sie wichtig.«

Wir stecken hinter einer mit Touristen vollbesetzten Pferdekutsche fest. Ich bin immer wieder baff, dass andere Leute normale Sachen machen, während es gleichzeitig keine drei Meter weiter um Leben und Tod geht. Ich weiß noch, wie die Kinder im Libanon mit echten Granatsplittern Krieg gespielt haben, auf einem Minenfeld, und so getan haben, als wäre das Blut der Leichen ihr eigenes.

Okay. Letzteres vielleicht nicht.

»Edit wird sich um dich kümmern«, verspreche ich Evelyn. »Es wird Zeit, dass du dein Leben wieder in den Griff bekommst.«

»Morgen ist dafür auch noch Zeit«, sagt Evelyn mit flatternden Lidern. »Zuerst brauche ich ein paar Kurze, guten Stoff. Vielleicht auch eine Mütze voll Schlaf. Morgen fahre ich dann in die Klinik.«

Das reicht mir schon. »Okay. Morgen.«

Evelyn kichert, und der jahrzehntelange Whiskey- und Zigarettenkonsum lassen sie wie eine lungenkranke Achtzigjährige klingen. »Wusstest du, dass Edit mehr als fünf Jahre jünger ist als ich? Sie ist meine Stiefmutter. Ich wünschte, sie wäre eine blöde Schlampe. Ehrlich, dann hätte ich jemanden, dem ich die Schuld in die Schuhe schieben könnte, nicht nur mir selbst. Aber Edit war immer cool. Wir haben in unserer Familie nie viel davon gehalten, ständig aufeinanderzuhängen, aber sie war okay. Hat mich ein paarmal auf Kaution rausgeholt.«

Die ultimative gute Tat in den Augen eines Trinkers: die Rettung aus der Ausnüchterungszelle.

Plötzlich werden meine Augen wässrig, und Emotionen trüben meinen Laserblick. In letzter Zeit passiert mir das immer häufiger; eine Kindheitserinnerung treibt an die Oberfläche und macht mich ganz rührselig. Ich erinnere mich, wie ich mich in Dublin mit Evelyn auf dem Dach der Garage versteckt habe. Sie brachte mir bei, wie man Zigaretten dreht. Jedes Kind sollte das draufhaben. Ich weiß noch, dass ich dachte, dass sie wie meine Mom aussah, und ich wollte immer schon meine Mom heiraten, deshalb dachte ich, dass ich vielleicht ja stattdessen Evelyn heiraten könnte. Also hab ich ihr gesagt, dass wir heiraten sollten, und sie hat geantwortet: *Klar, Danny. Wir können heiraten, aber mit meinen Titten musst du vorsichtig sein, okay?*

Und jetzt seht uns an: eine Säuferin und ein Mann auf der Flucht. Was ist da bloß schiefgelaufen? Zeb hat für fast alle Gelegenheiten einen Spruch parat, und ich denke, der für diesen Moment passendste ist: *Manchmal verwandelt sich das hässliche Entlein nicht in einen schönen Schwan, weil es nun mal ein verdammt hässliches Entlein ist. Und weißt du, was mit Enten ist? Die sind gefickt.*

Genau das sind wir, Evelyn und ich, zwei hässliche Entlein. Und ich weiß, was mit Enten ist.

Ich hab viel übrig für schöne Vier-Sterne-Hotels, minimalistisch und modern, mit intakten Rohrleitungen. Gehobene Fünf-Sterne-Häuser dagegen ziehen in der Regel jede Menge Pack an. Besonders solche wie das Broadway Park House, ein teures altmodisches Hotel am Central Park South mit uniformierten Portiers, die Evelyn und mich mit Argusaugen beobachten, kaum dass uns die Drehtür in die Lobby gespuckt hat. Hier drin stinkt es nach Geld, Bodenpolitur und Whiskey. Evelyn schnuppert wie ein Bluthund in die Luft.

»Hey, Dan, riechst du das?«, sagt sie. »Warum …«

»Nein«, sage ich und falle ihr gestreng ins Wort. Egal welche Version von *Nur ein einziger Drink* sie anstimmen möchte, ich hab sie schon mal gehört. Ich habe sie alle gehört.

Edit geht wartend in der Lobby auf und ab, was auch gut so ist, denn die Portiers haben uns bereits umzingelt und sind kurz davor, die Falle zuschnappen zu lassen. Sie sieht Evelyn und erstarrt, als hätte jemand ihren Stecker gezogen. Es dauert ein paar Sekunden, bis sie erneut anspringt, aber dann rast sie uns über den glänzenden Fußboden entgegen und stürzt sich auf meine Tante. Umarmt sie und küsst sie auf die Stirn. Evelyn grinst und fuchtelt mit den Ellbogen, als wollte sie einen jungen Hund abwehren.

»Eigentlich kenne ich die Frau gar nicht«, wispert sie mir kichernd zu.

Sollte Edit die Bemerkung gehört haben, so lässt sie sich nichts anmerken, aber nach einigen weiteren Sekunden, in denen eifrig umarmt und geküsst wird, tritt sie einen Schritt zurück und zieht den Rock ihres gemusterten Wickelkleids gerade, das von Diane von Fürstenberg stammt, was ich zufällig weiß, weil ich gesehen habe, wie die erbarmungslose Joan Rivers in *Fashion Police* Promis auf dem roten Teppich seziert hat.

»Letzte Saison«, sage ich wie ferngesteuert. »Aber schon ein Klassiker.«

»Danke, Daniel«, sagt Edit, und ich schwöre, sie wird ein bisschen rot, nicht weil mir ihr Kleid aufgefallen ist, sondern weil sie öffentlich Gefühle gezeigt hat. Gefühle gelten bei den oberen Zehntausend als absolutes No-Go. Noch nie ist jemand reich geworden, indem er sein Herz auf der Zunge trug, es sei denn, es war das Herz eines anderen. Das gilt insbesondere für Paddy Costello, der alles darangesetzt hat, Vulkanier aus seinen Kindern zu machen, wobei stattdessen aber irgendwas links von Cheech and Chong herauskam.

Deine Mutter ist eine Nutte war der Kommentar meines Vaters bezüglich der politischen Ansichten meiner Hippiemutter. Ich weiß noch, wie er mir das in einer Bar vor allen seinen Saufkumpels verkündete. *Vor deiner Geburt hat sie mit so vielen Kerlen gevögelt, dass ich nicht mal sicher weiß, ob du überhaupt von mir bist.* Dann klapperte er den kompletten Tresen ab und sammelte Pfundscheine bei den Säufern ein, die drauf gewettet hatten, dass er einen zähen kleinen Straßenköter wie mich nicht zum Weinen bringen würde. Pop war so stolz auf sich, dass er mir sogar einen Schein abgab. Und ich hab ihn genommen, hab auf einen Eispickel gespart. Scheiß drauf.

Edit beruhigt sich mit ein paar Yoga-Atemübungen und strahlt mich an. Ihre Zähne sind weiß und gerade wie Orbit Spearmint, abgesehen von einem leicht schiefen Eckzahn. Irgendwo habe ich gelesen, dass Kieferorthopäden heutzutage einen klitzekleinen Fehler stehenlassen, damit der Look natürlicher rüberkommt.

»Daniel«, sagt sie und schüttelt den Kopf. »Ich kann nicht glauben, dass das wahr ist. Du bist mein Retter.«

Fast werde ich jetzt selbst rot. Edit ist wirklich überglücklich. Das ist nicht gespielt. Ich kann Menschen ganz gut durchschauen, und bei dieser Frau hier leuchten ausschließlich grüne Lampen. Sie mag nicht immer ehrlich sein, aber Evelyn und mir gegenüber ist sie's.

»Ich hab gar nichts gemacht«, sage ich und mache auf *Gern geschehen*. »Hab nur schnell meine Tante nach Hause gefahren.«

Nach Hause. Das Stichwort für Edit. »Ja, zu Hause. Du bist zu Hause, Evelyn. Bitte bleib. Bitte. Du bist die Einzige, die ich noch habe. Du auch, Dan.«

Hab schon gedacht, sie würde mich gar nicht mehr mit einbeziehen. »Tatsächlich könnte ich in den nächsten Tagen ein Versteck ganz gut gebrauchen. Meine Situation ist derzeit recht kompliziert.«

»Natürlich. Natürlich. Ich habe mehr als genügend Zimmer. Bleibt so lange wie nötig. Bleibt länger als nötig. Hast du Gepäck, Evelyn?«

Evelyn runzelt die Stirn. »Ich hatte eine Mülltüte voll Klamotten, aber der Kerl in Queens, das Arschloch, das mich ausgenommen hat, hat sie mir geklaut. Was zum Teufel will er mit meiner Strumpfhose?«

Edit ist verwirrt. Die Aussage ihrer Stieftochter enthält zahlreiche Elemente, die sie begrifflich kaum in der Lage ist zu durchdringen.

»Ausgenommen hat er dich?«, sagt sie und fürchtet sich beinahe nachzuhaken.

»Ja, ich musste ein bisschen anschaffen gehen, weil ich Kohle für Schnaps gebraucht habe.« Sie zwinkert. »Das kennst du doch, Edit, oder?«

Einer der umstehenden Portiers kichert hämisch, und ich beschließe, dass dies der ideale Augenblick ist, meine Tante von hier fortzuschaffen, bevor wir alle rausgeworfen werden.

Ich fasse Evelyn am Gürtel und marschiere mit ihr an dem Kicherer vorbei. »Die Fahrstühle sind da hinten, Edit, hab ich recht?«

Edits Louboutins *(Fashion Police)* klappern auf dem Marmor, während sie sich beeilt, mit mir Schritt zu halten.

»Ja, die großen goldenen Türen. Kannst sie gar nicht verfehlen.«

Stimmt nicht ganz. Man könnte sie durchaus verfehlen. Hier sind nämlich alle Türen groß und golden, selbst die vor den Klos. Aber ich kombiniere scharfsinnig und entscheide mich für die mit dem Rufknopf.

Das Penthouse der Costellos wirkt jetzt dezenter, da Edit die Vorhänge zugezogen hat. Ich erinnere mich, schon einmal hier gewesen zu sein, in dem Jahr, bevor Dad das Familienauto gegen eine Betonwand fuhr. Ich war fünfzehn, und Mom war mit mir hier, um einen Versöhnungsversuch zu starten. Sie dachte damals, dass das Eis möglicherweise schmelzen würde, wenn der alte Costello mich sehen und wie in einen Zeitspiegel blicken würde, denn ich war dem jungen Paddy wie aus dem Gesicht geschnitten. Mom wollte eigentlich nicht herkommen, aber dort, wo sie sonst war, wollte sie auch nicht mehr sein, und deshalb ließ sie sich von Evelyn zu der Reise überreden.

Vater möchte Dan sehen, hatte uns Evelyn bei ihrem letzten Besuch versichert. *Dan ist ein Kämpfer, und du weißt doch, dass Dad was für kernige Kerle übrighat.* Ich weiß noch, wie ich im Vorraum saß und auf meine Audienz wartete, beunruhigt wegen der Beschreibung als *kerniger Kerl.*

Damals schien mir das Penthouse der Costellos so was wie die Akropolis, mit griechischen Säulen und Porträtbüsten auf Sockeln. Die Inneneinrichtung war die reinste Testosteron-Schule, wozu auch der ausgestopfte Kopf eines Zwölfenders und ein präparierter Berggorilla gehörten, wobei mir Letzterer mit seinem starren Blick eine Heidenangst einjagte, obwohl ich wusste, dass es Glasaugen waren. Ich erinnere mich, dass Mom den Gorilla umarmte und ihn Buttons nannte, aber dadurch wurde er mir nur noch unheimlicher. Wäre er in diesem Moment zum Leben erwacht und hätte meine Mom zwischen seinen mächtigen schwarzen Pranken zerquetscht, hätte ich mich nicht im Geringsten gewundert.

Man ließ uns eine halbe Stunde warten, dann leuchtete ein grünes Licht über der Tür zum Arbeitszimmer, was bedeutete, dass Mom der Zutritt erlaubt wurde.

Sie drückte meine Hand und sagte: »Okay, Dan, ich gehe jetzt in die Höhle des Löwen. Mach dir keine Sorgen, wenn du Geschrei hörst. Paddy Costello unterhält sich immer so.«

Mom verschwand, die extra hohen Türen ließen sie elfenhaft wirken, und es gab jede Menge Geschrei, eigentlich sofort. Es gelang mir, mich einigermaßen zurückzuhalten, bis ich das schrille Klirren von brechendem Glas hörte, *scheiß drauf* dachte und in die heiligen Gemächer vordrang.

Ich fühlte mich in der Rolle des Beschützers ziemlich gut. Erst in der vorangegangenen Woche hatte ich meinen Dad so fest von mir gestoßen, dass er sich das Rückgrat an der Tischplatte angeknackst hatte, und auch Jungs, die viel älter waren als ich, machte ich regelmäßig fertig. Sicher kam ich mit einem alten Mann klar.

Paddy Costello war nicht der Riese, den ich mir ausgemalt hatte, tatsächlich war ich sogar einen halben Kopf größer, aber der Mann strahlte jede Menge Energie aus und verfügte über eine ungeheuer einschüchternde Aura. Mit seinem dunkelbraunen Kinnbart, der drahtigen Statur und dem wilden unruhigen Blick erinnerte er mich an einen Ziegenbock. Wild blickte er vom Trophäenkabinett, dessen Glastür er mit dem Buch, das er eigentlich nach meiner Mutter geworfen hatte, zertrümmert hatte, zu seiner Tochter, die zusammengekauert auf einem Holzstuhl saß, anschließend zu mir, dem Jungen, der gekommen war, um seine Mutter zu retten.

Mein Großvater spuckte auf seinen eigenen Fußboden, dann zeigte er mit ausgestrecktem Finger auf mich, als wäre ich schuld daran, dass er ein Buch hatte werfen müssen. Ich wusste nicht, was ich zu dem alten Mann sagen sollte – ich sage alt, aber wahrscheinlich war er damals gerade erst fünfzig –, aber es musste etwas Beeindruckendes sein. Mein Mund machte sich selbständig und heraus kam: »Fick dich, du alter Sack.«

Das *fick dich* kratzte Paddy überhaupt nicht. Der *alte Sack* aber brachte ihn zur Weißglut.

»Alt? Wenn ich will, hau ich dir mit einem Schlag die Rübe ab.«

Ich machte mir nicht die Mühe, verbal auf die Provokation zu reagieren. Ich nahm nur die Haltung ein, die mir mein Boxlehrer an der Schule gezeigt hatte. Jetzt konnte er sich entweder mit mir prügeln oder die Klappe halten.

Paddy tat keins von beidem. Er lachte leise, entblößte eine Reihe schiefer Zähne und ging hinter seinem Schreibtisch vorbei zum Trophäenkabinett.

»Der kleine Daniel. Ein Costello, wie er leibt und lebt. Es verstreicht kein einziger Tag, ohne dass mir jemand mit Geschichten vom kleinen Daniel in den Ohren liegt.«

Ich tat nichts, behielt ihn nur im Auge. Möglicherweise war er ein hinterlistiges Arschloch.

»Daniel ist schlau, und er ist zäh. Daniel könnte die Geschäfte weiterführen, vielleicht sogar den Namen.«

Paddy griff durch den Ring aus scharfkantigen Scherben in den Trophäenschrank, ignorierte die frische Schnittwunde an seinem Zeigefinger.

»Ich will dir was sagen, Daniel«, sagte er und zog ein Buch heraus. »Ich brauche niemanden, der meine Geschäfte oder meinen Namen weiterführt. Ich werde länger leben, als irgendein Mensch je gelebt hat, und danach lasse ich mich begraben. Dann ist mir dieses ganze Theater hier scheißegal. Von mir aus kann die Welt zur nuklearen Hölle fahren, ich werde es nicht mitbekommen. Ich bereue nichts. Ein paar Dinge habe ich vermisst, aber ich stelle keine Fragen, denn ich habe mein Leben geliebt, so wie es war.«

Meine Mutter hatte mir einmal erzählt, ihr Vater kenne nur zwei verschiedene Launen: schlecht und noch schlechter. Dies hielt ich für eine Kostprobe der noch schlechteren.

Paddy warf mir das Buch entgegen, und reflexartig fing ich es auf.

»Hier ist ein Test für dich, Junge. Das Buch ist eine signierte Erstausgabe von *The Fountainhead.* Du könntest sie gleich heute für zehntausend Dollar verkaufen. In der neunundfünfzigsten Straße wohnt jemand, der dir sogar zwölftausend dafür geben würde. Wenn du sie aber ein paar Jahre länger behältst, wird sie das Zehnfache wert sein. Überleg es dir gut, Junge, denn etwas anderes als dieses Buch wirst du nie von mir bekommen.«

Ich blickte auf das Buch mit dem Spritzer seines Blutes, der langsam in den Ledereinband sickerte, dann auf den Mann, meinen Großvater, der es mir schenkte. Er wollte, dass ich es ihm ins Gesicht zurückschleuderte, aber das wollte ich nicht, denn wenn der kleine Patrick erst einmal ein paar Jahre älter sein würde, kämen wir mit zehntausend Dollar bis nach London. Weit weg von unserem Vater. Mom würden wir natürlich mitnehmen, so wie ich sie auch jetzt hier herausholen wollte. Also sagte ich:

»Du trittst jetzt besser zwei Schritte beiseite, du alter Sack, sonst bist du sehr viel schneller unter der Erde als gedacht.«

Er war nicht ganz überzeugt, dass ich es ernst meinte, also täuschte ich wie auf dem Schulhof einen Haken an. Ein solches Verhalten war er nicht gewohnt. Wahrscheinlich war es lange her, dass Paddy Costello ausgetrickst wurde, also zuckte er zusammen, und ich lachte ihn aus. In seinen Augen sah ich, dass er mich töten würde, wenn er könnte, gleich dort in seinem Arbeitszimmer, und ich wusste, dass ich Moms Schicksal als Verstoßene besiegelt hatte. Egal, diesem Mann verpflichtet zu sein versprach ohnehin nichts Gutes.

»Raus hier«, schrie er. »Nimm meine … deine Mutter mit. Und lasst euch hier nie wieder blicken.«

Also nahm ich meine Mutter mit und kam nie wieder. Bis heute.

Und das Buch? Ich habe es gleich am nächsten Tag verkauft und die zehntausend im Kofferraum unseres Autos im Erste-Hilfe-Kasten versteckt. Als Dad den Wagen gegen die Wand fuhr, ist alles verbrannt.

Ich sage mir oft, dass es vielen Menschen viel schlechter geht als mir, im Libanon, in Kalkutta. Aber an dunklen Tagen kann ich nicht anders, als zu denken, dass ich verflucht bin, ein bestimmtes Leben zu führen. Ich versuche, mich um meine Freunde zu kümmern und meine Geschäfte anständig abzuwickeln, aber stattdessen werden meinetwegen Menschen verletzt, oder ich bekomme Ärger mit Leuten, die mir weh tun wollen Vielleicht ist mir ein finsteres Schicksal vorherbestimmt, oder vielleicht gilt das sprichwörtliche *Glück der Iren* nicht für mich.

Jahre später entdeckte ich eine gebrauchte Ausgabe von *The Fountainhead* an einem Stand in der Mingi Street, dem großen Suk neben dem UN-Stützpunkt in Beirut. Ich wollte widerstehen, aber in Kriegsgebieten klammert man sich an Erinnerungen. Also zahlte ich zehn Dollar und nahm das Taschenbuch mit, außerdem ein paar Ausgaben von Will Eisners *The Spirit*. Mir gefiel *The Fountainhead* ganz gut, und ich merkte, dass Paddy Costello seine komplette *Ich bedaure nichts*-Rede daraus geklaut hatte. Ich begriff, dass sich Großvater für ein ebenso prinzipientreues Genie hielt wie Rands Architekt Howard Roark.

Als mir das klarwurde, lachte ich, bis mir Tränen über die Wangen liefen und mir der Typ im Stockbett obendrüber drohte, mich mit seinem Kissen zu ersticken. Natürlich konnte ich nicht auf Kommando aufhören, und es gab ein bisschen Hickhack, vielleicht habe ich sogar jemandem die Schulter ausgerenkt.

Ob Sie's glauben oder nicht, aber ich erinnere mich gerne an Granddad; dadurch kann ich vor mir selbst rechtfertigen, warum ich ihn über den Tod hinaus verachte.

Jedenfalls schiebt uns Edit in das Apartment, in dem sämtliche Spuren von Paddy Costello durch Zeug ersetzt wurden, das auch Howard Roak gutgeheißen hätte. Ich verstehe nicht viel von modernem Design, aber ich wette, die meisten Einrichtungsgegenstände hier stammen von einem skandinavischen Unternehmen, das nicht IKEA heißt, und die Kunst an den Wänden wirkt so stumpfsinnig und düster, dass sie ein Vermögen gekostet haben muss.

Evelyn ist jetzt völlig neben der Spur, normalerweise würde sie sich um diese Zeit mit Doppelkorn auf die Beine helfen und sich auf ein zünftiges Besäufnis vorbereiten, aber sie hat jetzt schon seit mehreren Stunden keinen Drink mehr angerührt und leidet. Edit führt uns über einen endlos langen Gang in ein Gästezimmer, dessen Renovierung wahrscheinlich mehr Geld verschlungen hat als die Sanierung meines kompletten Clubs. Aber hübsch ist es. Geschmackvoll. Schokoladenbraune Teppichläufer auf goldfarbenen Holzdielen und ein Doppelbett in denselben Farben schräg in der Ecke.

Ich lege Evelyn auf das Bett, und sie wimmert ein bisschen, bettelt um einen Drink, und ich muss unwillkürlich daran denken, wie sie früher einmal war.

Wie nennt man das?

Aufgeweckt.

Jetzt ist sie eine Säuferin, und Säufer haben alle dieselbe Persönlichkeit, sind gleichzeitig gerissen und erbärmlich. Evelyn macht den Eindruck, ziemlich durch den Wind zu sein, und mir schießt durch den Kopf, dass dieses wunderschöne Zimmer schon bald aussehen könnte, als sei ein Dixi-Klo darin explodiert.

»Ihr geht's nicht gut«, sage ich zu Edit. »Sie pfeift auf dem letzten Loch. Das wird eine harte Nacht werden.«

Edit setzt sich aufs Bett und nimmt Evelyns raue Hand in ihre manikürten Finger, und allein diese kurze Momentaufnahme verrät mir eine Menge darüber, wie unterschiedlich beide Frauen die letzten zehn Jahre verbracht haben.

»Der Arzt ist unterwegs, Evelyn. Er wird dir helfen.«

»Ein Drink«, nuschelt Evelyn. »Ich bin doch eine gottverfluchte Erbin, nicht wahr?«

Nicht wahr? Evelyns vornehmer Manhattan/Hamptons-Akzent schlägt schneller wieder durch, als Sheas Erziehung akustisch abhandenkam.

»Natürlich bist du das«, sagt Edit beruhigend und schließt Evelyn fest in die Arme, stört sich nicht an der schmutzigen Kleidung ihrer Stieftochter oder am sauren, abgestandenen Gestank der Alkoholikerin. »Alles wird gut.«

Bei mir hatte das nach einem Knallbonbonspruch zu Weihnachten geklungen, aber als Edit mit ihrer melodischen Stimme dieselben Worte formuliert, scheint sie die reine Wahrheit zu verkünden. Ich will es glauben.

Kann denn alles wieder gut werden? Ist das überhaupt möglich?

Edit bietet Evelyn zwei leichte Beruhigungspillen an, und Evelyn futtert sie ihr aus der Hand. Einen Süchtigen wird man niemals fragen hören: *Was ist da drin?* Ob es einen umbringt oder heilt, spielt eigentlich keine Rolle, Hauptsache, die Welt wird in weicheres Licht getaucht. Der bloße Umstand, dass sie sich eine Droge einverleibt, wirkt schon beruhigend auf meine Tante, und sie legt sich aufs Bett, beschimpft uns freundlich als Arschlöcher, dann nickt sie ein und schnarcht durch die Nase, die aussieht, als wäre sie seit unserer letzten Begegnung mindestens einmal gebrochen worden.

Erst jetzt gestattet sich Edit, die eigenen Schultern ein klein wenig hängen zu lassen, und Besorgtheit zeigt sich in ihrem Blick.

»Ich habe schon Leute gesehen, die sich von Schlimmerem wieder erholt haben«, sage ich. »Sie hat noch alle Zähne, das ist ein gutes Zeichen. Wenn Säufern erst mal die Zähne ausfallen, haben sie nicht mehr lange.«

Edit zittert bei dem Gedanken. In ihrem Elfenbeinturm verlieren Leute nur dann Zähne, wenn sie ihnen nicht mehr gefallen.

Dann lacht Edit. »Weißt du was, Dan? Ich brauche einen Drink.«

Ich lächle. »Weißt du was, Edit? Ich auch.«

Erstaunt stelle ich fest, dass Buttons, der Gorilla, immer noch die Tür zum Arbeitszimmer bewacht.

»Ich hätte nicht gedacht, dass du auf ausgestopfte Tiere stehst«, sage ich und reibe dem großen Affen über die Nase, in der Hoffnung, dass es mir Glück bringt.

Edit geht durch die Tür. »Buttons war zum Schluss die einzige Gesellschaft, die ich noch hatte.«

Ich spreche ihr nicht mein Mitgefühl aus, weil ich keins verspüre. Edit ist schon ganz okay, aber sie wusste, worauf sie sich einließ, als sie einen Milliardär heiratete, der sich wahrscheinlich noch gut dran erinnern konnte, als Johnny Carson die *Tonight Show* übernahm. Sicher, es hat sie zehn Jahre ihres Lebens gekostet, aber jetzt ist sie fein raus.

Auch dem Arbeitszimmer hat sie ihren Stempel aufgedrückt. Der Trophäenschrank wurde durch einen japanischen Springbrunnen aus Bambus ersetzt, und an der Stelle, an der Paddys alter Schreibtisch stand, steht jetzt ein Gebilde, das an Eisenbahnschwellen mit Edelstahlfüßen erinnert.

Ich könnte niemals hier leben. Selbst die Möbel scheinen eine

Philosophie zu vertreten. Ich würde ein Aneurysma entwickeln bei dem Versuch, mein Schicksal von der Tapete abzulesen.

»Ist Whiskey in Ordnung, Daniel? Selbstverständlich irischer.«

»Natürlich.«

Edit schenkt zwei großzügige Gläser aus einer Flasche Bushmills ein, dem Aussehen nach ist der Whiskey genauso alt wie ich.

»Wenn wir fertig sind, schließt du den Schrank besser ab. Oder noch besser, lass ihn komplett hier rausschaffen. Abschließen würde höchstens zehn Sekunden Verzögerung bringen.«

Edit reicht mir ein Glas, und wir stoßen an. »Du hast recht. Mach dir keine Sorgen, Dan. Ich weiß, worauf ich mich einlasse. Evelyn bekommt die beste Therapie. Diesmal schicke ich sie nicht weg, sie wird hier wieder gesund werden.«

Wir sitzen an entgegengesetzten Enden eines L-förmigen Sofas mit zebragestreiften Kissen, unsere Füße versinken in einem gemusterten Teppich, der wahrscheinlich voller symbolträchtiger Zeichen steckt, die zu verstehen ich viel zu grob gestrickt bin, und nippen zivilisiert an unseren samtigen Getränken. Ich bin so froh, dass Zeb nicht hier ist, denn er würde den Zauber dieser erlesenen Situation mit irgendeiner krassen Bemerkung zerstören, weil er Edit überreden will, entweder mit ihm zu schlafen oder ihm Geld zu leihen.

Zeb hat behauptet, feine Damen würden lieber mit Männern ficken, die gesellschaftlich unter ihnen stehen, wie er sich ausdrückte. *Warum sonst, glaubst du, hat Rapunzel immer wieder ihr Haar heruntergelassen? Glaubst du im Ernst, Prince Charming war der Erste da oben im Turm?*

Als Kind habe ich Rapunzel wahrscheinlich an die tausendmal gelesen, aber auf diese Moral der Geschichte wäre ich nie gekommen.

Jetzt komme ich allerdings auf etwas anderes. Es hat eine Weile gedauert, aber schließlich bin ich es auch nicht gewohnt, mit anständigen Menschen zu tun zu haben.

»Ich bewundere dich, Edit. Was du für Evelyn tust.«

Meine Großmutter betrachtet eindringlich ihre Schuhspitze. »Sie gehört zur Familie, Dan. Ich bin allein mit ihr, und mit dir.«

»Mag sein. Aber wie gesagt, Evelyn ist die Erbin. Wenn sie zurückkommt, bist du nicht mehr am Drücker, oder sehe ich das falsch?«

Edit lacht. »Oh Gott, nein. So wohltätig bin ich auch wieder nicht. Paddy war ziemlich streng mit Evelyn. Als sie verschwand, hat er mir alles vermacht, abgesehen von einem Treuhandfonds für den Fall, dass seine verschwenderische Tochter wieder aufkreuzen sollte. Das ist ein großer Fonds, damit wir uns nicht falsch verstehen, aber Evelyn ist Gast in meinem Hause.«

Diese schlichte Auskunft beruhigt jedweden nagenden Zweifel, den ich gegenüber Edit noch gehegt haben mochte. Ich glaube, Heilige haben mich immer schon misstrauisch gemacht.

Wäre ich Joseph der Zimmermann gewesen, und die Jungfrau Maria hätte mir weismachen wollen, der Heilige Geist habe sie geschwängert, hätte das Christentum einen ganz anderen Verlauf genommen.

»Ich muss mich auch dafür bedanken, dass ich mich hier ein paar Tage verstecken darf. Ich werde dir keine Probleme machen.«

»Das weiß ich, McEvoy.«

McEvoy? Was ist aus Dan, Danny, Daniel oder mein Held geworden?

Das ist ein neuer Ton, nicht direkt unfreundlich, aber doch sehr herrisch. Ich nehme an, das steht ihr zu.

»Keine Sorge, Edit«, sage ich und schwenke das, was von meinem Whiskey übrig ist, im Glas herum. »Ich werde dir keinen Ärger ins Haus holen. Zwei Tage maximal, dann bin ich weg.«

»Ich würde sagen, für meinen Geschmack sind das siebenundvierzigeinhalb Stunden zu viel, Mister McEvoy.«

Ich blicke von meinem vornehmen Getränk auf, nur um festzustellen, dass Edit mich nicht einmal ansieht. Sie hat ihren Blackberry aus der Tasche gezogen und sucht eine Nummer.

»Was ich über Paddy gesagt habe, stimmt. Er hat mir wirklich sein Imperium hinterlassen. Leider ist es aber aufgrund der Rezession derzeit gar nicht gut um die Geschäfte bestellt. Ich kriege das wieder hin, aber ich brauche eine Finanzspritze, und da kommt Evelyns umfänglicher Treuhandfonds ins Spiel.«

Was geht hier vor? Edit redet jetzt wie eine hinterhältige Natter, aber das kann doch nicht sein.

Ich durchschaue Menschen. Dachte ich.

»Evelyn hat mich vor zwei Wochen angerufen und um Geld gebeten. Ich wollte sie überreden herzukommen, aber dazu war sie noch nicht bereit. Sie meinte, der gute alte Daniel würde sich um sie kümmern.«

Sie findet die Nummer, die sie gesucht hat, und wählt. »Paddy hat dich enterbt, das weißt du ja, nicht wahr? Aber Evelyn wollte zuletzt lachen.«

Zuletzt lachen. Grammatikalisch ist das korrekt, aber man würde es eigentlich nicht so sagen. Die Formulierung hat sich bei Edit eingeschlichen, weil sie Schwedin ist. Würde *The Great Escape* unter amerikanischen Nazis in New York spielen, wäre ihr so was zum Verhängnis geworden.

Amerikanische Nazis in New York? Was geht bloß vor in meinem Gehirn?

»Die liebe Tante Evelyn hat dich in ihrem Testament berücksichtigt. Wenn ihr etwas zustößt, bekommst du den gesamten Treuhandfonds. Fünfundzwanzig Millionen Dollar.«

Fünfundzwanzig Millionen Dollar lässt man sich gerne mit der Storchenpost liefern, wie ein Baby.

»Zum Glück habe ich zwei korrupte Polizisten auf meiner Gehaltsliste, die dich in meinem Auftrag einkassiert haben, um herauszubekommen, ob du weißt, wo sich Evelyn aufhält.«

Das Päckchen. Evelyn war das Päckchen, nicht Mikes Umschlag. Kein Wunder, dass Fortz gelacht hat, als ich behauptet habe, ich hätte das Päckchen in der Tasche.

»Wenn nicht, sollten sie dich vorsichtshalber umbringen«, fährt Edit fort. »Und Evelyn in deinem schmierigen Club auflauern.«

Vorsichtshalber. So wie man vorsichtshalber ein Kondom benutzt. In Irland sagen wir Rubber Johnnies dazu, was ziemlich schwer zu verkraften ist, wenn man John heißt und noch schwerer, wenn man Robert John heißt.

»Ich bin so froh, dass du meinen Polizisten entkommen bist. Von ihrem Folterraum aus bin ich dir gefolgt, und dann lief alles wie am Schnürchen. Du hast mir Evelyn frei Haus geliefert. Ich kann's kaum glauben. Ich hätte mich gleich an dich wenden und mir die Nummer mit Krieger und Fortz sparen sollen.«

Hey. Edit und ich haben gemeinsame Bekannte. Sie kennt Fortz, ich kenne Fortz.

»Wenn du so weit bist«, sagt sie in ihr Handy, und ich weiß, dass ich geliefert bin.

Oder wie Zeb sagen würde: *Gefickter als der gefickteste Ficker von Fickstadt.*

Und was noch schlimmer ist: Ich habe Evelyn in die Höhle des Löwen geschleppt.

Des Löwen, der ein Gorilla ist. Das ist saukomisch, deshalb muss ich lachen.

Edit lacht mit.

»Nein«, sagt sie zu wem auch immer. »Ich glaube nicht, dass der noch Ärger macht.«

Da gab's mal was im Fernsehen mit diesem Typen aus *Oliver!*, nur dass er eine Zauberflöte namens Jimmy oder Billy hatte. Auf jeden Fall eine Flöte. Und ein großes Monster war da auch, aber das war ganz freundlich. Ehrlich freundlich, nicht wie ein Grizzlybär, der einen frisst, sobald ihm der Futtervorrat ausgeht.

Mist. Ich wurde unter Drogen gesetzt.

Ich stehe allein auf der Bühne im Fickstadtpalast.

Hallo, ihr Ficker.

Konzentrier dich, Soldat. Rette die Zivilistin.

»Mir wäre lieber, ich könnte dich einfach gehen lassen«, sagt Edit. »Aber Evelyn wird sich möglicherweise weigern, ihr Testament zu ändern. Außerdem würden meine kleinen Polizisten dich und deine große Klappe nur ungern auf freiem Fuß sehen. Sie waren mir so treu und nützlich. Also ...«

Ich schiele auf meine Füße und versuche ihnen Anweisungen zu geben, aber sie scheinen viel zu weit unten an meinen langen dürren Beinen zu hängen und mir definitiv gar nicht mehr zu gehören. Irgendein Idiot hat ein Whiskeyglas fallen lassen.

Ein Kristallglas, das Licht glitzert im Feinschliff, was so wunderschön aussieht, dass ich am liebsten weinen möchte.

Was hat sie mir gegeben?

Ich werde mich auf meine guten alten Arme verlassen müssen. Ich torkele vorwärts auf den Läufer, wobei ich ihn jetzt einwandfrei verstehe.

Natürlich. Ist doch ganz einfach. Der Sinn des Lebens verbirgt sich in unseren Fingerabdrücken. Ich muss nur ein Foto von meinen Fingern machen, es vergrößern und entziffern.

Edit hebt anmutig die Füße über die Glasscherben, und über ihre Schulter hinweg sehe ich, wie die Tür aufgeht und Buttons, der Gorilla, im Eingang steht.

Das erinnert mich an meine Zeit als Teenager, und ich weiß, dass Buttons mitbekommen hat, dass ich einst sein Herrchen bedroht habe. Seither wartet er auf eine Gelegenheit, mir auf ewig das Maul zu stopfen. Plötzlich habe ich Angst wie nie zuvor in meinem Leben. In meinem vernebelten Gehirn hege ich keinerlei Zweifel daran, dass Buttons die Absicht hat, mir den Kopf von den Schultern zu reißen.

Mein Leben fängt an, vor mir aufzublitzen, was mir gar nicht recht ist, weil wir schließlich alle wissen, was das bedeutet.

Nein. Noch nicht. Ich bin noch nicht so weit.

Es blitzt trotzdem. Ich sehe meinen Vater, der mir ein Pflaster aufs Knie klebt und sagt, *guter Soldat, guter Soldat.* Ist das wirklich passiert? Ich kann mich nicht erinnern, ihn je menschlich erlebt zu haben. Da ist Pat, mein kleiner Bruder, mit einem Kissenbezug über den Schultern wie ein Cape, und er hält einen Schürhaken als Schwert. Später wird er Prügel beziehen, weil er sich mit Kohlenstaub schmutzig gemacht hat. Ich will ihn warnen, aber meine Lippen sind versiegelt. Jetzt sitze ich im Wagen auf jener letzten verhängnisvollen Fahrt, und ich sehe zum ersten Mal, dass ich nur deshalb noch am Leben bin, weil das hintere Fenster offen war, damit Dads Zigarettenqualm abziehen konnte. Ich höre das Quietschen der Reifen und sehe den Esel auf unsere mickrige Karre zukommen, und Moms Haare wirbeln hoch wie unter Wasser. Ich greife nach Pat, aber er ist tot wie eine alte Stoffpuppe, und ich fliege durch die Luft.

Buttons watschelt in den Raum, und ich sehe eine kleinere Gestalt hinter ihm, könnte Tarzan oder Mogli sein. Ich fürchte mich hinzuschauen und bin chemisch erstarrt, aber ich sehe, dass Buttons eine Art Schlagstock in der Hand hält. Er hockt sich vor mich, und jetzt erkenne ich auch, dass der Gorilla Schuhe trägt.

»Nicht hier«, sagt Edit. »Ich möchte keine Beweise, falls seine Polizistenfreundin vorbeikommt.«

»Weißt du noch, McEvoy?«, fragt der Gorilla und fuchtelt mit dem Stock vor meiner Nase herum. »Jeder Cop im Staat weiß inzwischen, was du mir mit diesem Ding hier angetan hast.«

Ich habe keine Ahnung, wovon Buttons spricht. Ich habe mich ihm nie mit einem großen Dildo genähert.

Buttons holt aus, und ich höre ihn angestrengt schnaufen.

»Jetzt bist du dran«, sagt er, und ich schließe die Augen.

In Menschenkenntnis macht mir keiner was vor, oder?

KAPITEL SIEBEN

In jedem Noir-Krimi, den ich je gelesen habe, gibt es eine Stelle, wo der Detektiv nach einer Prügelei wieder zu sich kommt. Diese Stellen haben mir nie gefallen, weil manche Schriftsteller ihre Sache viel zu gut machen und diese Szenen einem Mann wie mir, der so häufig Prügel bezogen hat, dass man ihm was vom IQ abziehen müsste, viel zu sehr unter die Haut gehen. Ich schwöre, ich war ein begabtes Kind, liege aber dank Taser, Gummigeschossen, K. O.-Tropfen, Stahlkappenstiefeln und nun auch einem gottverdammten Dildo kaum noch über dem Durchschnitt. Irgendwann spielten auch mal hohe Hacken und eine Wendeltreppe eine Rolle, aber ich kenne niemanden so gut, als dass ich ihm diese Geschichte erzählen würde. Niemals würde ich mich freiwillig im Zirkus hypnotisieren lassen, ich könnte ja was ausplaudern.

Aufwachen ist jedes Mal anders. Mal geht's schnell, mal langsam. Einfach oder so verdammt schwer, dass man lieber tot wäre. Manchmal ist der Schmerz so ungeheuerlich, dass man das Gefühl hat, er sei unendlich wie das Universum. Und so wird es diesmal werden, ich weiß es. Drogen und Dildohiebe? Das kann nur ein Alptraum sein.

Ich merke, wie ich zu mir komme, was mich einerseits freut, weil ich nicht tot bin, andererseits aber würde ich lieber da unten in der schönen kühlen Dunkelheit verweilen, ohne Netzempfang. Mein Unterbewusstes hat aber das Kommando übernommen und ein paar rote Flaggen entdeckt, weshalb es wie ein Taucher ohne

Sauerstoffzufuhr Notsignale an mein Bewusstsein sendet, um an die Oberfläche gezogen zu werden.

Ich höre ein Kreischen, das von einem großen Vogel stammen könnte, vielleicht eine besondere Amazonas-Spezies, und mein Körper wird energisch durchgeschüttelt. Reite ich auf einem riesigen Amazonas-Vogel? Kann das sein? Wie konnte es dazu kommen? Ich höre auf, mir wegen des Vogels Sorgen zu machen, als ich merke, dass ich nicht atmen kann. Stellen Sie sich vor, wie panisch unser Freund, der sauerstofflose Taucher, reagieren würde, sollte er an die Oberfläche gelangen, nur um festzustellen, dass sich auch in der Atmosphäre keine Luft zum Atmen findet. So fühle ich mich jetzt. Panik und Schmerz treiben mich an. Wieso wusste ich es nicht zu schätzen, damals, als ich noch frei atmen konnte und keine Schmerzen hatte?

Meine Lider öffnen sich, erlauben meinen Augäpfeln anzuschwellen und hervorzutreten. Bitte keine Fotos. Ich befinde mich auf dem Rücksitz eines Wagens, der auf die seitlichen Begrenzungstonnen der Autobahn zuschleudert. Das Kreischen ist das Protestgeheul der vier Reifen, die für Seitensprünge nicht gemacht sind. Vor mir sehe ich zwei vertraute Hinterköpfe, deren Besitzer panisch aufschreien und sich gegenseitig wie zwei Kindergartenmädchen im Sandkasten verhauen. In den rechten Seitenfenstern hängt die Kühlerhaube eines Hummer, der uns gerammt hat. Ich weiß nicht mal mehr, wer mich jetzt umbringen will. Vermutlich sämtliche Insassen beider Fahrzeuge.

Aber es ist mir auch völlig egal. Erst mal will ich nur atmen. Witzig ist das schon lange nicht mehr. Warum kriege ich keine Luft?

Ich taste mit einer meiner gefesselten Hände an meine Kehle und merke, dass mir der Sicherheitsgurt auf den Adamsapfel drückt.

Wahrscheinlich schnürt dir der Gurt die Kehle zu, du Genie.

Und warum bin ich gefesselt? Habe ich das Buttons zu verdanken? Der Gurt sitzt so fest auf meiner Brust wie ein Pflaster, und ich kriege keinen Finger drunter, deshalb befinde ich mich jetzt in einem Dilemma: angeschnallt bleiben und ersticken, oder abschnallen und beim Aufprall sterben. Ist das Murphy's Law oder Hobson's Choice oder ganz einfach nur eine ausweglose Situation? Die Übergänge sind fließend. Murphy's Law hat was mit Kartoffeln zu tun, da bin ich mir sicher. Aber wenn diese Pechsträhne anhält, wird man mir zu Ehren wahrscheinlich eine eigene Bezeichnung erfinden müssen, selbstverständlich posthum.

Daniels Dilemma.

Klingt gut.

Hat was.

Scheiß drauf. Ich muss atmen. Meine Finger greifen nach der Gurtschnalle, aber die Entscheidung wird mir abgenommen, als der Wagen in die Absperrung knallt, selbige platter drückt als ein Wohnzimmertischchen im zerlegten Lieferzustand, und mit so viel Wucht Wasser durch die Ritzen presst, dass die Seitenfenster bersten. Der Sicherheitsgurt hält, schneidet mir aber durch die Kleidung ins Fleisch. Meine Hemdtasche geht in Flammen auf, und ich verstehe nicht warum, bis mir das Streichholzbriefchen wieder einfällt, das ich eingesteckt habe, um Zeb und mir die Zigarren anzuzünden, die wir uns regelmäßig gönnen, wenn wir mal wieder eine weitere Woche überlebt haben.

Ist das Aufflammen der Streichhölzer jetzt irgendwie symbolisch? Scherben und Wasser regnen auf mich herab, was weh tut, aber wenigstens auch das Feuer löscht.

Irgendwie hat alles immer auch sein Gutes.

Ich werde vom Gurt festgehalten, kriege aber immer noch keine Luft. Verdammt noch mal. Lasst mir doch endlich meine Ruhe. Gott, Buddha, Gandhi, Aslan. Egal. Als der lädierte Wagen endlich zum Stehen kommt, fällt mir plötzlich wieder ein, dass ich Hände habe. Ich löse endlich den Gurt, rutsche über den Rücksitz und schnappe gierig nach Luft, was sich anfühlt, als würde ich

Glas schlucken, aber das ist mir egal. Mein Gehirn war kurz davor, den Geist aufzugeben, und ich habe keine überschüssigen Hirnzellen mehr, die zu verlieren ich mir leisten könnte. Ich atme erneut, diesmal tiefer, und spüre, wie die Panik von mir abfällt. Verwirrung füllt das Vakuum.

Was geschieht hier? Welcher Teil meines Lebens ist das?

Bin ich in Irland, im Libanon oder in Jersey?

Ich weiß nicht ganz genau, wer die Männer vorne sind, aber ich denke, dass sie mir ans Leder wollen, deshalb bin ich froh, dass sie sich nicht bewegen und ihre Köpfe in riesigen Airbags feststecken. Vielleicht haben sie's ja nicht überlebt. Ich denke, gewissenstechnisch darf ich mir erlauben, dies zu hoffen.

Ist das meine Rettung? Kann das sein? Haben sich meine Freunde verbündet, ihr letztes Geld zusammengeworfen, um mich zu retten?

Zweifelhaft. Habe ich überhaupt Freunde? Auf Anhieb fällt mir keiner ein. Irgendwas mit Madonna und den Bee Gees.

Zwei sind schon tot. Tragisch, was für eine Band.

Ein entsetzliches Knarzen wird laut, als der Hummer ein paar Meter zurückweicht und die Seitentür mitnimmt.

Ich hoffe, das ist ein Mietwagen, denke ich unfreundlicherweise. *Damit diese beiden korrupten Cops die Rechnung vorgelegt bekommen.*

Cops? Das sind Cops. Jetzt fällt es mir wieder ein. Krieger und Fortz.

Ein Schatten schiebt sich über mich, und ich sehe erleichtert in der Öffnung, in der sich bis vor kurzem noch eine Tür befand, einen Menschen stehen. Ich bin erleichtert, dass es ein Mensch ist und kein Affe, auch wenn der Mensch eine Obama-Maske trägt.

Ein Affe? Buttons. Das wäre nicht wahr gewesen.

Die Gestalt bewegt sich flink und packt mich am Kragen.

Mein Retter, will ich sagen, aber in meinem Mund steckt etwas Hartes, und ich spucke es aus.

Ein Zahn. Ein Backenzahn. Jahrelange Pflege mit Zahnseide, alles umsonst. Ich hasse Zahnseide.

Der Mann kommt mir bekannt vor.

»Danke, dass Sie mich gerettet haben«, sage ich. Schließlich will man nicht unhöflich sein.

»Du wirst nicht gerettet, du Vollidiot«, sagt eine mir vertraute Stimme.

Freckles. Jetzt fällt es mir wieder ein.

Freund oder Feind?

Feind. Mit ziemlich hoher Wahrscheinlichkeit.

Ich spucke einen Klumpen blutigen Schleim. »Freckles. Ich hab dir von Anfang an die Daumen gedrückt, Dude.«

Er zerrt mich aus dem Wagen, schiebt seine Visage ganz dicht an meine heran.

»Nenn mich nicht Freckles«, sagt er. »Nur mein Boss darf mich Freckles nennen, und stell dir vor, jetzt bin *ich* mein Boss.«

Eine nachvollziehbare Bitte. »Kein Problem. Wie soll ich dich denn nennen?«

Freckles drängt mich zu dem dunklen Hummer, dessen Scheinwerfer ausgegangen sind. Auf der Autobahn ist es ruhig, also muss es entweder sehr spät oder schon sehr früh sein. Trotzdem wird der nächste Streifenwagen nicht länger als ein oder zwei Minuten bis hierher brauchen. Ein zertrümmerter Hummer wird nicht so schwer zu entdecken sein.

»Kannst Mister Toole zu mir sagen.«

Anscheinend will er mich auf den Arm nehmen. »Wie bitte?«

Freckles hebt mich, so dass wir uns jetzt auf gleicher Nasenhöhe befinden. »Hast richtig gehört, Ben Toole.«

Manchmal muss man lachen, auch wenn man dabei draufgehen könnte.

»Bent Tool? Leck mich am Arsch. Spinnen die, deine Eltern?«

Ben wird knallrot vor Zorn, und seine Sommersprossen verschwinden. »Ben ... Toole. Mit e.«

Ich bin immer noch nicht ganz wieder bei mir, wenn Sie verstehen, was ich meine. Mein Gesicht fühlt sich zerschunden an, mein ganzer Körper schmerzt, aber ich halte es für wichtig, das Gespräch in Gang zu halten.

»Logisch schreibt man Ben mit e, Freckles. Ich bin ja kein verdammter Vollidiot … nichts für ungut.«

Freckles rammt mir eine Faust in den Solarplexus, was wahrscheinlich Schaden anrichtet, aber mein Schmerzniveau ist so verschoben, dass ich den Schlag nicht mal registriere.

»Toole schreibt man mit e. Hinten.«

Jetzt hab ich's endlich kapiert. »Ach, wie O'Toole, bloß ohne o.«

Anscheinend ist das ein Vokal zu viel für Freckles, denn er stößt einen Wutschrei aus, der nur das Ergebnis von jahrzehntelangem Hohn und Spott sein kann, und verfrachtet mich auf den Rücksitz des Hummer. Kopfüber erhasche ich einen kurzen Blick auf den Fahrer, und siehe da, es ist der junge Shea.

Jetzt bin ich verwirrt.

Freckles steigt hinter mir ein und knallt die Tür zu.

»Hast du das gesehen, Ben?«, fragt der Junge. »Ich hab sie fertiggemacht, diese Scheißcops. Ich hab sie verflucht noch mal zerquetscht. Wer ist jetzt ein Collegeboy? Wer trägt Samthandschuhe?«

Und dann, ich kann es kaum glauben, klatschen sie ab, High-Five. Diese Jungs halten zusammen. Als würde man *Sesamstraße* gucken, eine Lektion über Toleranz und Verständnis.

Shea hält einen Daumen hoch. »Sag schon, dass wir dieses Arschloch hier ordentlich foltern, ja? Old School.«

Bent Tool zieht seine Maske herunter und knallt mir eine Faust an die Schläfe.

»Du hast's erfasst, Kleiner. Old School.«

Old School? Ich weiß noch, als Run DMC Old School waren, jetzt muss man dafür schon Iren foltern.

Verdammter Old School, hummusverkleckerter, auswegloser Zwickmühlenmist.

Shea folgt Freckles' Anweisungen und biegt mit dem Hummer auf das Gelände einer anscheinend illegalen Werkstatt ein, zwei Straßenecken vom Jacob K. Javits Convention Center entfernt. Ich hatte mich immer schon gefragt, wer auf die geniale Idee gekommen sein mochte, das größte Konferenzzentrum der Stadt in dieses Viertel hier zu pflanzen. Jedes Jahr stürzen sich Dutzende von Buchhaltern und IT-Typen in brenzlige Situationen, weil sie unterwegs zu ihrem Holiday Inn aus Versehen in die falsche Richtung abgebogen sind. Wer Glück hat, kriegt eins aufs Dach und die Brieftasche abgenommen, wer Pech hat, einen Schuss Heroin verpasst. Ich habe gerüchteweise von einem Zuhälter gehört, der einen hochspezialisierten Mitarbeiterinnenstamm aus ehemaligen Bibliothekarinnen leitet, die er aus dem allgemeinen Angebot herausgepickt und umgeschult hat. Wahrscheinlich ein urbaner Mythos.

Ich nutze die Fahrt, um mich ein bisschen zu sammeln, und als mich Freckles aus dem Fahrzeug zieht, bin ich relativ sicher, dass er es war und nicht der Gorilla, der mir Handschellen angelegt hat. Negativ zu verbuchen ist allerdings, dass die Wirkung von was auch immer Edit mir verabreicht hat, allmählich nachlässt und ich gelieferter bin als je zuvor. Meine blauen Flecken haben jetzt blaue Flecken, und diesen wiederum wachsen Beulen, von Platzwunden will ich gar nicht erst anfangen. Ich nehme an, mein linkes Ohr gleicht von nun an unwiderruflich einem Blumenkohl, und ein Auge wird von einer merkwürdigen lappenartigen Schwellung überdacht, wie ich sie in meinem ganzen Leben noch nicht hatte.

Ich bin jenseits von Gut und Böse.

Wenn es nach mir ginge, würde ich jetzt sofort das Handtuch werfen und mir den Rest dieses beschissenen Tages ersparen.

Freckles schubst mich quer durch das Gebäude, in dem hauptsächlich Luxuslimousinen parken, aber es liegen auch ein paar zerlegte Mopeds wie Einzelteile kaputter Terminatoren herum. Ein Mechaniker im Texaco-Overall stochert in den Eingeweiden eines gelben Taxis, aber er nimmt nicht mal den Kopf aus der Motorhaube. Ich gehe davon aus, egal was sich hier ereignen wird, er möchte nicht Zeuge davon werden.

Freckles macht mir mit dem Lauf seiner Pistole Mut, und ich stolpere durch eine Ölpfütze in ein Büro, das durch eine Wand aus Aktenschränken auf der einen Seite und eine schmutzige Trennwand auf der anderen begrenzt wird. Freckles setzt mich auf einen Plastikstuhl, der anlässlich der unverhofften, aber traumatischen Erfahrung, mein Gewicht tragen zu müssen, quietscht. Dabei richtet er unverwandt die Waffe auf mich.

Shea folgt uns und nimmt sich einen Augenblick Zeit, um die an der Wand hängende Miss Juli 1972 zu betrachten, die einen Schraubenschlüssel in der Hand hält und sich dabei auf die Unterlippe beißt, als wäre das Halten eines Schraubenschlüssels eine anspruchsvolle Aufgabe.

»Was zum Teufel hast du mit den Cops angestellt, McEvoy?«, fragt Shea, als er fertiggeglotzt hat. »Die haben das echt persönlich genommen.«

»Wir haben eine kleine Nummer mit Dildo geschoben«, sage ich, was so ziemlich die seltsamste Aussage ist, die ich je von mir gegeben habe. Ich führe den Sachverhalt nicht weiter aus, weil mir das nicht möglich ist. Ich habe gerade noch genug Energie, um Luft zu holen. Würde ich versuchen weiterzusprechen, würde ich wahrscheinlich ersticken.

Edward Shea kommt das gerade gelegen, denn obwohl die Sache mit dem Dildo ein unglaublicher Konversationseinstieg ist, will er unbedingt auf sein Lieblingsthema zurückkommen: sich selbst.

»Ich wette, damit hast du nicht gerechnet, dass du mich noch mal siehst, hm, McEvoy?«, sagt er, auf der Tischkante sitzend. Und er hat recht, ich hätte eine Menge Geld darauf verwettet, dass er mir nicht noch mal in die Suppe spuckt.

»Ja, ich wette, du hast gedacht, der kleine Shea schläft bei den Fischen.«

Ich nicke, was mir im Gehirn weh tut, aber leichter als zu sprechen ist es allemal.

Hat er wirklich gerade gesagt, dass er nicht bei den Fischen schläft?

»Willst du wirklich wissen, was los war, nachdem du uns aufeinandergehetzt hast, damit wir uns gegenseitig umbringen?«

Ich will es nicht wissen. Warum geht der Kleine nicht und spielt an sich rum oder stellt sich irgendwo in die Schlange, um *Call of Duty* zu kaufen?

Halt! Ich will's doch wissen.

Ich kann nicht mehr nicken, also zwinkere ich. Einmal heißt ja.

Shea redet weiter, ohne mein Zwinkern überhaupt zur Kenntnis zu nehmen. Warum wird man gefragt, ob man etwas wissen möchte, wenn es einem der Fragende sowieso erzählt? Zwischen Hummus und dieser Form von Ignoranz fällt mir allmählich nichts mehr ein, was ich an dem Jungen mag.

»Du hast uns einen großen Gefallen getan, McEvoy«, sagt Shea. »Seit Dad gestorben ist, haben wir gezankt und uns gestritten. Ist es nicht so, Benny T?«

»Ganz recht, Shea-ster«, sagt Freckles, knallrot vor Stolz auf seinen neuen mafiamäßigen Decknamen.

Ich kann's nicht glauben, diese beiden Hornochsen feiern ihre neue Partnerschaft mit Spitznamen.

Shea-ster und Benny T?

Erschießt mich doch endlich.

»Wir haben so viel Scheiße zusammen durchgestanden. Das hat uns zusammengeschweißt, McEvoy. Du hast uns mit zwei Pistolen auf dem Tisch zurückgelassen, weißt du noch?«

Ich zwinkere einmal. »Die Fahrstuhltür hat sich geschlossen, und wir sind alle zum Tisch gesprungen, außer Benny T, der hatte nämlich eine Waffe am Fußgelenk versteckt.«

Mist. Ich war so stolz darauf, ein riesiges Blutbad inszeniert zu haben, dass ich ganz vergessen hatte, nach versteckten Waffen zu suchen.

»Benny hat sich runtergebeugt und sich bewaffnet wieder aufgerichtet.«

»Und dann wusste ich nicht, wen ich erschießen soll«, sagt Ben Toole ein bisschen kleinlaut lachend, als hätte er gerade gemerkt, dass er zwei verschiedene Socken trägt.

»Ja. Er weiß nicht, wen er erschießen soll. Ich konnte nicht mehr vor Lachen.«

»Und ich hab den Jungen hier auf alle Fälle unterschätzt«, sagt Benny T und stubst Shea an die Schulter. »Der Kerl, dem du ins Bein geschossen hast, humpelt zur Tür, und das hat den Ausschlag gegeben. Ich hab ihn erschossen.«

»Ja, direkt ins Herz«, sagt Shea. »Und zwar von hinten, obwohl er sich bewegt hat, ein Wahnsinnsschuss.«

Ich will einwenden, dass der Wahnsinnsschuss aus einer Wahnsinnsentfernung von circa anderthalb Metern abgegeben wurde und sogar ein einäugiger Schimpanse getroffen hätte, aber ich sage nichts dergleichen, denn es würde mich zu viel kosten, und die Bemerkung ist auch nicht lustig genug, um weiteres Leid zu rechtfertigen.

»Also der andere, Frank, ja, Frank will zum Tisch, und ich schieße ihm in den Arm. Ich ballere einfach los. Keine Strategie dahinter.«

Shea greift den Faden auf. »Und er kippt um, schreit so laut, dass er das ganze Haus aufscheucht. Freckles … ich meine Benny T, rennt um den Tisch und gibt ihm den Rest.«

»Zu dem Zeitpunkt hatte ich den Jungen noch gar nicht auf der Rechnung«, sagt Ben. »Scheiß auf den Jungen, hab ich gedacht.

Ich hatte genug Zeit. Aber er hat's mir gezeigt. Hast schwer was auf dem Kasten, Shea-ster.«

Vielleicht war's ein Fehler, die beiden zum Händchenhalten zu zwingen.

»Ich wollte mir die Pistole schnappen«, sagt Shea. »Und als Benny auf die andere Seite des Schreibtischs gerannt ist, hat er sehr zu seinem Erstaunen festgestellt, dass ich ihn gedeckt habe und er mich.«

»Der Kerl hier war ruhig wie ein Fels in der Brandung. Er hat Benny T angestarrt, aber mit keiner Wimper gezuckt. Davor musst du Respekt haben.«

Ja klar, und vor Musicals auch.

Na ja, eigentlich ist das nicht ganz fair. Ich hatte einen Heidenspaß bei *Rock of Ages.*

»Also blieben wir ein paar Minuten so stehen«, fährt Shea fort. »Und dann dämmerte mir, dass ich nicht den blassesten Schimmer habe, wie die praktische Seite von Dads Firma funktioniert.«

Benny lacht wieder ganz verknallt. »Und dass ich kein Typ für die Buchhaltung bin, versteht sich ja von selbst.«

Wenn jemand *Typ für die Buchhaltung* sagt, darf man mit ziemlicher Sicherheit davon ausgehen, dass er keiner ist.

»Der Junge ist also um den Schreibtisch rum und hat dem Typen, dem ich gerade schon eine Kugel verpasst hatte, zwei weitere in den Bauch gejagt, hat ihn fertiggemacht. Jetzt haben wir uns gegenseitig in der Hand, verstehst du?«

Ich denke, Sheas Vater muss ein gottloses Arschloch gewesen sein, und Ben hat nie Kinder gehabt. Es ist, als hätte ihnen das Leben eine zweite Chance gegeben. Ich wette, die haben schon Pläne geschmiedet, und wenn's Herbst wird, lassen sie gemeinsam Drachen steigen.

»Zwischen uns besteht jetzt eine starke Verbindung«, sagt Shea. »Blutsbande. Wir sind zwei Seiten derselben Medaille.«

»Wahrscheinlich wundert sich dieses Arschloch, dass wir ihn gefunden haben«, sagt Freckles.

Um ehrlich zu sein, das Arschloch ist jenseits von Gut und Böse. Sie haben mich gefunden, und zu erfahren, wie sie das angestellt haben, wird daran nichts ändern. Genaugenommen wäre ich jetzt tot, hätten sie mich nicht gefunden.

»Mein Wagen hat GPS, du Idiot«, sagt Freckles und stößt mir gegen den Kopf, als wäre ich dämlich. »Dadurch wusste ich, wo er steht. Wir haben das Hotelparkhaus observiert, als die beiden Cops rausgekommen sind und dich hinten in ihren Wagen verfrachtet haben. Eigentlich müsste ich mich bei denen bedanken. Leblose Körper aus Hotels rausschleppen kann ganz schön ätzend sein.« Er zwinkert Shea zu. »Wie wir aus eigener Erfahrung wissen, nicht wahr, Shea-ster?«

»Du hast's erfasst, Benny T. Morgen spüre ich das in meinem Quadrizeps.«

»Verdammte Jugend von heute«, sagt Bent Tool. »Verdammte Quadrizeps und dieser ganze Scheiß. Ich muss eine neue Sprache lernen.«

»Das ist echt weit hergeholt«, grunze ich und erteile ihm seine erste Lektion.

Shea tastet an sich herunter, bis er einen Energieriegel gefunden hat, und ich denke: *Nein, fang jetzt bloß nicht an zu essen.*

Aber er tut es trotzdem, direkt vor meiner Nase. Verarbeitet den Riegel zu einer klebrigen Paste, schmatzt mit seinen von Stoppeln umrahmten fleischigen Lippen, die aus diesem Blickwinkel, Gott möge mir den Gedanken verzeihen, an eine Pussy erinnern.

Ich überlege, Shea eine Kopfnuss zu verpassen, aber dabei könnte mir was von diesem Mist ins Gesicht spritzen, also lasse ich lieber den Kopf hängen und warte, bis es vorbei ist. Er kaut noch immer, ich kann's hören.

»Ich bin deine Taschen durchgegangen, McEvoy«, sagt Freckles. »Hab mir geholt, was mir gehört. Deine Anrufe gecheckt.

Anscheinend hast du Mike nur die Bestätigung gesimst, dass der Junge tot ist. Ist das alles, was er weiß?«

»Es ist ja allgemein bekannt«, presse ich heraus, »dass ich eine Freundin bei den Cops habe.«

»Nee«, sagt Freckles. »Das ist Blödsinn. Du willst bloß Zeit schinden. So wie ich Mike kenne, sitzt der in – wie heißt das Nest? Cloisters? Und feiert. Gießt sich gepflegt einen hinter die Binde. In den nächsten Tagen wird Irish Mike Madden, das hinterhältige Arschloch, zum Abschuss freigegeben. Und ich kann dir versichern, dass ich die Gelegenheit nutzen werde.«

Normalerweise würde mich die Vorstellung nicht besonders bekümmern, dass Mike tödlichen Besuch bekommt, aber dann fällt mir ein, dass ich selbst schon extremst tot sein werde, bevor es so weit ist. Außerdem könnte auch Zeb bei Mike sein. Wobei ich andererseits nicht allzu traurig wäre, würde Zeb eine Fleischwunde abbekommen oder einen halben Hoden verlieren.

»Ich schwör's«, sage ich. »Ich hab allen Bescheid gegeben. Ihr beiden seid auf der Flucht.«

Shea kauft es mir ab. »Wir sind auf der Flucht, Benny.«

Freckles, der Profi, aber durchschaut den Blödsinn. »Mein Mann sagt mir, die haben nichts im System oder auf der Website. Nicht das Geringste. Nur um sicher zu sein, halten wir den Kerl hier noch ein paar Stunden fest, falls wir eine Geisel brauchen. Ich denke, wenn wir bis zum Morgen nichts gehört haben, sind wir aus der Sache raus.«

»Also müssen wir eigentlich nur warten, bis das Taxi kommt, und dann fährst du mit ein paar Jungs spazieren.«

Freckles kennt sich aus mit der Leichenbeseitigung. Hier wird er mich nicht erschießen, weil ich so ein Riese bin und sie sechs Leute bräuchten, um mich hier leblos rauszuschleppen. Also haben sie ein Todestaxi bestellt. Diese Art von Leichenwagen kenne ich schon aus dem Libanon. Ich weiß noch, dass wir mal einen ganz normal aussehenden Renault beschlagnahmt haben, in dessen Kofferraum sich eine Tiefkühltruhe für Leichenteile befand. Freckles' Leute werden mich in ein Taxi verfrachten, dann lassen sie mich in ein ausgehobenes Grab steigen und erschießen mich dort. Ergibt Sinn. Würde ich auch machen, wenn ich ein kaltblütiger Killer wäre, vielleicht Krieger und Fortz als Zugabe obendrauf, außerdem ein paar Tierkadaver, um die Gerichtsmediziner zu verarschen, und wenn ich noch eine Minute Zeit fände, würde ich Shea ein paar Zeilen Klingonen-Lyrik mit Edding auf die Stirn malen. Damit wären die Kollegen bei Homeland Security auf Monate beschäftigt.

»Komm schon, Benny T«, sagt Shea, und ich schwöre, seine Stimme klingt, als wäre er noch nicht mal im Stimmbruch. Vielleicht liegt's an der Aufregung. »Lass es uns machen. Du und ich.«

Das geht jetzt zu weit.

Oh, Moment. Vielleicht hab ich das missverstanden.

»Lass uns den Job zu Ende bringen, T. Wir können diesen blöden Arsch kaltmachen. Du und ich.«

Gott sei Dank. Der Junge will mich persönlich umlegen.

»Ich weiß nicht«, sagt Freckles. »Der ist nicht ohne, und ich will nicht, dass du dich verletzt.«

»Komm schon, Benny«, jetzt bettelt er, als wollte er gegen die Vorschriften des Weihnachtsmannes verstoßen und seine Geschenke schon vor Heiligabend auspacken.

»Morgen stehe ich der Geschäftswelt wieder zur Verfügung, aber heute Abend will ich ein Gangster sein, so wie du.«

Shea hat gute Argumente. Und weiß sie ausgezeichnet zu präsentieren. Das »so wie du« macht den Deal perfekt. Ich wette, er hat in Harvard an Debattierclubs teilgenommen.

»Wie könnte ich ihm etwas abschlagen? Sieh dir den Jungen doch mal an, McEvoy. Zusammen werden wir die Stadt regieren.«

Ich hab keine Kraft mehr, aber mein Körper zuckt krampfhaft von ganz alleine, und Bent Tool interpretiert dies als Zustimmung.

»Du wirst Edward Sheas erstes Exekutionsopfer sein, den bereits angeschossenen Kerl zählen wir jetzt mal nicht mit. Das ist eine große Ehre.«

Na, toll. Super. Ich kann's kaum erwarten.

Danke, liebes Publikum, hier im Fickstadtpalast. War wunderschön mit euch.

Ich muss mich in einem Schockzustand befinden. Oder habe ich was auch immer mir Edit in den Whiskey getan hat immer noch im Blut? Irgendwie nehme ich dieses ganze Gerede von meiner bevorstehenden Hinrichtung sehr gelassen hin. Vage ist mir bewusst, dass ich heute Abend noch nicht sterben möchte, aber echte Begeisterung kann ich nicht aufbringen. Ich kenne diese Art von Dumpfheit, diese bleierne Lethargie ist ein verbreitetes Symptom posttraumatischer Belastungsstörungen, kurz PTBS, aber noch befinde ich mich nicht in der posttraumatischen Phase, ich bin vielmehr im Trauma mittendrin. Ich schätze mal, das könnte jetzt die vom letzten Trauma ausgelöste Belastung sein. Sozusagen die Folgen des Foltervideos. Ich hoffe wirklich, dass Krieger und Fortz auf dem Weg nach Mexiko Bauchschüsse kassieren. Schon komisch, dass mich der potentielle Tod dieser beiden stärker beschäftigt als mein eigener.

Falls jemandem nicht klar ist, was die Abkürzung PTBS bedeutet, will ich kurz ausführen, dass sie nicht, wie mein Kumpel Zeb meinte, für »Pubertäre Tunten blasen Schwänze« steht, wobei ich gestehen muss, darüber sogar gelacht zu haben, was nicht gerade für die Aufgeklärtheit meiner Geisteshaltung spricht. Zeb hat einen Running Gag draus gemacht. Nach unserem Besuch am Broadway bei *Rock of Ages* hat er behauptet, er leide unter einer posttheatralischen Belastungsstörung. Was ich dann aber doch ein bisschen zu gewollt fand.

Die beiden lassen mich ein paar Stunden lang in Ruhe, kommen immer mal wieder rein, um sich zu vergewissern, dass ich noch an die Heizung gefesselt bin, und zwar mit einer Kette, die aussieht, als wäre sie vor zweihundert Jahren mit der Underground Railroad in den Norden gelangt. Ich hab ein schlechtes Gewissen, weil ich keinen Fluchtversuch unternehme, aber mir fehlt schlicht die Kraft. Ich wurde zweimal außer Gefecht gesetzt, mit einem Totschläger in die Knie gezwungen und von einem Hummer gerammt. Irgendeinen Rekord habe ich damit bestimmt gebrochen.

Also lege ich mich auf den Fußboden, und selbst die Aussicht auf eine Reise ohne Rückkehr verhindert nicht, dass ich einschlafe. Einmal habe ich bei Simon Moriarty im Wartezimmer einen Artikel gelesen, in dem stand, dass das Unbewusste den Schlüssel für alles enthält. Egal wie die Frage lautet, man trägt die Antwort bereits in sich. Vielleicht meldet sich ja mein Inneres mit der Lösung dieses Dilemmas. Ich werde mir selbst etwas verraten, das ich nicht weiß. Das wäre wirklich schön, denn generell tut mein Unterbewusstsein nichts anderes, als mich mit Phobien und Verhaltensstörungen zu quälen. Der Trick ist, aufzuwachen, und das erste Wort, das einem in den Sinn kommt, laut herauszuschreien. Das nennt man Automanifestation oder, um Zebulon zu zitieren, einen *bescheuerten Psychoschmonsens*. Ich weiß nicht genau, was ein *Schmonsens* ist, aber ich denke, ein Kompliment ist es nicht.

In diesen wenigen unruhigen Stunden träume ich ein bisschen, aber nichts Erhellendes, es sei denn, mein guter alter Vater, der mir den Kopf mit Klebeband umwickelt und dabei sagt *Guter Soldat, guter Soldat*, bringt die Welt irgendwie weiter.

Daddy gehört zum Standard meines Alptraumrepertoires, aber dieser ist noch unheimlicher als sonst, und ich wache davon auf. Als ich hochschrecke, starren mich der Shea-ster und Benny T an, schmeißen sich weg, als wäre ich Louis C. K. bei seiner besten Show aller Zeiten.

»Was hast du gesagt, McEvoy? Hast du gesagt, was ich glaube, dass du gesagt hast?«

Ach, du Scheiße. Was hab ich denn bloß gesagt?

»Der Wichser hat *Pornoflöte* gesagt«, wiederholt Freckles. »*Pornoflöte*.«

Shea schnappt nach Luft. »Das muss ich dir lassen, McEvoy. Zehn Minuten vor der eigenen schauderhaften Hinrichtung, und denkst immer noch mit dem Schwanz. Vielleicht bist du wirklich so dämlich, wie du getan hast.«

Pornoflöte? Ich kapier's nicht.

»Pornoflöte?«, sage ich, erleichtert darüber, dass ich sprechen kann. »Ganz bestimmt Pornoflöte? Nicht Autotröte? Oder Ohrenkröte?«

Freckles schüttelt seinen großen Kürbiskopf. »Nein, Pornoflöte, McEvoy. Ich hab's ganz deutlich gehört.«

Pornoflöte? Warum muss mein Unterbewusstes derart in Rätseln sprechen?

Der Kerl im Overall wischt gerade den Kofferraum des Taxis mit einem Lappen aus, als ich flankiert von Shea-ster und Benny T, oder Pussy Lips und Splatter, wie ich die beiden mental nenne, an die Parkbucht geführt werde.

»Alles klar?«, fragt Shea.

Der Mann nickt und wirft ihm die Schlüssel zu. »Alles wird gut, Mister Shea. Nur damit Sie's nicht vergessen, wir brauchen den Wagen nachher noch für die Albaner.«

Freckles schließt stirnrunzelnd die Augen. »Mist, an die Arschlöcher hab ich gar nicht mehr gedacht. Wo bringen wir die hin?«

»Zu den Russen, denke ich.«

»Auf die Connecticut Farm?«

»Nein, zu den Russen von neulich.«

Freckles gibt einen Reminder in sein Handy ein. »Okay, ins Industriegebiet. Verstanden. Wenn ich dich nicht hätte.«

Shea grinst verständnisvoll, und ich vermute, die Chancen stehen gut, dass die Beziehung der beiden hält.

»Chef sein ist nicht immer einfach«, sagt der Junge.

»Hey, wenigstens können wir uns die Aufgaben teilen.«

Freckles und Shea sind so gutgelaunt und optimistisch, dass das Schicksal sicher schon bald mit seinem unbarmherzigen Hammer zuschlagen wird.

Vielleicht bin auch ich der Hammer. Warum nicht, ich war ja auch schon der Stein.

Was für ein schöner Gedanke.

Overall verzieht sich, und Freckles lässt den inzwischen geschlossenen Kofferraumdeckel wieder aufspringen. »Okay, McEvoy. Spring rein.«

Ich habe noch nicht beschlossen, ob ich mich widerspruchslos reinlege oder die beiden aus reiner Boshaftigkeit zwinge, mich sofort zu erschießen. Zufällig wird mir die Entscheidung abgenommen.

»Da passe ich auf keinen Fall rein«, sage ich. »Ich glaube, da hat jemand seinen Job nicht gemacht.«

Der Kofferraum wurde in eine riesige Kühltruhe umgebaut und ist randvoll mit Körperteilen, alle einzeln in Plastik verpackt. Ich erkenne das Gesicht von KFC mit einer zweiten Haut aus weißer Folie überzogen.

»Verfluchte Fickerei«, sagt Freckles. »Der hätte längst ausgeräumt sein sollen.«

Fickerei. Wie schön.

Shea stochert im Eis, will Platz machen. »Dieser wie Chewbacca aussehende Scheißkerl passt hier auf keinen Fall rein. Heutzutage findet man einfach keine guten Leute mehr.«

Ich finde es nur fair, an dieser Stelle etwas einzuwenden: »Du hattest gute Leute, Shea-ster, aber du hast sie erschossen.«

Shea ist es peinlich, dass er mit seinem Verbrecherimperium ein bisschen dilettantisch rüberkommt.

»Halt's Maul, McEvoy. Was machen wir, Benny T? Wer verklappt die Leichen?«

Freckles zeigt auf KFCs Kopf. »Sonst hat der das gemacht.«

»Ich glaube, ich verstehe, was hier los ist«, sage ich und rechne halbwegs damit, von Freckles eins übergezogen zu bekommen, aber er ist damit beschäftigt, Shea zu besänftigen.

»Mach dir keine Sorgen, Partner. Vielleicht können wir das ja trotzdem alles in einem Aufwasch erledigen. Mag riskant sein, McEvoy auf die Rückbank zu setzen, aber dann könnten wir ins Industriegebiet fahren, die Tiefkühlware verklappen und wären in einer Stunde zurück. Danach lade ich dich zum besten Frühstück ein, das man in New York bekommen kann.«

»Meinst du Norma's?«, frage ich.

»Kennst du das Café?«, fragt Freckles. »Hast du mal die Pfannkuchen gegessen?«

»Ich liebe sie«, nicke ich Shea zu. »Hör auf ihn, vergiss Hummus. Gönn dir was Gutes.«

»Scheiße«, sagt Shea. »Ich kann's kaum erwarten. Lass uns die Sache hier schnell über die Bühne bringen, damit ich mir einen Berg Pfannkuchen bestellen kann.«

Und auf diese hinterhältige Weise habe ich dafür gesorgt, dass Pussy Lips und Splatter nur noch Pfannkuchen vor den Augen haben und ein bisschen unachtsam werden. Sie packen mich auf den Rücksitz, obwohl sie besser zweimal gefahren wären.

Jetzt hab ich eine Chance.

Freckles macht meine Handschellen an einem extra eingebauten Karabiner am Vordersitz fest.

Dann kapiere ich aber, dass ich vielleicht doch die Klappe hätte halten sollen. Meine Fluchtchancen wären besser gewesen, hätten sie mich hier unter Bewachung gestellt, solange Freckles die erste Ladung Leichen wegfährt.

Mist.

Danke auch für die Hilfe, Unterbewusstsein.

Pornoflöte.

Pornoflöte.

Ich drehe und wende das Wort, in der Hoffnung, dass mir ein Licht aufgeht.

Was macht eine Pornoflöte? Schwanzlutschen?

Sollte ich das tun? Würde es mir helfen?

Freckles fährt mit dem Taxi am Fluss entlang. Die *USS Intrepid* ragt neben uns auf wie ein riesiger grauer Berg, und am anderen Ufer kann ich Union City mit seinen Lichtern erkennen, im Dunkeln sieht es aus wie eins von Spielbergs Mutterschiffen. Ich hätte nie geglaubt, dass ich mich noch einmal nach Jersey sehnen würde, aber jetzt im Moment scheinen mir die Lichter dort drüben Sicherheit zu versprechen. Zumindest hätte ich dort eine Chance, den Tag zu überleben, aber jetzt haben wir den Tunnel schon durchquert, weshalb ich annehme, dass sich das Grauen auf dieser Seite des Hudson abspielen soll.

Ich rufe meinen Kidnappern zu: »Hey, Jungs. Könnt ihr mich hören?«

Zwischen uns befindet sich eine Trennscheibe aus Panzerglas, in der Mitte eine kleine verschlossene Sprechluke. Ich sehe, dass sich die beiden unterhalten, aber ich kann kein Wort verstehen, anscheinend können sie mich aber hören, denn Freckles drückt auf einen Knopf auf dem Armaturenbrett, und seine Stimme knistert über den Lautsprecher.

»Was gibt's, McEvoy? Musst du mal pinkeln? Warum hebst du dir das nicht für die Schlussszene auf. Deine Eingeweide werden sich sowieso entleeren.«

Shea ist völlig fasziniert. »Du meinst, der scheißt sich nachher in die Hose?«

»Na klar. Höchstwahrscheinlich doch. Passiert oft. Ich hab schon den seltsamsten Mist gesehen. Manchmal kriegen die auch einen Ständer dabei.«

»Wer? Der, der schießt, oder wer?«

»Nein. Der erschossen wird. Mausetot und trotzdem voll das Rohr.«

»Das ist ja widerlich, Benny T. Ein Ständer, oh Gott.«

Da sie sowieso schon von Ständern sprechen, beschließe ich ihnen ein bisschen den Schwanz zu lutschen.

»Ich wollte euch nur mitteilen, dass ich beim derzeitigen Stand der Verhandlungen Angeboten gegenüber offen bin. Ganz ehrlich. Ihr habt ja im Masterpiece gesehen, was ich draufhabe. Ich könnte euer Team hervorragend ergänzen.«

Shea klatscht freudig in die Hände. »Das ist unglaublich. Ich kann's echt nicht glauben.«

Natürlich kannst du's nicht glauben, du Arschloch, ist ja auch nicht wahr.

Das sage ich nicht laut, denn dieser Moment wäre nicht der richtige, um Shea zu verärgern.

Als er fertiggelacht hat, erklärt ihm Freckles meine Motivation; er vergisst den Lautsprecher auszuschalten, so dass ich alles mithören kann.

»Siehst du, das ist typisches Nahtodverhalten. Der Typ ist verzweifelt. Er bietet sich den Leuten an, die er eben noch verhöhnt hat, nur um irgendwie heil aus der Sache rauszukommen.«

»Passiert so was öfter?«

»Ja, sicher. Ein Italiener hat mir mal seine Tochter angeboten, wenn ich ihn laufenlasse.«

»Bist du drauf eingegangen?«

»Nein. Hab ihm die Kehle aufgeschlitzt wie einem Schwein. Danach bin ich sowieso noch zu seiner Tochter.«

»Die Italiener sind krass drauf, oder?«

Freckles zuckt mit den Schultern. »Früher vielleicht mal, inzwischen sind die aber viel zu lange am Drücker. Irgendwie sind die nicht mehr in Form, wenn du verstehst, was ich meine?«

»Klar doch. Dad hat mir so was nie erzählt. Wer sind denn dann die Härtesten?«

Hört euch den Jungen an. Als könnte überhaupt ein Mensch härter als eine Kugel sein. Trotzdem denkt Freckles über die Frage nach, saug-quietscht auf seltsame Art mit den Lippen, was ihm unter anderen Umständen sofort eine Faust in die Fresse beschert hätte.

»Wenn du ein Individuum meinst, eine Einzelperson per se«, denkt Freckles quietschend zu Ende, »da bin ich der Härteste der Stadt. Hast du Ärger mit Benny T, jage ich dich wie einen verfluchten Straßenköter. Aber als Gruppe per se? Im Kollektiv, da würde ich sagen, sind's die Russen per se. Die kommen direkt aus der Scheiße, aus Sibirien. Ich hab Bilder gesehen. Die haben vor gar nichts Angst. Iren und Latinos per se scheißen sich in die Hose. Und das sage ich als halber Ire und halber Latino. In meinen Adern fließt Latinoblut, auch wenn man mir das nicht ansieht.«

Ganze Menge Per-ses für einen Satz.

»Bist du Lateinlehrer, Benny?«, komme ich nicht umhin zu fragen.

»Hab's ja schon gesagt: Ich hab Latinoblut. Aber ich kann nicht nur Latein, ich hab auch deine Mutter gefickt. Hier ist noch ein Spruch für dich: *Vidi vici veni.* Ich sah, ich siegte, ich kam. Das kannst du mit ins Grab nehmen. Verfluchte Pornoflöte, du blöder Drecksack. Hey, wahrscheinlich hat deine Mama auch schon Schwänze gelutscht.«

Während sich die beiden schlapplachen, komme ich drauf. Mir geht ein Licht auf.

Pornoflöte. Verdammt.

Auf der 12th Avenue ist es so früh am Morgen ruhig. Die Einbrecher haben sich verzogen, und die frühmorgendlichen Jogger sind noch nicht aus den Federn gekrochen, es herrscht Dämmerlicht. Freckles bleiben circa dreißig Minuten für die Erledigung seiner Aufgabe, dann tuckern die Fähren herüber, gießen ihre Fracht vornehm gekleideter Büroangestellter auf die Insel. Noch glänzt kein einziger Sonnenstrahl am Himmel, aber die Nacht hält bereits den Atem an, wartet darauf, dass der Tag die Hochhäuser in rotes Licht taucht. Während Freckles den jungen Edward Shea mit schauerlichen Kriegsgeschichten amüsiert, halte ich Zwiesprache mit meinem Unterbewussten.

Wo hast du neulich eine Pornoflöte gesehen? Eine, die professionell Schwänze lutscht?

Im Studio, beim Dreh.

Und was hat sie dir außer einem guten Rat in Bezug auf penisverlängernde Medikamente gegeben?

Einen Schlüssel für Polizeihandschellen.

Und was trägst du gerade?

Polizeihandschellen.

Was ist aus dem Schlüssel geworden?

Den hab ich mir unter den Tanga geschoben, schließlich weiß man nie, oder?

Also angel den Schlüssel aus deinem Tanga, du Blödmann.

Wann hörst du endlich auf, so bescheuert zu sein?

Wenn du kein Idiot mehr bist.

Bingo.

Käsebirne.

Ich hab einen Schlüssel in meinem Tanga, und kaum ist es mir wieder eingefallen, spüre ich auch schon, wie mir das Metall in den Bauch pikst. Ein Schlüssel ist ein erster Schritt in die richtige Richtung, trotzdem gibt es noch viel zu tun. Selbst wenn ich mich von den Handschellen befreie, muss ich irgendwie aus dem Taxi rauskommen und mit Pussy Lips und Splatter da vorne abrechnen.

Eins nach dem anderen. Erst mal die Dinger loswerden.

Ich klopfe mit der Stirn gegen die Scheibe. »Hey, Junge. Tu mir einen Gefallen. Kratz mich mal am Sack.«

Kein Mann auf Erden kann eine solch potentiell humorvolle Bitte ignorieren.

Dem Jungen fällt buchstäblich die Kinnlade runter. »Dir den Sack, was … hast du sie noch alle?«

»Komm schon, Shea. Ich kann mich genauso wenig rühren wie das Jesuskind in seiner Ganzkörperwindel.«

Freckles legt die Stirn in Falten, meine Wortwahl missfällt ihm. »Ach komm schon, McEvoy. Musst du jetzt auch noch mit Jesus anfangen?«

»Ich will euch nur klarmachen, wie schlimm meine Eier jucken.«

»Lass Jesus aus dem Spiel, Mann. Wegen so einem Scheiß bringen sich unsere Landsleute seit siebenhundert Jahren gegenseitig um.«

Jetzt hat Freckles auch noch politisches Bewusstsein entwickelt. Wahrscheinlich ist es okay, seine Mitmenschen um die Ecke zu bringen, vorausgesetzt, Jesus bleibt unerwähnt.

»Vielleicht hast du ja Sackfäule«, setzt Shea hinzu. »Du glaubst doch nicht im Ernst, dass jemand deine Eier anfasst?«

Freckles nickt vielsagend. »Ich weiß, was das ist. Seit wann hast du diese Symptome, McEvoy?«

Gar nicht, denke ich, aber ich antworte trotzdem: »Weiß nicht. Hat vor ungefähr einer halben Stunde angefangen.«

»Hab ich mir gedacht«, sagt Freckles und haut mit der Hand aufs Lenkrad. »Das Jucken kommt vom Kopf.«

Ich sage das Naheliegende: »Ich bin aber sicher, dass mir der Sack juckt.«

»Nein, das ist psychosomatisch. Ein typisches Leiden, das einen ereilt, wenn der Tod so kurz bevorsteht. Das kenne ich. Wenn einer kapiert, dass er bald auschecken muss, machen sich alle möglichen körperlichen Symptome bemerkbar. Dient der Ablenkung, verstehst du?«

Shea nickt die ganze Zeit völlig gebannt. Hätte er Papier da, würde er sich Notizen machen.

»Hey, Benny T. Das sind meine Eier, und die fühlen sich an, als hätte sie ein fieser Kobold abgeschmirgelt, heilen lassen und dann Pfeffer draufgestreut. Solange es nicht um dich und deine Klicker geht, behältst du deine Psychologisiererei besser für dich.«

»Psychologisiererei?«, fragt Shea. »Ist das ein Wort?«

»Nein. Sollte es aber sein.«

»Fazit ist«, sagt Freckles, »wir kratzen dich nicht am Sack. Vielleicht schießt dir der Shea-ster ins Gehänge, wenn du ihn nett drum bittest, vielleicht hilft das auch ein bisschen.«

Shea klatscht sich auf die Knie, er hat einen Heidenspaß. »Praktisch schon erledigt«, sagt er.

»Bitte, Jungs«, bettele ich und zerre an meinen Handschellen. »Ich komm nicht dran, und ich will nicht mit juckendem Sack abtreten.«

Freckles lacht. »Das wäre wirklich ein beschissener Abgang.«

Und damit schaltet er den Lautsprecher aus.

Jetzt hab ich also die Erlaubnis, mir an meiner Unterwäsche zu schaffen zu machen.

Die Blödmänner hab ich genial aufs Glatteis geführt. So genial, dass ich auf dem Rücksitz eines Todestaxis sitze und an eine Grube gefahren werde, an der mein Name steht. Bin ich ein Genie, oder was?

Mit KFC und dem anderen im Kofferraum hab ich die Grube wahrscheinlich nicht mal für mich allein.

Das ist deprimierend.

Ich glaube, jetzt juckt mein Sack wirklich.

Ich presse mich gegen die Glasscheibe, versuche eine Hand in die Hose zu schieben. Durch meine Armbeuge sehe ich, dass wir von der 12th abgefahren und Richtung Fluss unterwegs sind. Ich sehe den seltsam verzogenen Pier, ein Altar aus kaputten Planken und verrotteten Reifen zu seinen Füßen. Ich hab mich im Vorbeifahren immer über den Pier gewundert, mich gefragt, welche Geschichte wohl dahintersteckt. Jetzt werde ich es wahrscheinlich nie erfahren.

Tragisch, oder? Ein Mann sinkt ohne eingängige Pierkenntnisse in sein Grab.

Jedenfalls rammele ich praktisch die Trennscheibe, um an den Schlüssel zu kommen, und Freckles schaltet die Sprechanlage wieder ein, damit ich die beiden lachen hören kann. Ist ja nicht so, dass sie Grund hätten, sich Sorgen zu machen, oder? Freckles hat mich ziemlich gründlich gefilzt, mir sogar ins Gemächt gekniffen. Sie sind also supersicher, dass ich unbewaffnet bin. Aber ich habe einen Schlüssel, und meine Hand ist nur noch wenige Zentimeter davon entfernt.

Ha. Na wartet. Der Pier hat der Pier Pressure nicht standgehalten und ist eingestürzt.

Zing.

Da hast du's, Zebulon. Das ist ein echter Witz. Den könnte ich bei Ferguson einreichen. Als vorsichtiger Optimist merke ich mir den Scherz für später, falls es ein Später gibt.

Mein Zeigefinger berührt den Schlüssel. Bin ganz nah dran.

»Oh«, sage ich, was Freckles erneut zum Lachen bringt.

»Hör dir das Arschloch an«, sagt er zwischen zwei Glucksern. »Wir sollten einfach so aus Scheiß nach Connecticut fahren. Der Typ ist besser als Howard Stern.«

Also starten sie jetzt ein Fachgespräch über Radio-DJs. Anscheinend hat Shea mal ein Harvardmädchen in einer Klokabine genagelt, das der Meinung war, Howard Stern sei ein misogynes Arschloch, was Shea jederzeit unterschreiben würde. Freckles hingegen widerspricht der These vehement, wobei sich allerdings recht schnell abzeichnet, dass ihm der Begriff *misogyn* gar nicht geläufig ist.

Ich muss mich zügeln, um nicht in die Diskussion einzugreifen, ich habe nämlich was anderes zu tun, überleben zum Beispiel.

Jetzt hab ich den Schlüssel, ziehe ihn mit zwei Fingern heraus und lasse ihn dankbar auf den Sitz fallen. Normalerweise verbinde ich keinerlei Emotionen mit einem so schlichten Vorgang wie dem Hinsetzen, aber in diesem Fall lässt sich durchaus von Dankbarkeit sprechen.

Phase eins ist erledigt.

Ich blicke auf meine Hände, die Innenflächen glänzen wie die eines Fischers, die Finger sind krumm wie bei einem Gorilla, aber sie zittern, als würde elektrischer Strom durch mich hindurchfließen. Es gelingt mir aber, den Schlüssel festzuhalten, und nachdem ich eine Minute lang vergeblich versuche, diesen Puppenhausschlüssel in das streichholzgroße Loch zu stecken, gelingt es mir, mich zu befreien.

Korrigiere: meine Hände zu befreien.

Es gibt noch viel zu tun, bis ich mich als gänzlich frei betrachten darf. Idealerweise würde ich jetzt einfach an der nächsten Straßenbiegung aus dem Wagen springen. Aber der Knopf der Zentralverriegelung befindet sich vorne, und von hier hinten lassen sich auch die Fenster nicht bedienen.

Ich werde Shea überlisten und ihm die Waffe abnehmen müssen, dann sitze ich am Steuer.

Metaphorisch gesprochen.

Ich klopfe mit der Stirn an die Trennwand, und aufgrund meines hohen Unterhaltungswertes sind meine Entführer geneigt, mir zuzuhören.

»Was ist los, Sackgesicht?«, fragt Shea. »Brauchst du jetzt ein Peeling für dein Arschloch?«

Nicht schlecht, aber ich hab gerade keine Zeit. Ich muss den Jungen mit ein paar unverschämten Bemerkungen provozieren. Diesmal geht es nicht um Realitätsverweigerung oder Bewältigungsprozesse, sondern um eine Gesamtstrategie, die noch zu grob skizziert ist, um als Plan gelten zu können.

»Hör mal, Junge. Ich hab jetzt keinen Bock mehr, hier der Idiot zu sein. Tu dir selbst einen Gefallen, und mach mich los. Dann kannst du mit Freckles deinen furchterregenden Trupp zusammentrommeln und es Mike heimzahlen.«

Shea isst schon wieder, diesmal einen großen Heidelbeermuffin, den er in die Tasche gestopft hatte. Offensichtlich hat er draufgesessen. Der Muffin ist platt wie ein Keks, und Shea pickt Krümel von den Rändern wie ein verfluchtes Eichhörnchen. Ich hasse ihn.

»Dich losmachen? Du hattest inzwischen ausreichend Gelegenheit, dich an den Eiern zu kratzen. Ich werde dich erschießen, McEvoy. Find dich damit ab. Denk an deine nächste Inkarnation oder so, mir scheißegal.«

»Du wirst mich nicht erschießen, Kleiner, du nicht. Der alte Mann da vielleicht, aber du doch nicht. Nein. Wenn ich ein Date mit einer Kugel habe, hast nicht du den Finger am Abzug.«

Shea dreht sich auf dem Sitz herum, sieht mich an, und ich kann die ersten Sonnenstrahlen hinter seinem Kopf erkennen, wodurch er wie einer dieser bleichen skandinavischen Jesusse aussieht, auf die Filmemacher in den fünfziger Jahren so abgefahren sind.

»Du wärst nicht mal mein Erster, McEvoy. Dabei hab ich den anderen gemocht. Das war mein Lieblingsmitarbeiter.«

»Kann sein, aber der war verletzt, konnte sich kaum bewegen. Ich muss den ganzen Weg vom Wagen zur Grube selbst laufen, und dabei werde ich's euch nicht leichtmachen. Auf mich haben schon größere Kerle als ihr geschossen, bevor ich sie getötet habe. Ich bin durchlöcherter als Fifty Cent.«

Fifty Cent hab ich ganz falsch ausgesprochen. Hätte sagen sollen *Fiddy* oder so.

Aber Respekt für »In Da Club« – ein Klassiker. Jason und ich haben früher immer *Celebrity Beatdown* an der Tür gespielt: Fifty Cent war der Einzige, der immer ohne Diskussion in die nächste Runde kam. Der Kerl ist riesig, außerdem hat er dieses schlaue/irre Funkeln in den Augen.

Shea wird allmählich ein bisschen wütend, aber er versucht es einfach wegzulachen. »Hör dir dieses Stumpfhirn an«, sagt er zu

Freckles. »Gefesselt und unterwegs zur eigenen Hinrichtung markiert er den starken Mann.«

Freckles hat die Augen auf die Straße gerichtet, jede Menge Schlaglöcher sind da. Auch Obdachlose. Das ist hier wie Thunderdome am Fluss.

»Der will dir bloß auf die Ketten gehen, Junge. Gar nicht beachten. In fünf Minuten kannst du ihm in seine blöde Fresse ballern.«

»Dann habt ihr noch genau fünf Minuten zu leben«, sage ich.

Shea zieht seine Waffe und legt sie auf die Konsole. »Hältst du jetzt das Maul, verdammt? Vielleicht erschieß ich dich ja auch gleich hier.«

Ich lache gemein und schadenfroh.

»Du willst mich in einem fahrenden Wagen erschießen? Du verfluchter Amateur. Sag's ihm, Benny T.«

»Was soll er mir sagen?«, verlangt Shea zu erfahren.

Freckles seufzt. »Shea-ster. Heute ist dein erster Tag auf der anderen Seite. Du kannst noch nicht alles wissen.«

»Sag's mir, warum soll ich den Wichser nicht sofort erschießen?«

Ich erkläre es ihm. »Weil du in einem gepanzerten Wagen auf unebenem Gelände fährst. Erstens triffst du höchstwahrscheinlich nicht, zweitens wird die Kugel abprallen und den Falschen erwischen. Und selbst wenn nicht, wird das Ganze so einen Krach machen, dass es ein paar Leuten das Trommelfell zerfetzt. Dann landen wir alle im Hudson.«

Shea hat ein Gegenargument. »Ach ja? Du befindest dich in einer isolierten Kabine, McEvoy, umgeben von Panzerglas. Ich muss nur die Knarre durch die Luke hier stecken, dann stehen die Chancen, dass die Kugel zurückkommt, eins zu einer Million. Außerdem wirkt das Zeug auch lärmdämmend.«

Ich bemühe mich, angesichts dieser Ausführungen eine möglichst ratlose Miene aufzusetzen, und versetze mich gedanklich in eine typische Gesprächssituation mit Sofia.

»Ja … kann sein.«

Shea ist entzückt, weil er mich mit seiner jugendlichen Logik zum Schweigen gebracht hat.

»Ganz recht, McEvoy. Ich kann dich jederzeit erschießen, wenn mir danach ist. Und weißt du was? Mir ist gerade danach.«

Komm schon, du dämliche kleine Scheißwurst. Komm schon.

Shea schiebt den Riegel der kleinen Klappe zurück, durch die der Taxikunde normalerweise bezahlen würde. Mit leisem Knacken geht sie auf.

»Lächeln, du Wichser«, sagt Shea und steckt den Lauf seiner Kanone durch das Loch.

Freckles sieht ihn aus dem Augenwinkel.

»Nein«, blafft er ihn an. »Lass das.«

Möglicherweise war Freckles drauf und dran, spezifischere Anweisungen zu geben, etwa: *Erlaube dem ehemaligen Soldaten keinen Zugriff auf deine Waffe, da er zweifellos ein Dutzend Möglichkeiten kennt, sie dir zu entreißen.*

Aber da ist es schon zu spät. Kaum ist die Klappe offen, reiße ich die Hände hoch, Shea hält das Ding kaum fest, legt mir die Waffe also praktisch in die Finger.

Ich drehe sie herum und entsichere, was der Shea-ster bislang versäumt hat, dann schiebe ich die Hand durch die Luke.

Shea ist einen Augenblick sprachlos, dann setzt so was wie gerechter Zorn ein, zieht sich über sein Gesicht wie eine zerknitterte Maske.

»Nein«, sagt er. »Das ist meine Waffe. Gib sie mir zurück.«

Freckles braucht ein paar Sekunden, um einen Plan zu entwickeln, also sagt er erst mal: »Da hat er recht, McEvoy. Das ist seine Waffe.«

Ich kann's kaum fassen, die beiden sind Gold wert.

»Raus aus dem Wagen«, sage ich zu Shea. Ich muss sie trennen, sonst versuchen sie sich noch gegenseitig an Tollkühnheit zu übertreffen.

Shea schiebt schmollend die Unterlippe vor. »Ich gehe nirgendwohin. Du gibst mir jetzt sofort die Waffe wieder, Mister.«

Ich tue etwas, wofür jeder gebetet haben muss, der je das Pech hatte, Shea zu begegnen – von Freckles vielleicht abgesehen. Ich verpasse ihm eine Kugel. Nur in den Arm, aber bei einer seiner legendären Pot Partys dürfte die Narbe bewundernde Blicke auf sich ziehen. Das Geräusch ist laut und dumpf wie das Brechen eines trockenen Astes, größtenteils bleibt es aber im Taxi, so dass ich nicht die Orientierung verliere, was man von Freckles nicht behaupten kann. Auch Shea hat keine Orientierung mehr, aber das liegt hauptsächlich am Schock und am Schmerz. Das Blut weicht aus seinem Gesicht und tritt durch das Loch in seinem Oberarm aus. Die Maßnahme war grob, das will ich gerne zugeben, aber manche lernen erst, wenn die Lektion öffentlich und erniedrigend ist.

»Raus hier«, sage ich noch einmal.

Sheas Lippe bebt, und sein ganzer Körper verkrampft, ich kann's ihm nicht verübeln; angeschossen zu werden, ist neben dem Kinderkriegen so ziemlich das Schmerzhafteste, was man machen kann. Wird man angeschossen, lernt man eine Sache sofort, nämlich dass man nie wieder angeschossen werden möchte. Shea nickt. »Okay. Ich steige aus. Kannst du ein bisschen langsamer fahren, Benny?«

Freckles nickt öfter, als nötig wäre. »Ja«, sagt er. »Ja. Ja. Mh-hm.«

Ich denke, insgeheim beantwortet er Fragen in seinem Kopf.

»Fahr langsamer, Freckles«, sage ich. »Fünfzig oder so.«

Freckles gehorcht, die Finger trommeln einen grimmigen Rhythmus auf dem Lenkrad. Wahrscheinlich ist es keine Absicht, aber ich könnte schwören, er trommelt »Faith« von George Michael. Normalerweise würde ich mitsingen oder zumindest pfeifen, kommt drauf an, wer dabei ist, aber im Moment versuche ich die beiden mit meinem entschlossenen Professionalismus zu beeindrucken und ignoriere daher den Rhythmus, was schwierig ist und mich ablenkt.

Das Taxi fährt langsamer, und ich sehe Büsche und gerissenen Asphalt. Die Stadt liegt rechts von uns, links strecken sich einige Anlegestege in den schwarzen Hudson. Ich wette, hier unten gibt's mehr Leichen als auf einem durchschnittlichen Friedhof. Hoffentlich gehöre ich nicht bald schon dazu.

»Los«, sage ich zu Shea. »Ich zähle bis zehn.«

Shea heult jetzt, und ich kann's ihm nicht verdenken.

»Zehn?«, sagt er. »Komm schon, Mann. Ich brauch ein bisschen Anlauf.«

»Drei«, sage ich.

»Du überspringst Zahlen«, jault er.

»Nein«, sage ich.

Shea drückt auf den Knopf für die Zentralverriegelung, die Beifahrertür geht auf, und er wird rausgesogen; kurz wirbelt er neben uns her wie ein Steppenläufer, dann verlieren wir ihn. Der Wind schlägt die Tür zu.

Wahrscheinlich ist er tot, aber rein technisch betrachtet, habe ich ihn nicht umgebracht.

Im schlimmsten Fall war's konstruktiver Selbstmord.

Nein, nein, nein, so schlimm bin ich nicht.

Freckles tritt aufs Gas, kaum dass der Junge weg ist, und wir beide wissen, warum. Er ahnt nichts von meiner Aversion gegen das Töten und ist überzeugt, dass ich ihn nicht am Leben lassen werde. Wenn Shea überlebt, ist er in dieser Welt der Schatten erledigt. Freckles aber würde niemals aufgeben. Er ist Ire wie ich, und wir verstehen es, nachtragend zu sein. In Bezug auf Rachefeldzüge lassen die Iren die Sizilianer wie Kanadier aussehen. Freckles wäre erst glücklich, wenn er mir meine Knie weggeschossen und mir meine Augäpfel zum Fraß angeboten hätte.

Das heißt, wenn ich Glück habe, sind es die Augäpfel.

Könnten auch meine Eier sein, will ich damit sagen.

Ich weiß, ich hätte es lassen sollen.

Der jüngst mit einem neuen Spitznamen versehene Benny T fürchtet also, der Nächste zu sein, und gibt Gummi. Nur mein in der Luke steckender Arm verhindert, dass ich nach hinten geschleudert werde.

»Freckles, langsamer«, schreie ich. »Wir können uns was überlegen.«

»Scheiß auf dich, McEvoy, du verfluchtes Arschloch«, sagt er. »Scheiß auf euch Dubliner Dreckschweine, alle zusammen.«

Gemäß der Türsteherschimpfwortkategorien befinden wir uns jetzt ganz offiziell im roten Bereich.

Ich schiebe meinen Arm weiter durch die Luke und bohre Freckles den Lauf in die Schläfe.

»Vielleicht lasse ich dich ja mit einer Verwarnung laufen. Hast du dir das schon mal überlegt?«

Freckles antwortet nicht, stattdessen macht er eine grimmige Miene und lässt den Wagen um neunzig Grad gegen den Uhrzeigersinn herumschleudern.

»Das ist eine schlechte Idee«, sage ich vielleicht laut, vielleicht aber auch nur so vor mich hin.

»Gefällt dir das, McEvoy? Hast du geglaubt, du bist der Einzige mit Eiern in der Hose?«

Ich knalle Freckles die Pistole seitlich gegen den Kopf, aber der Schlag ist irgendwie kraftlos, obwohl ich schon am Limit bin. Ich sehe die Tachonadel Richtung hundertfünfzig zittern.

Ich könnte rausspringen, aber bei diesem Tempo würde ich zerbröseln wie eine Salzstange. Ich hätte mit dem Jungen verhandeln sollen. Freckles weiß, dass ich's nicht riskieren kann, solange er mit dem Fuß auf dem Gaspedal steht.

Das Taxi fährt auf den wenig stabil wirkenden Pier zu, an dessen Absperrung ein Schild mit der Aufschrift KEIN ZUTRITT hängt. Was soll das denn für eine Sicherheitsmaßnahme sein? Ein bescheuertes Kid auf Rollerskates käme daran vorbei.

»Ich bin bereit, McEvoy!«, kreischt Freckles, und ich sehe ihm an, dass er nicht klein beigeben wird.

Ich muss ihn erschießen. Wenn er tot ist, kann's nicht mehr schlimmer werden.

Ich habe keine andere Wahl, als diese glupschäugige, rothaarige Kackbirne jetzt sofort zu erledigen.

»Du tust es ja doch nicht, McEvoy«, schreit er triumphierend. »Dazu hast du nicht den Nerv.«

Könnten wir an dieser Stelle kurz auf Pause gehen, würde ich erläutern, dass Freckles im Begriff ist, sich selbst zu töten, nur um nicht von mir getötet zu werden. Sicher gibt es bessere Arten der Problemlösung.

Leider können wir hier nicht auf Pause gehen, deshalb muss ich entweder abdrücken oder baden gehen.

Schieß.

Du hast doch früher auch schon Leute erschossen. Weißt du noch, als du bei der Armee warst? Schwierig wird's immer erst hinterher.

Schieß.

»Freckles«, schreie ich über das Geprassel des Schotters unter den Reifen und das Rauschen des Bluts in meinem Ohren hinweg. »Zwing mich nicht. Du bist doch Ire, wir kriegen das wieder hin.«

Klar, wenn wir siebenhundert Jahre Zeit hätten.

Zu spät. Jetzt sind wir auf dem Pier. Die Planken unter uns scheppern einen Trommelwirbel, meine Zähne klappern, und dann fliegen wir.

Freckles lässt das Lenkrad los, als ob er Zeit hätte, sich mitten in der Luft rauszurollen oder sonst etwas Unmögliches durchzuziehen, es sei denn, er hätte eine App für Bullet Time auf seinem Handy, auf dem aber, als ich das letzte Mal nachgesehen habe, nichts Rassigeres zu finden war als Sofia, die Domina. Beim Aufprall hängen seine Beine aus der geöffneten Tür, und als eine riesige Wasserfaust dagegenknallt, wird Freckles mehr oder weniger in zwei Hälften geteilt.

Wir kommen hart auf, die katastrophale Entschleunigung presst mich gegen die Trennwand, nimmt mir den Atem. Die Windschutzscheibe biegt sich nach innen und springt im Ganzen heraus, schwarzes Wasser stürzt in den gesamten vorderen Bereich mit Freckles' Leiche. Die einzige Luftkammer ist der Rücksitz, deshalb sinken wir schnell.

Ich habe schon Stunden in lebensbedrohlichen Situationen ausharren müssen, aber all das nutzt mir derzeit gar nichts. Jetzt kann ich nur versuchen, die Folgen des Aufpralls zu überstehen, und das Beste hoffen.

Ich will atmen, aber meine Lungen versagen mir den Dienst, und ich stehe unmittelbar vor einem Panikanfall. Niemals gefunden zu werden erscheint mir keine freundliche Perspektive zu sein. Ich möchte nicht ewig als vermisst gelten, vorausgesetzt, jemand macht sich überhaupt die Mühe, mich vermisst zu melden. Die Vorstellung, einfach so zu verschwinden, vom Erdboden verschluckt zu werden, hat etwas Erschreckendes; bis das Wasser deinen Leichnam freigibt, bleibt nichts von dir übrig als algenbedeckte Knochen.

Der Wagen kommt auf dem Flussbett auf, und durch den unsanften Aufprall springen meine Lungen wieder an. Jetzt, da mein Gehirn ein bisschen Sauerstoff hat, gehe ich zur Einschätzung meiner Lage über.

Die ganze Sache ist lachhaft.

Kommt schon. Ich sitze in einem Todestaxi auf dem Flussgrund und starre eine Wasserleiche an. Treibsand dringt durch die Fenster, und ein paar Fische, die aussehen wie Scheißwürste mit Flossen dran, kommen hereingeschwommen, um mal nach dem Rechten zu sehen.

Meine Hand ist kalt. Warum ist meine Hand kalt?

Weil sie in der Trennwandluke steckt, du Blödian, ansonsten

wärst du längst ertrunken. Ich bin wie der Holländer, der seinen Arm in einen Deich gesteckt hat, nur dass es hier ein Taxi ist, kein Deich. Und ich bin natürlich auch kein Holländer.

Freckles' zerquetschte Leiche treibt nach oben, und wir befinden uns auf Augenhöhe, jeweils auf einer Seite der Scheibe. Seinen Gesichtsausdruck manischen Triumphs hat er im Tod beibehalten, und ich fühle mich wie ein Loser, obwohl er doch der Tote von uns beiden ist.

Irgendetwas in Freckles' Tasche leuchtet, und erstaunt stelle ich fest, dass mein Handy noch funktioniert und ich gerade einen Anruf bekomme. Zum Glück ist er noch in Reichweite, weshalb ich die Waffe fallen lasse, mit den Fingern in seine Tasche fasse und mein Hello-Kitty-Handy herausziehe. Allerdings kommt jetzt der knifflige Teil: Ich muss meine Hand aus der Öffnung ziehen, in der Hoffnung, dass das Wasser die Luke schließt; falls es das nicht tut, muss ich verdammt eilig aussteigen und an die Oberfläche schwimmen.

Ich ziehe meinen Arm ein Stück zurück, bis er fast draußen ist, dann hole ich ein paarmal tief Luft, um meine Lunge richtig vollzukriegen. Mein Handy trillert in dem gefluteten Taxi. Jemand muss mich wirklich dringend sprechen wollen.

Okay. Hör auf, Zeit zu vergeuden.

Ich ziehe meine Hand raus, und das Wasser presst die halbgeschlossene Luke zu, verschließt die Öffnung einigermaßen dicht. Wasser dringt immer noch ein, aber deutlich langsamer.

Endlich läuft es mal gut für mich.

Okay. Ich stecke in einem Unterwassersarg. Mein Glückstag. Ich sollte mich beeilen und Lotto spielen.

Aber ich beeile mich nicht. Wenn sich der Luftdruck nicht ausgleicht, kann ich nicht mal die Tür öffnen. Und selbst wenn ich es könnte, würde mich die Wucht des hereinströmenden Hudson auf die Rückbank nageln. Also muss ich hier sitzen bleiben und tief durchatmen, bis auch der hintere Teil geflutet ist, und das bedeutet, dass ich die kleine Luke selbst öffnen muss, obwohl dies meinem Überlebensinstinkt absolut widerstrebt.

Also gehe ich ans Telefon. Warum nicht.

»Hallo?«

»Wo zum Teufel steckst du?«, fragt Ronelle Deacon, meine Freundin bei der Polizei, die früher auf der Miniwache in Cloisters gearbeitet hat (vier Räume, zwei davon waren Klos), aber kürzlich zum Lieutenant der Special Investigations Section der New Jersey State Police befördert wurde.

»Wo ich bin? Das würdest du mir nicht glauben, Trooper.«

»Du trägst nicht zufällig einen pinkfarbenen Tanga und verprügelst meine Kollegen?«

»Ich wünschte, es wäre so«, sage ich aufrichtig. »Aber der Tanga war rot, okay?«

»Es sieht nicht gut für dich aus, Dan. Meine Brüder sind megaangepisst.«

»Ja, na ja, ich kann dir erzählen, wie's wirklich war, wenn's dich interessiert.«

»Die Wahrheit interessiert mich immer, McEvoy. Ich bin die letzte Verfechterin der Wahrheit. Können wir uns treffen?«

»Kann sein. Ich hoffe, ja.«

»Wo zum Teufel steckst du, Danny? Der Empfang ist scheiße.«

Es spricht für meinen Handybetreiber, dass ich unter Wasser überhaupt noch Empfang habe.

»Ich stecke ein bisschen in der Klemme, Ronnie. Wir sehen uns bei Pom Pom's, unten in Hell's Kitchen. Weißt du noch?«

»Klar, da haben wir den Typen aus *Cheers* getroffen.«

»Ja, nur dass er nicht aus *Cheers* war. Der war aus *Home Improvement*.«

»Weiße Männer, schlechte Witze. Ist doch egal. Wann?«

»Sobald wie möglich, ich bin vor dir da.«

»Und wenn nicht?«

»Wenn nicht, musst du den Fluss ausbaggern lassen.«

»Den Fluss ausbaggern? Welchen Fluss? Was ist los, Dan?«

»Kann ich dir jetzt nicht erklären, Ronnie, aber wir sind Freunde, okay? Du würdest doch auch sagen, dass wir Freunde sind, oder? Du würdest aufstehen und bei einem Gottesdienst oder so was Nettes über mich sagen.«

»Ja, wir sind Freunde«, versichert mir Ronnie, aber sie klingt argwöhnisch, als würde sie einen Selbstmordgefährdeten überreden wollen, vom Dach zu steigen, also lege ich auf.

Sie hat gesagt, wir sind Freunde, und das genügt mir.

Das Wasser reicht mir jetzt bis zu den Knöcheln, und es fühlt sich eher nach Schlamm als nach Wasser an. Hier in der Gegend ist noch nie jemand zur Erfrischung in den Hudson gesprungen, aber ich kann noch nicht los, ich muss warten.

Mein Handy macht mich darauf aufmerksam, dass ich eine Videobotschaft erhalten, aber noch nicht angesehen habe.

Tommys Video.

Da die Alternative das Video von Freckles als schwimmender Leiche ist, wähle ich den Clip, drücke auf Play, und was jetzt folgt, könnte das Gleichgewicht im Fall Mike Madden zu meinen Gunsten verschieben – sollte ich je lebendig aus diesem Unterwassersarg herauskommen.

Das kurze Filmchen ist derart packend, dass ich darüber beinahe meine missliche Lage vergesse, doch dann gibt die kleine Luke nach, und stinkendes Flusswasser strömt herein. Innerhalb von wenigen Sekunden reicht mir die eisige Brühe bis über die Knie, und ein kackwurstartiger Fisch dreht Möbius-Schleifen zu meinen Füßen.

Ich warte, bis ich den Kopf heben muss, um noch Luft zu bekommen, dann sauge ich meine Lungen voll Sauerstoff und ramme die Tür mit der Schulter. Zum Glück hat Freckles nach Sheas Abgang die Zentralverriegelung nicht noch mal aktiviert, und die Tür öffnet sich problemlos. Ich gleite in die Dunkelheit des Flusses und werde wie ein Staubkorn verschluckt. Wenn sich der Hudson mich jetzt einverleibt, wird kaum ein Wellenschlag an der Oberfläche verraten, dass ich je hier war.

Seit wann bin ich denn so düster drauf? Und warum denke ich überhaupt übers Sterben nach? Im Training habe ich schon in voller Montur in sehr viel tieferen Gewässern gesessen.

Ich bin im dunklen Wasser, aber über mir durchschneiden Strahlen aus rotem Sonnenlicht die Düsternis. Ich lasse sehr langsam Luft aus meinen Lungen entweichen, so wie ich es gelernt habe, und schwimme an die Oberfläche. Dabei fällt mir auf, dass der Sonnenuntergang aus dieser Perspektive ganz besonders zauberhaft aussieht.

Bedenkt man, was in den letzten vierundzwanzig Stunden los war, dann ist jegliche Art von Sonnenaufgang höchst unerwartet und erfreulich.

Ich erreiche die Wasseroberfläche, spüre den Protest von Muskeln, die ich seit Jahren nicht mehr benutzt habe. Ich bin nicht direkt für Unterwasserabenteuer gekleidet, aber ich möchte mich ungern von meinen Stiefeln trennen, die ich seit meiner Armeezeit trage, ebenso wenig von meiner Lederjacke, die ich einem Mann namens Anghel abgekauft habe, der als rumänischer Söldner für die christliche Miliz in Tibnin gearbeitet hat. Immer wenn ich mit Anghel Geschäfte machte, versprach er, später am Abend nicht auf mich zu schießen. Soweit ich weiß, hat er sein Versprechen gehalten. Leider konnte ich ihm nicht denselben Gefallen erweisen, und gegen Ende meines zweiten Einsatzes habe ich ihm eine Kugel ins Bein gejagt, weil er mit zwei Freunden auf unser Gelände eindringen wollte und dabei mir und meinem Spähtrupp in die Quere kam. Ich wollte ihn nicht töten, aber in Beinen gibt es jede Menge Venen, und eins führte zum anderen. Bevor ich wusste, wie mir geschah, hatte ich einen Mann getötet, mit dem ich mich seit zwei Jahren immer mal wieder wegen ein paar Kisten Kondensmilch verabredet hatte.

Ich liebe die Jacke. Das Leder ist weich wie Butter.

Das Wasser wird sehr schnell flacher, und meine Füße berühren schon den Boden, als ich an die Oberfläche komme. Ich entspanne mich und zögere den Moment hinaus, nur um mir selbst weiszumachen, ich hätte so was wie Kontrolle über mein Leben.

Ich kann das Zittern nicht kontrollieren, das mich von Kopf bis Fuß ergreift, als ich durch den angeschwemmten Hafenmüll an Land torkele. Styropor und Plastikverpackungen, Spritzen und Limodosen, nach Jahren unter Wasser verzogene und gesplitterte Planken, dunkle Stränge aus Tang, Cornflakespackungen und Knochen, von denen ich hoffe, dass sie von Tieren stammen. Aber das Bizarrste ist ein Pferdekopf, der aus einem Plastikmüllsack lugt.

Ein Pferdekopf, der bei den Fischen schläft.

Bei Mafia Monopoly würde man dafür die doppelte Punktzahl bekommen.

Ich lege meine Hände auf die Knie und würge so viel Fluss wie möglich aus meinen Inneren heraus. Ich verstehe nicht, wie er da reingekommen ist, aber ich spucke einen guten halben Liter. Meine Glieder fühlen sich vergiftet und schwach an, meine Zunge trocken und schuppig.

Ein alter Obdachloser sitzt auf seinem Einkaufswagenkönigreich und raucht eine unglaublich dünne Zigarette. Er wirkt fröhlich, wahrscheinlich weil er endlich mal die eigene Situation mit der eines anderen vergleichen kann, ohne sich dabei scheiße zu fühlen.

»Morgen, mein Sohn«, sagt er. Seine Stimme klingt nach einem Bären, der Rhetorikkurse in Texas besucht hat.

»Morgen«, erwidere ich, schließlich hat er ja keine Schuld an dem ganzen Mist.

Er nickt Richtung Fluss. »New Yorker Taxifahrer, hm?«

Das entlockt mir ein Lächeln, was ich nicht für möglich gehalten hätte, also schenke ich ihm zwanzig triefnasse Dollar.

Als ich das Ufer hinaufschwanke, dem heller werdenden Tag

entgegen, drehe ich mich noch einmal um und werfe einen Blick auf die Stelle, die Freckles' Grab ist, und könnte schwören, das Taxischild pissgelb in der Tiefe leuchten zu sehen.

Ich finde Shea ziemlich schnell, wobei gesagt werden muss, dass er mir aus Versehen orientierungslos entgegentorkelt. Wir treffen uns auf dem Seitenstreifen der Schnellstraße, zwei Menschen, die ihre Emotionen keineswegs unter Kontrolle haben, weshalb ein vernünftiges Gespräch wohl sowieso unmöglich ist. Er sieht schrecklich aus, blutüberströmt und voller Schürfwunden, die er sich zugezogen haben muss, als er mit dem Gesicht zuerst auf den Asphalt knallte. Der blöde Arsch weiß nämlich nicht mal, wie man sich abrollt. Der Fairness halber sollte aber erwähnt werden, dass ich kaum besser aussehen kann: mit einem Dildo verprügelt und in Schlamm gebadet.

Als Shea mich entdeckt, quietscht er wieder wie die quadratische Zeichentrickfigur und rennt zur Straße. Ich bin gottverdammt viel zu müde, um ihm hinterherzulaufen, also lasse ich den Kleinen ziehen. Leider rutscht er aus und rollt mir praktisch vor die Füße.

Die glückliche Wendung flößt mir neuen Mut ein, und ich spüre, wie mein Energiepegel steigt. Ich beuge mich herunter, packe ihn am Jackenaufschlag und zerre ihn auf die Zehenspitzen. Ich habe keine Ahnung, was aus meinem Mund kommen wird, aber ich fange trotzdem an zu reden.

»Siehst du den Pier da unten?«, sage ich.

Shea sieht brav hin, aber da sind mehrere. »Welchen Pier?«, fragt er voller Angst, keine Fragen stellen zu dürfen.

»Welcher verfluchte Pier? Der kaputte. Der eingefallene.«

»Ja, den sehe ich. Völlig hinüber, so ein Scheiß.«

»Ja, so ein Scheiß. Genau der, Shea-ster. Weißt du, warum der Pier eingestürzt ist?«

»Nein, weiß ich nicht.«

»Weißt du warum?«

Shea heult jetzt, er ist nah am Wasser gebaut.

»Nein, tut mir leid, ich weiß es nicht. Ich schwör's.«

Ich warte einen Augenblick und sage dann: »Pier Pressure.«

Er guckt mich verständnislos an, wozu er jedes Recht hat.

»Kapier … kapier ich nicht.«

»Pier Pressure«, wiederhole ich. »Ha ha haaaa.«

Ich weiß nicht, ob ich tatsächlich manisch lache oder einfach nur ha ha ha haaaa sage. So oder so jage ich Shea eine Heidenangst ein, was gar nicht mehr nötig gewesen wäre, weil ich das ja schon im Taxi gemacht habe.

Ich hebe ihn ein Stück höher. »Scheiße, tut mir leid, der Witz galt einem Freund von mir; eigentlich wollte ich sagen: Wenn ich dich noch mal sehe, bringe ich dich um. Wenn mir jemand an den Kragen will, werde ich dir die Schuld daran geben, und dann suche ich dich. Hast du das verstanden?«

»Verstanden.«

»Gut, weil ich Freckles echt gerne mochte. Du kriegst es ja nicht mal hin, beim Essen den Mund zuzumachen.«

»Das kann ich ändern«, verspricht Shea, und ich weiß, dass er mir mindestens ein paar Monate lang keinen Ärger machen wird. Das sehe ich an seinem Blick. Ich stoße ihn zur Uferböschung, wo er die Arme um einen Betonpoller wickelt, als wär's seine Amme, und seinen Fall dadurch stoppt. Als ich weggehe, höre ich ihn schluchzen. Jemand sollte sich mal die Schussverletzung ansehen, sonst entzündet die sich noch.

Mir ist es egal. Ich werde die Jacke in die Reinigung bringen müssen, und das ist seine Schuld.

KAPITEL ACHT

Lieutenant Ronelle Deacon ist der einzige Cop, den ich kenne, der sich selbst in einem Film spielen könnte, besonders wenn es sich um einen Blaxploitation-Film aus den Siebzigern handeln würde. Sie trägt ihren Afro streng nach hinten gekämmt, wo er in Form unzähliger winziger Löckchen explodiert. Für eine solche Frisur braucht man Selbstbewusstsein, aber das hat Ronnie und mehr als das: Wut umgibt sie wie Hitzeflimmern. Wenn Ronelle einen Raum betritt, kriegen Männer das Gefühl, ihr Ständer würde durch eine Mangel gedreht. Sie wissen nicht mehr, ob sie geil oder zu Tode erschrocken sind. Ronnie ist ein Ereignis. Ein wandelndes Rätsel.

Ronnie und ich wurden letztes Jahr durch einen ihrer Fälle zusammengeführt, in den auch ich irgendwie verwickelt war. Ich hab ihr ein paarmal das Leben gerettet und sie mir den Hals. Zum Schluss wandte sich alles zum Besten: Sie wurde befördert, und ich darf weiterhin die Luft der Freiheit atmen. Ach, und eines Nachts haben wir's auch miteinander getrieben, weil sie, wie sie meinte, Dampf ablassen musste. Manchmal kann das unter Freunden zu Verlegenheiten führen, aber nicht zwischen uns, weil Ronnie eigentlich gar keine Freunde hat, jedenfalls nicht so, wie normale Menschen Freunde haben. Für sie sind Freunde Leute, die sie vorläufig nicht zu den Verdächtigen zählt.

Lieutenant Deacon lässt mich im Diner warten, aber das ist schon okay, weil ich erst noch einen Händetrockner auf der Toilette an den Rand seiner Belastbarkeit treibe, indem ich versuche, den Fluss aus meinem Hemd zu entfernen. Bei der Hose lasse ich's bleiben. Es braucht mehr als ein Gebläse an der Wand, um den Hudson aus einer schwarzen Jeans zu locken. Also sitze ich an einem Tisch und falle über Eier und Speck her, während sich eine schmierige Pfütze unter meinem Genitalbereich bildet, bis Ronnie schließlich durch die Tür fegt und sich mir gegenüber auf die Sitzbank schiebt, als wäre sie aus effekthascherischen Gründen absichtlich zu spät zu einer wichtigen Preisverleihung erschienen.

»McEvoy«, sagt sie und bohrt mit einem Zahnstocher in den Zwischenräumen ihrer kräftigen weißen Zähne.

»Siehst aus, als wolltest du auf Cop machen«, sage ich. »Der Zahnstocher ist zu viel.«

Ronelle spuckt den Zahnstocher auf den Tisch. »Ach ja? Schade, dass ich dasselbe nicht auch über deinen Zahnstocher sagen kann.«

»Sind wir schon wieder so weit, hm? Gönnst du mir keine fünf Minuten Waffenstillstand?«

Ronelle lehnt sich zurück, schiebt die Aufschläge ihres langen Ledermantels zurück, damit ich freie Sicht auf ihre Pistole und ihr Dienstabzeichen habe.

»Deacon ist immer bereit, McEvoy. Nur so läuft der Laden.«

»Da hast du deinen Filmtitel: *Deacon – immer bereit*.«

»Bin ich deshalb hier, Dan? Um mich von dir verarschen zu lassen?«

Unsere Gespräche verlaufen stets leicht gereizt, weil Ronnie ständig unter Anspannung steht. Ob sie mich küssen oder killen will, es kommt immer irgendwie dieselbe Stimmung rüber. An dem Abend, an dem es tatsächlich zu einem kleinen Stelldichein zwischen uns kam, habe ich darauf geachtet, dass ihre Pistole außer Reichweite lag, darauf dürfen Sie Ihr Lieblingsorgan verwetten.

»Nein, ich hab ein paar Tipps für dich.«

»Ich höre.«

»Kannst du dich an den gestohlenen Araber erinnern?«

»Scimitar? Anscheinend war der Gaul über zwanzig Millionen Dollar wert. Die Stuten standen Schlange, um sich schwängern zu lassen.«

»Kannst die Spürhunde zurückpfeifen. Der gute alte Scimitar liegt in einem Müllsack unten im Fluss am Pier Forty Nine.«

Ronelle tippt einen Reminder in ihr Handy. »Das ist allerdings ein interessanter Tipp. Fällt nicht direkt in meinen Aufgabenbereich, aber ich kann den Hinweis bestimmt gegen 'was Nützliches tauschen. Was noch?«

»Ein Handlanger des organisierten Verbrechens. In sieben Meter Tiefe, in einem Taxi. Im Kofferraum sind noch ein paar weitere Leichen. Ich wette, da findest du genug DNA, um ein Dutzend ungeklärte Fälle zu lösen.«

Ronelle wirkt eine Sekunde lang mädchenhaft und kichert. »Ooh. Ich liebe es, wenn du organisiertes Verbrechen sagst. Das kann eine Lady ganz kribbelig machen.«

Allmählich wird mir dieses Gespräch zu frivol.

»Ich stecke in Schwierigkeiten, Deacon«, sage ich. »Sehr, sehr tief.«

Ronny legt ihr iPhone auf den Tisch und guckt demonstrativ ein Video. »Das kann ich verstehen, Dan. Ist das ein Tanga, den du da trägst?«

»Dann hast du den Clip ja gesehen. Man hat mich provoziert.«

Ronnie tippt auf ihr Display. »Sieht aus, als hättest du selbst auch ein bisschen was dazu beigetragen. Das sind zwei Kollegen, die du da verprügelst. Fortz ist sogar zweifach dekoriert.«

»Dekoriert? Wie ein Weihnachtsbaum?«

Ronnie lächelt und erinnert mich an einen Wolf, dem ich mal begegnet bin. »Weihnachtsbaum. Ich könnte mich totlachen, Dan«, sagt sie, wobei sie allerdings nicht sonderlich amüsiert wirkt.

»Ich brauche Hilfe, Ronnie.«

»Ja, vor allen Dingen bei der Kleiderwahl.«

»Ich mein's ernst, Ronelle. Das Leben einer Frau ist in Gefahr. Vielleicht ist es schon zu spät.«

»Wo wir's gerade mit Filmtiteln haben, hier ist einer für dich: Daniel McEvoy in *Pink-Tanga*.«

Ich haue auf den Tisch. »Der ist nicht pink, der ist rot. Sieht doch jeder Idiot, dass der rot ist. Durch die Pailletten wirkt das vielleicht pink, aber das ist auch alles.«

Ronnie ist hocherfreut. »Wow, Tangameister! Ich bin doch hier, oder? Wie verlangt, bin ich alleine erschienen, womit ich gegen sämtliche Dienstvorschriften verstoße, möchte ich hinzufügen. Also wessen Leben ist in Gefahr, und wie kam es zu diesem Video?«

Ich erkläre die Sachlage kurz und knapp. Die Entführung, das Pornostudio, meine Tante Evelyn. Die Geschichte ist spannend, also hört Ronnie aufmerksam zu. Sie mag ein bisschen durchgeknallt sein, aber sie ist Polizistin durch und durch.

Einmal hat sie zu mir gesagt:

Ich bin ein eingefleischter Cop, Dan. Wenn du mir jemals weh tust, weißt du, was dann passiert?

Sag's nicht. Du blutest blau?

Nein. Mein Blut ist rot, du Blödmann, aber ich werde dich über deine Rechte aufklären und dich wegen Körperverletzung an einer Beamtin windelweich prügeln.

Als ich fertig bin, lässt Ronnie die Information erst mal sacken und überlegt sich Fragen.

»Du verarschst mich nicht?«

»Nein. Ehrenwort.«

»Wenn du mich nämlich verarschst ...«

»Ich verarsch dich nicht. Sehe ich so aus?«

»Nein, aber du riechst so.«

»Das ist der beschissene Hudson. Wahrscheinlich hab ich mir Hepatitis geholt.«

Ronelle stellt sämtliche Ketchup- und Senfflaschen in einer Reihe auf.

»Okay. Diese Frau, Costello, engagiert Fortz und Krieger, damit sie dich aus dem Weg räumen.«

»Ja, wobei ich vermute, dass die sich das mit dem Folterporno selbst ausgedacht haben.«

Ronnie wirft Salz- und Pfefferstreuer um. »Die beiden haben Angst und Schrecken verbreitet, seit sie in Misskredit geraten sind und das Revier in der City verlassen mussten. Zuletzt wurden sie gesehen, wie sie sich humpelnd von einer Unfallstelle verzogen haben.«

Das enttäuscht mich, da ich mir beim Anblick einer Sternschnuppe inständigst gewünscht hatte, dass Krieger und Fortz tot, vollgeschissen, mit heraushängenden Schwänzen und in Borat-Schwimmanzügen in ihrem Streifenwagen gefunden wurden.

Ronnie stellt Ketchup und scharfe Soße auf den Serviettenhalter. »Deine Tante sitzt jetzt also bei der bösen Stiefmutter im Penthouse?«

»Ist meine Tante der Ketchup?«

Ronelle schaut düster. »Nein, die verfluchte Soße. Was ist los mit dir, haben sie dir das Hirn amputiert?«

»'tschuldigung. Also die hier, ja? Ja, das kommt ungefähr hin. Meine Tante und Edit hocken zusammen im Serviettenhalterpenthouse.«

»Willst du dich über mein veranschaulichendes Bild lustig machen?«

»Was? Um Gottes willen. Das ist sehr hilfreich.«

»Ist eine anerkannte Polizeitechnik. Falls so was Mister Pink-Tanga nicht schick genug ist, suchst du dir vielleicht besser eine andere Polizisten-Freundin.«

Ich weiß, dass mich Ronelle hinhalten will, aber sie hat nun mal alle Würzsoßen in der Hand. »Nein, mir gefällt dein Schaubild. Dadurch wird alles kristallklar.«

Dass ich mir so viel Mühe mit der Wortwahl gebe, beschwichtigt Ronnie ein bisschen.

»Kristallklar, hm? Du bist wirklich verzweifelt.«

»Komm schon, Ronnie, du musst uns nur mit deinem Dienstausweis in das Penthouse schleusen. Dann kann Eve aus freien Stücken gehen.«

Ronelle zieht das Papier von einem Stück Würfelzucker.

»Bin ich das?«, frage ich sie. »Der Würfelzucker?«

»Es dreht sich nicht immer alles nur um dich, Dan«, sagt sie und steckt sich den Zucker in den Mund. Wenn Ronnie etwas Unerwartetes macht, und mag es auch noch so unbedeutend sein, dann wird mir meist bewusst, wie einzigartig sie ist, wie außergewöhnlich. Heute Morgen fühle ich mich aber einfach nur hilflos und ausgespielt.

»Das Problem ist, dass du zum Verhör geladen bist«, sagt sie. »Ich müsste dich eigentlich sofort in die Stadt geleiten.«

Mir gefällt die Formulierung. Sie läuft auf ein *Aber* hinaus, und ich dränge sie ungeduldig.

»Aber?«

»Aber ich weiß, wie wichtig es dir ist, Frauen zu beschützen, auf deine großkotzige, alphamännliche, dödelschwingende Art.«

»Und?«

»Und deshalb könnte ich's verstehen, wenn du, sollte deine Tante das Abenteuer nicht überleben, ein F aus unseren gemeinsamen BFF-Tattoos streichen lässt.«

»Vielleicht sogar ein B«, sage ich und trage damit ziemlich dick auf.

»Also fahren wir da hin, weil ich einen hinreichenden Verdacht aus verlässlicher Quelle habe. Entführung oder so. Genügt dir das?«

»Absolut, Ronelle. Du rettest ein Menschenleben.«

Ronelle pflanzt ihren Ellbogen auf den Tisch, was schon genügt, um die Kellnerin zu verschrecken, die sich eigentlich in Bewegung gesetzt hatte, um nachzuschenken.

»Aber wenn du mich reinlegst, Dan, dann werde ich noch mal einen genaueren Blick auf den ganzen kriminellen Scheiß werfen, der im vergangenen Jahr bei dir im Viertel so passiert ist.«

Auf den Deal einzugehen, bin ich bereit. »Okay, Ronnie. Ich unterschreibe jedes Geständnis.«

»Und du versprichst mir jetzt: keine plötzlichen Attacken, kein verdeckter Ermittlerscheiß.«

Ich hab's eilig zu gehen. »Kein Scheiß, egal welcher.«

»Ich hoffe, das meinst du ernst, Dan«, sagt Ronelle und wirft einen Zwanziger auf den Tisch, obwohl sie gar nichts verzehrt hat. »Ich bin gerade erst zum Lieutenant befördert worden, und ich würde es gerne noch eine Weile bleiben.«

Nach dem kleinen Ausflug in den Fluss gluckst mein Handy mehr, als dass es klingelt. Unwillkürlich blicke ich aufs Display.

Warte nicht darauf, dass dich ein Prinz auf einem weißen Pferd errettet. Du bist selbst ein Prinz.

Ich verdecke das Display mit der Hand.

Ronelle schielt misstrauisch rüber. »Was Interessantes, Cowboy?«

»Nö«, sage ich und schiebe mich von der Sitzbank. »Weder interessant noch hilfreich.«

Ronnie schiebt sich auf ihrer Seite raus, und plötzlich stehen wir sehr nah beieinander. Ich weiß nicht, ob ich ausweichen soll oder nicht. Ronnie tritt noch näher an mich heran und legt mir die flache Hand auf den Rücken. Ihre Augen sind zwei Schokobonbons, und wenn sie lächelt, könnten ihre Lippen einer netten Person gehören. Jetzt lächelt sie.

»Ronnie«, sage ich, aber weiter komme ich nicht, weil ich nicht weiß, was ich als Nächstes sagen soll, und außerdem rutscht ihre Hand immer tiefer unter den Bund meiner Jeans.

Das alles ist sehr öffentlich, und ich habe eigentlich auch gar keine Zeit dafür, aber ich kann nicht anders, als an die Nacht zu denken, die wir zusammen hatten, und die war wild.

Irgendwie muss sich das wohl in meinem Gesicht bemerkbar gemacht haben, weil Ronnie lacht.

»Bilde dir bloß nichts ein, McEvoy, ich wollte nur mal nachsehen.«

Sie schiebt zwei Finger unter den Tanga, zieht und lässt ihn zurückschnappen.

»Hast ihn ja immer noch an, hm?«

Ich nicke und hoffe, dass von dem halben Dutzend Frühaufstehern in dem Diner keiner das kleine Schauspiel mitverfolgt hat.

»Normalerweise habe ich keine Ersatzunterwäsche dabei.«

»Kann ein Problem werden«, sagt Ronnie und wischt sich den Matsch mit einer Serviette von den Fingern. »Wenn du aussiehst wie ein heruntergekommener alter Penner, lassen die dich bestimmt nicht ins Broadway Park House.«

Das Wörtchen *alt* wäre in diesem Zusammenhang nicht nötig gewesen.

Wir machen kurz in einem rund um die Uhr geöffneten Geschäft auf dem Broadway Station und kaufen ein paar Klamotten für mich, die nicht nach Flussgülle stinken. Von Ronelles Dienstabzeichen überredet, rückt der Geschäftsführer den Schlüssel zur Angestelltentoilette heraus. Ich kratze mir minutenlang Schlamm aus den Körperöffnungen und starre mich in einem Spiegel an, an dem zwischen Glas und Aluminiumrahmen offensichtlich Pilze wachsen. Ich sehe recht mitgenommen aus, wie eine Zombie-Version meiner selbst, und der Eindruck wird dadurch noch verstärkt, dass Michael Jacksons »Thriller« über die Lautsprecher läuft, aber vielleicht bin ich auch nur deshalb draufgekommen. Ich halte still und höre mir die Vincent-Price-Stelle an, die ich immer gemocht habe, und dann merke ich, dass aus den Lautsprechern gar keine Musik kommt – es gibt gar keine Lautsprecher.

Ich muss mich pronto am Riemen reißen.

Ich stopfe den Großteil meiner nassen Klamotten in den Müll, nur Stiefel und Jacke packe ich ein.

Vor dem Klo steht ein alter Asiate mit einem Becher, also werfe ich fünf Dollar rein, weil ich denke, dass ich ein bisschen gutes Karma gebrauchen kann, aber der Mann sagt:

»Fick dich, du Glatzkopf. Ich warte drauf, dass das Klo endlich frei wird.«

Mist. Anscheinend mache ich heute aber auch gar nichts richtig.

»Tut mir leid, Mann. Ich dachte, du könntest ein paar Dollar gebrauchen.«

»Weil ich Koreaner bin?«

Ich bin zu müde für so was und wage nicht, mich zu verteidigen, aus Angst, Streit vom Zaun zu brechen.

»Ich entschuldige mich, okay? Ach, egal. Geben Sie mir doch einfach die fünf Dollar zurück oder behalten Sie sie, wie Sie wollen. Nichts für ungut. *Annyeonghi gyeseyo.*«

Der Alte zeigt sich von meinem Umgang mit seiner gesungenen Sprache unbeeindruckt.

»Hör auf, du Glatzkopf. Das tut einem ja in der Rübe weh.«

Aus irgendeinem Grund bringt mich der Wortwechsel mit dem Koreaner an den Rand eines Nervenzusammenbruchs. Einerseits liegt es wohl an der Willkürlichkeit, eigentlich gibt es doch gar keinen Anlass zu streiten – andererseits setzt mir der Glatzkopf zu. Schon wahr, meine Stirn ist so groß wie die neue Startbahn am JFK, aber dank Zebs chirurgischer Begabung ist die kahle Stelle verschwunden, und ich hatte geglaubt, meine Kopfbehaarung böte keine solche Angriffsfläche mehr. Der vor dem Klo mit einem leeren Becher wartende alte Wichser hat mich jetzt schon zweimal beleidigt. Würde es Jesus wirklich so große Umstände machen, ab und zu mal ein paar anständige Menschen in meine Richtung zu schicken? Ich weiß, dass es welche gibt. Jason gehört dazu. Evelyn auch, jedenfalls unter all ihrem Suff.

Ja, und von Edit hast du das auch geglaubt. Weißt du noch?

Ich würde am liebsten ausfallend werden, wie meine betrunkene Tante. Ich möchte mit den Zähnen knirschen und die Wand niederboxen, aber ich tu's nicht, und die Anstrengung, die es mich kostet, mich im Zaum zu halten, lässt mich am ganzen Körper zittern. Einen Augenblick denke ich, dass ich möglicherweise gerade einen Herzinfarkt erleide, aber dann verstreicht der Moment, und stattdessen klappe ich auf dem Stuhl neben dem Koreaner zusammen.

Er legt mir einen dürren Arm auf die Schulter und sagt: »Mein Sohn.«

Und ich denke: *Wow. Wird der Mann jetzt unerwartet in sein eigenes Stereotyp verfallen und mir eine ganz besondere Lebensweisheit präsentieren?*

»Ich hab noch nie jemanden nach dem Scheißen so zittern sehen wie Sie.« Er tätschelt mir den Rücken. »Muss ja ein Wahnsinnshaufen gewesen sein. Völlig ausgehöhlt sind Sie jetzt. Vielleicht warte ich lieber noch ein paar Minuten, bis die Belüftungsanlage ihre Arbeit erledigt hat.«

Schlau, aber nicht weise. Ich nehme meine fünf Dollar aus seinem Becher und gehe raus, zurück in mein Leben.

Aufgrund der urbanen Topographie zieht sich die Dämmerung am Morgen in Manhattan ein kleines bisschen in die Länge, und das wenige Licht, das schließlich doch durchdringt, wirkt kraftlos und grau.

Ja, ich weiß. Sie denken, ich sollte mich vielleicht lieber auf die anstehenden Probleme konzentrieren, als mich der Betrachtung frühmorgendlicher Lichtverhältnisse zu verschreiben.

Das Broadway Park House befindet sich genau da, wo ich es vergangene Nacht zuletzt gesehen habe, das Prunkstück alten Geldadels wacht über den Central Park. Ronelle fährt zügig mit dem Lincoln vor, lässt den Vorderreifen unsanft an den Bordstein knallen, damit die Türsteher wissen, wer hier das Sagen hat, noch bevor sie überhaupt aus dem Fahrzeug steigt.

Die erfahrenen Mitarbeiter verstehen die Botschaft und halten sich zurück, aber ein junger aufstrebender Kollege stört sich an der Entehrung des Broadway Park und kommt angeflitzt.

»Gestatten Sie, dass ich für Sie parke, Ma'am?«, fragt er und spricht das Ma'am aus, als hätten seine Vorväter Plantagen im Süden besessen.

Ronnie würdigt ihn keines Blickes. »Du fasst meinen Wagen nicht an, Kleiner. Und wenn es jemand anders tut, mache ich dich dafür verantwortlich. Verstanden?«

Der Junge mag geantwortet haben, aber wir sind längst durch die Tür im Gebäude verschwunden.

Ronnie strahlt etwas Bedrohliches aus, das vor allem in Postämtern und Hotels von großem Nutzen sein kann. Überall dort, wo Menschen für etwas verantwortlich sind. Sie werfen einen einzigen Blick auf Ronelle Deacons entschlossenen Gesichtsausdruck und denken: *Bitte nicht, bitte, lieber Gott, lass diesen Kelch an mir vorübergehen.*

Ronnie schreitet schnurstracks auf den Empfang zu, schnippt mit dem Finger in Richtung der Lady, die sich hinter ihrem Bildschirm versteckt.

»Hey, hey, Schätzchen«, sagt sie. »Hol mir Edit Costello ans Telefon.«

Die Lady versucht der Form halber, die Datenschutzrichtlinien des Hotels einzuhalten.

»Miss Vikander Costello möchte nicht gestört werden. Sie hat entsprechende Anweisungen gegeben.«

Ronnie lässt ihr Dienstabzeichen aufblitzen. »Siehst du das, Schätzchen? Das hier setzt sämtliche Anweisungen so was von außer Kraft. Das Ding macht Kleinholz draus, stinkenden Kackbrei, der …«

»Schon gut, Officer«, sagt die Lady, da sie völlig zu Recht

davon ausgeht, dass Ronnie ihr Vorhaben so lange wie nötig in den drastischsten Farben schildern wird. »Ich rufe ja schon an. Sehen Sie, ich wähle.«

Edit meldet sich am Telefon, und die Concierge spricht zu ihr in dem enthusiastischen, aber ehrfürchtigen Ton, der reichen Leuten das Gefühl gibt, es sei völlig in Ordnung, sich bedienen zu lassen, dann gibt sie den Hörer an Ronnie weiter.

»Miss Vikander Costello hat sich freundlicherweise bereit erklärt, Sie anzuhören.«

Ronnie nimmt das Telefon und zwinkert mir zu. Aber es ist kein freundliches Zwinkern. Es soll sagen: *Schau, wie gewieft ich bin. Jetzt halt schön die Klappe und lass mich machen.*

Okay. *Lass mich machen* ist vielleicht ein kleines bisschen übertrieben, aber seit der Begegnung mit dem Koreaner hat meine Urteilskraft gelitten.

Ronnie klemmt sich den Hörer ans Ohr und macht ein trauriges Gesicht.

»Ja, Mrs Costello, vielen Dank, dass Sie bereit sind, mit mir zu sprechen.«

Vielen Dank?

Das ist nicht die Ronelle, die ich kenne. Sie spielt ein Spiel.

»Mein Name ist Lieutenant Deacon von der Jersey State Police. Wir haben einen Ihrer Angehörigen unten am Hafen gefunden. Laut Ausweis in seiner Brieftasche handelt es sich um einen gewissen Daniel McEvoy, und ob Sie's glauben oder nicht, Sie sind die nächste Verwandte dieses Pen… äh, Mannes. Ich habe mich gefragt, ob mein Kollege und ich nach oben kommen und mit Ihnen darüber sprechen dürfen. Es wird nicht länger als eine Minute dauern, dann lassen wir Sie wieder in Ruhe.« Ronnie nickt zwei Sekunden lang, dann lächelt sie ihr gefährliches, schönes Lächeln. »Vielen, vielen Dank, Mrs Costello. Ich weiß es wirklich zu schätzen, dass Sie sich die Zeit für uns nehmen.«

Sie legt auf und zeigt mit einem steifen Finger auf mich. Vielleicht erwartet sie, dass ich daran lutsche. Ich weiß es ehrlich gesagt nicht. Anscheinend kann ich Gesten nicht mehr deuten.

»Okay, Kollege. Wir sind drin. Das Reden überlässt du mir, ich will keinen Mucks von dir hören.«

Jetzt bin ich froh, dass ich nicht an ihrem Finger gelutscht habe. Wahrscheinlich wäre das falsch gewesen.

Jemand, der nicht Edit ist, öffnet die Tür, was gut für mich ist, da ich so ins Apartment gelange. Der Türöffner ist ein durchtrainierter Mittdreißiger in kurzer Hose, der Name Pablo kommt mir spontan in den Sinn. Vielleicht gönnt sich Edit noch eine Runde Sport, bevor sie sich um die Tagesgeschäfte kümmert.

Ronnie raubt ihm brüsk die Männlichkeit.

»Wir führen vertrauliche polizeiliche Ermittlungen, Sir«, sagt sie. »Ich möchte, dass Sie mich zu Mrs Costello bringen und dann draußen bleiben. Wenn ich will, dass Sie mir die Arschbacken massieren, pfeife ich Sie rein, verstanden?«

Der Mann trägt ein Buddha-T-Shirt und ein paar Freundschaftsbändchen, deshalb vermute ich, dass er es nicht gewohnt ist, solch negative Schwingungen in sein persönliches Umfeld einbrechen zu sehen. An seinem Blick erkenne ich, dass er Anlauf nimmt, um Ronnie eine Weisheit aus seinem bioenergetisch und durch Rücksprache mit dem Universum gewonnenen Fundus zu verkünden, was ihn durchaus ins Krankenhaus bringen könnte, also greife ich ein.

»Pablo hat kein Problem damit, oder, Pablo? Du bist ganz gelassen, hab ich recht?«

Pablo zwinkert. »Ja, natürlich. Miss Edit wartet in ihrem Büro. Hier entlang.«

»Am Gorilla vorbei«, sage ich. »Ich kenne den Weg.«

Edit hat sich denselben verzweifelt hoffnungsfrohen Ausdruck ins Gesicht genagelt, den sie auch schon am Vortag zur Schau getragen hatte. Der Blick steht ihr gut, und sie erstarrt nur ein kleines bisschen, als sie sieht, wer nicht sonderlich tot durch ihre Tür spaziert.

»Lieutenant Deacon«, sagt sie. »Aus unerfindlichen Gründen hatte ich den Eindruck gewonnen, Mister McEvoy sei im Hafen ertrunken.«

Deacon macht sich nicht die Mühe, ihr Grinsen zu verbergen. Ronnie hat mir einmal verraten, dass bei reichen Leuten Verwirrung zu stiften ganz oben in ihrer Top 5 der größten Vorzüge ihres Berufs steht. Die Klunker von Drogendealern bei Polizeiauktionen zu ersteigern war ihre persönliche Nummer eins. Vor zwei Monaten erstand Ronelle ein mit Juwelen besetztes Samuraischwert für hundert Dollar, das sie nur allzu gerne mit Blut einweihen würde. Seitdem habe ich sie nicht mehr zu Hause besucht.

»Ich weiß nicht, wie Sie darauf kommen. Das war gewiss nicht der Eindruck, den ich vermitteln wollte.«

Das ist ein ziemlich klares Statement, und ich bekomme das Gefühl, Ronnie hat dieselbe Nummer schon mal an anderer Stelle durchgezogen.

Edit nickt langsam, dann signiert sie in aller Ruhe einige Verträge auf ihrem Schreibtisch. Sie trägt Sportkleidung, was im Büro ein bisschen deplatziert wirkt, aber sie sieht gesund aus, und müsste ich mich entscheiden, ob ich ihrer oder meiner Aussage Glauben schenke, müsste ich erst mal darüber nachdenken.

Endlich legt sie den Stift in eine Vertiefung auf ihrem Schreibtisch.

»Also, Lieutenant Deacon, wenn Mister McEvoy gar nicht tot ist, was wollen Sie dann hier?«

Ronnie lässt sich von dem Reichtum ringsum nicht einschüchtern; tatsächlich blüht sie in der Konfrontation auf, was auch der Grund sein dürfte, weshalb sie mit keiner weiteren Beförderung rechnen dürfte.

»Sie haben keine Ahnung, warum ich hier bin?«

Edit nimmt lächelnd zur Kenntnis, dass sie eine Gegnerin vor sich sieht.

»Nein. Wollen Sie es mir nicht verraten?«

Ronnie fegt ein paar Blätter beiseite und setzt sich auf eine Ecke des Schreibtischs.

»Mister McEvoy hier …«

»Ihr Kollege …«

»Ja, mein Kollege schwört, dass Sie zwei Polizisten bezahlt haben, damit diese ihn entführen und möglicherweise anschließend ermorden.«

Edit hatte inzwischen einen Augenblick Zeit, um sich zu sortieren, und reagiert jetzt keineswegs überstürzt.

»Bietet die Polizei denn solcherlei Dienste an? Doch sicher nicht.«

»Ich nicht, darauf können Sie wetten, aber manche meiner Kollegen haben weniger Skrupel.«

»Was sagen denn die fraglichen Beamten zu den Anschuldigungen?«

»Bislang noch nichts, aber sie werden bald etwas sagen, darauf können Sie auch wetten.«

»Schon wieder wetten? Anscheinend haben Sie ein Faible für das Glücksspiel, Lieutenant.«

»Sie leugnen also, diese Beamten zu kennen?«

»Sie sind die erste Polizistin, die dieses Büro mit ihrer Anwesenheit ehrt, abgesehen von Commissioner Salazar, aber das war ein rein privater Anlass.«

An dieser Stelle möchte ich eingreifen. Ich möchte die Frau an der Kehle packen und die Wahrheit aus ihr herausschütteln. Am liebsten würde ich Evelyn in ein Laken wickeln und ins Krankenhaus tragen. Ronnie scheint meine Frustration zu spüren und guckt mich warnend an. Ich erwidere mit einem Blick, der sagt: *Mach schon, ich gebe dir noch fünf Minuten.*

Sollte es um Ronnies Fähigkeit, Blicke und Gesten zu deuten, ebenso schlecht bestellt sein wie um meine, dann könnte sie aus meiner Reaktion auch *Kartoffel, Kartoffel, Whiskey, Kartoffel* herauslesen.

Aber Ronnie wechselt den Kurs, bevor ich einschreiten kann.

»Wir haben Aufzeichnungen aus Sicherheitskameras sichergestellt, die zeigen, dass Mister McEvoy Evelyn Costello gestern Abend bei Ihnen abgeliefert hat. Leugnen Sie das?«

»Ich bezweifle, dass Sie Videomaterial von irgendetwas haben«, sagt Edit. »Aber nein, das leugne ich nicht. Daniel hat Evelyn gestern Abend nach Hause gebracht. Und verlangt, dafür bezahlt zu werden, können Sie sich das vorstellen?«

Ronnie ignoriert den Vorwurf, wodurch sie gleich ein paar Sprossen auf meiner Freundesleiter aufsteigt.

»Und Sie halten Evelyn gefangen?«

Edit ist selbstbewusst genug, um loszulachen. »Gefangen? Evelyn ist hier zu Hause. Sie ist in den Schoß der Familie zurückgekehrt.«

»Und wenn sie den Wunsch hat, wieder zu gehen?«

»Die Tür steht ihr offen. Evelyn kam her, weil sie es so wollte.«

Den Mund halten zu müssen bringt mich um. Ich streite mich seit zwei Jahren mit Zeb Kronski. Gegen uns sind die beiden hier Amateure.

»Dann können wir sie ja sehen. Und uns ihre Seite der Geschichte anhören.«

Jetzt verrutscht Edits zivilisierte Maske ein bisschen. »Nein. Das kommt nicht in Frage. Evelyn ist krank und braucht Ruhe.«

Ronnie spielt die letzte Karte aus. »Ich kann mit einem Durchsuchungsbeschluss zurückkommen.«

Edit steht auf und geht um den Schreibtisch herum. Dank Joan Rivers weiß ich, dass der Trainingsanzug von Hermès ist, aber mir fällt partout nicht ein, wie ich daraus einen Vorteil für mich ziehen sollte.

»Das möchte ich bezweifeln, Lieutenant«, sagt sie mit skandinavischer Kälte in der Stimme. »Sie haben sich hier bereits unter Vorspiegelung falscher Tatsachen Zutritt verschafft und befinden sich mehrere Postleitzahlengebiete von Ihrem Zuständigkeitsbereich entfernt.«

Wir verlieren an Boden. Vielleicht muss ich Edit einfach sanft ausschalten und das Apartment durchsuchen. Ronnie wird ausflippen, aber wenn ich Evelyn erst mal gefunden habe, wird schon alles wieder in Ordnung kommen.

»Okay, ich bin zwar nicht in meinem Revier«, erwidert Ronnie, bläst aber nur noch heiße Luft, »dafür kenne ich jede Menge Kollegen hier, die eine Durchsuchung vornehmen können. Lassen Sie mich zu Evelyn, dann ist die Sache erledigt. Warum weigern Sie sich, mir entgegenzukommen? Das stimmt mich misstrauisch, meine Liebe.«

Edit baut sich direkt vor Ronelle auf, kommt ihr ganz nah und sieht ihr in die Augen. Ich kenne keine zwei Männer, die dafür die Eier hätten.

»Ihre Stimmung interessiert mich einen feuchten Kehricht, Deacon. Warum nehmen Sie Ihren erpresserischen Kollegen nicht mit und fahren in Ihren Zuständigkeitsbereich nach Jersey zurück, ich bin sicher, dort gibt es Katzen, die es zu retten gilt.«

Einen feuchten Kehricht? Wer redet denn noch so? Schwedische Einwanderer.

Ronnie stemmt die Fäuste in die Hüften, und mir dämmert, dass möglicherweise nicht ich es bin, der Edit ausschalten wird. »Ja, vielleicht haben Sie sogar selbst ein paar Katzen, die es zu retten gilt.«

Das ergibt nicht mal Sinn. Ronnie geht mit wehenden Fahnen unter.

Die Tür geht auf, und eine Lady tritt ein.

»Was ist das für ein Krach, Edit?«

Ich brauche eine Sekunde, bis ich kapiere, dass es Evelyn ist, allerdings nicht dieselbe Evelyn, die ich abgeliefert habe. Sie hat sich verändert. Sie ist ruhiger. Und auch optisch eine andere geworden. Sie trägt die Haare jetzt als kurzen, modischen Bob, als hätte ihr jemand die Frisur mit einem Tomahawk in den Hinterkopf gemeißelt, tatsächlich hat der Schnitt aber bestimmt ein Vermögen gekostet. Ihre Augenbrauen sind gezupft, ihre Haut glänzt wie Vaseline.

Sie trägt ein vornehmes weißes Kleid und Stoffsandalen, aber ich kann aus drei Metern Entfernung den Alkohol an ihr riechen. Also kein vollständig neues Modell. Die Stylisten müssen sich schon im Schlaf an ihr zu schaffen gemacht haben.

Ich kann mich nicht mehr beherrschen.

»Evelyn, du musst nicht hierbleiben.«

Sie sieht mich staunend an, als hätten wir uns seit Jahren nicht gesehen und als könne sie kaum glauben, wie sehr ich mich verändert habe.

»Danny. Dan. Du siehst gut aus.« Ihre Stimme ist heller, weniger dreckig und hundert Prozent Manhattan-Penthouse.

»Seit gestern Nacht, meinst du?«

»War das erst gestern Nacht? Kommt mir vor, als wär's ein halbes Leben her, so viel ist in der Zwischenzeit passiert.«

Edit schiebt sich zwischen Evelyn und mich, schirmt sie ab, berührt sie am Ellbogen.

»Keine Angst, Evelyn. Daniel wollte gerade gehen.«

Ronelle kommt zum Kern des Ganzen.

»Evelyn. Miss Costello, geht es Ihnen gut?«

Meine Tante versucht gar nicht erst zu schauspielern, sie hält sich einfach an ihren Text. »Natürlich geht's mir gut. Ich bin zu Hause. Ich habe Fehler gemacht, aber mit Edits Hilfe werde ich auch diese schwierige Zeit überstehen.«

Ronelle mustert Evelyn von oben bis unten. »Weißt du was, McEvoy? Mir scheint, die Lady hier wurde schon gerettet.«

Ich merke, wohin das führt, aber ich muss es trotzdem versuchen.

»Evelyn, all das hier ist nichts. Sie macht dir was vor. Edit wollte mich umbringen lassen.«

Einen Augenblick lang sehe ich die alte Evelyn, wie im Visier eines Scharfschützen blitzt sie kurz auf, aber dann meldet sich der Roboter zurück: »Daniel. Wie kannst du so etwas Garstiges behaupten? Edit hat mich gerettet.«

Wunderbar eingefädelt.

»Und du mich«, sagt Edit und drückt Evelyns Hand, die sie vermutlich in Paraffin gebadet hat, bevor die vornehme Politur draufkam.

Bumm. Fall erledigt. Wir sind gearscht.

Meiner Mutter zuliebe versuche ich es ein letztes Mal. »Evelyn, du wirst manipuliert, merkst du das nicht? Edit will an deinen Fonds, deshalb lässt sie dich hier oben wohnen, füllt dich mit den besten Tropfen ab, bis du pleite bist. Dann schmeißt sie dich raus, und du landest wieder in der Gosse.«

Evelyn geht demonstrativ an den Barschrank und schenkt sich einen so großen Scotch ein, dass man ein Schwein darin marinieren könnte.

»Ich war in der Gosse, Danny, und ich habe beschlossen, dass ich dort nicht wieder hinmöchte. Edit und ich haben eine Vereinbarung getroffen. Ich investiere in ein paar Unternehmen, die vorübergehend in die Bredouille geraten sind, und bekomme dafür zwanzig Prozent der Anteile an der Costello Corporation.«

Scheiße. Bredouille. Ich wette, das Wort hat sie lange nicht benutzt. Obwohl sie vielleicht abends in ihrem Motelzimmer lag und dachte: *Nach so viel Lambrusco gerät meine Leber ein wenig in die Bredouille.*

»Ist dir egal, dass sie mich umbringen wollte?«

»Das ist mir nicht egal, Daniel. Natürlich nicht. Aber ich

fürchte, es war nicht so, wie du denkst. Wir wissen doch alle, dass du seit deiner Zeit bei der Armee nicht mehr der Alte bist. Du siehst Sachen, die gar nicht da sind. Du sprichst mit dir selbst. Hast du mal überlegt, ob du an einer posttraumatischen Belastungsstörung leidest?«

Das war's. Damit ist es besiegelt. Meine letzte lebende Angehörige widert mich an.

»Okay, egal. Ihr beiden habt einander verdient. Paddy wäre wirklich stolz auf euch.«

Evelyn kippt die Hälfte ihres Drinks in einem Zug herunter. Sie wird das Leben hier oben lieben. Ein niemals versiegender Vorrat an erstklassigem Alkohol, und sie muss sich nicht mal dafür prostituieren.

»Komm schon, Ronnie«, sage ich. »Der Lady kann nicht mehr geholfen werden.«

Ronnie ist noch nicht bereit zu gehen. Sie zieht ihr Handy aus der Tasche und macht Fotos von Edit und Evelyn.

»Ihr seid jetzt superzufrieden mit euch selbst und glaubt, ihr habt gewonnen, aber ich werde Fortz und Krieger finden und die Verbindung zu euch zurückverfolgen. Ich wette, Sie haben vorher schon mit den beiden gearbeitet. Und wenn Sie mir einen Gefallen tun wollen, dann lassen Sie Daniel wirklich umbringen, dann kann ich den Fall viel besser aufbauen.«

Edit und Ronnie sehen einander an. Botschaft gesendet; Botschaft angekommen. Möglicherweise hat mir Ronelle Deacon gerade das Leben gerettet.

Im Fahrstuhl werde ich ein bisschen sentimental.

Was ist bloß los mit den Menschen? Warum musste Evelyn zur dunklen Seite überwechseln? Haben ihr der Grapschunterricht und der Eispickel gar nichts bedeutet? Damals vermutlich schon, aber das ist lange her, und jetzt sieht die Sache anders aus.

Die junge Evelyn, die Sherrydiebin, hatte ihren langen Abstieg noch nicht begonnen, die Klassenschranken auf ihrer Talfahrt noch nicht durchbrochen, noch nicht in den Notunterkünften der Unausgenüchterten übernachtet.

Ich merke, wie mich meine Stimmung überwältigt. Nach allem, was Ronnie für mich da oben getan hat, verdient sie es nicht, mit Schweigen bestraft zu werden.

»Tut mir leid, Ronnie, dass ich so still bin. Du hast mir da oben sehr geholfen. Danke.«

»Hm?«, fragt Ronnie und blickt von ihrem Handy auf. »Ich hab E-Mails gecheckt. Hast du was gesagt?«

»Nein. Nein, hab nur so vor mich hin geredet.«

Ronnie steckt das Handy ein. »Die gute Nachricht ist, dass sie das Studio gefunden haben, in dem dein Folterporno einschließlich Trailer gedreht werden sollte. Damit bist du aus der Sache raus. Keine Geschworenen der Welt würden einen Mann verurteilen, weil er zwei Kotzbrocken verprügelt hat, die ihn vor laufender Kamera meucheln wollten.«

»Dann bin ich also ein freier Mann?«

»So ungefähr. Du musst auf jeden Fall zur Vernehmung, aber das ist nicht dringend. Erst mal solltest du dich längere Zeit unter die Dusche stellen.«

Zehn Jahre vielleicht. »Mein Wagen steht hier, dann sehen wir uns in Cloisters?«

Ronnie steigt in der Lobby aus, hält aber die Tür noch auf.

»Was ich da oben gesagt habe, dass ich meinen Fall besser aufbauen könnte, wenn du tot wärst …«

»Ich erinnere mich.«

»Na ja, das stimmt schon, aber ich denke, vielleicht wär's das gar nicht wert.«

Die goldenen Türen schließen sich, und ich sehe mein eigenes Spiegelbild, ich gucke dämlich und geschlagen aus der Wäsche. Mir fällt auf, dass es im Fahrstuhl zwei Knöpfe zum Schließen der Türen gibt, aber keinen, um sie offen zu halten, was ich seltsam finde. Vielleicht haben es reiche Leute grundsätzlich eilig. Ein Gesichtspeeling braucht schließlich seine Zeit.

Stimmt schon, aber ich denke, vielleicht wär's das gar nicht wert.

Das ist das Netteste, das Ronnie je zu mir gesagt hat.

Der Fahrstuhl klingelt, weil ich in der Tiefgarage angekommen bin, und ich klemme eine alte Mitgliedskarte meiner Videothek in die Führungsschiene, so dass sich die Tür nicht schließen kann.

Ich weiß, das ist pubertär, aber ich muss mein trauriges Herz mit Schabernack trösten.

Mom und Evelyn.

Beide tot.

Was mich angeht.

Das Gute ist, dass ich einen Cadillac randvoll mit Kohle habe, für die Freckles keine Verwendung mehr hat, dort wo er parkt.

KAPITEL NEUN

Der Caddy steht noch genau dort, wo ich ihn abgestellt habe, der Schlüssel steckt fünf Zentimeter tief im Auspuff. Ich weiß nicht, warum ich ihn da versteckt habe, vielleicht hat mein Unterbewusstes Edit schneller durchschaut als ich selbst. Ich fische den Schlüssel heraus und bleibe erst mal eine Weile im Wagen sitzen, versinke im Leder. Diese eleganten Sitze sind schon verdammt bequem, und ich lasse mir eine Minute Zeit, um es zu genießen, auch wenn dies der gestohlene Wagen eines Mannes ist, den ich gerade in zwei Hälfen zerteilt unter Wasser treiben sah. Ich habe einiges zu tun, das weiß ich, aber inzwischen müssen einige Nachrichten Mike in irgendeiner Form erreicht haben. Er muss wissen, dass sein kleines Komplott im Masterpiece genau so funktioniert hat, wie er gehofft hatte. Also lasse ich ihn noch ein kleines bisschen länger in Selbstgefälligkeit schwelgen und streichele hier über das weiche Ziegenleder.

Das Leder ist so weich, dass ich weinen möchte. Aber warum mussten sie es bloß nähen, mit Nadeln reinstechen? Wie kommt jemand auf eine solche Idee? So viele schmerzhafte Stiche.

Mist. Ich glaube, ich kriege wieder einen Nervenzusammenbruch.

Soldaten glauben, sie müssten rund um die Uhr knallhart sein. Wir verdünnen also das Gift in unserer Brust, schmieden eine gemeine Kanonenkugel, die wir zu einem späteren Zeitpunkt abschießen, wahrscheinlich auf Leute, die's nicht verdient haben, in einem überfüllten Restaurant kurz vor unserer Scheidung. Seit den *Sopranos* hat sich das ein bisschen gebessert. Die Therapiesitzungen haben Tony wirklich geholfen, besonders in der zweiten Staffel. Und wenn so was für einen Mafiaboss gut genug ist, dann kann man gewiss auch keinem gewöhnlichen Soldaten Schwäche vorwerfen, wenn er ein paar Termine beim Therapeuten vereinbart.

Simon Moriarty war mein Retter. Wäre er nicht gewesen, glaube ich kaum, dass ich die ersten sechs Monate meines Lebens als Zivilist durchgestanden hätte. Ich habe ihn jetzt schon seit über sechs Monaten nicht mehr angerufen, aber ich glaube, jetzt wird es Zeit.

Ich verbinde mein Handy mit dem System des Caddys und wähle die Nummer in Irland. Das internationale doppelte *brrrp* klingt tröstlich und auch ein bisschen nostalgisch, weshalb ich fast wegdöse, während ich warte, dass Simon abnimmt.

Ich befinde mich schon halbwegs in einem Traum, in dem ich einen alten Schulfreund anrufe, in der Hoffnung, dass seine Mom drangeht, als mich plötzlich jemand anbrüllt.

»Hm?«, sage ich. »Was?«

»Daniel«, sagt eine vertraute Stimme. »Sergeant McEvoy.«

Verflucht. Das ist Simon Moriartys Stimme. »Hey, Simon. Was gibt's?«

»Nein«, sagt er. »Das ist mein Text. Du hast mich angerufen, schon vergessen?«

Therapeuten kann man nichts vormachen.

»Ja, theoretisch hast du recht. Ich hab dich angerufen.«

Simon reagiert nicht auf diese verbale Form der Zeitverschwendung. Er wartet einfach ab. Das konnte er schon immer. Ich kann's nicht leiden, wenn in einem Gespräch ein Vakuum entsteht, deshalb ballere ich meist irgendeinen Blödsinn raus. Aber diesmal nicht. Schließlich bin ich kein Anfänger auf der Psychocouch.

Fick dich, ich kann länger warten als du, Simon.

Simon legt auf.

Scheiße. Er hat mich ausgetrickst.

Ich wähle noch mal.

»Wer ist da?«, fragt Simon, weshalb ich mich wie ein Kindergartenkind fühle.

»Simon, bitte. Für so was hab ich keine Zeit.«

Ich höre das Klappern/Zischen eines brennenden Zippos, dann ausgedehntes Knistern, während Simon eine Zigarre anzündet. Es folgt ein entsetzlicher Hustenanfall, als Simon versucht, einen halben Liter Raucherschleim aus seinen Bronchien zu lösen.

»Okay, Dan. Ich bin ganz Ohr, zehn Minuten. Ich hab heute Nachmittag die Mädchen und ihnen versprochen, dass wir ungestört sind.«

Mädchen? »Ich wusste gar nicht, dass du Töchter hast.«

»Hab ich auch nicht«, sagt Simon, ohne eine Miene zu verziehen, was ich mir lebhaft vorstellen kann. Im Hintergrund höre ich zwei Frauenstimmen »Mamma Mia« von Abba singen, und ich frage mich, ob die beiden Sängerinnen auch die entsprechenden Outfits tragen. Ich muss wohl ein paar Sekunden zu lange gelauscht haben, denn als Simon weiterspricht, reißt er mich wie aus einem Traum.

»Daniel. Komm schon, nimm dich zusammen, Soldat.«

»Oh, ja, Sir. Tut mir leid.«

Simon wirft gerne mal ein bisschen Militärjargon ein, um Dynamik zu erzeugen, obwohl er mit seinem Achtziger-Jahre-Rockstar-Vokuhila, den Cowboystiefeln mit den Absätzen und seinen ausgewaschenen T-Shirts die so ziemlich unmilitärischste Person ist, die ich kenne. In der ganzen Zeit, in der mich Simon schon behandelt, kam er kein einziges Mal pünktlich oder nüchtern.

Damit will ich nicht sagen, dass Simon Moriarty nicht gut ist. Tatsächlich glaube ich sogar, dass es keinen Besseren gibt. Die meisten Psychotherapeuten, mit denen ich zu tun hatte, reden immer von großen Offenbarungen, während es Simon um Bewältigungsstrategien geht, die einem unmittelbar weiterhelfen. Und Gott weiß, genau das brauche ich heute.

»Ich kann nicht vor und nicht zurück, Simon. Also nicht in echt, nicht mit Fesseln und Stricken oder so, wobei ich, wenn man's genau betrachtet, heute auch schon zweimal Handschellen angelegt bekommen habe.«

»Nichts Besonderes«, sagt Simon. »Ich bin just in diesem Moment mit einem Fuß in Handschellen ans Bett gefesselt.« Dann bellt er ein paarmal, und ich hoffe, dass sein Bellen nicht mir gilt.

Ich mache weiter. »Da gibt es so einen Typen, für den ich arbeite, der mich unappetitliche Sachen erledigen lässt, auf die ich mich einlasse, um mich endlich aus seinem Klammergriff zu befreien, aber irgendwie hört es nie auf. Eine unappetitliche Sache führt zur nächsten, und bevor ich's mich versehe, sind da Typen, die Geld für etwas verlangen, womit ich gar nichts zu tun habe.«

Simon schweigt lange, und ich höre, dass die Mädchen wieder beim Refrain angekommen sind.

»Geht's noch ein bisschen vager?«, fragt er schließlich.

»Ich weiß, mit derart spärlichen Informationen kannst du nicht arbeiten, aber vieles von dem, wozu ich gezwungen wurde, ist nicht unbedingt legal.«

»Okay. Also diese unappetitlichen Dinge – ist da ein Ende in Sicht?«

Ich versuche mir vorzustellen, dass mir Mike gutmütig meine Schulden erlässt, aber das Bild will in meinem Kopf einfach keine Gestalt annehmen.

»Nein. Nein, der lässt mich niemals vom Haken.«

»Okay. Und wie bist du in der Gemeinschaft verwurzelt? Hast du Anlaufstellen, wo du dir Hilfe suchen kannst?«

»Anlaufstellen? Ich kenne da so ein Mädchen.«

»Ah ja, die mit den Wahnstörungen. Wie geht's Sofia?«

Ich stelle mir Sofia mit einem Hammer in ihren zarten Fingern vor, Blut tropft herunter. Dieses Bild sehe ich ganz klar vor mir.

»Sie hat gute und schlechte Tage. Manchmal erkennt sie mich, das muss doch was bedeuten, oder?«

»Ist auf jeden Fall ein Fortschritt«, sagt Simon. »Aber zurück zu deinem Problem. Dieser Mann, bei dem es sich, wie ich aufgrund vorangegangener Gespräche vermute, um Mike Madden handelt, hat dich in der Hand. Ständig reden wir über den Sadisten Mike Madden. Mir scheint, du beschäftigst dich mehr mit den Symptomen als mit deren Ursache.«

Ich habe das Gefühl, Simon will mir etwas sagen, ohne es mir zu sagen.

»Ich kann dir nicht folgen.«

»Dann will ich dir eine Geschichte erzählen. Eine Parabel, wenn du so willst. Wenn so was für Jesus gut genug war, dann auch für dich.«

»Amen, Bruder.«

»Es war einmal ein Mann, der hat in einem Zelt neben einem Busch gewohnt.«

Fängt schon mal kryptisch an.

»Okay. Ein Buschzelt, kapiert.«

»Nur dass der Mann gegen den Busch allergisch ist.«

»Blüht der Busch?«

Simon seufzt. »Hör auf, mich zu verarschen, Daniel. Geh einfach davon aus, dass ich alle relevanten Informationen erwähne. Wenn nicht, dann waren sie's auch nicht wert.«

Blüht der Busch? Was zum Teufel passiert hier mit mir? Durch den Umgang mit Zeb bin ich zu einer unerträglichen Nervensäge geworden.

»Entschuldigung, Simon. Fahr fort.«

»Danke. Der Kerl ist also gegen den Busch allergisch und wacht jeden Morgen mit Nesselausschlag auf. Er nimmt Pillen. Jeden

Abend eine ganze Handvoll. Das sind große Pferdepillen, also nervt das.«

»Okay. Ich seh's vor mir.«

»Nach einer Weile helfen die Pillen nicht mehr, also schmiert er sich mit Lotion ein, bevor er ins Bett geht. Das Zeug klebt an den Laken und stinkt.«

»Bin ich das, dieser Typ? Sag schon.«

Simon ignoriert meinen Einwurf. »Also Pillen und Lotion und schließlich einmal die Woche eine Spritze. Der Busch zerstört sein Leben. Eines Tages ruft der Mann seinen gutaussehenden, bei den Frauen allseits beliebten Freund aus Übersee an.«

Aha, der Nebel lichtet sich.

»Und er erzählt ihm von dem Busch und den Pillen und dem ganzen Rest seines zunehmend komplizierten Lebens.«

»Was sagt der Freund?«

»Zuerst beschimpft er ihn als Idioten, dann erklärt er ihm, dass er die Wahl hat. Entweder brennt er den Busch bis auf die Wurzeln nieder, was keine praktikable Option ist, hab ich recht?«

»Oder?«

»Oder er zieht weit weg von dem verfluchten Busch, irgendwohin, wo ihm dessen Pollen nie wieder etwas anhaben können.«

Ich hab's kapiert. Ich bin der Typ, und Mike ist der Busch.

Simon findet, ich sollte umziehen.

Oder hat er mir gerade geraten, den Busch niederzubrennen.

Kommt wahrscheinlich auf die Auslegung an.

Na ja, wenn's für Jesus gut genug war …

KAPITEL ZEHN

Zwei Stunden später habe ich im Cloisters Inn gegenüber dem Busbahnhof eingecheckt. Ich habe ein Zweibettzimmer gebucht, ein Bett für mich und eins für mein Waffenarsenal aus dem Schließfach. Einen Sack voller illegaler Waffen zu Hause aufzubewahren, halte ich für unklug.

Pistolen und Geldbündel liegen ausgebreitet auf der Bettdecke vor mir, ich starre sie an, als würden sie mir gleich erzählen, was ich mit ihnen anfangen soll.

Schmeiß mich zum Fenster raus, sagt das Geld.

Erschieß ein paar Arschgesichter, sagt meine Glock 9.

So helft ihr mir nicht, Freunde. So nicht.

Mein *Sharpshooter*, ein Scharfschützengewehr in Sonderanfertigung, das ich mal einem Algerier in Chinatown abgekauft habe, räuspert sich.

Dan, du musst mir nur eine Kugel hinten reinschieben und mit mir in Mikes Garten warten, bis er sich blicken lässt. Dann zeigen wir dem Wichser, wie sich Sodbrennen anfühlt.

»Hast du das gehört?«, frage ich die beschämte Glock. »So was nenne ich einen guten Rat. Ich bin so froh, dass du da bist, Sharpie. Wenn es dich nicht gäbe, würde ich durchdrehen.«

Fünf Minuten später erhalte ich eine SMS von Simon.

Daniel, ich hoffe, du unterhältst dich nicht wieder mit deinen Waffen. Denk dran, wir haben darüber gesprochen. Es ist nicht gesund, einem Gewehr Verantwortung zuzuschreiben.

Ist doch lächerlich. Ich würde meinem Gewehr niemals Vorwürfe machen.

Schuld sind doch immer nur diese verdammten Kugeln.

Ich lasse meine Jacke abholen und zur Expressreinigung bringen, stelle die Stiefel raus, damit sie geputzt werden, verdrücke ein ganzes Tablett voller Kohlehydrate, dann lege ich mich aufs Bett. Kurz habe ich dran gedacht, mich zu den Waffen und dem Geld zu legen, aber das hätte bestimmt komisch ausgesehen, wenn das Zimmermädchen unerwartet reingeplatzt wäre. Es dauert eine Weile, bis ich ins schummrige Schattenreich des Schlafes abdrifte, aber als es endlich so weit ist, entspannt sich mein ganzer Körper voller Dankbarkeit. Das ist meine liebste Tageszeit, wenn ich nicht mehr ganz wach bin, mich aber auch nicht mehr auf meine Probleme konzentrieren kann. Um in diesen Zustand zu gelangen, brauche ich normalerweise:

Zweieinhalb Biere.

Eine Schlaftablette.

Einen Transatlantikflug.

Oder eine Marathon-Sitzung vor dem Fernseher. Zeb und ich haben uns mal die dritte Staffel von *24* in einem Rutsch angesehen. Danach war ich wundgelegen.

Kurz bevor sich der Schlaf auf mich niedersenkt, wird mir bewusst, dass die stärkste Emotion in meinem McEvoy-Herzen Einsamkeit ist.

Scheiße.

Ich hätte gedacht, Angst würde an erster Stelle stehen. Oder Wut auf all die Menschen, die mir Sand ins Überlebensgetriebe streuen.

Einsamkeit.

Hm.

»Einsamkeit«, sage ich zu Sharpie. »Wer hätte das gedacht?«

Ich habe ein paar Träume, die in vier von sieben Nächten immer wiederkehren. Drei davon handeln von Dad und Dublin, und ich wache stets völlig verängstigt auf, weil das meiste davon wirklich passiert ist. In meinem vierten Alptraum zeigt sich mein Unterbewusstsein von seiner feinfühligen Seite.

Da bin ich, als Erwachsener, ich sitze an einem Tisch in der Schule und zeichne eine Art Stammbaum von allen, denen ich je weh getan habe. Als ich fertig bin, ist der Baum über das Papier hinausgewachsen und bedeckt die Wände, und mein Lehrer, Bruder Campion, befummelt den Hintern meines Freundes Nash und sagt: *Daniel wird es später weit bringen, Kinder. Er wird es weit bringen, weil er sich Mühe gibt. Hingabe ist der Schlüssel für alles.*

Ich wache davon auf und liege jetzt plötzlich in dem anderen Bett, die Glock ruht auf meiner Brust.

Und genau das, meine Damen und Herren, ist der Grund, weshalb ich normalerweise Schlaftabletten schlucke.

Außerdem kann von Feinfühligkeit in Bezug auf mein Unterbewusstsein ja wohl kaum die Rede sein. Man braucht keinen Universitätsabschluss, um diese Vision zu deuten.

Ich setze mich auf und trinke eine ganze Flasche zehn Dollar teures hawaiianisches Wasser. Es ist zwar teuer, aber wenigstens kann ich die Flasche wiederverwenden.

Ich säubere das Gewehr und nehme es auseinander, so dass es in meinen Kevlarrucksack passt. Sharpie macht es nichts aus, zerlegt zu werden, er ist es gewohnt. Die Glock packe ich auch ein, außerdem zwei Nebelgranaten, die ich immer mitnehme, nur für alle Fälle, aber eigentlich nie benutze. Ich liebe es, wie sich die beiden glatten Zylinder anfühlen, und allein die Berührung hilft mir, mich in die Gemütslage eines Soldaten hineinzuversetzen, und das brauche ich jetzt dringend. Meine Kleidung ist überwiegend schwarz und die Lederjacke so dunkelbraun, dass man den Unterschied ohne Farbmusterkarte nicht erkennen kann. Zum Glück hat Johnny Cash den schwarzen Komplettlook für Männer mittleren Alters gesellschaftsfähig gemacht, und im Hotel zuckt niemand mit der Wimper, als ich durch die Lobby spaziere und dabei aussehe, als wollte ich aus zweitausendfünfhundert Metern über Kabul aus einem Flugzeug springen.

Mikes Haus ist erwartungsgemäß protzig, zwei Irish Red Setter sitzen in Stein gemeißelt auf den Torpfosten. Das Anwesen ist von einer Gartenmauer umgeben, die der Hausherr angeblich aus Irland herschaffen ließ, wo sie einst Teil eines normannischen Rundturms war. Ich glaube, dass das stimmt, schon weil es genau die Sorte peinlich übertriebener Paddy-Bullshit ist, den Mike für Patriotismus hält.

Aber wie angeberhaft das Haus auch sein mag, wir befinden uns hier keineswegs auf der Skywalker-Ranch. So viel Kohle verdient Mike nicht, und die Madden-Residenz ist das dritte Haus in einer vornehmen Sackgasse. Falls Sie's sich einmal ansehen wollen, es ist das mit dem Briefkasten in Form eines Kopfes – man steckt einem Kobold Briefe in den Mund.

Ich wette, die Nachbarn lieben ihren Mikey.

Mikes Benz parkt neben einem Prius und einer pinkfarbenen Stretchlimo in der Auffahrt. Ich hoffe, die Stretchlimo ist eins der Nuttenmobile, die Mike durch ganz Jersey fahren lässt, andernfalls sieht es schwer danach aus, dass eine Party im Gange ist, und ich werde auf keinen Fall versuchen, eine Kugel zwischen den auf der Tanzfläche zuckenden Körpern hindurchzufädeln.

Möglicherweise hat sich Mike damit unwissentlich eine Gnadenfrist verschafft.

Aber da ich schon mal hier bin, kann ich mich auch vergewissern.

Ich habe unten in der grünen Straße geparkt, von der aus man in die Sackgasse abbiegt. Inzwischen ist es dunkel, aber im Licht der Straßenlaternen bin ich ohne weiteres zu sehen, deshalb will ich möglichst in die Schatten der alten Eichenbäume eintauchen und mich von hinten an Mikes verwunschenes Domizil heranschleichen.

Hinter das Haus zu gelangen entpuppt sich tatsächlich als Kinderspiel. Ich hatte mit dem vollen Security-Programm gerechnet: Außenkameras mit Infrarotbewegungsmeldern, und wenn schon nicht das, dann wenigstens ein verdammt großer Hund. Aber da ist nichts. Wahrscheinlich ist das Haus von oben bis unten voll mit Alarmanlagen, befürchte ich, aber tatsächlich machen es einem Gebäude und Gelände leicht einzudringen. Jede Menge Gebüsch, hinter dem man sich verstecken kann, außerdem zwei bodentiefe Fensterfronten über der gesamten Breite. Ich habe sogar panzerbrechende Munition für den Fall eingesteckt, dass sich das Glas als kugelsicher erweisen sollte, aber anscheinend werde ich sie nicht brauchen. Ehrlich gesagt bin ich fast ein bisschen enttäuscht von Irish Mike. Welcher Gangster, der etwas auf sich hält, hat keinen Hund im Haus?

Ich finde einen hübschen Hochsitz in einer der unteren Astgabelungen eines Kastanienbaums und schlage dort mein Lager auf. Sharpie flüstere ich Nettigkeiten zu, damit er auf keine dummen Gedanken kommt, während ich ihn zusammenbaue, anschließend widme ich mich der bevorstehenden Abendunterhaltung.

Der erste Raum ist ein Arbeitszimmer oder Büro mit einem großen Holztisch und einem Gasofen, der aussehen soll wie ein altmodischer Kamin. Mike sitzt am Schreibtisch und liest die Comicstrips in der Tageszeitung.

Perfekt. Ein kurzer Blick in das andere Zimmer, und schon kann's losgehen. Vielleicht schaffe ich's noch rechtzeitig vor Beginn von *Sledge Hammer!* nach Hause, meiner Lieblingscomedysendung aus den achtziger Jahren, absolut zum Wegschmeißen. Glauben Sie mir und gucken Sie sich das an, Sie werden lachen, bis es weh tut.

Wie Sie sehen, gebe ich mich, was diese Mission hier betrifft, äußerst gelassen, aber ich kann niemandem etwas vormachen, nicht mal mir selbst. Ich habe vor, einen Mann in seinem eigenen Haus zu erschießen, möglicherweise nur wenige Räume von seiner Ehefrau und seiner Tochter entfernt. Meine Tat wird schwerwiegende Konsequenzen haben und in Bezug auf Daniel McEvoys Zulassung zum Himmel möglicherweise der Tropfen sein, der das Fass zum Überlaufen bringt.

Tu's, sagt Sharpie. *Schieß.*

Ich sollte es tun. Alles ist bereit. Keine Zeugen in Sicht.

Drück ab.

Mein Finger schwebt über dem Abzug, und ich versuche, mein Gehirn zu bewegen, den Befehl zu senden, aber nichts passiert.

Mach dir noch mal klar, dass es keinen anderen Ausweg gibt.

Mit Mike verschwinden auch alle meine Probleme.

Ach ja? Und was ist mit Mikes Stellvertreter, Calvin? Meinst du, der klopft nicht bei dir an?

Wenigstens kann ich damit Zeit schinden.

Du verpasst jemandem einen Kopfschuss, weil du Zeit schinden willst?

Wird eine Weile dauern, bis Calvin seine Leute zusammengetrommelt hat.

Das ist keine Antwort auf die Frage bezüglich des Kopfschusses.

Mike hätte keine Skrupel, mir dasselbe anzutun.

Du bist aber nicht Mike. Willst du sein wie Mike?

Nein. Will ich nicht.

Ich will nicht sein wie Mike, aber mir bleibt keine andere Wahl.

Das Blut pocht in meiner Stirn, und meine Augen füllen sich mit Tränen. Warum will mein Finger nicht tun, was man ihm sagt?

Mike sitzt da, beinahe so nah, dass man ihn berühren könnte. Wenn ich abdrücke, müssen hundert Dinge in der richtigen Reihenfolge ablaufen, damit die Kugel in dieser Waffe den Weg in

Mikes Hirn findet. Die Chancen, dass sie's nicht tun, stehen ziemlich gut. Dass ich den Abzug betätige, ist nicht einmal die Ursache dieser Wirkung. Die eigentliche Ursache reicht lange zurück. Generationen. Bis zu den Mächten, die Mike und mich heute hergeführt haben.

Aber willst du so sein wie Mike?

Das ist das entscheidende Argument. Ich kann Mike nicht erschießen, auch wenn ich gedacht habe, ich könnte.

»Mist«, flüstere ich.

Das kannst du laut sagen, Bruder, flüstert Sharpie.

Mist, weil es keinen Plan B gibt.

Ich höre gedämpftes Damengelächter und das Klirren von Champagnerflöten und schwenke mit dem Zielfernrohr auf das zweite Zimmer.

Da ist eine Party im Gange.

Die Damen dort lassen sich etwas in die Gesichter spritzen.

Der Prius.

Zeb, du Arsch. Was zum Teufel denkst du dir dabei?

Als Zeb sich bereit erklärte, Sofia mit auf seine Runden zu nehmen, erwähnte er nicht, dass einer seiner Termine im Haus von Irish Mike Madden stattfinden würde. Mrs Madden muss ein Dutzend Freundinnen eingeladen haben, sie schlürfen Champagner und tänzeln über den Teppich, bis sie an der Reihe sind, auf dem verstellbaren Fernsehsessel Platz nehmen und sich von Zeb oder seiner schönen Assistentin Botox in die Stirn injizieren lassen zu dürfen. Sowohl Zeb wie auch Sofia picheln selbst ordentlich, was meiner Überzeugung nach, streng medizinisch betrachtet, bestimmt nicht die beste Vorgehensweise ist.

Eine der Damen gleitet jetzt in den Sessel, und Sofia setzt sich rittlings auf sie, kneift ein Auge zu und bohrt, von den aufgekratzten anderen angefeuert, die Spritze in eine Falte zwischen den Augen der Dame.

Das ist Wahnsinn. Absolut irre. Wie sollen wir überleben,

wenn Zeb schneller Scheiße baut, als ich etwas in Ordnung bringen kann?

Mein Telefon vibriert, und als ich nachsehe, entdecke ich eine SMS des Fraglichen höchstselbst.

Du wirst nie auf die Idee kommen, wo ich bin.

Ich simse zurück.

Ich weiß genau, wo du bist. Ich beobachte dich. Mach, dass du da rauskommst.

Ich sehe, wie er die Nachricht liest und grinst. Er starrt in den dunklen Garten und zeigt mir den Stinkefinger.

Eine Minute später erhalte ich die Nachricht: *Reg dich ab. Mike vermutet Sofia hier nicht. Er weiß nur, dass sie meine Assistentin ist.*

Jetzt will mir Zeb beweisen, was für ein strategisches Genie er ist. Zeb findet es lustiger, mit Sofia bei Mike hereinzuspazieren, damit dieser Gelegenheit bekommt, sie nicht zu erkennen, als sie irgendwohin zu bringen, wo er ihr gar nicht erst begegnet.

Ich bin so wütend auf ihn, weil er Sofia in Gefahr gebracht hat, dass ich mich bei *Arschloch* vertippe, glücklicherweise erkennt mein Handy das Wort aber und hilft.

Arschloch. Arschloch. Arschloch. Gleich passiert was. Was glaubst du, warum ich im Garten bin? Haut sofort ab!

Ich sehe sein dummes Gesicht, als er die Nachricht liest.

Ja, ganz genau, Spatzenhirn. Die Situation ist ernst.

Wenn sich nachher rausstellt, dass Mike nicht erschossen wurde, kriege ich's ab.

Aus dem Augenwinkel sehe ich, dass sich im Arbeitszimmer etwas bewegt, und schwenke mein Zielfernrohr zurück. Mr Nasenbart, Manny Booker, führt zwei Männer ins Büro.

Ich kann kaum glauben, was ich sehe.

Krieger und Fortz.

In welcher Verbindung stehen sie zu Mike?

Egal. Dann haben sich ja alle meine Patienten versammelt.

Ich muss improvisieren, den Plan spontan ändern.

Verschiedene Szenarien gehen mir durch den Kopf, aber ich weiß, dass ich von hier draußen und mit nur einem Gewehr auf keinen Fall drei Männer erledigen kann, selbst wenn ich kaltblütig genug wäre, meinen ursprünglichen Plan durchzuziehen, was ich ja offensichtlich nicht bin. Mit dem ersten Schuss erwische ich die Scheibe und mit ein bisschen Glück auch die Hauptzielperson, in der Schrecksekunde unmittelbar danach gelingt es mir unter Umständen, noch eine weitere Person zu treffen, aber mehr ist ausgeschlossen. Die anderen werden in Deckung gegangen sein, bevor ich noch einmal zielen kann.

Ich muss Mike also erst mal in Ruhe lassen und Krieger und Fortz folgen, wenn sie gehen. Herausfinden, wo sie übernachten, die Information an Ronnie weitergeben und anschließend Zeb anrufen und mich vergewissern, dass er Sofia in Sicherheit gebracht hat.

Ich nehme das Gewehr wieder auseinander und packe es ein, dann stelle ich das Fernrohr auf Fortz ein und versuche herauszubekommen, was da drinnen vor sich geht.

Fortz redet eine Weile, und Mike gibt weise nickend den Don Corleone. Am Ende der Vorstellung überreicht Fortz ihm einen dicken Umschlag, aus dem oben Scheine ragen. Mike lässt ihn gewandt in seiner Schublade verschwinden, und ich weiß, dass dies der Anlass des Treffens war.

Fortz muss mich dringend finden, und Mike hat die Ressourcen, um die Suche zu finanzieren, und ein Interesse an ihrer erfolgreichen Durchführung. Mein Leben wird gegen ein paar Dollar getauscht und das nicht zum ersten Mal in dieser Woche. Ich weiß nicht, warum ich mich überhaupt noch wundere.

Aber der Umschlag war ziemlich dick, und seltsamerweise empfinde ich das als befriedigend. Wenn ich schon wie ein tollwütiger Köter gejagt werde, habe ich doch wenigstens bei jemandem Priorität.

Ich muss aufhören, Tarzan zu spielen, und in den Wagen steigen, bevor Krieger und Fortz verschwinden. Dürfte nicht schwierig werden; ich wette, die beiden sind seit der Tracht Prügel, die ich ihnen verabreicht habe, nicht mehr sehr gut zu Fuß. Der bloße Gedanke an jene glorreichen Momente genügt, um mir ein Lächeln auf die Lippen zu zaubern.

Aber jetzt bleibt keine Zeit für wehmütige Erinnerungen. Ich habe eine schlimme Körperverletzung zu planen.

Ich springe vom Baum und lande auf etwas, das unter meinem Gewicht nachgibt und wimmert, dann höre ich ein paar Rippen brechen, und plötzlich sind meine Stiefel klebrig.

Mist.

Ich wusste doch, dass Mike einen Hund hat.

Gebückt gehe ich ans Partyfenster, halte mich dicht an der Hecke. Einem Hund schlitzt man nur dann den Bauch auf, wenn man unbedingt etwas in Ruhe erledigen möchte.

Im Garten sitzt noch ein weiterer Schütze.

Ich muss Sofia warnen.

Zwischen Blattwerk und Häuserwand liegen circa zwei Meter, wo ich ungeschützt bin. Für zwei Meter braucht man schätzungsweise eine halbe Sekunde, aber der versteckte Schütze schafft es trotzdem, eine Kugel in die Lücke zu feuern. Sie erwischt mich zwischen den Schulterblättern, verpasst mir durch ihre schiere Wucht einen heftigen Stoß. Ich werde gegen das Fenster des Arbeitszimmers geschleudert, keine zwei Meter von den drei Männern entfernt, die mich tot sehen wollen. Der Aufprall löst einen Bewegungsmelder aus, und ich werde plötzlich angestrahlt wie der Times Square an Silvester.

Ich gleite an der Scheibe herunter, hinterlasse dabei schmierige Striemen, für deren Beseitigung das Hausmädchen eine Leiter, drei Lappen und mehrere Stunden benötigen wird.

Hallo, Fickstadt.

Mike hebt den Kopf und erwartet seinen großen dämlichen

Hund zu sehen, der mal wieder gegen die Scheibe gerannt ist, aber stattdessen wird er meiner Wenigkeit gewahr – des Mannes, den er sich zum Erzfeind gemacht hat.

Oder wie Zeb meinte: *Du bist der verfluchte Wichser, der Mike die Suppe vermasselt.*

Womit er, wenn ich mich nicht verzählt habe, mindestens zwei Redewendungen zu einer verwurstet.

Warum denke ich jetzt über so was nach? Setz Prioritäten, du Idiot.

Es hat keinen Sinn. Man hat mir in den Rücken geschossen. So leicht kommst du mir nicht davon.

Das sollen wirklich deine letzten Gedanken sein? Eine Analyse von Zebs Ausdrucksweise?

Wie war das mit der Suppe?

Mike starrt mich fragend an, nicht ganz sicher, was er mit meinem Auftauchen hier anfangen soll, aber seine Verwunderung ist mir scheißegal, ich liege nämlich im Sterben.

Wirklich?

Okay, ich bin gegen die Scheibe geklatscht wie eine Garfieldpuppe. Aber ich habe mich schon schlechter gefühlt und trotzdem überlebt.

Wie kann es sein, dass ich eine Kugel zwischen den Schulterblättern überlebe. Mein Herz hat nicht das Recht weiterzuschlagen.

Der Rucksack. Das Kevlar.

Die Kugel hat den Rucksack getroffen.

Danke, liebes Jesuskind.

Dabei muss man sich nur mal vorstellen, dass ich dem Algerier den Rucksack um ein Haar gar nicht abgenommen hätte, weil er zwanzig Dollar dafür haben wollte. Zum Schluss hat er ihn gratis zu den Blendgranaten gelegt. Ich sollte ihn anrufen und ihm die Geschichte erzählen, damit er sie auf seiner Website unter Kundenfeedback aufführen kann.

Mike ist aufgestanden und kommt auf mich zu, mit gerunzelter Stirn versucht er sich einen Reim auf die Geschehnisse zu machen. An seiner Stelle wäre ich um die Gesundheit des armen Iren besorgt, der an meiner Scheibe klebt, würde ihn auf eine Tasse Tee hereinbitten, aber Mike begibt sich erwartungsgemäß nicht auf den Pfad der Menschlichkeit, sondern zieht einen verchromten Revolver aus der Armbeuge und richtet ihn auf meinen Kopf.

Ich weiß nicht, für wen sich Mike hält, aber ich wünschte, er würde sich für ein Klischee entscheiden und dabei bleiben. Ich hatte mich gerade an seine Plastic-Paddy-Nummer gewöhnt, und jetzt macht er auf Jesse James.

Verchromt?

Anscheinend hat sich Mike entschlossen, erst zu schießen und die Fragen später von einem Hellseher stellen zu lassen, denn er spannt den Abzug und hält mir den Lauf zwischen die Augen – hinter der Scheibe.

Das ist lächerlich. Jetzt schießt er lieber seine eigene Fensterscheibe kaputt, als die Schiebetür aufzuziehen?

Ich sehe Fortz hinter ihm grinsen. Jedenfalls glaube ich, dass er grinst, könnte aber auch ein Mundschutz sein, dort wo früher seine Zähne waren. Wenn ihm klarwird, dass er Mike gerade mehrere Tausend Dollar dafür bezahlt hat, damit er einen Mann findet, der die ganze Zeit in seinem Garten hockte, könnte das seiner guten Laune Abbruch tun. Auf Sonnenschein folgt Regen, wie man so schön sagt.

Ich wünschte, Sofia wäre nicht hier. Ich will nicht, dass sie mich so sieht. Mit ein bisschen Glück wird mein Gesicht nicht mehr zu erkennen sein, und sie wird nicht auf die Idee kommen, in meiner Unterhose zu suchen.

Mike gelingt es nicht mehr zu schießen, es kommt ihm jemand zuvor.

Der zweite Schütze.

Ich spüre eine Vibration, dann prasseln Scherben auf mich herab. Durch den Regenbogen sehe ich Fortz' Kopf verschwinden.

Den zweiten Schuss, der Kriegers Herz explodieren lässt, höre ich nicht.

Der Mann ist gut. Drei Schüsse, drei Volltreffer.

Die Fensterfront kracht in den Raum, und ich kippe mit ihr ins Haus. Mike hat bereits das Weite gesucht, und Sekunden später höre ich seinen Benz aufjaulen. Mir wird klar, dass ich wegen dieses verfluchten Prius niemals erfahren werde, ob Sofia und Zeb es geschafft haben.

Ich spitze die Ohren nach dem eleganten Surren eines Elektromotors und glaube sogar, es zu hören, bis ich in der Ecke des Arbeitszimmers einen Kühlschrank entdecke.

Mist.

Also liege ich hier in Erlöserhaltung und warte darauf, dass mir der Schütze den Rest gibt. Krieger liegt in meinem Blickfeld, und ich nehme das Veilchen zur Kenntnis, das ihm offenbar der Pornostar verpasst hat. Das blutige Loch in seiner Brust ist dagegen natürlich ungleich ernster. Ich ermahne mich, nicht hinzusehen, aber es ist schon zu spät. Der Anblick wurde sofort in die Galerie des Schreckens in meinem Gehirn aufgenommen.

Vielleicht sieht meine persönliche Hölle genau so aus: eine Diashow all der entsetzlichen Dinge, die ich gesehen oder getan habe.

Ich lebe noch.

Es ist wahr. Der Mann hat mich noch nicht getötet. Er könnte es, wenn er wollte, das steht außer Frage. Bevor jemand reagieren konnte, hat er drei tödliche Schüsse abgegeben. Das ist Schießen auf Wettkampfniveau.

Also warum lebe ich noch? Mir fällt dazu höchstens ein, dass mich der Mann nicht unbedingt tot sehen will.

Er war hinter Krieger und Fortz her und dachte wahrscheinlich, ich wollte sie warnen. Vielleicht lässt er mich hier liegen, damit Mike mich erschießt, wenn er zurückkommt.

Oh, warte mal.

Der Hund hat plötzlich aufgehört zu wimmern. Der Mann kommt.

Ich wünschte, ich könnte mich wehren. Wenigstens wie ein Profi abtreten, aber ich kann nichts machen, außer hier zu liegen. Wenn ich mich ganz besonders anstrenge, könnte ich vielleicht wild um mich schlagen, aber so möchte ich auch nicht sterben. Das hätte etwas sehr Albernes, und wer will schon albern aus dem Leben scheiden? Mir wird bewusst, dass ich niemanden gebeten habe, sich im Falle meines Todes um Sofia zu kümmen. Hoffentlich kümmert sich Zeb um sie und behält dabei seinen Schwanz bei sich.

Na klar. Zeb ist der König des Gutmenschentums. Er denkt an nichts anderes als an seine Mitmenschen.

Ich spüre, wie eine starke Hand meinen Rucksack runterdrückt. Dann wandert die Hand an meine Schulter, der Mann dreht mich auf den Rücken wie die letzte entscheidende Karte einer spannenden Pokerpartie. Ich sehe Blut von seiner behandschuhten Hand tropfen, und mir wird klar, dass er aufräumen will. Mich fertigzumachen ist für ihn keine größere Sache, als den Köter von seinem Leid zu erlösen.

Der Mann ist wie ein Ninja ausstaffiert, abgesehen von seinen Stiefeln, die aus Armeebeständen stammen, fast identisch mit meinen. Über seiner Schulter hängt ein Gewehr mit einem superlangen Schalldämpfer am Lauf, was erklärt, warum ich keine Schüsse gehört habe. Ich erkenne das Gewehr nicht, aber es sieht teuer aus, nur vom Feinsten. Manchmal kann man schon beim bloßen Hingucken erkennen, wie wertvoll etwas ist. Funktioniert natürlich nicht bei Wein. Da müsste man schon ein echt gewiefter Sommelier sein, um allein aufgrund der Farbe den Preis einer Flasche zu bestimmen.

Der Ninja-Scharfschütze zuckt mit der Schulter, so dass das Gewehr unter seinem Arm wippt, der Abzugsbügel landet in seiner Hand und der Schalldämpfer in meinem Gesicht.

Schön. Gekonnt.

Jetzt wäre Gelegenheit zu betteln, die Luft dazu hätte ich noch. Aber der Mann ist Profi. Genauso gut könnte ich mit Arnold, dem Terminator aus dem ersten Film, das Diskutieren anfangen. Da war er nämlich noch erbarmungslos und nicht einer von den Guten wie im zweiten.

Dann passiert etwas. Anscheinend erkennt mich der Mann. Er wirft den Kopf zurück, und ich sehe, wie seine Augen ein bisschen größer werden.

»Du?«, sagt er.

Ich bin es. Das lässt sich nicht leugnen. Auch wenn es hoffnungslos erscheint, so hoffe ich doch, dass es einmal in meinem Leben ganz gut ist, ich zu sein.

»Ja«, huste ich, wobei es eine beachtliche Leistung ist, gleichzeitig zu husten und zu sprechen. Ich hatte gar nicht vor zu husten, es kam einfach so raus.

»Scheißwichser«, sagt Ninja und schüttelt den Kopf. Er macht ein Geräusch, das wie drei schallgedämpfte Schüsse klingt, aber vielleicht lacht er auch.

Dann drückt er mir die Spitze des Schalldämpfers zwischen die Augen und droht mir mit seinem Handschuhfinger. Blut spritzt mir ins Gesicht, aber was er sagen will, ist klar.

Folge mir nicht.

Da muss er sich keine Sorgen machen. Ich werde ihm auf keinen Fall folgen. Wer auf mich schießt, soll sich schämen; sollte derselbe aber Gelegenheit bekommen, ein zweites Mal auf mich zu schießen, muss ich mich schämen, und in meinem Leben gibt's schon genug, wofür ich mich schämen muss, das dürfen Sie mir glauben.

Während er zum vierten Mal überflüssigerweise den erhobenen Zeigefinger bewegt, rutscht ihm der Ärmel hoch, und ich kann ein Stück Haut zwischen Handschuh und Manschette erkennen. Zwei Freundschaftsbändchen.

Ich zwinge mich, nicht darüber nachzudenken. Verrate nicht, dass du ihn erkannt hast, andernfalls könnte Ninja es sich anders überlegen. Ich schließe die Augen und tue so, als wäre ich fix und fertig.

Eigentlich muss ich gar nicht so tun.

Ich zähle bis dreißig und versuche, mich auf die Zahlen zu konzentrieren. Auf nichts anderes. Keine voreiligen Schlüsse ziehen. Dann schlage ich die Augen auf, sehe, dass Ninja weg ist, und denke:

Pablo.

Verfluchte Scheiße, das war Pablo. Edits Personal Trainer hat offensichtlich ein paar Talente, die er nicht im Gymnastikraum gelernt hat.

Krieger und Fortz waren unberechenbar, sie mussten sie loswerden.

Aber warum wurde ich verschont?

Blöde Frage. Weil Ronnie Edit erklärt hat, sie würde gegen sie ermitteln, sollte mir etwas zustoßen.

Pablo hatte Glück, als er nur meinen Rucksack getroffen hat.

Das ist genial. Edit schickt Krieger und Fortz zu unserem einheimischen Gangsterboss, damit er ihr hilft, mich zu finden. Dann knallt Pablo die beiden ab. Mike will nicht mit zwei toten Bullen in seinem Haus angetroffen werden, also verklappt er die Leichen.

Praktisch und sauber. Nur dass ich ihm die Tour vermasselt habe. Mit einem Kevlarrucksack.

Ich brauche ungefähr fünf Minuten, um mich aufzurappeln und im Partyzimmer nachzusehen. Jede Menge Champagnergläser auf dem Boden, aber niemand mehr da. Ausnahmsweise hat Zeb mal getan, wie ihm geheißen, und Sofia weggeschafft. Weitere fünf Minuten später fühle ich mich in der Lage, über die Mauer zu klettern. Aber bevor ich dieses ländliche Schlachthaus verlasse, pinkele ich in die Wasserflasche aus dem Hotel. Eigentlich muss ich gerade gar nicht, aber ich habe die Flasche mitgeschleppt, also werde ich sie verdammt noch mal auch benutzen.

KAPITEL ELF

Ein Tweet von Simon weckt mich in meinem Hotelzimmer.

Wenn du nicht sicher bist, wie du meine weisen Worte deuten sollst, frag ruhig. Das Letzte, was ich gebrauchen kann, sind Patienten, die sich einbilden, in jemandes Auftrag zu handeln.

Ich glaube, Simon möchte sich freisprechen von was auch immer seine Patientenschar so treibt.

Leiden Sie unter einem Messiaskomplex? Piepen Sie Dr. Jesus auf dem Pager an.

Das ist ein bisschen veraltet. Ich meine, wer glaubt heutzutage noch an Jesus? Und wenn Sie sehen wollen, wie sich Teenager vor Lachen in die Hose machen, versuchen Sie ihnen zu erklären, was ein Pager ist. Erzählt man denen von Kassettenrekordern, glauben sie, man lügt sie dreist an, du alter Feinripp-tragender Sack.

Das Folgende ist die Mitschrift eines Gesprächs, das ich mit Jasons Neffen geführt habe:

Ich: Das waren praktisch Songs auf einem langen Tonband. Sechs auf einer Seite, dann musste man umdrehen.

Neffe: Was musste man umdrehen?

Ich: Die Kassette im Rekorder. Wenn man nicht aufgepasst hat, hat die Maschine das Band gefressen, und man musste es mit einem Bleistift wieder aufziehen.

Neffe: Verarsch mich nicht, Gandalf. Den Scheiß denkst du dir aus.

Fünf Minuten später erhalte ich eine weitere Nachricht, dieses Mal von Mike.

Komm rüber in den Club, Laddie. Wir müssen das klären. Gegen zwölf bist du da, sonst …

Mist.

Ich hatte gehofft, Mike sei durch die vergangene Nacht traumatisiert. Auch wären die Pünktchen am Ende von Mikes Text nicht nötig gewesen. Ist ja nicht so, als wüssten wir nicht, was passiert, wenn ich nicht tue, was er mir befiehlt.

Ich werde Tommys Video auf den Tisch packen. Wie viel er sich davon ansieht, liegt ganz bei Mike …

Also fahre ich erneut fröhlich einem Kopfschuss entgegen. Müsste ich eine Liste möglicher traumatischer Erlebnisse im Leben eines irischen Mannes erstellen, stünde ein klassischer Kopfschuss ganz oben gleich neben Führerscheinprüfung und Papa umdrehen, damit er nicht an seiner eigenen Kotze erstickt – besonders wenn man ihn eigentlich lieber liegen lassen würde, damit die Kotze ihr Werk vollbringt. Der Lauf der Natur, oder? Wer könnte einem Zehnjährigen deshalb Vorwürfe machen?

Hab ich schon erwähnt, dass ich's nicht so mit Flashbacks habe? Wahrscheinlich habe ich das behauptet, kurz bevor ich mich einem solchen ausgiebig hingegeben habe.

Aber eigentlich habe ich wirklich keine, sondern einfach nur ein sehr gutes Gedächtnis an schlechte Zeiten. Ich denke an meine Mom und sehe sie weinend in einer Ecke, das Geschirrhandtuch an die Brust gepresst, um ihre zerrissene Bluse zu verbergen. Und ich denke an den kleinen Patrick und sehe sein Mondgesicht und die schiefen Zähne, für die er bestimmt eine Spange gebraucht hätte, die Wangen voller dunkelblauer Flecken. Er denkt, dass er ein schlimmer Junge und alles seine Schuld ist.

Ich habe auch eine Erinnerung an einen Kopfschuss. Raten Sie mal, woher? Aus dem Libanon, Überraschung.

Zeb sagt zu mir: *Was soll der Scheiß? Wieso DER Libanon? Das heißt nur Libanon, okay? Man sagt ja auch nicht DAS Irland oder DAS Israel.«*

Also entgegne ich: *Aber man sagt DIE Vereinigten Staaten.*

So ging es ein paar Stunden weiter, bis Zeb mal wieder einen Ständer hatte und sich zwanzig Minuten entschuldigen musste. Der Mann ist wie Old Faithful; wann lässt das endlich mal nach? Immerhin ist er auch schon über vierzig, verdammt noch mal.

Egal, also meine Erinnerung an einen Kopfschuss. Die UN hat uns nach Damour gebracht, damit wir die Einheimischen dort mit strengen Blicken strafen, weil sie wild entschlossen waren, sich an den PFLP- und DFLP-Milizen zu rächen, die kurz zuvor einen Friedhof geschändet, Särge ausgegraben, ein paar Christen hingerichtet und Fatah-Guerillas mit Kalaschnikows an eine Kirchenmauer gemalt hatten.

Kurzer Einwurf: Revolutionäre Gruppierungen sind allesamt Wandmaler. Ein gutes Wandgemälde kann zehn Prozent der Unentschlossenen dazu bringen, sich für eine Seite zu entscheiden, ganz zu schweigen von dem Auftrieb, den sie den Revolutionären geben. Die Jungs klatschen nicht einfach nur Farbe an die Wand, als Kunstform ist das mindestens so legitim wie Grafitti. Banksy wirkte nie düster und satirisch, wenn Maschinengewehrfeuer ganze Brocken aus seiner Leinwand riss. In irisch-republikanischen Kreisen gilt es als schlecht gehütetes Geheimnis, dass der Künstler, der viele der wirklich großartigen Bilder auf der Falls Road gemalt hat, in Wirklichkeit Ulster Unionist ist und sich am Paradetag eine orangefarbene Schärpe umhängt.

Egal, zurück zum Libanon. Da saßen wir also hinten auf der Ladefläche eines Lasters und fuhren direkt zum Schauplatz des Massakers. Noch auf der Fahrt hatten wir eine Umfrage gestartet, und deshalb weiß ich genau, dass zwölfeinhalb Männer von sechzehn keine Ahnung hatten, wofür die Abkürzungen PFLP und DFLP überhaupt standen, ganz zu schweigen davon, wodurch sich die beiden Gruppen überhaupt unterschieden. Wie es zu dem halben Mann in der Rechnung kam, weiß ich leider auch nicht.

Im Zuge unserer Razzia stießen wir auf einen phalangistischen Milizionär, der ein halbes Dutzend japanische Rotarmisten in einer geplünderten Kirche an die Sitzreihen gefesselt hatte. Es hatte Gerüchte über Rotarmisten gegeben, die die Volksfront unterstützten, aber ich hatte diese immer für Blödsinn gehalten. Und jetzt sah ich sie vor mir, eindeutig Japaner, auf den Knien und größtenteils stoisch, die bereit waren, den Preis für ihre Beteiligung an diesem jüngsten Massaker zu zahlen. Ich weiß nicht, wie es einem einzelnen Phalangisten gelingen konnte, sechs feindliche Soldaten zu fesseln, aber es war ziemlich eindeutig, dass er sich anschickte, ihre Unbeweglichkeit auszunutzen, um die Jungs von der roten Armee schleunigst in welches Jenseits auch immer zu befördern, wobei er inständigst hoffte, sie würden dort nicht von liebreizenden Jungfrauen begrüßt.

Wir sahen uns das Ganze einfach eine Sekunde lang an, ehrlich gesagt ein bisschen perplex. Aber auch fasziniert, als liefe das Spektakel im Fernsehen. Friedenshüter sind grundsätzlich auf niemandes Seite, hätten wir diesen Supersoldaten also abgeknallt, hätte dies gewiss eine endlose Reihe von Dienstbesprechungen nach sich gezogen. Tommy Fletcher ließ einen seiner unverwechselbaren Schreie heraus:

»Hey, du Wichsgesicht! Weg von den Gefangenen!«

Der Phalangist reagierte, indem er kurz vor Schreck aufschrie und dann dem ersten Rotarmisten in den Kopf schoss. Der Mann guckte eine Sekunde lang leicht enttäuscht, als würde sein Wagen nicht anspringen, dann kippte er um.

»Verfluchte Scheiße!«, brüllte Tommy und stürzte sich auf den Schützen. Wir anderen taten es ihm gleich, und es entstand eine makabre Version von Katz und Maus. Während wir versuchten, ihn zu schnappen, sprang der Phalangist zwischen den Rotarmisten herum und knallte so viele wie möglich ab.

Als er endlich auf dem Boden lag, hatte er fünf ausgeschaltet, und er hätte sie alle erledigt, wäre seine wirklich steinalte Luger nicht in seiner Hand explodiert und hätte ihm die Finger zerschreddert.

Ist das rückblickend eine lustige Geschichte? Lässt sich so was wie Humor aus einer Dominokette japanischer Terroristen gewinnen?

Meiner Meinung nach nicht.

Wenn ich zu lange darüber nachdenke, reißen mich die unvergessenen Bilder runter. Der Mann mit der Waffe, der entsetzt auf seine kaputte Hand starrt.

Der letzte japanische Soldat, der mit hoher klarer Stimme eine schlichte Melodie singt. Seitdem habe ich versucht, das Lied zu finden. Ich weiß nicht, warum. Es klang, als würde er immer wieder die Worte *Abend oh weh* wiederholen, aber das kann es nicht gewesen sein. Das wäre die falsche Sprache.

Die Luft in der Kirche war zum Schneiden und drückend feucht, ein Pesthauch, der sich in unseren Uniformen festsetzte. Und Tommy kauerte auf dem Phalangisten, der höchstens achtzehn Jahre alt war, und fragte uns alle, ob wir's melden oder einfach unserer Wege ziehen und so tun sollten, als sei nie irgendetwas geschehen.

Wir entschieden uns für den Weg des geringsten Widerstands. Wir banden den einzigen überlebenden Gefangenen los, fesselten den Phalangisten mit demselben Strick, was den Göttern der Ironie ein grimmiges Nicken entlockt haben muss, und entfernten uns so schnell wie möglich von dem Blutbad, weil es nach einer so dermaßen misslungenen Aktion zwangsläufig nach Angst und Tod stinkt.

Übrigens fanden wir eines Nachts in der Kaserne heraus, wonach Angst stinkt, und ich glaube immer noch, dass die Formel stimmt: zu fünfzig Prozent nach abgestandenem Schweiß, zu dreißig Prozent nach Blähungen und zu zwanzig Prozent nach dem eigenen persönlichen Höllenpfuhl. Wo auch immer dir das Böse, das dir passiert ist, passiert ist.

Wenn mich die Angst packt, ist der Gestank aus dieser Kirche mit den gefesselten Leichen, der die Geister der Bräute vertrieb, die von ihren Vätern hier durch den Mittelgang geführt wurden, meine erste sinnliche Assoziation.

Ich habe für dasselbe plädiert wie die anderen. Nichts wie weg hier.

Abend oh weh.

Ich weiß. Klingt nach einem Flashback, aber zum Glück hab ich so was ja nicht.

Mir bleibt jetzt nur noch ein Eisen im Feuer. Und das ist weder meins, noch habe ich das Feuer selbst angezündet, ich muss es nur löschen, bevor mir die Metapher entgleitet und niemand mehr eine Ahnung hat, wovon zum Teufel hier eigentlich die Rede ist.

Einfach ausgedrückt: Irish Mike Madden glaubt, ich schulde ihm noch was. Nach der ganzen Scheiße, die passiert ist, glaubt Mike immer noch, dass ich eine Rechnung zu begleichen habe. Allmählich denke ich, dass er niemals zufrieden sein wird.

Aber ich weiß auch Dinge, die ihn belasten könnten, wie zum Beispiel, dass er mich wie ein trojanisches Pferd in die ganze Sache mit Shea und Freckles reingezogen hat: schön und glänzend von außen, tödlich von innen. Und wenn man ein Türchen öffnet, kommt Achilles heraus und bringt den Tod. Wenn man so ein Bild erklären muss, ist es wahrscheinlich auch überflüssig. Trotzdem denke ich, hätte das mit dem trojanischen Pferd funktioniert, hätte ich's einfach so stehenlassen. Als Bild.

Egal, ich muss jetzt jedenfalls bei ihm vorbeifahren und hoffe, ihn in Gönnerlaune anzutreffen, weil sich die Situation mit Shea so schön aufgelöst hat. Mike ist jetzt nicht nur aus dem Schatten des New Yorkers getreten, sondern er kann vielleicht sogar dessen Geschäfte übernehmen, wodurch er in die Liga der ernstzunehmenden Akteure aufsteigen würde, was ganz praktisch wäre, wenn die Jungs in Jersey erst mal die Nase voll davon haben, dass ein Ire die Fäden zieht.

Also ist es durchaus möglich, dass Mike uns für quitt erklärt und wir uns wieder den Alltagsgeschäften widmen können.

Möglich, aber kaum wahrscheinlicher, als dass eine Hyäne einen Klumpen rohes Fleisch wieder ausspuckt, der daraufhin von einem Supermodel verzehrt wird. Das ist nämlich ganz und gar unwahrscheinlich, weil Hyänen Fleisch niemals nicht essen und Supermodels niemals welches essen. Außerdem würden sich Fragen der Hygiene ergeben, und auch der geographische Faktor spielt eine Rolle, da man in der schwarzafrikanischen Wüste selten Supermodels antrifft.

Abgesehen von Iman.

Und Waris Dirie.

Ich will nur sagen, es ist *un*wahrscheinlich.

Ich glaube, mein Therapeut hat recht. Vielleicht gehe ich zu dekonstruktivistisch vor. Trotzdem würde ich einwenden, dass sich mittlerweile nicht mehr leugnen lässt, dass *Fashion Police* zur Allgemeinbildung beiträgt.

Derart optimistisch gestimmt, nehme ich keine Waffen mit. Außerdem weiß ich, dass ich, durch wen auch immer einer intensiven Leibesvisitation unterzogen werde.

Aus Erfahrung habe ich gelernt, dass man niemals mit Mike reden sollte, bevor er seinen ersten Blowjob des Tages hinter sich hat, was normalerweise ab elf Uhr der Fall ist. Obwohl grünes Blut durch Mikes Adern fließt, steht er auf die Ehegesetze der englischen Feudalherren, die schon Mel Gibson in *Braveheart* so in Rage brachten. Also komme ich erst kurz nach Mittag vorbeigeschlendert, in der Hoffnung, dass Mike bereits Gelegenheit hatte, Dampf abzulassen. Ehrlich gesagt kommt es mir fast komisch vor, draußen auf offener Straße herumzuspazieren, ohne dass jemand eine Waffe auf mich richtet. Ab und an springe ich unvermittelt zur Seite, nur für den Fall, dass irgendwo jemand auf einem Dach sitzt und mich durch ein Zeissfernrohr beobachtet. Ich erreiche Mikes Straßenecke unbeschossen, also bin ich entweder paranoid, oder mein Zickzackgang hat funktioniert.

Wahrscheinlich sollte ich es so lange wie möglich genießen, ausnahmsweise mal keine Zielscheibe zu sein.

Mr Nasenbart, Manny Booker, steht draußen vor der Tür und hat sein schönstes Knallhartgesicht aufgesetzt, aber ich schätze mal, unter seinem marineblauen Anzug, den Mike seine Männer zu tragen zwingt, schwitzt er Sturzbäche. Gesichtsbehaarung und Anzug zusammen erzeugen eine Menge Hitze, die auf einem so kleinen Gehirn lastet. Die brutale Katastrophe ist praktisch vorprogrammiert.

Ich nähere mich Manny langsam und gut sichtbar, denn ich vermute, dass er in Bezug auf mich recht nervös ist, woran ich verdammt noch mal selbst schuld bin. Ich kann nicht anders als Booker verarschen, weil er die ganze *Gangsta*-Sache so ernst nimmt. Tagelang ist er fix und fertig, weil er versuchen muss, das Gesicht zu wahren, oder weil ihm jemand nicht den gebührenden Respekt entgegengebracht hat. Jede Kleinigkeit ist für Manny von unendlicher Bedeutung. Wenn er nur die Straße runterläuft, versucht er so krampfhaft bedrohlich zu wirken, dass es knistert. Jemand sollte ihm sagen, dass es einfach nur nach Verstopfung aussieht. Wenn Gott einem einen ständig unter Strom stehenden Menschen wie Manny über den Weg schickt, hat man die verdammte Pflicht, ihn zu verarschen. Wie mein zitierfähiger Freund Zebulon Kronski einmal gesagt hat: *Kommt einem ein so riesiger Dödel unter, muss man damit spielen.*

Nie etwas Wahreres gehört.

Also vergewissere ich mich, als ich die Stufen hinaufsteige, dass mich Booker auch wirklich anguckt.

»Hey, Manny«, sage ich. »Wie geht's heute? Der Bart sieht gut aus. Unverdorben.«

Mir wird klar, dass ich den Jungen zu oft verascht habe, und jetzt erkennt er kein aufrichtiges Kompliment mehr, selbst wenn er ausnahmsweise mal eins bekommt.

»Unver-was? Fick dich, McEvoy. Wenn ich dir den Schwanz abschneiden und dir in die Fresse rammen würde, hätte ich was Gutes getan.«

Ich schwöre, das ist ein Spruch aus irgendeinem *Pate*-mäßigen Spielfilm.

»Wir können's alle kaum erwarten, Manny«, sage ich freundlich und komme zum Geschäft. »Wie geht's Mike? Hatte er schon seinen morgendlichen …?«

Anstatt die Frage zu beenden, zwinkere ich zweimal, was der Goodfellas-Code für Blowjob ist.

»Nein«, sagt Manny. »Er lässt eine Neue vortanzen. Calvin hat sie angeschleppt.«

Mike führt zwei Lap-Dance-Läden hier in der Einkaufsstraße von Cloisters, die gerade mal über zwei Straßenecken führt. Er hält es für gute Geschäftspraxis, auf jede neue potentielle Angestellte persönlich einen Blick zu werfen. Außerdem führt er einen Imbiss, aber die Bewerbungsgespräche mit den Kellnerinnen verlaufen nicht immer ganz so stringent, da sie Sachen anfassen, die sich Mike in den Mund stecken will.

Aus diesem Grund konnte Mike seine morgendlichen Verspannungen noch nicht abschütteln. Nicht der beste Zeitpunkt, um über einen Waffenstillstand zu verhandeln.

»Okay. Ich hol mir noch einen Caffè Latte und bin in einer Stunde wieder da.«

Manny starrt mich wütend an. »Verfluchte Scheiße, sieh bloß zu, dass du zurückkommst.«

Es geht schon wieder los.

»Ich hab doch gerade gesagt, dass ich in einer Stunde wieder da bin.«

Manny neigt den Kopf, um maximale Bösartigkeit zu signalisieren, und sein Bart raschelt dabei. »Und ich hab gesagt, sieh verflucht noch mal zu, dass du zurückkommst.«

Manny bedient sich der jahrhundertealten Taktik, Einschüchterung durch penetrantes Wiederholen, kombiniert mit Schimpfwortgebrauch.

Ich beschließe, ihm entgegenzukommen. »Willst du auch was, Manny? Latte? Nein, du siehst eher aus wie ein Mochachino-Typ, hab ich recht?«

Wie vorauszusehen war, ist Manny empört über die Unterstellung.

Ich habe gehört, dass er einmal einer Lady an die Gurgel gegangen ist, weil sie ihn gefragt hat, ob er *Twilight* gelesen habe.

»Mocha-was? Ist das ein Schwuchtel-Gesöff? Hast du mich Schwuchtel genannt?«

Ich muss zurückrudern, sonst sticht mich dieser Trottel noch eines Nachts in einer dunklen Gasse ab.

»Okay, Manny. Ganz ruhig. In einer Stunde bin ich wieder da, ehrlich. Großes Gangsterehrenwort.«

Mannys Telefon klingelt. Sein Klingelton ist »Eye of the Tiger«, und wir beide singen ein paar Sekunden, bevor er drangeht. Das ist das Problem mit guten Melodien als Klingelton: Manchmal will man auch den Refrain noch hören.

»Scheiße, ja«, sagt er. »Fuckin' A.«

Der Mann ist voller Scheiße. Als müsste er eine Quote erfüllen.

»Du trinkst jetzt keine schwulen Getränke mehr, McEvoy. Der Boss hat dich über die Scheißsicherheitskamera gesehen. Du gehst jetzt hoch auf Position.«

Ich blicke den Plastikkäfer am Türrahmen düster an. Sieht aus, als hätte ich einen Termin bei einem notgeilen irischen Mafiagangster.

Drinnen summt die Atmosphäre vor Vorfreude. Das Licht ist gedämpft, und Mike sitzt mit seinen Jungs in einem kleinen Halbkreis vor einer improvisierten Bühne, auf der eine Leinwand befestigt ist. An der Art, wie sich Mike auf die Schenkel klopft, kann ich erkennen, dass er total heiß auf das ist, was gleich kommen wird, und wäre das Licht noch schwächer, möchte ich schwören, dass er seinen Schwanz auspacken würde. Ich muss jetzt loslabern, sonst sitze ich hier den ganzen Tag fest.

»Mister Madden. Hey, Mike, wir müssen reden.«

Mike hat kaum einen Blick für mich übrig. »Ja, McEvoy. Gib mir eine Minute, mein Kleiner. Vielleicht auch zwei. Setz dich auf deinen Arsch.«

Ich überlege ernsthaft, ob ich sofort handgreiflich werden soll. Theoretisch bin ich unbewaffnet, aber ich kann auch ohne Pistole großen Schaden anrichten, und diesem Rammelgeier hier hängt Herrgott noch mal die Zunge zum Hals raus. Ich könnte eine ganz anständige Zahl von Knochen brechen, bevor Mike überhaupt kapiert, was los ist.

So attraktiv diese Idee auch sein mag, es wäre Selbstmord. Meine Gegenseite kann ein Dutzend Verletzte verkraften, ich keinen einzigen. Also setze ich mich auf meinen Arsch und gehe noch mal die Rede durch, die ich vor diesem Haufen Perverser halten möchte.

Mikes Nummer zwei, sein Stellvertreter Calvin, springt auf die Bühne und fuchtelt mit den Händen, damit alle den Mund halten.

»Okay, Jungs. Mister Madden. Ich habe heute mal was ganz anderes hier, gebt ihr eine Chance. Das Mädchen ist eine Gelddruckmaschine.«

»Das will ich hoffen«, sagt Mike und fasst sich in den Schritt.

»Die Letzte, die du angeschleppt hast, hat getanzt wie unter Elektroschock. Ich hab der Alten Geld gegeben, nur damit sie ihre Klamotten anbehält.«

Alle lachen, die Laune ist bestens. Mike scheint keineswegs unter den negativen Nachwirkungen der Schießerei bei sich zu

Hause zu leiden. Warum auch? Er lebt und ist mehrere Zehntausend Dollar reicher, und das alles zum Preis einer Fensterfront, die wahrscheinlich ohnehin demnächst durch kugelsicheres Glas hätte ersetzt werden müssen. Und heute ist erneut ein paradiesischer Tag in Mikes Leben: eine Tänzerin angaffen, ein paar Minuten mit ihr im Hinterzimmer verbringen, mir eine Kugel in die Fresse ballern.

Alles ist gut.

Ein Mädchen tritt hinter dem Vorhang hervor und steigt auf die Bühne. Sie hat was, keine Frage: lange Turnerinnenbeine, ein glitzerndes Bauchtänzerinnenoutfit und ein für diese Tiere hier viel zu hübsches Gesicht.

»Okay, Cal«, sagt Mike. »Sie sieht gut aus, das muss ich dir lassen, mein Kleiner. Aber ich hab viele, die gut aussehen.«

»Warte, Mister Madden, du brauchst die Scheinwerfer, damit du siehst, wie das wirkt.«

Calvin springt von der Bühne und betätigt ein paar Tasten auf seinem Laptop. Psychedelische Spiralen wirbeln über die Leinwand, und einer der besseren Popjazzclassics von Sade erklingt.

Sade. Es gibt keinen lebenden Hetero, der nicht in Weichzeichner-Szenarien abdriftet, wenn diese Dame singt.

Die Bewegungen des Mädchens passen perfekt zur Stimmung. Nicht das sonst übliche Arschgewackel und Hüfteschwingen, diese Tänzerin versteht was von langsamer Verführung. Ihre Arme machen etwas im Ansatz Indisches, und ihr Becken bewegt sich, als hätte sie ein paar zusätzliche Gelenke da drin.

Betörend.

Calvin weiß, dass er eine Siegerin mitgebracht hat.

»Ich hab dir gesagt, die kann sich bewegen, Mister Madden«, sagt er.

Gleich kommt's. Drei, zwei, eins…

»Hier bei mir bewegt sich auch was, mein Kleiner«, sagt Mike wie auf ein Stichwort, dann: »Komm, Schätzchen, genug der Werbung, jetzt wollen wir die Ware sehen.«

Die Tänzerin schlängelt sich wie ein menschliches Slinky von der Bühne. Sie weiß, wer hier das Sagen hat, und steuert auf Mike zu wie auf einen Halbgott. Auch ihre Augen sind nicht schlecht, große braune Scheinwerfer, die einen Mann davon überzeugen können, dass es sich um etwas anderes als eine professionelle Beziehung handelt. Wie jeder normale Mann hier im Raum vergesse ich spontan all meine Sorgen und weiß aus tiefstem Herzen, wenn mich das Mädchen jetzt bitten würde, mit ihr mitzugehen, müsste ich ernsthaft drüber nachdenken.

Bis eben war mir die Geschichte von Salomé noch ein Buch mit sieben Siegeln. Jetzt nicht mehr.

Aber die Tänzerin hat es auf Mike abgesehen, der auf lässig macht, als würde ihm so etwas jeden Tag passieren. Mir fällt auf, dass Calvin ein bisschen hippelig wirkt, als wäre er aus irgendeinem Grund nervös, und dann fällt mir noch etwas auf. Es gibt niemanden im Raum ohne Adamsapfel.

Heilige Scheiße. Mutiger Schritt, Calvin.

Ich beuge mich auf meinem Stuhl vor und warte auf den großen Knall.

Die Tänzerin streift ihr paillettenbesetztes Top ab, aber untendrunter hat sie gar keine Titten. Das Mädchen ist ein Kerl, und ich glaube, Calvin hat möglicherweise die Toleranzgrenze seines Chefs überschätzt.

Irish Mike braucht einen Augenblick, bis er's kapiert, aber als der Groschen fällt, ist seine Reaktion fast schon komödiantisch. Mike führt eine Bewegung aus, die ich nur als umgekehrtes Ausholen bezeichnen kann und die ich einem so korpulenten Mann wie ihm gar nicht zugetraut hätte. Er zieht die Waffe und fuchtelt ein bisschen damit herum, überlegt ernsthaft, ob er nicht alle im Raum umbringen sollte.

»Das ist ein männlicher … Mann«, entfährt es ihm schließlich.

Ich kann mich nicht zurückhalten und weiß, dass Zeb stolz auf mich wäre. »Männlich? So wie das Gegenteil von weiblich? Also keine Frau?«

Mike schwenkt seine Waffe Richtung Calvin, der zwar sein Liebling sein mag, aber dieses Mal hat er es wohl übertrieben.

»Was für ein himmelschreiender *Brokeback-Käfig-voller-Narren*-Scheiß ist das denn, Calvin?«

»Ich hab mir schon gedacht, du merkst es gleich, Mister Madden«, sagt Calvin, und ich schwöre, er macht einen feigen kleinen Diener.

Mike atmet wütend durch die Nase, hält sich nur mühsam im Zaum.

»Ja, ich hab's gemerkt. Natürlich hab ich's gemerkt. Wer hätte es nicht gemerkt? Ich hab genug Weiber gefickt, um zu merken, wenn eins keins ist.«

»Ja, natürlich. Du bist so was wie ein Weiberguru, Mister Madden.«

Niemand versteht es, anderen unverhohlener in den Arsch zu kriechen als Calvin, aber Mike kriechen schon so lange so viele in den Arsch, dass er die Wahrheit nicht mehr mitbekommt.

»Das ist richtig. Ein Weiberguru. Da kannst du jede Frau hier in der Stadt fragen.«

Er wirft einen Blick auf die Tänzerin, die sich hinter Calvin versteckt.

»Und für so was wirst du bezahlt?«

»Machst du Witze? Teures Geld. Mona hat im Corral fünftausend gemacht. Fünftausend pro Woche.«

Geld öffnet Türen, wie man so sagt. »Fünftausend? In einer Woche.«

»In sechs Tagen, um genau zu sein. Mittwochs hat sie frei.«

Mike schnaubt. »Sie ist ein Er, das ist sie. Und ab jetzt arbeitet sie sieben Tage. Lass sie heute Abend im Parlour antreten.«

»Natürlich, Mister Madden. Sie ist dankbar, dass Sie ihr eine

Chance geben.« Mike runzelt die Stirn, was er immer macht, wenn er nachdenkt. »Aber stell ein Schild auf oder so. Du weißt schon, für unsere Kunden, die weniger Durchblick haben als ich. Ich will nicht, dass jemand einen Herzinfarkt bekommt.«

Calvin ist für alle Vorschläge offen. »Ja, ein Schild. Da schreiben wir Ladyboy drauf oder so.«

»Wie wär's mit ›Keine Frau‹?«, bringe ich unschuldig vor.

Mikes Hirn rattert jetzt sämtliche Möglichkeiten durch, schließlich gelangt er zu dem Schluss, dass er am besten dasteht, wenn er die ganze Episode für saukomisch hält.

»Keine Frau«, sagt er und klatscht sich auf den Schenkel, in dessen direkter Nachbarschaft vor nicht allzu langer Zeit eine Erektion deutlich sichtbar war. »Der ist gut. Ich könnt mich wegschmeißen, Bürschchen.« Dann bedenkt er Calvin mit einem vielsagenden Zwinkern, das bedeutet: Jetzt ist es Zeit für ernsthafte Geschäfte, und seine Nummer zwei schiebt Mona zur Tür hinaus.

»Ich bringe die Menschen gerne zum Lachen«, sage ich. »Wenn ich die Schangse habe.«

Mike stiert mich an. »Hey, pass auf, was du sagst. Nur weil wir miteinander lachen, heißt das nicht, dass ich gut auf dich zu sprechen bin.«

Bitte, lieber Herr Jesus, stopf mir mein dummes bewältigungsstrategisches Maul.

Mike sitzt aufrecht da, bereitet sich auf seine ernste Rede vor. Genug mit den Stripperinnen gescherzt.

»Du hast gestern Abend dein Todesurteil unterzeichnet, Kleiner«, sagt er und kommt direkt zum Punkt.

Ich denke, dass ich das schon lange vorher unterschrieben habe, wegen gestern Abend wurde wahrscheinlich nur der Hinrichtungstermin ein kleines bisschen vorverlegt, aber da ich kürzlich mit einem Dildo verprügelt wurde, ist meine Urteilskraft nicht ganz verlässlich.

Außerdem habe ich noch einen Trumpf im Ärmel: das Video von Tommy.

»Okay, Mike. Warum gibst du mir nicht die Gelegenheit, mich zu verteidigen?«

»Bist du nervös, Danny?«, fragt Mike und rollt ein leeres Whiskeyglas über den Tisch. Es klappert und knackt, was wirklich nervt, und ich muss mit den Zähnen knirschen, um Mike nicht auf die Finger zu hauen.

»Mir geht's gut, Mike«, sage ich ruhig. »Ich habe schon mit schlimmeren Leuten in tieferen Löchern gesessen.«

Mike sammelt sich und versucht tief in seinem Inneren echte Wut zu generieren.

»Du bist zu mir nach Hause gekommen«, sagt er schließlich. »In mein verdammtes Haus.«

»Ich saß in der Klemme, Mike. Wegen dir.«

»Du bist zu weit gegangen, McEvoy.«

Das muss das Schlüsselwort sein, denn Mikes Handlanger springen auf und ziehen protzige Pistolen. Schwer zu glauben, dass in einem Erste-Welt-Land immer noch solche Wildwesttypen existieren. Ich merke, wie sich ein vertrauter Schleier auf mein Gehirn legt und die Stromkreise unterbricht. Ein Abschätzen langfristiger Konsequenzen ist jetzt unmöglich.

»So bin ich, Mike. Ich gehe ständig zu weit.«

»Erst verliere ich meine Mutter, dann lauerst du mir in meinem Garten auf und bringst das Leben meiner Tochter in Gefahr. Wir mögen zwar auf der falschen Seite des Gesetzes stehen, McEvoy, aber es gibt doch so was wie einen Ehrenkodex.«

»Den dir deine liebe verschiedene Mutter beigebracht hat«, werfe ich ein.

Mike nimmt den Faden dankbar auf, freut sich, dass ich ihm einen Übergang zum nächsten Abschnitt seines Vortrags geliefert habe. Sein fettes Kartoffelgesicht glüht vor Freude über den glücklichen Zufall.

»Ja, genau, Kleiner. Wo ich herkomme, kümmert sich der Mann um seine Familie und tut, was ihm seine Mami sagt.«

»Egal was sie ihm sagt?«

Mike pflanzt ein Küsschen auf seinen Finger und schmiert es über das Foto an seinem Jackenaufschlag.

»Aufs Wort. Meine Mam hatte etwas Weises. Manchmal habe ich gedacht, sie hatte was von einer Zauberfee.«

Zwei von Mikes Jungs summen »My Heart's Across the Sea in Ireland«, aber so leise, dass ich es mir vielleicht auch nur einbilde.

»Meine Mami hat uns acht Kinder mit nur drei Shilling im Monat durchgebracht. Acht!«

Leck mich, nicht mal JFK wurde posthum durch eine so unglaublich rosa getönte Brille betrachtet.

Ich gebe den Iren. »Ja, ja, eine Heilige, das war sie.«

»Das war sie wirklich«, schnieft Mike. »Und ich habe sie nicht mal verabschiedet.«

Schon wieder wechselt er den Kurs. Launenhaft, so kennen wir unseren Mike.

»Aber ich kann *dich* verabschieden.« Er grinst, die Tränen auf seinen Wangen folgen seinen Falten. Sein Gesicht erinnert mich an die Bewässerungskanäle auf einem Reisfeld. »Du hast meine Familie bedroht.«

Ich sehe, worauf er hinauswill. Klassische Rechtfertigungsstrategie. Mike sieht sich nicht als Monster, deshalb muss er seine Argumente darlegen, nur für den Fall, dass Gott zusieht.

»Mike, bevor du mich in Plastik wickelst, will ich dir was zeigen.«

»Wirklich? Du machst auch keinen Blödsinn, Kleiner? Ich bin nicht in Stimmung. Es ist schon Mittag durch, und ich hab die Sackkanone noch nicht abgefeuert.«

Ich ziehe langsam mein Handy aus der Tasche. »Mike, das musst du dir ansehen. Deine Mam würde wollen, dass du's siehst.«

Mike nimmt mir das Handy mit seinen dicken Fingern aus der Hand. »Ein Handy? Mam hatte keins.«

»Nicht das Handy«, sage ich. »Da ist eine Videobotschaft drauf, abrufbereit. Du musst nur das Display berühren.«

Mikes Stirnrunzeln gibt mir zu verstehen, dass jemandem von seiner Wichtigkeit das Berühren eines Displays nicht zugemutet werden kann, und nur für den Fall, dass sein Stirnrunzeln falsch gedeutet wird, verbalisiert Mike seine Bedenken: »Verdammte kleine Handys. Das ist mir zu blöd, Herrgott noch mal, dieser verbluetoothte Blödsinn.«

Verbluetoothter Blödsinn? Ich bin widerwillig beeindruckt.

Calvin kehrt gerade rechtzeitig von der Abschiebeaktion mit Mona aus der Garderobe zurück, um seine Dienste als Mann fürs Audiovisuelle anzubieten.

»Mister Madden«, sagt er. »Ich kann das für dich auf die große Leinwand bringen, null Problemo.«

Mike wirft ihm das Handy zu. »Dann mach das, Kleiner. Ich komm mit den Dingern nicht klar. Seit VHS bin ich ausgestiegen.«

Während Calvin sich die Videodatei auf sein Macbook mailt, lächele ich den Mann freundlich an, dem gleich das Herz aus der Brust gerissen und vom HD-Geist seiner eigenen Mutter über den Asphalt geschleift werden wird.

Ist dies das Grausamste, was ich je getan habe?

Kann sein.

Der Fairness halber muss erwähnt werden, dass ich provoziert wurde. Manchmal mache ich etwas, das unmittelbar gar keine Wirkung zeigt, mich dann aber auf Jahre hinweg im Schlaf verfolgt. Bis zu diesem Augenblick hat Daniel McEvoy niemals einem anderen Menschen etwas Grausameres angetan als an jenem Sommerabend im Ausbildungslager der Curragh Army in County Dildare, wo er von der Gruppe angestachelt einen Kameraden aus Donegal ein bisschen geärgert hat, weil dieser die Teamzeit auf dem Hindernisparcours versaut hatte. Zum Schluss hatte der

Mann einen gebrochenen Kiefer, und es war mein Fuß, der ihn gebrochen hat. Ich habe gespürt, wie der Knochen unter meinem Stiefel nachgegeben hat. Hab's aber nie zugegeben. Die Gruppe hat die Schuld auf sich genommen. Der Typ aus Donegal wurde entlassen, und vielleicht hab ich ihm damit sogar das Leben gerettet, sage ich mir.

Du bist kein charakterloser Tyrann. Du hast ihm das Leben gerettet.

Blödsinn. Ich war mir selbst näher. Hab's mir einfach gemacht.

Ich bin nicht so schlimm. Nein, nein, nein.

Ich glaube, der Typ hieß auch Mike.

Ist das ein Omen? Sollte ich Irish Mike vom Haken lassen?

Ich blicke in die tiefliegenden Augen des Möchtegern-Paten, und mir geht auf, dass er wahrscheinlich höchstpersönlich den Hammer gegen Sofia schwingen würde.

Scheiß auf Gnade. Ich muss mich von diesem Mann befreien.

»Wo zum Teufel bleibt das Video, Calvin?«, sagt Mike schmollend. »Ich hab noch zu tun.«

Macht macht aus erwachsenen Männern Kinder. Mein Vater war genauso. Sein Trick bestand darin, erst Druck aufzubauen und sich dann irgendeine bescheuerte Ausrede einfallen zu lassen. Er hätte nicht einfach so einen Tobsuchtsanfall haben können, weil er ein fieses Arschloch war. Nein, es musste immer einen guten Grund geben, und Gott hilft demjenigen, der diesen Grund je hinterfragt hat. Ich erinnere mich, dass er von der Rennbahn nach Hause kam, Donnergrollen auf der Stirn, weil er ein Vermögen auf einen alten Gaul gesetzt hatte, der gleich gegen den ersten Zaun gerannt war und sich das Genick gebrochen hatte. Meiner Mutter warf er vor, sie habe mit dem Milchmann geflirtet, und ihr eine heftige Ohrfeige verpasst, oder auch eine Topspin-Rückhand, wie er immer meinte, wenn er sich erst mal mit ein paar Whiskey aufgewärmt hatte.

Der Milchmann in unserer Straße war achtundsiebzig und hatte ein Holzbein. Zehn Jahre lang hielt ich ihn für einen pensionierten Piraten. Heutzutage sieht man keine Holzbeine mehr. Heutzutage ist alles aus Kohlefaser.

Vielleicht liegt's an der Erinnerung an meinen Vater, dass ich plötzlich innerlich vor Wut koche.

»Hey, Mike«, sage ich. »Bevor wir uns das Video ansehen, möchte ich, dass du weißt, dass ich so oder so die Schnauze vollhabe von dir und deinem Scheiß.«

Mike weiß nicht so genau, wie er reagieren soll. Er will lachen, aber ich glaube, er hört die Anspannung in meiner Stimme.

»Ach ja, Kleiner? Du hast die Schnauze voll, ja? Kann sein. Das kann gut sein.«

Ich sage nichts, aber ich mache mich bereit aufzuspringen, weil es ziemlich wahrscheinlich ist, dass Mike die Nerven verliert, sobald der Film läuft.

»Jetzt geht's los, Mister Madden«, sagt Calvin nicht ahnend, dass er schon bald der sagenumwobene erschossene Bote sein könnte. »Ich hab das Video an eine Mail angehängt und sie mir vom Handy auf den Computer geschickt. Da du hier WLAN hast, ist das praktisch kein Problem. Lange gedauert hat es wegen der Größe der Datei, ich wollte sie nicht komprimieren und damit Qualität opfern, wir wollen's ja auf der großen Leinwand sehen.«

Mike wirkt angesichts dieser Ausführungen derart gelangweilt, dass ihm der Kopf von den Schultern zu kullern droht.

»Kinderkram«, sage ich, und Mikes Blick erwidert: *Wem sagst du das?*

Schön, dass wir uns so gut verstehen. Das hier wird definitiv unsere letzte Chance sein.

»Los geht's, Boss«, sagt Calvin und drückt mit derselben Gewichtigkeit auf die Leertaste, mit der der Präsident einen atomaren Gegenschlag auslösen würde.

Scheiße. Ich bin nervös. Mir ist schwindelig. Ich möchte loskichern. Es ist mir auch peinlich wegen Mike, weil er ja doch immerhin ein menschliches Wesen ist. Und kein Sohn möchte sehen, was Mike gleich sehen wird. Außer vielleicht dieser Grieche, Ödipus.

Auf der Leinwand erscheint eine Videobox.

»Tadah«, sagt Calvin und tritt einen Schritt zurück, macht möglichst viel Aufhebens, um seinen vorangegangenen Fauxpas wieder auszubügeln. Er wird es bestimmt bereuen.

Der Film ist von ausgezeichneter Qualität. Erstaunlich, was man heutzutage mit einem Telefon alles machen kann.

Als Technikidiot nähert sich Mike allem, was mit Computern zu tun hat, mit einer gelangweilten Grundhaltung. Sollte jemand Mike Madden fragen, ob er ein Mac- oder ein PC-Typ ist, würde er wahrscheinlich sagen, er habe Vettern in Waterford, die McDonalds heißen. Trotzdem wundere ich mich nicht, als etwas auf der Leinwand seine Langmut stört.

»Moment mal«, sagt er aufgescheucht. »Das ist Mamis Zimmer.«

Zu sehen ist ein Schlafzimmer, das direkt aus einem Katalog mit Schlafzimmern für irische Mamas stammen könnte, einschließlich Patchworkdecke, Himmelbett und unzählige Dekokissen, mit denen man einen Wal ersticken könnte. Hinter dem gusseisernen Kopfteil hängt ein gestickter Spruch.

Und es ist tatsächlich das Zimmer seiner Mama. Ich weiß das, weil ich den Clip schon gesehen habe. Das breite Grinsen wird in Kürze spurlos von Mikes Gesicht verschwinden.

Die Kamera wackelt, als eine ältere Dame ins Bild kommt.

»Mami hat sich die Haare machen lassen«, lacht Mike. »Und Zähne hat sie auch.«

Mrs Madden hustet grazil und starrt in die Linse.

»Das ist eine Nachricht für dich, mein Sohn Michael«, sagt sie. Sie ist eine irische Mutter durch und durch, eine, die man besser nicht ignorieren sollte.

»Ja, Mami«, sagt Mike unwillkürlich, und falls sich einer seiner Männer einen Bauchschuss einfangen möchte, müsste er jetzt nur hämisch kichern.

»Michael, ein guter Freund von mir hat verlässlich versichert, dass du in den Vereinigten Staaten von Amerika allerhand Unfug treibst. Jeder muss selbst wissen, was er tut, und ich bin stolz auf das, was du aus dir gemacht hast. Und mir ist auch klar, dass man Eier aufschlagen muss, wenn man ein Omelette braten will.«

»Ja, Mami. Genau, Mami. Danke, Mami«, intoniert Mike, ein Vorbild an Gehorsamkeit.

»Aber Thump … mein guter Freund hat selbst einen guten Freund, und du hältst diesem Mann eine Pistole an den Kopf.« Mrs Maddens Ton gleitet eine Oktave höher ins Hysterische. »Außerdem ist er ein irischer Soldat.« Die alte Dame beugt sich vor. »Ein Soldat, Michael, so wie zwei deiner möglichen Väter.«

Ich habe schon mal miterlebt, wie jemand bis auf die Hose ausgezogen wurde, aber nie so brutal effizient wie jetzt gerade Mike. Im Grunde ist er ein Achtjähriger, der sich ans Bein pinkelt.

»Mami«, sagt er flehentlich, als gäbe es eine Liveschaltung, »alle meine Jungs sind hier.«

»Jetzt hör mir mal gut zu, Mikey Boy«, sagt die Mutter mit versteinertem Blick. »Du lässt diesen Daniel vom Haken. Wirf ihn ins Wasser, mein Sohn, und bring ein paar Engländer um die Ecke, wenn du unbedingt Dampf ablassen musst.«

»Das kann ich nicht, Mami«, jault Mike. »Ich hab mein Wort gegeben.«

Mrs Madden walzt über ihn hinweg. »Und ich will keinen Blödsinn mehr hören von Schulden oder Pflichten. Ich bin deine Mutter, und ich *sage dir*, pfeif die Hunde zurück. Ich hab dich nie um etwas gebeten, Mikey, und ich bitte dich auch jetzt nicht.« Sie beugt sich zur Kamera vor. »Tu, was dir deine Mutter sagt, sonst werde ich dich bis in alle Ewigkeit verfolgen. Auf Wiedersehen, Mike. Ruf mich am Freitag an.« Mrs Madden schenkt demjenigen, der die Kamera hält, ein gesittetes Lächeln. »Wie war ich, Thumper?«

»Thumper?«, wiederholt Mike.

Eine männliche Stimme, dessen Besitzer nicht im Bild zu sehen ist, sagt: »Perfekt, Bunny.«

Die Stimme hat einen Kerry-Akzent, obwohl ihr Besitzer manchmal auch nach Belfast klingt, wenn er bedrohlicher rüberkommen will.

»Bunny?«, Mike kotzt das Wort heraus. »Ich …«

Ihm fehlen die Worte. Ich an seiner Stelle würde den Computer oder Calvin erschießen, bevor alles noch schlimmer wird, aber im Moment hat er seine sieben Sinne nicht beisammen.

Und es kommt tatsächlich noch schlimmer. Mucho schlimmer.

»Schalt die Kamera aus«, sagt Mrs Madden.

»Hab ich doch schon gemacht«, lügt Tommy Fletcher.

Tränen treten Mike in die Augen, und er stopft sich die Hand in den Mund, um zu verhindern, dass ein Schluchzer entweicht.

Plötzlich habe ich ein schlechtes Gewissen. Mike hat genug gesehen. Kein Sohn hat verdient, mit ansehen zu müssen, was jetzt gleich kommt.

Okay. Was gesagt werden musste, wurde gesagt. Eigentlich wollte ich Mike mit der Nase drauf stoßen, aber ehrlich gesagt würde ich ihn jetzt lieber erschießen, als ihm das anzutun.

»Ist schon gut, Calvin«, sage ich. »Du kannst jetzt auf Pause gehen.«

Calvins Augen verlassen die Leinwand nicht. »Halt's Maul, McEvoy. Du bist nicht mein Boss.«

Für Streit ist keine Zeit. Mit jeder Sekunde, die das Video weiterläuft, wird Mike ein weiterer Nagel in die Seele getrieben, also stehe ich auf und mache zwei rasche Schritte auf Calvin zu, drücke auf die Leertaste, halte das Video an, und Mrs Maddens Gesicht erstarrt.

»Den Rest willst du nicht sehen«, erkläre ich Mike. »Glaub's mir.«

»Mami«, sagt Mike. »Mami.«

Manny und sein Nasenbart haben diesen Moment gewählt, um hereinzuplatzen.

»Hey, Mike. Hübsche Alte. Tanzt die später auch noch?«

Mike greift in die Tasche, und als er sie wieder herauszieht, blitzt Messing an seinen Fingerknöcheln auf.

»Raus hier«, sagt er zu mir, und ich schwöre bei Gott, ich würde jetzt keine Wetten gegen diesen Mann abschließen, auch nicht, wenn er mit Mike Tyson auf dem Höhepunkt seiner Karriere in den Ring steigen müsste.

Ich zwinkere Calvin zu und forme mit den Lippen: *Ich hol nur schnell mein Handy.*

Fünf Sekunden später bin ich draußen, lasse der Tür keine Zeit, mir an den Arsch zu klatschen.

Ich hoffe, Manny Booker bleibt am Leben, weil mir gefällt, dass sich sein Name auf Tranny Hooker reimt. Das Geräusch von berstendem Glas kommt unter der Tür durch, und ich weiß, dass sich Manny zumindest einige Zeit lang nur noch mit Strohhalm ernähren wird.

Was soll's? Sollen sie doch übereinander herfallen. Vielleicht gewinnt Manny ja sogar.

Mir ist es egal, sage ich mir. Ich oder jemand anders, der nicht ich ist.

Das laute Krachen von splitterndem Holz dringt auf die Straße hinaus. Ich schaue auf meinem Handy nach den passenden Tweets. Aber da ist nichts. Selbst meine Geräte weigern sich, mir Trost zu spenden.

KAPITEL ZWÖLF

Will man bis zu seinem Tod am Leben bleiben, darf man nichts tun, was einen umbringt, das ist der Trick.

Diese goldene Weisheit habe ich mir bis fast zum Schluss aufgehoben, weil sie scheinbar so naheliegt, dass vielleicht ein paar Leute mit den Zähnen knirschen. Bei den meisten bedeutet das wenig mehr, als dass sie einfach so weitermachen wie bisher, nur vielleicht ein bisschen sparsamer mit der Mayonnaise umgehen, schließlich ist das nichts anderes als Fett in Tuben.

Bei Daniel McEvoy sieht das anders aus. In letzter Zeit scheine ich mich sehr anstrengen zu müssen, um nicht ständig mitten in irgendeiner Scheiße zu landen, die plötzlich überall in dieser Bilderbuchstadt – ansonsten eine Oase der Ruhe und Sicherheit – am Dampfen ist.

Ich muss gestehen, dass mir so viel Zuwendung seitens des Sensenmannes zu schaffen macht. Okay, wenn man mit kugelsicherer Weste an der Front steht, rechnet man damit, Geschosse und Splitter abzubekommen, aber ich bin jetzt schon seit knapp zwei Jahrzehnten nicht mehr in dem Verein und muss trotzdem noch täglich Kugeln ausweichen.

Wenigstens habe ich eine kleine Atempause bei Irish Mike Madden herausgeschunden, wobei auch diese zweifellos zeitlich begrenzt sein wird. Mike wird sich schon bald einfallen lassen, wie er aus der Nummer wieder herauskommt, und mich dann auf irgendeine bescheuerte Selbstmordmission schicken. Ich kann nicht ewig so weitermachen. Ich muss der Sache mit Mike einen Riegel vorschieben.

Mein Twitter-Vögelchen zwitschert, und ich lese Simons neueste kluge Kommentare.

Normal ist eine Frage der Perspektive. Es sei denn, du bringst Leute um oder zeigst dich nackt vor Schulmädchen. Das ist nicht normal.

Wann bin ich mit dem Normalsein dran?

Ich stehe auf dem Bürgersteig draußen vor Sofias Haus, und allein aufgrund ihrer Nähe klopft mein Herz, und ich denke:

Wenn du normal sein willst, Dan, dann lauf jetzt weg.

Aber ich laufe nicht weg. Ich denke gar nicht dran.

Sofia öffnet die Tür im Bademantel, ihre Haare sind nass, und das Gesicht ist ungeschminkt.

Ich weiß nicht, was ich davon halten soll. Wenn Sofia keine Rolle spielt, versinkt sie normalerweise in den schattigen Tiefen ihrer Depression. Das sind die Nächte, in denen ich auf der Couch schlafe, nur um sicherzugehen, dass nichts Schlimmes passiert. Bislang hat Sofia es alleine geschafft, aber ich fühle mich verantwortlich, weil ich ihr gestattet habe, abhängig zu werden. Damit habe ich mir eine riesige Last auf die breiten Schultern geladen, und ohne mich wäre diese wunderschöne Dame vollkommen alleine auf der Welt.

Vielleicht tut es aber auch nur meinem Ego gut, mir einzureden, dass Sofia Delano ihren ungehobelten Kriegsveteranen Daniel McEvoy braucht.

»Hey, Dan«, sagt sie, und aus der knappen Begrüßung kann ich zwei Dinge schließen. Erstens: Sofia weiß, wer ich bin. Und zweitens: Sie ist ganz ruhig, was bedeutet, dass sie ihr Lithium genommen hat.

Ich hab's leichter mit ihr, wenn Sofia ihre Medikamente nimmt – ich will nichts anderes behaupten –, aber manchmal wünschte ich, es gäbe einen Ort da draußen, an dem ihre Durchgeknalltheit akzeptiert wird. Wenn sie diese Facette ihrer Persönlichkeit anknipst, fühle ich mich zu ihr hingezogen wie die Motte zur Neonröhre.

Vielleicht sollten wir nach Hollywood ziehen. Oder nach Galway.

»Hi Sofia, Darling«, sage ich und lege ihr meine Hände auf die Schultern wie Epauletten. »Wie fühlst du dich?«

Sie lehnt sich an mich, presst ihre Wange an meine Brust, und wenn wir immer so verharren könnten, wäre mir das recht, obwohl der kleine Dan dadurch eher früher als später auf Ideen kommen würde. Ich genieße den Augenblick, so lange er dauert, streiche ihr blondes Haar glatt und denke, dass es kaum etwas Intimeres gibt, als einer Frau über den Kopf zu streicheln. Ich denke auch, dass ich diese Theorie Zeb gegenüber nicht erwähnen werde, weil er sich bestenfalls darüber nur schlapplacht.

»Ich fühle mich besser«, sagt sie. »Immer noch ein bisschen vernebelt in meinem dämlichen Kopf, aber schon besser. Ich habe von einem Hammer geträumt.«

Ich ziehe sie näher an mich heran. »Das war nur ein Traum. Hier gibt's keinen Hammer.«

Sie schaudert in meinen Armen. »Gut. Ich hab ja schon allerhand Sachen gemacht, Dan, aber ein Hammer? Wenn ein Hammer ins Spiel kommt, wird es Zeit, von einer Brücke zu springen.«

»Hier gibt's keinen Hammer«, sage ich noch mal. »War nur ein Alptraum. Du musst deine Pillen nehmen.«

Sofia macht ein paar Schritte zurück, und ich bedaure, dass ich die Medikamente erwähnt habe.

»Das verstehst du nicht, Daniel«, sagt sie mit gerunzelter Stirn. »Nach den Pillen bin ich nicht ich selbst. Sie ziehen das ganze Leben aus mir heraus. Vielleicht habe ich nicht die Stärke, jemanden zu verletzen, aber ich kann auch niemanden wirklich lieben. Ich bin wie eine Attrappe aus Pappe. Du weißt nicht, wie sich das anfühlt, aber dafür kannst du nichts.«

Sie streckt ihre Hand aus wie einen Olivenzweig.

»Du bist der Einzige, Dan. Wenn du mich nicht besuchen würdest, ich wüsste nicht, was aus Sofia Delano werden sollte. Nichts Erfreuliches, das steht fest.«

Ich schlage die Tür mit einem kleinen Hackentritt zu. »Ich besuche dich, so oft und so lange du willst. Mach dir keine Sorgen. Alles wird besser.«

Sie lacht, weil das so ein Scheißsatz ist, aber das macht mir nichts aus, weil Lachen doch nur gut sein kann, oder? Jedenfalls besser als ein Hammer.

»Besser? Oh, Dan, du irisches Arschloch. Wie lange bist du jetzt schon hier? Hier wird niemals etwas besser. Der ganze scheußliche Mist quillt aus New York heraus, und was nicht im Hudson untergeht, wird in Jersey angeschwemmt.«

Das ist ein ziemlich unfreundliches Bild und für meinen Geschmack auch ein bisschen zu nah an der Wahrheit dran, also widerspreche ich, obwohl ich genau weiß, dass es Zeitverschwendung ist.

»So ist das nicht mehr, Darling. Wir gelten jetzt als schick. Cloisters ist eine angesagte Satellitenstadt. Die Immobilienpreise hier sind kaum gesunken.«

Das Argument ist viel zu langweilig, um in einem Raum mit Sofia Delano Bestand zu haben.

»Oh Gott, Danny, entspann dich. Komm, wir gucken ein paar Folgen von dem Cowboy-Mist, auf den du so stehst, und trinken ein Bier.«

»Der Mist heißt *Deadwood*. Und wenn du Lithium nimmst, darfst du nicht so viel trinken. Das beeinflusst deine Werte.«

Sofia ist schon fast am Kühlschrank. »Bier ist doch kein Alkohol, Dan. Ich denke, du bist Ire.«

Bier und *Deadwood*, Sofia an meine Brust gekuschelt. Das klingt ziemlich perfekt, oder wie Zeb sagen würde, lieblicher als eine Nutte mit Zuckerguss, was zwar durchaus anstößig formuliert ist, aber mehr Sinn ergibt als die meisten seiner Sprüche. Ich könnte einen ruhigen Abend gebrauchen, zumal morgen die große Wiedereröffnung des Slotz ansteht.

»Na schön, Darling. Ein Bier.«

»Vielleicht auch zwei«, ruft sie aus der Küche. »Und mach dein Handy aus. Ich will nicht, dass dein Doktorfreund anruft.«

Ich stelle mein Handy auf lautlos, beschließe, die kurze Ruhepause zu genießen.

Sofia bringt das Bier, stößt mit mir an und dreht Richtung Schlafzimmer ab.

»Ich föhne mir nur schnell die Haare trocken. Warum fängst du nicht schon mal mit der Flasche an, und wenn ich zurückkomme, bringe ich dir die nächste?«

Ich versinke im Sofa und suche zwischen den Kissen nach der Fernbedienung, dann höre ich den Föhn.

Ich suche eine Fernbedienung auf einem Sofa. Das ist doch ziemlich normal. Sofia föhnt sich die Haare, wie gesunde Menschen so was machen. Wie eine echte Freundin.

Ein Abend. Bitte, ich will nur einen Abend.

Ich nehme einen tiefen Schluck Bier, spüre, wie sich die Kälte in meiner Brust ausbreitet, und ich muss einen Augenblick eingenickt sein, denn als Nächstes bekomme ich mit, dass Sofias Haare in meiner Nase kitzeln und sie ihren Kopf auf meine Brust legt.

»Das ist schön«, sage ich.

»Ja«, erwidert sie. »Ich wünschte, es könnte immer so sein.«

Als könnte sie meine Gedanken lesen.

Ich kann ihr Herz durch mein Hemd schlagen hören wie die Flügel eines Vögelchens an den Käfigstangen. Sofia ist nervös.

»Bedrückt dich etwas?«

»Ich sollte dir von Carmine erzählen«, sagt sie, und ihre Stimme bebt.

Normalerweise würde ich diese Unterhaltung nur allzu gerne führen, aber gerade jetzt bin ich müde und egoistisch und will eigentlich nur diese wunderschöne Frau so lange wie möglich fest an mich drücken.

»Nicht nötig«, sage ich. »Nicht jetzt.«

»Ich muss es dir erzählen, Dan. Wenn wir jemals …«

Weitermachen? Eine Chance haben sollen? Wahrscheinlich so was in der Richtung.

»Okay, aber quäl dich nicht. Nur die Eckdaten.«

Sofia klebt jetzt an mir wie eine Nacktschnecke. »Ich war ganz alleine. Ein dummer Teenager mit billigem Make-up, der immer noch Blondie-Platten hörte. Meine Eltern waren gestorben, und ich war ganz alleine hier im Haus.«

Ich wusste, dass Sofia das Haus gehört. Sie lebt von den Mieteinnahmen der anderen vier Wohnungen. Sie könnte sehr viel besser leben, wenn sie jemanden hätte, der Hausmeistertätigkeiten übernimmt, anstatt den Bewohnern die Miete nachzulassen, weil sie alles selbst machen müssen.

»Als ich Carmine kennenlernte, hielt ich ihn für einen aufregenden Mann. Er fuhr einen Mustang, weißt du, er war das Gegenteil von meinem Dad. Schon nach sechs Monaten haben wir uns verlobt. Nach einem Jahr geheiratet. Er war mein erster Mann.«

Ich könnte heulen, die Geschichte ist so banal. Jemand wie Sofia müsste doch einen dramatischeren Niedergang hinter sich haben, keine so alltägliche Leidensgeschichte.

»Ich weiß nicht, was schiefgelaufen ist. Vielleicht lag's am Sex, für mich war das ja alles neu. Ich habe alles gemacht, was Carmine von mir verlangt hat, aber er war nie zufrieden. Fing immer früher mit dem Trinken an, manchmal schon morgens. Er hat das ganze Mietgeld mitgenommen und verschwand tagelang damit auf Zechtour.«

Ich klopfe ihr auf die Schulter. Das ist eine ziemlich erbärmliche Geste, aber ich bin ein bisschen ratlos.

»Carmine hat mich nie aus dem Haus gehen lassen, und Besucher durften keine rein. Eines Tages hat er den Briefträger bis auf die Straße geprügelt, nur weil er hallo gesagt hat. Der arme Kerl hat wirklich nur hallo gesagt, das war's.«

Ich kenne mich mit dieser Art von irrsinniger, herrschsüchtiger Eifersucht aus. Allmählich kommt mir Carmine ein bisschen vor wie mein lieber alter Vater.

Deshalb liebst du Sofia, du Hornochse. Du willst deine eigene Mutter beschützen.

Das ist wohl kaum eine neue Erkenntnis. Jeder, der ein paar Folgen *In Therapy* gesehen hat, würde draufkommen. Simon Moriarty hat mir diesen Psycho-Pfeil schon vor Monaten ins Hirn gebohrt. Trotzdem bin ich noch baff, wie genau er ins Schwarze trifft.

Vielleicht zögerst du deshalb, mit ihr in die Kiste zu springen.

Das ist der Nachteil, wenn man sich in Therapie begibt: Danach läuft alles auf im Hinterhof verscharrte Väter und Beischlaf mit Müttern hinaus.

Ich gebe Ihnen einen kleinen Tipp: Wenn Sie jemals zu einer Therapie geschickt werden, bekennen Sie sich gleich am Ende der zweiten Sitzung zu Ihrem Ödipuskomplex, dann bekommen Sie sechs Monate erlassen.

»Er blieb immer länger weg. Kam mit Tätowierungen nach Hause, stank nach anderen Frauen. Oft rief er an, um sich zu vergewissern, dass ich zu Hause war, um mir zu sagen, dass ich Essen machen sollte, kam dann aber erst drei Wochen später. Und wenn dann sein Essen nicht auf dem Tisch stand, ging er hoch. Das war schrecklich, Dan, entsetzlich. Ich war ein einziges Wrack.«

Du bist immer noch ein Wrack, finde ich, aber es gibt keine nette Art, das zu sagen, also behalte ich es für mich.

»Einmal hatten wir Weihnachten einen Riesenstreit wegen des Truthahns. Zu trocken oder nicht trocken genug, ich weiß es nicht mehr. Er hat mich mit dem Pfannenwender geschlagen, Dan, einem verdammten Pfannenwender. Also habe ich das Fleischthermometer genommen und ihm gesagt, wenn er mich noch einmal anrührt, ist er ein toter Mann. Und ich hab's ernst gemeint, so wahr mir Gott helfe, Carmine hat Killerinstinkte in mir geweckt, aber ich habe ihn geliebt.«

Mit Killerinstinkten kenne ich mich aus. Meine Mutter hatte nie eine Chance, meinen Vater zu töten. Vielleicht hätte ich es eines Tages für sie getan.

»Also ist er gegangen. Er ist einfach weg. Monatelang hat er mich angerufen und verlangt, dass ich ihm Essen auf den Tisch stelle. Aber er ist nie mehr gekommen, nur jahrelang angerufen hat er. Das Arschloch. Jedes Mal, wenn das Telefon klingelt, zucke ich zusammen. Ich habe immer einen Teller Salat im Kühlschrank, nur für alle Fälle, man weiß ja nie.«

Arschloch. Ja, das ist die richtige Bezeichnung.

»Ich habe alle Fotos verbrannt, Dan. Jedes einzelne, das ich finden konnte, aber ich sehe sein Gesicht immer noch überall, jede Minute jedes einzelnen Tages.«

Sofia weint eine Weile, und ich habe gute Lust mitzuweinen, vielleicht hat das was Erlösendes, aber ich denke, Sofia braucht einen starken Fels in der Brandung, also tätschele ich ihre Schulter und verziehe keine Miene.

»So ein Arschloch«, sage ich mitfühlend. »So ein Riesenarsch.«

Aber insgeheim frage ich mich, was für ein Salat das sein mag, und ich hasse mich dafür und bete, dass mein Magen nicht laut knurrt. Könnte peinlich sein.

Sofia weint bestimmt eine Stunde lang, presst sich mit ihrer zierlichen Statur an mich wie ein verletztes Tier, und ich weiß, dass wir an einem Wendepunkt angelangt sind.

»Ich werde meine Medikamente weiternehmen«, sagt sie endlich, die Worte brechen stoßweise aus ihr heraus. »Ich will wieder ein Leben haben, Dan. Ich will mit dir ausgehen, ins Restaurant oder so. Vielleicht ins Kino.«

Ich würde ihr gerne über die Haare streicheln, aber mein Arm ist taub, weil Sofias Kopf draufgelegen hat. »Baby, das würde ich auch gerne. Ehrlich. Sehr gerne sogar.«

Und es stimmt. Ganz ehrlich. Ein Kino mit Doppelsitzen, wie toll wäre das? Jason hat mir erzählt, man kann sogar die Rückenlehne verstellen. Ich habe noch nie einen Imax-Film gesehen, weil es mir maßlos vorkäme, alleine staunen zu wollen, doch jetzt eröffnet sich uns eine ganze Welt der gemeinsamen Erfahrungen.

Sofia setzt sich auf und schnieft. »Oh Gott! Ich muss ja aussehen wie ein Pandabär. Ich gehe und mache mich ein bisschen frisch, okay? Dann hole ich dir noch ein Bier. Ein kaltes.«

»Okay«, sage ich, aber ich wäre lieber die ganze Nacht so sitzen geblieben, mit oder ohne taubem Arm.

Ich sehe Sofia hinterher, wie sie ins Schlafzimmer tapst, und mir schießt der Gedanke durch den Kopf, dass sie geistig klar viel trauriger wirkt als irre.

Das kann ich ändern. Gebt mir nur einen Monat. Gebt mir um Himmels willen nur heute Nacht.

Ich habe gerade den DVD-Player eingeschaltet und *Deadwood* eingelegt – die Folge, in der Al den Nierenstein weitergibt –, als es an der Tür klopft.

Drei nach Polizeidienstvorschrift ausgeführte, deutliche Klopfzeichen.

Mist.

Ronelle Deacon steht draußen, wild entschlossen und supercool, ganz und gar in ihrem polizeilichen Element.

»Der Alte hat mich reingebuzzert«, erklärt sie, weil Hong anscheinend Eindruck gemacht hat. »Der Mann mit den Eiern, kennst du den?«

»Ja, Mister Hong. Er schneidet sich seit Jahren die Blutzufuhr ab.«

Für irgendwas scheint sie mich zu brauchen, sonst hätte mich

Ronelle nicht gesucht, und ich hoffe, dass mir die Vorrede Aufschluss geben wird.

Sie überrumpelt mich mit: »Weißt du noch, als wir's ein Stockwerk tiefer miteinander getrieben haben? Das war vielleicht abgefahren.«

Ich blicke nervös über meine Schulter. Sofia muss das nicht hören. Vielleicht sollte ich mit Cowboy-Akzent sprechen, damit sie denkt, die Stimmen kommen aus *Deadwood.*

Ja, ganz genau, das solltest du machen. Lass deine psychotische Freundin in dem Glauben, im Fernsehen würde über sie gesprochen.

Stattdessen trete ich ins Treppenhaus hinaus.

»Ronnie, was gibt's? Hast du was über Edit rausbekommen? Du bist doch nicht gekommen, um mit mir über alte Zeiten zu plaudern. Verdammt, nicht mal in der fraglichen Nacht hast du mit mir geredet, dabei habe ich dir zweimal das Leben gerettet.«

Ich denke, es könnte sich lohnen, die Halbwahrheit mit der Lebensrettung einzuwerfen. Man weiß ja nie, vielleicht besitzt Detective Deacon eine empfindsame Seite, von der ich bislang noch nichts weiß.

Ronnie lehnt sich an die Wand, der blaue Regenmantel liegt wie ein Umhang über ihren Schultern. Sie ist so lässig, dass ich mir ernsthaft Sorgen um sie mache.

»Ja, ich erinnere mich an die Nacht, Danny. Du hast dir Mühe gegeben, das muss ich dir lassen. Vorspiel und der ganze Scheiß, aber am nächsten Morgen hat mir deine Freundin eins mit der Bratpfanne übergezogen.«

»Mit der Lasagneform«, korrigiere ich sie. »Das verwechselst du mit Wile E. Coyote, der kriegt ständig eins mit der Bratpfanne auf die Rübe.«

Ronnie lächelt, und ihre Zähne sehen im Halbdunkel aus wie lüsterne Tictacs. »Du hast mich nicht verstanden, Dan. Die Schlampe hat mir eins übergezogen, und seitdem will ich's ihr heimzahlen.«

Sie hat es auf Sofia abgesehen.

Ich gebe nur ungern Klischees von mir, aber ich habe kein gutes Gefühl dabei.

Ronelle würde nicht persönlich hier aufkreuzen, gäbe es keine irgendwie prestigeträchtige Festnahme zu machen, aber soweit ich weiß, hat Sofia die Wohnung in den vergangenen zehn Jahren höchstens ein Dutzend Mal verlassen, was kann sie da schon verbrochen haben? Ob Zeb sie in etwas reingezogen hat, als sie zusammen unterwegs waren?

»Worum geht es hier, Ronnie? Wenn's um irgendeinen Kleinkram geht, dann verschon mich bitte.«

Ronnie richtet sich auf, schiebt einen Daumen hinter ihr Hüftholster und ihre Dienstwaffe vor.

»Vorsätzlicher Mord ist kein Kleinkram, McEvoy. Meinst du, ich mache Überstunden für Falschparker?«

Vorsätzlicher Mord? Mein erster Gedanke ist, dass Evelyn auf den Hammerschlag zeitverzögert reagiert hat. Möglich ist das.

»Mord? Wovon redest du? Wen soll Sofia denn umgebracht haben?«

»Dich, Dan«, sagt Ronelle grinsend. »Na ja, nicht dich als du. Sondern dich als dein Carmine-Du.«

Viel zu viele Dichs und Dus in dem Satz, und ich brauche einen Augenblick, um ihn zu entwirren.

»Willst du damit sagen, Sofia hat ihren Ehemann umgebracht?«

»Den echten, Danny Boy McEvoy hat Glück gehabt.«

Ich bin baff. Teilweise aufgrund der Mitteilung, aber hauptsächlich, weil ich ihren Wahrheitsgehalt nicht anzweifele.

Irgendwie hab ich's immer gewusst.

»Carmine ist tot? Wo habt ihr ihn denn gefunden?«

Ronnie zinkert zweimal, dann zieht sie die Nase hoch, als wollte sie rotzen, und deshalb weiß ich, dass ihr Fall nicht ganz wasserdicht ist.

»Wir haben in dem Sinne noch keine Leiche.«

»Ohne Leiche kein Fall. Was ist das für ein Blödsinn? Liegt die beschissene Verbrechensrate so niedrig, dass ihr verdammt noch mal Zeit habt, euch um verfickte vage Gerüchte zu kümmern?«

Normalerweise würde ich in Gegenwart der Staatsmacht nicht so viele hochkarätige Schimpfwörter benutzen, aber Ronnie muss begreifen, wie sehr mir das alles gegen den Strich geht.

»Hey, Dan. Achte auf deine Ausdrucksweise. Nur weil ich dir in den Arsch treten kann, heißt das noch nicht, dass ich keine verfluchte Lady bin. Comprende?«

Ich bin reuelos. »Na ja, was erwartest du? Kommst hier an meinem freien Abend angerauscht und wirfst mit Mordanschuldigungen um dich, dabei hast du nicht mal eine Leiche. Ich dachte, wir wären so was wie Freunde, Ronnie.«

Im Hinterkopf registriere ich, dass mir vielleicht noch eine halbe Minute bleibt, um die Sache hier zum Abschluss zu bringen.

»Das ist geschäftlich, Dan. Ich bin in erster Linie Polizistin, und ich lasse keine Mörder laufen.«

Ich zeige mit einem Finger auf Ronnie, hüte mich aber davor, sie zu piken. »Das ist Schikane, sonst nichts. Wieso fängst du überhaupt nach zwanzig Jahren noch mal damit an? Weil du eins mit der Bratpfanne übergezogen bekommen hast?«

»Lasagneform.«

Korrigiert zu werden nervt, das merke ich jetzt.

»Weißt du was? Du hast keinen Durchsuchungsbeschluss, und außerdem streiche ich dich von meiner Weihnachtskartenliste. Also warum machst du nicht einfach Feierabend oder gehst ein paar echten Kriminellen auf den Wecker?«

Ronnie hört nicht auf zu lächeln, und ich merke, dass sie etwas in der Hand haben muss. Von der bloßen Vorstellung wird mir schlecht.

Sofia könnte im Gefängnis nicht überleben. Verdammt, sie würde nicht mal eine Gerichtsverhandlung überstehen.

»Ich muss wissen, was du in der Hand hast.«

Ronelle tritt vor, und ich bin gezwungen, entweder zurückzuweichen oder ihr standzuhalten.

Scheiß drauf. Ich bleibe, wo ich bin, und befehle meinem Rückgrat, sich aufzurichten. Diese Frau hat einmal gedroht, mir in die Weichteile zu schießen, und der Schrecken fährt mir immer noch jedes Mal in die Glieder, wenn sie mir zu nahe kommt.

»Sag es mir, Ronnie.«

»Ich muss dir gar nichts sagen, Zivilist.«

»Hier kommst du jedenfalls nicht rein.«

»Das ist nicht deine Wohnung, *Darling*. Tritt beiseite.«

»Du brauchst mindestens einen zureichenden Verdacht, sonst fällt dein Fall vor dem Richter in sich zusammen.«

Ronnies schwarzes Gesicht strahlt, und ich weiß, ich habe ihr in die Hände gespielt.

»Einen zureichenden Verdacht? Ich denke, was ich habe, könnte man so nennen.« Sie zückt ihr iPhone und öffnet eine Audio-App.

»Das ist ein Notruf. Gestern Nacht eingegangen, die Leitungen waren alle belegt, deshalb ist er in der Warteschleife gelandet. Dort werden erst mal alle Anrufe aufgezeichnet. Das ist Standard.«

Ich verspüre den Drang, das Handy zu nehmen und zu zerstampfen. Aber diese iPhones sind widerstandsfähige kleine Scheißdinger, wahrscheinlich würde ich also nur eine peinliche Showeinlage liefern und mir zu allem Überfluss den Fuß brechen.

Ich weiß, dass ich diese Nachricht hören werde, aber ich will nicht. Anders als das, was Morpheus über die rote und die blaue Pille ausführt, macht es nicht freier, wenn man die Wahrheit erfährt, und wer die Wahrheit sagt, handelt sich damit häufig eine Nacht in U-Haft ein und muss darauf warten, zusammen mit einem völlig verkaterten Pflichtverteidiger, der bis in die frühen Morgenstunden einer Stripperin Wodkawackelpeter aus dem

Bauchnabel gelutscht hat, dem Haftrichter vorgeführt zu werden. Und wenn Ihnen diese Beschreibung verdächtig detailgetreu vorkommt, dann nur, weil mich Zeb ein paarmal angerufen hat, als er nur einen Anruf frei hatte.

Ronnie tappt mit blutrot lackiertem Fingernagel aufs Display, und die Datei wird abgespielt. Die Stimme ist leise und undeutlich, findet aber den Weg in den Flur und das Zimmer hinter mir.

»Eine Wahnsinnstonqualität haben diese kleinen Dinger, was?«, sagt Detective Deacon. »Als ich klein war, brauchte man einen verdammten Ghettoblaster für einen solchen Sound.«

Ich halte mich aus der Tonqualitätsdebatte raus. Stattdessen höre ich, was meine geliebte Sofia zu den Cops gesagt hat, als sie zutiefst deprimiert die Notrufnummer gewählt hatte.

»Jemand muss mich ins Krankenhaus bringen«, sagt Sofia, dann hält sie inne, und ich kann den Whiskey in der Flasche gluckern hören, als sie einen Schluck davon nimmt. »Ich habe eine Lady mit einem Hammer attackiert. Können Sie sich das vorstellen? Dabei war ich mal Schönheitskönigin. Jetzt besauf ich mich und gehe mit dem Hammer auf Leute los.« Kurzes hysterisches Gelächter und dann noch mehr Whiskey. »Ich fühle mich nicht mehr sicher in meiner Haut. Ich gehöre weggesperrt. Glauben Sie mir nicht? Was ist hier los? Ich habe dieses Arschloch, meinen Ehemann, getötet. Oh ja, ich habe Carmine mit seiner eigenen Pistole getötet. Ich hab so lange geschossen, bis keine Patrone mehr in der Pistole war. Ich habe ihn geliebt, aber er hat mich behandelt, wie man keinen Hund behandelt. Ich habe meinen Ehemann erschossen und gehöre ins Gefängnis. Da kann's auch nicht schlimmer sein als hier.«

Ronnie pfeift. Das Material ist belastend, und es ist noch nicht vorbei.

»Nein«, fährt Sofia fort. »Vergessen Sie das mit dem Gefängnis. Ihr kommt am besten her und macht euch drauf gefasst, mich zu erschießen. Ich bin bewaffnet. Und Anthrax hab ich einen ganzen Sack voll. Also schießt erst und stellt hinterher Fragen. Ich bin eine Gefahr für die Öffentlichkeit, und ich sollte tot sein. Habt ihr das gehört? Ich warte auf euch.«

Das ist das Ende.

Anthrax? Blödsinn.

Ich gehe in die Offensive. »Was soll das denn sein?«

Ronelle Deacon lacht lediglich, und ich kann es ihr nicht verübeln.

»Ja. Egal, Dan. Verzieh dich. Ich hab zu tun.«

»Das ist nicht Sofia, falls du das glaubst.«

Ronelle schüttelt die Arme aus, was bekanntermaßen die Vorstufe polizeilicher Gewalt ist.

»Ich habe sofort gewusst, wer das ist, Dan. Also hab ich nach Carmine Delano gesucht. Ein fieses Stück Scheiße, ein kleiner Dealer und Möchtegern-Zuhälter. Anscheinend hat er deine Freundin jahrelang geschlagen, dann hat er sich verpisst. Sein Wagen wurde drüben in Wildwood am Pier gefunden. Ein bisschen Blut, aber sonst nichts Verdächtiges. Alle dachten, Carmine sei mit einer seiner zahlreichen Gespielinnen abgehauen. Jetzt sieht es aus, als hätte ihm deine süße Sofia eine Ladung Blei verpasst, den Wagen gesäubert und im Ozean verklappt. Ich muss sie mitnehmen und DNA-Proben nehmen. Ich gehe davon aus, dass das mit dem Anthrax Blödsinn war.«

In meinem Kopf dreht sich alles. Was wird jetzt aus *Deadwood?* Vor nur zwei Minuten wollten wir's noch gucken.

Ich will Sofia beschützen, aber ich weiß nicht, was ich machen soll. Das Problem lässt sich nicht mit Fäusten oder schnippischen Bemerkungen aus der Welt schaffen.

Es sei denn, wir hauen ab. Ich könnte Ronnie fesseln und mit Sofia nach Kanada durchbrennen.

Deacon liest mir meine Gedanken von den Augen ab.

»Oh nein, denkt bloß nicht dran zu verschwinden«, sagt sie ungläubig. »Glaubst du, nach dem Gequatsche über Anthrax bin ich alleine hergekommen? Draußen stehen noch zwei Kerle und spielen an den Sicherungen ihrer Schusswaffen. Die Kollegen von Homeland Security sind nur deshalb nicht da, weil ich ihnen versichert habe, dass deine Frau verrückt ist.«

»Sofia ist nicht verrückt!«, nuschele ich. »Sie hat Probleme, aber wir arbeiten dran.«

»Probleme? Hörst du dich selbst reden, Dan? Du klingst, als wolltest du Werbung für Valium oder so was machen. Willst du mich jetzt über die Nebenwirkungen aufklären? Nein, lass dir lieber was von mir sagen. Zu den Nebenwirkungen einer Beziehung mit Sofia Delano gehört möglicherweise, dass du so tun musst, als würdest du irgendeinen Mist sehen, den es gar nicht gibt, zuschauen, wie sie Polizistinnen angreift, und herausfinden, dass die durchgedrehte Mrs Delano ein halbes Dutzend Kugeln in ihren Drecksack von einem Ehemann geballert hat.« Ronelle klatscht in die Hände, freut sich über ihren kleinen Vortrag.

»Manchmal kannst du so gemein sein«, sage ich zu ihr wie ein verschmähter Liebhaber. »Ich wusste, dass du Haare auf den Zähnen hast, Ronnie, und dich niemals verbiegen lässt. Aber jetzt legst du es drauf an, diese Festnahme so erniedrigend wie möglich durchzuziehen. Vielleicht hast du sogar gehofft, dass ich hier bin.«

Sie hat den Anstand, wenigstens ein kleines bisschen zu erröten. »Geh mir einfach aus dem Weg, Dan. Ich hab nur ein Paar Handschellen dabei, sonst würde ich dich wegen Widerstands gegen die Staatsgewalt auch gleich mitnehmen.«

Aus Liebe macht man die dümmsten Sachen, deshalb sage ich: »Ich leiste keinen Widerstand. Noch nicht.«

Ronnie hebt die Augenbrauen. »Ist das dein Ernst? Du willst dich wirklich wegen einer Irren einsperren lassen?«

Mein Blut ist jetzt in Wallung geraten, deshalb ist die Stimme der Vernunft in meinem Hirn nicht lauter zu hören als das Summen einer Mücke.

»Ja, das will ich. Und Sofia ist keine Irre.«

Wie auf ein Stichwort vernehme ich ihr zartes Stimmchen hinter mir. Jedes einzelne Wort steckt voller Verzweiflung.

»Doch, Daniel, das bin ich. Ich bin eine durchgeknallte Irre.«

Sofia hatte sich auf dicken Socken hinter mir angeschlichen. Es gab mal eine Zeit, da hat mich nichts erschreckt, aber jetzt werde ich alt, und meine Sinne hängen ebenso in Fetzen wie meine Gefühle.

»Nein, nein, Darling. Das meinst du doch gar nicht ernst. Du erinnerst dich an Dinge, die nie passiert sind. Da ist nichts, das wir nicht wieder in Ordnung bringen können.«

Während ich sie so ansehe, wie sie da steht – jeder Funke des Mädchens, das sie einmal war, wurde ihr von diesem Monster Carmine ausgetrieben –, wird mir bewusst, dass ich sie zu sechzig Prozent für unschuldig halte und mir zu vierzig Prozent scheißegal ist, ob sie's war oder nicht.

Was auch immer dazu nötig ist, diese Frau soll wieder glücklich werden.

»Ich bin hier, Sofia«, sage ich und nehme sie in die Arme, wobei sie mir noch viel kleiner vorkommt als vor wenigen Minuten. Ein Tipp für eine Radikaldiät: *Entwickeln Sie eine Psychose und mörderische Neigungen, und schon purzeln die Pfunde.*

»Wir stehen das durch«, sage ich. »Ich bleibe hier.«

»Ist das rührend«, sagt Ronnie, die jetzt im Zimmer steht, den Daumen in der Gürtelschlaufe.

Ich werfe ihr einen giftigen Blick zu. »Hast du jetzt den Spaß, den du dir erträumt hast, Detective?«

Ronelle guckt finster. »Nein, hab ich nicht, Daniel. Ich bringe einen alten ungelösten Fall zum Abschluss, und ich sollte stolz drauf sein, aber du gibst mir das Gefühl, ich hätte diesen Wichser Carmine selbst erschossen. Hast du nicht gewusst, dass Schadenfreude zu den Privilegien meines Berufs gehört?«

Ich umarme Sofia noch inniger. »Tut mir leid, dass ich dir deinen glorreichen Tag versaut habe, aber es geht hier um das Leben eines Menschen.«

Sofia tätschelt mir die Brust. »Carmine ist auch einer. Wenn ich ihm etwas angetan habe, etwas Schreckliches, dann sollte ich dafür geradestehen.«

Ich sehe nicht, wie ich verhindern kann, dass Sofia zur Vernehmung muss. Ich strecke Ronnie einen Finger entgegen.

»Gib mir eine Sekunde, okay?«

»Ich gebe dir sogar zehn, Spielverderber. Dann rufe ich Verstärkung.«

Sofia entwindet sich mir. »Du musst mich gehen lassen, Dan.«

Ich packe sie an den Schultern, sehe ihr direkt in die Augen. »Okay, Darling. Die setzen dich ins Auto und bringen dich in die Stadt zur Vernehmung. Aber eigentlich fischen sie im Trüben, weil sie nichts in der Hand haben, außer einem Anruf von einer betrunkenen, schizophrenen Frau, die sich an nichts erinnert. Sag nichts, bis ich mit einem Anwalt komme, und auch dann bleibst du eisern dabei: *Du kannst dich nicht erinnern.* Verstanden?«

»Ich kann mich nicht erinnern«, sagt Sofia, dann verrät sie sich mit dem Versuch, tapfer zu lächeln.

Mir wird schwer ums Herz. Bis die Tür des Vernehmungsraums hinter ihr ins Schloss fällt, wird Sofia wiederholen, was ich ihr vorsage, und dann drauflossprudeln, was auch immer ihr die Depression eingibt. Ich spüre ein Kribbeln in den Extremitäten, und die Ränder meines Blickfelds verdunkeln sich. Eine Sekunde lang kann ich Sofias Verzweiflung nachvollziehen.

»Schon okay, Baby«, sagt sie und streckt ihre Hand nach oben, um mir die Wange zu streicheln.

»Ist es besser so?«

Ronnie klopft mit den Handschellen, und ich weiß, dass meine Zeit um ist. Wenn ich Sofia jetzt nicht sofort freigebe, packt sie die Handschellen aus und lässt Verstärkung die Treppe hinaufpoltern.

»Halte durch, Darling, für mich«, sage ich und bin den Tränen so nahe wie lange nicht mehr. »Halte durch, bis ich bei dir bin.«

»Mach ich, Dan«, sagt sie, und ich weiß, dass es vorbei ist.

Sie würde einen Pakt mit dem Teufel schließen, wenn sie dadurch die Strafe bekäme, die sie in ihrem psychisch verwirrten Gehirn zu verdienen glaubt.

Ronnie hat Sofia an den Handgelenken gepackt und zieht sie sanft mit sich, als ich eine Gestalt an der Tür entdecke und mein keltischer sechster Katastrophensinn meldet, dass es gleich noch viel dicker kommt.

Wie zum Teufel kann es jetzt noch schlimmer werden?

Der Mann an der Tür sieht aus, als wäre er von einer Horde Affen verdroschen worden. Auf einer Seite stehen ihm die Haare zu Berge, und auf der anderen Seite trägt er sie zu einer perfekten Tolle frisiert. Er steckt in einem neonblauen Anzug mit unglaublichen, aber leider wahren Schulterpolstern – entweder sind sie retro oder der Mode weit voraus –, und über seiner fleischigen Oberlippe prangt ein Prince-Bärtchen, das sich im Rhythmus seines schweren Atems windet wie ein Wurm. Körperlich scheint er keine große Bedrohung darzustellen, es sei denn, er wirft sich auf mein Gesicht und erstickt mich unter seinem Bierbauch, doch aus irgendeinem Grund lässt der Anblick dieses schmierigen Gesellen den letzten Funken Hoffnung in mir schwinden, dass sich dieser Tag vielleicht doch noch zum Guten wenden könnte.

»Was zum Teufel ist hier los?«, entfährt es ihm mächtig arrogant, als wäre er der König auf der Anhöhe, auf der er gerade sitzt, und kein kleiner Mann mit schlechter Frisur und noch schlechterem Anzug. Er sieht Ronnie und was so alles an ihrem Gürtel funkelt und senkt den Blick. Sofortige und totale Unterwerfung.

Ein ehemaliger Sträfling, geht mir auf. *Und zwar noch nicht lange ehemalig.*

Ich gucke Sofia an, und sie reißt die Augen auf, als sei sie des wiederauferstandenen Elvis gewahr geworden, und sie atmet in kurzen schnellen Zügen, was in den Ohren eines Mannes nach reiner Musik klingt.

Dann komme ich drauf.

Guter Gott, nein. Dieser kümmerliche Saftsack, das kann er nicht sein. Ich glaube ja an Zufälle, aber das wäre wohl jenseits des Fassbaren. Das wäre ein verfluchtes Wunder.

Detective Deacon nimmt die Sache in die Hand. »Was wollen Sie hier, Sir? Es findet gerade eine Festnahme statt.«

Der Saftsack hält den Blick weiterhin gesenkt. »Ich wohne hier, Officer. Das ist mein Apartment.«

Ronelle lacht. »Sie wollen mich wohl verarschen? Sie sind Carmine Delano?«

»Das bin ich, Officer«, sagt er, und mit diesen drei Worten ist es um Sofia geschehen. Sie löst sich aus meinen Armen, und die therapeutische Arbeit eines ganzen Jahres ist dahin.

»Carmine«, sagt sie und streckt dem Kerl, der sie jahrelang geschlagen hat, die Hände entgegen. »Carmine, Baby.«

Der Mann schlägt die Augen auf und schüttelt den Kopf.

Noch nicht, soll das heißen. *Warte, bis die Polizistin weg ist.*

Er hat die ganzen Jahre im Knast gesessen. Er ist nicht tot, er wurde nur weggesperrt.

Ronnie fällt es schwer, sich mit einem so irrsinnigen Zufall abzufinden.

»Sie sind Carmine Delano?«, fragt sie noch einmal. »Und Sie kommen just in diesem Moment hierher? Unglaublich.«

»Ich bin einfach nur nach Hause gefahren, Officer«, erklärt der Mann, der von sich behauptet, Sofias verschollener Ehemann zu sein, und der genau in dem Augenblick wieder auftaucht, in dem seine Frau wegen Mordes an ihm belangt werden soll.

Ronnie erkennt Knastdisziplin, wenn sie welche vor sich sieht. »Zeigen Sie mir Ihren Arm, Sträfling«, befiehlt sie, und Carmine zögert nicht, lässt seinen Seesack fallen und krempelt einen Ärmel hoch, entblößt einen tintenblauen Unterarm.

»Knasttattoos«, sagt Ronnie. »Die arische Bruderschaft. Das sind mir die liebsten. Wann sind Sie rausgekommen?«

»Vor zwei Wochen«, sagt Carmine missmutig. »Hab zwanzig Jahre ohne Bewährung gekriegt.«

»Wo?«

»Eastham, Houston.«

Ronnie pfeift. »Auf der Schweinefarm? Die verstehen keinen Spaß da unten. Können Sie sich ausweisen?«

Carmine zieht einen Umschlag aus seiner Jackentasche und reicht ihn ihr.

»Nur meine Entlassungspapiere.«

»Verraten Sie mir, weshalb Sie auf der Schweinefarm gelandet sind, Mister Carmine Delano«, sagt Ronnie und studiert die Papiere.

»Bewaffneter Raubüberfall, Officer. Ich wollte nach Mexiko, und da sind mir die Mittel ausgegangen.«

»Haben Sie jemanden getötet, Carmine?«

Carmine scharrt mit den Füßen wie ein schuldbewusster Schuljunge vor dem Büro des Direktors. »In der Bank ist einer gestorben. Ein alter Mann. Herzinfarkt, hat man mir gesagt.«

Ronnie stopft die Papiere in den Umschlag zurück. »Also ohne Bewährung. Sie können von Glück sagen, dass keine Spritze vor Publikum draus geworden ist.«

»Ja, Ma'am«, sagt Carmine, aber Ronnie kann er mit Höflichkeit nicht beeindrucken.

»Ma'am? Ich glaube nicht, dass die von der Bruderschaft *Ma'am* zu Frauen wie mir sagen würden. Ist Ihnen schon mal aufgefallen, welche Hautfarbe ich habe?«

»Ich wollte nur überleben, Officer.«

Detective Deacon drückt Carmine seine Papiere mit der flachen Hand an die Brust. Fest.

»Was Sie nicht sagen … Mit dem Übermenschenschwachsinn werden Sie hier nicht weit kommen. Ich habe Ihr Gesicht abgespeichert, Delano, also hoffen Sie lieber, dass es zu keinen rassistisch motivierten Straftaten kommt, denn wenn doch, komme ich direkt zu Ihnen. Kapiert?«

»Absolut, Officer. Das liegt alles hinter mir. Ich werde mir die Tätowierungen lasern lassen.«

»Gut. Daniel kennt einen Schönheitschirurgen. Nicht unbedingt der Zuverlässigste, aber billig.« Sie wendet sich an Sofia. »Und Sie verschwenden nicht noch einmal die Zeit der Polizei mit betrunkenen Geständnissen. Das nächste Mal werde ich etwas finden, das wir Ihnen anhängen können.«

Ronnie hätte ebenso gut aus einer anderen Dimension zu ihr sprechen können, so viel Aufmerksamkeit schenkt ihr Sofia. Ich kenne das Gefühl.

Deacon zieht ihren Mantel über ihre Waffe, das Dienstabzeichen und die Handschellen. »Sieht aus, als wärst du abgemeldet.«

Ich drehe mich um, will wissen, ob es wahr ist. Ein Fehler. Ich bin nur noch Luft für sie. Sie nimmt nicht einmal mehr zur Kenntnis, dass ich noch da bin.

»Carmine, Liebling«, sagt sie, und ich schwöre, sie glüht dabei. »Ich wusste, dass du wiederkommst. Ich wusste, dass du mich liebst.«

»Ich habe jede Nacht von dir geträumt, Sofia«, sagt er, und sie sind wie zwei Hunde, die an ihren Leinen zerren, um sich aufeinanderzustürzen. »Sogar wenn ich vergewaltigt wurde, hab ich an dich gedacht.«

Vergewaltigt?

Das müsste doch den Zauber brechen, aber nein.

»Mein armes Baby«, sagt sie. »Haben sie dir weh getan?«

Ronnie knufft mich an die Schulter. »Soll ich dich mitnehmen, Soldat?«

Ich schnappe noch meine *Deadwood*-DVD-Box vom Wohnzimmertisch, als wäre es das letzte Fitzelchen meines Stolzes. Die DVD ist noch im Player, und da wird sie vorläufig bleiben müssen.

»Darf ich vorne sitzen«, frage ich und hoffe, dass meine Unterlippe nicht bebt. Mit Stiefeln aus Blei schleppe ich mich zur Tür und erwarte mit jedem Schritt, dass Sofia noch einmal das Wort an mich richtet.

Ein auf Wiedersehen, ein Dankeschön.

Irgendwas.

Aber sie gibt keinen Mucks von sich. Sie ist krank, ich weiß, und durch einen Fluch an diesen Mann gekettet, das bedeutet aber nicht, dass mir das Herz weniger bricht.

Plötzlich habe ich nichts mehr zu melden.

Als die Tür hinter uns zuschlägt, höre ich das Trappeln von Sofias Füßen auf dem Holzboden und wie sie sich in Carmines Arme wirft.

Mein Handy zwitschert, und ich sehe nach.

Kannibalismus ist nicht die einzige Methode, Menschen bei lebendigem Leibe zu verzehren. Mit Liebe funktioniert das genauso gut.

Fast hätte ich mich umgedreht, um zu sehen, ob mich Simon Moriarty beobachtet.

KAPITEL DREIZEHN

Im Club wird noch gearbeitet, und ich wette, Jason könnte Hilfe mit der Mängelliste gebrauchen, aber mir ist das Herz zu schwer, und meine Finger sind für schwierige Arbeiten zu dick, also schleiche ich mich von hinten rein, wie ein Teenager, der Cider saufen war und lange nach der verabredeten Zeit erst nach Hause kommt. Ich steige die Stufen zu meiner Wohnung hinauf.

Tanzmusik hämmert gegen die Bodendielen, aber nach all den Jahren, die ich mit Sofia Delano in einem Haus gewohnt habe, werde ich nur noch von potentiell tödlichem Krach geweckt. Ich ziehe mich bis auf die Unterhose aus und lege mich aufs Bett, in das ich nur passe, wenn ich diagonal liege und mich nicht zu viel bewege.

Zum Schluss ist es gar nicht so sehr der Lärm, der mich wach hält, sondern das Gelächter. Jason und seine Jungs lassen es so richtig krachen, und ich höre das xylophonartige Klirren von Shot-Gläsern, die offenbar alle paar Minuten erhoben werden. Das Menschliche daran berührt mich, ebenso wie die ungestüme Ausgelassenheit dieser Jungs. Ich weiß, dass sie sich freuen würden, wenn ich runterkäme und mitfeiern würde, aber ich liege lieber im Bett und bin neidisch. Außerdem ist schlechte Laune ansteckend, und wahrscheinlich hätte ich der Party innerhalb von zwanzig Minuten den Garaus gemacht. Als würde Jasons Dad in seinem T-Shirt mit der Aufschrift *Schwule sind die Ausgeburt des Teufels* dort aufkreuzen. Das T-Shirt gibt's wirklich. Jason hatte sein Coming-out, indem er seinem Vater erklärte, wenn Schwule die Ausgeburt des Teufels seien, wäre er Satan. Darüber musste sein Vater erst mal zwei Tage nachdenken.

Ich liege also hier auf dem Bett und blase Trübsal, lasse mir die Ereignisse der vergangenen Woche immer wieder durch den Kopf gehen, lande aber ständig bei der glasigen Bewunderung in Sofias Augen, als Carmine im Türrahmen erschien. Verdammt, sie würde diesem Mann jederzeit blind gehorchen.

Ich habe mir was vorgemacht. Ich habe Sofia nie etwas bedeutet.

Nichts. Kein bisschen. Nicht mal meinen Namen konnte sie sich merken.

Stundenlang drehen sich meine Gedanken im Kreis, schnüren meiner Selbstachtung die Luft ab, bis ich schließlich *scheiß drauf* rufe und ins Badezimmer trotte, eine Packung Triazolam finde, die noch nicht allzu lange übers Verfallsdatum ist, und drei Tabletten trocken runterwürge.

Dann lege ich mich wieder hin und beobachte die Sonne hinter meinem Leinenrollo aufgehen; es wirkt wie ein billiger Special Effect in einem Schattenspiel.

Jetzt kann ich bestimmt gleich einschlafen. Bestimmt.

Nicht mal Sofia kann es mit drei Triazolam aufnehmen.

Ich schlafe wie ein Toter, und meine Träume sind vage – voller dunkler Schatten und glitzernder Klingen. Der einzige Farbklecks ist der dunkelrote Kreis der aufsteigenden Sonne, der sich in einen pinkfarbenen Tanga verwandelt, und jedwedes schlechte Gewissen, das ich in Hinblick auf die Schicksale von Fortz und Krieger gehabt haben sollte, verläuft sich im Sand.

»Gott sei Dank bin ich die Arschlöcher los«, sage ich zur Zimmerdecke, rolle vom Bett, mache vier Dutzend Liegestütze, um mir selbst zu beweisen, dass ich noch lange nicht zum alten Eisen gehöre. Außerdem halte ich es für ein gutes Zeichen, physisch wie psychisch, dass ich eine Morgenlatte habe, mit der jeder anständige Höhlenmensch ein Feuer machen könnte, was allerdings auch bedeutet, dass ich bei den Liegestützen nicht ganz so weit runtergehen kann wie sonst.

In dem alten Sack steckt noch Leben, trotz Sofia.

Alleine der Gedanke an sie lässt mehr Luft aus mir entweichen als die Erinnerung an Fortz im schwarzen Latexdress. Ich klappe verschwitzt und frustriert zusammen und merke, dass ich emotional noch lange nicht über den Berg bin.

Kasinogeräusche dringen zwischen den Bodendielen nach oben, was entweder bedeutet, dass die Crew noch renoviert oder ich die großartige Eröffnung verschlafen habe, was mir durchaus recht wäre. Mir von Jason sagen zu lassen, ich solle kein langes Gesicht machen, wäre jetzt das Letzte, was ich brauche. Aber ich muss runtergehen, was für ein Blödmann wäre ich, wenn ich's nicht täte?

Ich ziehe einen grauen Anzug von Banana Republic an, den ich im Januar im Schlussverkauf extra für diesen Anlass erstanden habe, aber er muntert mich nicht auf, wie ich es mir erhofft hatte.

Jetzt bist du ein sitzengelassener Vollidiot im Anzug.

Ich schaue auf meinem Handy nach der Zeit und checke Nachrichten. Von beidem habe ich viel verpasst. Es ist halb neun am Abend, und ich habe ein Dutzend Anrufe nicht angenommen, außerdem einen Tweet von meinem Therapeuten nicht gelesen.

An alle meine Patienten: Seid glücklich. Genießt den Tag. Lebt in der Gegenwart. Was wollt ihr von mir?

Anscheinend verliert Dr. Simon allmählich die Lust an seiner Online-Praxis. Vielleicht macht umfassender Internet-Zugang rund um die Uhr gar nicht so viel Spaß, wie er dachte.

Ich schlüpfe durch eine Tür im Treppenhaus direkt ins Menschengewühl. Der Club ist gerammelt voll.

Ich bin ehrlich baff.

Jason hat die ganze Arbeit gemacht, E-Mails verschickt und so weiter, aber dass so viele Leute kommen, damit hatte ich nicht gerechnet. Um den Roulettetisch herum stehen Männer. Ein paar Collegejungs trinken Shots, werfen dem Blackjack-Croupier Zwanzig-Dollar-Scheine zu, und an den Tischen sitzen junge Männer mit Bierkrügen.

Irgendwas ist hier komisch, aber ich verdränge es, bin froh, was zum Feiern zu haben. Egal was.

Das ist ein guter Anfang. Darauf können wir aufbauen.

Ich entdecke Jason. Er schüttelt Hände und klopft Leuten auf die Schulter, als wäre er der König des ganzen Affenstalls.

Er hat es verdient. Wäre Jason nicht gewesen, wäre der Laden wie so viele andere der Rezession zum Opfer gefallen.

Ich bahne mir einen Weg durch die Menge.

»Jason«, rufe ich. »Hey, J.«

Jason trägt einen taubenblauen Anzug mit einer Brosche am Hals seines glänzenden Seidenhemds. Er hat sich Highlights machen lassen und den Diamanten im Schneidezahn durch einen Rubin ersetzt.

Er sieht gut aus.

Jason sieht mich, und ich schwöre, einen Augenblick lang guckt er angespannt und nervös.

»Dan, wo warst du denn? Wie findest du's?«

Ich packe ihn an der Schulter wie einen Bruder. »Wie ich's finde? Das ist der Hammer. Unglaublich! Wo zum Teufel hast du denn so viele Leute her?«

Der Lulatsch errötet. »Soziale Medien, Partner. Ich hab mich an die Tastatur gesetzt. Viele suchen einen Laden wie diesen hier.«

Ich nehme mir ein Glas mit irgendwas Grünem von einem vorüberziehenden Tablett und proste ihm zu. »Auf dich, mein Freund. Wenn ein paar von den Gästen wiederkommen, können wir irgendwann sogar die Rechnungen bezahlen.«

Jason deutet zum Spaß ein paar Fausthiebe an, und ich tue zum

Spaß, als würde ich in Deckung gehen, wobei ich die Hälfte meines Drinks verschütte.

»Scheiß auf die Rechnungen, Mann«, schreit er zur Decke. »Wir werden steinreich.«

Wenn ich mich heute Abend so umsehe, scheint mir das gar nicht so abwegig, also beschließe ich, die irisch-katholische Stimme der Scheinheiligkeit und des Pessimismus verstummen zu lassen, die mich daran hindert, überhaupt je zufrieden zu sein, und stattdessen einmal im Leben den Moment zu genießen.

Ich kippe den Rest, den ich noch im Glas habe, runter. Schmeckt wie Götterspeise mit Zitronengeschmack, aber irgendein Pfiff ist drin.

»Was zum Teufel war das?«, frage ich, als ich fertiggehustet habe.

Jason wirft mir eine Kusshand über den Tresen zu. »Marco ist ein Genie, was Cocktails angeht. Diesen nennt er die ›Einäugige Schlange‹. Willst du noch einen?«

Entweder ich hör jetzt auf, oder ich mache mich auf einen Kater gefasst.

Sollte ich hier nicht nach dem Rechten sehen? Dafür sorgen, dass sich alle ins Zeug legen?

Ach was, nach der Woche, die ich hinter mir habe, habe ich eine Auszeit verdient.

»Zum Teufel«, sage ich. »Immer her damit.«

Heute Abend werde ich ausnahmsweise mal dem irischen Klischee gerecht.

Eine Weile später hänge ich in meinem Büro und lalle besoffen vor mich hin. Wenn ich trinke, durchlaufe ich drei Stadien: Optimismus, Gewissensbisse, Singsang. Derzeit stecke ich noch mitten in Phase zwei, habe Schuldgefühle, werfe mir vor, wie mein Vater zu sein, der meine Familie vorzeitig ins Grab gebracht hat. Noch ein Drink, und ich klettere auf den Tisch und singe »Fairytale of New

York« von den Pogues, was ein Song ist, den eigentlich außer Shane MacGowan und Kirsty MacColl niemand singen darf.

»Ich bin nicht mein Vater«, sage ich mir und erwidere: »Du benimmst dich aber so. Und ganz bestimmt siehst du so aus. Wie ein besoffener Penner.«

Und dann entfahren mir die traurigsten Worte, die ein Mann laut sagen kann:

»Niemand liebt mich.«

Ich klopfe mir aufs Herz, als ich das sage, damit es noch ergreifender wirkt.

»Sofia weiß nicht mehr, wer ich bin. Ach ja, aber wenn ich aus der Dusche steige, guckt sie sich mein Ding sehr gerne an. Was bin ich? Ein Lustobjekt?«

Zeb trifft ein, was bei so viel kostenlos ausgeschenktem Alkohol gar nicht zu verhindern gewesen wäre, und drängelt sich bis zur Bürotür durch. Einen Moment lang kommen die stampfenden Clubgeräusche mit ihm rein und klatschen mir mit unsichtbarer Riesenhand ins Gesicht.

»Verfluchte Scheiße! Mach die Tür zu«, sage ich.

Zeb tut, wie ihm geheißen, tritt die Tür mit der Stiefelhacke hinter sich zu. Er hat mehrere Cocktailgläser dabei, und aus seiner Jackentasche lugt eine Flasche Jameson.

Jetzt pflanzt er seinen Hintern auf meinen Schreibtisch, mustert mich und sagt: »Scheiße, schon Phase zwei. Wir holen dir besser was zu trinken, mein Freund. Ich hab keine Lust, die Nacht mit einem schwermütigen Katholiken zu verbringen. Dann lass ich es lieber da draußen mit den Arschbanditen drauf ankommen.«

Ich schnaube. »Jason und Marco haben einander und außerdem hohe Ansprüche, ich denke, dein knochiges Hinterteil ist vor Banditerei sicher.«

Ich bin unschlüssig, ob *Banditerei* überhaupt ein Wort ist, aber für einen Mann mit so viel Alkohol im Blut wie mich war das kein schlechter Satz.

Zeb lässt sich auf dem Gästesessel nieder und kippt sich in rascher Abfolge drei Shots hinter die Binde.

»Eins muss ich dir lassen«, sagt er, »dafür braucht man Eier, im wahrsten Sinne des Wortes, aber du hast es durchgezogen. Ich sollte über den Tisch greifen und dir gratulieren.«

Dann fängt Zeb an zu kichern, als hätte er einen guten Witz gerissen. Ich habe keine Ahnung, was mit ihm los ist.

»Zeb, machst du dich über mich lustig? Bin ich hier der Arsch für alle?«

Wieder Kichern. Zeb niest in einen Shot, dann trinkt er ihn aus.

»Der Arsch? Ja, der Arsch bist du auf jeden Fall.«

Der Quatsch wird mir zu viel, ich bin emotional nicht belastbar.

»Zebulon. Ich bin verdammt noch mal besoffen, okay? Deine Scherze sind mir zu hintenrum.«

Auch das findet Zeb rasend komisch. »Hintenrum? Dude, darauf müssen wir uns ab jetzt einstellen.«

Okay. Er will mich nerven. Er legt es auf diesen einzigartigen Moment an, in dem mir der Kragen platzt und ich mich in einen großen polternden Bären verwandele. Aber so weit wird es nicht kommen.

Reiß dich zusammen Soldat. Sei der Klügere.

Mit diesem Gedanken im Kopf nehme ich eine Pistole aus der Schublade und lege sie auf den Tisch.

»Zeb, ich bin gerade ein bisschen labil und nicht in der Stimmung für deinen kryptischen Mist. Sag, was los ist.«

»Was? Willst du mich erschießen?«

Ich sehe ihm in die Augen. »Wahrscheinlich nicht, aber ich hatte eine harte Woche. Ich wurde entführt und sollte die Hauptrolle in einem Snuffmovie spielen, ich wurde von Polizisten gefoltert, Gangster haben auf mich geschossen, und mein Mädchen hat mich sitzenlassen. Also raus damit, was sollen die ganzen Anspielungen?«

Auf Zebs Gesicht zeigt sich ein neuer Ausdruck. Mir wird klar, dass es *Mitleid* ist. Es steht ihm nicht und wird nicht lange anhalten.

»Das kann ich dir nicht einfach so sagen, Mann. So bin ich nicht.«

»Aber?«, dränge ich.

Zeb grinst, und seine Hände sind von dem Getränk grünlich verfärbt. »Ich kann dir ein paar Tipps geben.«

Ich seufze. »Okay. Tipps. Aber gute bitte, eindeutige. Mein Gehirn arbeitet nur eingeschränkt.«

Zeb zieht einen Zettel aus seinem Armani-Jackett.

»Die neue Cocktail-Liste.«

»Von mir aus.«

»Hast du sie gelesen?«

»Nein. Ich hab mir nur eine Einäugige Schlange vom Tablett genommen.«

»Der Klassiker«, sagt Zeb schmunzelnd. »Ich les dir noch ein paar mehr vor.«

»Raus damit, bevor ich ernst mache.«

»Zum Beispiel Manjoos.«

»Na und? Ist bestimmt was mit Mango.«

»Ach was, ehrlich? Und was ist deiner Meinung nach im Twinkletown?«

Den kenne ich. »Da steckt eine Wunderkerze drauf. Sieht cool aus.«

Zeb nickt. »Scheißcool, genauso wie die neue Farbwahl.«

Langsam komme ich der Sache näher. »Gelb und grün.«

Zeb bebt vor Vergnügen. Die Pointe muss der Hammer sein. »Ja, gelb und grün oder, um es anders zu sagen: grün und gelb. Steht auch über der Tür.«

Seine Worte bleiben einen Augenblick im Raum hängen.

Green and yellow. Green and …

Der Groschen fällt mit ohrenbetäubendem Geklapper.

Ich hab's kapiert. Heilige Hafenrundfahrt.

»Das ist eine …«

Zeb lässt mich nicht ausreden. »Eine Schwulenbar. Du bist Besitzer einer Schwulenbar, Alter.«

»Die ganzen Kerle da draußen …?«

»Schwul, wie's schwuler nicht geht, Bruder. Was ist los mit dir? Bist du blind?«

Ich komme mir blind vor. Blind und blöd.

»Ich weiß, dass du auf einen Riesenkrach wartest, Zebadora, aber ich bin nicht sauer.«

Zeb zieht die Augenbrauen hoch. »Sauer? Willst du mich verarschen? Jason ist ein verdammtes Genie. Die Jungs sind nicht nur schwul, die sind superschwul. Statistisch gesehen die kaufkräftigsten Konsumenten der Welt. Die Zielgruppe der Superschwulen ist nicht leicht zu erreichen, aber wenn man's geschafft hat, sind sie eine verfluchte Goldgrube.«

»Eine Goldgrube?«

»Worauf du dich verlassen kannst. Die Jungs da haben dicke Brieftaschen und zögern nicht, sie aufzuklappen. Superschwule zahlen zwanzig Dollar für jeden x-beliebigen Cocktail, Hauptsache, er hat einen versauten Namen. Morgen Abend parke ich mein Botoxmobil draußen vor der Tür.«

Ich bin ein bisschen sprachlos, weshalb ich mich auf meine Türstehertaktik besinne und einfach wiederhole, was zu mir gesagt wurde, um Zeit zu schinden. »Du willst dein Botoxmobil draußen parken. Du hast ein Botoxmobil?«

Zeb ist entzückt darüber, wie besoffen und langsam ich bin. Wenn ich in diesem Zustand bin, liegt er sonst längst in der Notaufnahme und lässt sich den Magen auspumpen.

»Ja, ich hab ein Botoxmobil. Auf dem Dach neben meinem Transformer, du Schmendrik.«

Aha! Das ist totaler Blödsinn.

»Du hast gar keinen Transformer«, sage ich. »Die gibt's bloß im Kino.«

»Echt jetzt, McSherlock?«, fragt Zeb und kippt einen Shot herunter, in dem anscheinend ein Augapfel schwimmt. Als der Alkohol seinen Magen erreicht, schüttelt er sich.

»Sollte das ein Augapfel sein?«, frage ich.

Zeb kaut und schluckt. »Der Drink heißt Ball Buster, was glaubst du wohl, was das war?«

Die Tür geht auf, und Carmine spaziert herein. Noch bevor ich weiß, wie mir geschieht, habe ich eine Waffe in der Hand und ziele auf sein Gesicht.

»Hey«, sagt Carmine und reißt die Hände hoch. »Verdammte Scheiße, Mann, was ist los?«

Carmine klingt jetzt anders: mehr nach Kalifornien, weniger nach New York. Vielleicht liegt's am Stress.

»Das ist der Mann«, sage ich zu Zeb. »Das ist der Prinz, der mir meine Sofia geraubt hat.«

Zeb verschränkt die Arme und lehnt sich zurück, um das Schauspiel in aller Ruhe zu verfolgen. »Na ja, dann erschießt du ihn besser.«

Carmine tritt an Zebs Stuhlbein heran. »Fick dich, Zeb. Das ist nicht witzig.«

Ich brauche eine Sekunde, bis die Worte den Glibber in meinem Gehirn durchdrungen haben, dann sage ich:

»Ihr kennt euch? Dann muss ich euch beide erschießen.«

Zeb scheint nicht im Geringsten besorgt. Vielleicht habe ich's übertrieben und ihm in letzter Zeit zu häufig gedroht.

»Egal, Dan. Gib dem Mann sein Geld.«

»Ja, gib mir mein Geld«, sagt Carmine. »Ich hab stundenlang draußen vor dem Apartment gewartet, Mann.«

Moment mal. Was geht hier vor?

»Dich bezahlen? Ihn bezahlen? Wofür?«

Zeb hat diesen schadenfrohen Blick, der mir verrät, dass er das Spiel weiterspielen wird, bis ich explodiere. Wie schon gesagt, Zeb bringt mich furchtbar gerne auf die Palme.

»Komm schon, Danny Boy«, sagt er. »Bist doch ein schlauer Paddy. Schalt dein Hirn ein.«

Zeb verschätzt sich in Bezug auf meine Toleranzgrenze und greift über den Tisch, um mir an die Stirn zu tippen. Vielleicht hätte ich es ihm durchgehen lassen, hätte mir nicht einmal jemand, der mich unbedingt umbringen wollte, genauso an die Stirn getippt. Vielleicht werfe ich alle Tipper in einen Topf, und vielleicht hatte ich auch ein paar superschwule Schnäpse zu viel, deshalb kann ich nicht ausschließen, dass ich übertrieben reagiere.

Ich packe ihn am Handgelenk und zerre ihn über den Schreibtisch. Zeb lacht, weil er weiß, dass ich tief im Innern ein großer Softie bin, also verpasse ich ihm eine Ohrfeige auf seine Reispuddingwange, fest genug, dass es weh tut.

»Hey, fick dich, Danny. Nach allem, was ich für dich getan habe.«

Klar. Nach allem, was Zeb für mich getan hat, sollte ich ihm das Rückgrat brechen, über dem Knie wie den Speer eines geschlagenen Feindes. Aber Zeb kennt mich und weiß, dass er nicht wirklich gefährdet ist. Carmine weiß nur, was Sofia ihm über mich erzählt hat, also wahrscheinlich gar nichts.

Ich drehe Zebs dürres Ärmchen auf den Rücken und schiebe ihn aus meinem Büro. Zu spät merkt mein kleiner Freund, was los ist, und ruft über die Schulter.

»Sag nichts. Der Typ ist ein A…«

Der Rest des Wortes wird durch das Zuschlagen der Bürotür abgeschnitten. Ich denke, ein Kompliment wäre es nicht geworden.

Carmine steht mit geballten Fäusten und aufgeblasener Brust in der Ecke.

»Was zum Teufel geht hier vor? Ich will mein Geld.«

Ich sitze auf meinem Stuhl und fange gelassen an, die Kugeln einzeln aus meiner Waffe zu entfernen. »Hier ist der Deal, Carmine. Zeb zieht immer gerne alles in die Länge. Zögert es so lange wie möglich raus. Macht mir mit seinem Bullshit Migräne. Dafür habe ich jetzt keine Zeit.« Ich lasse eine einzelne Kugel im Zylinder, lasse ihn mit einer lockeren Bewegung aus dem Handgelenk heraus zuschnappen und wirbele den Revolver ein paarmal herum. »Also spielen wir gleich ein kleines Spiel, das ich in Vietnam gelernt habe.«

Carmine möchte grinsen, aber sein bebender Schnurrbart verrät ihn. »Vietnam gibt's gar nicht.«

Das kann er wohl nicht ernst meinen. Andererseits gibt es Leute, die aufrichtig glauben, Vietnam sei eine Erfindung des Kinos – in Wirklichkeit gibt es das Land nicht, und Krieg hat dort auch niemals stattgefunden. Umfragen haben ergeben, dass Menschen zwischen fünfzehn und fünfundzwanzig eher an die Existenz von Narnia glauben.

»Doch das gibt es, und wie.« Ich richte die Pistole auf ihn. »Ich bin betrunken und rührselig, also erzähl mir, was hier gespielt wird.«

Er braucht ungefähr eine halbe Sekunde, um *Scheiß auf dich, Zeb* zu denken, dann sprudelt er so schnell drauflos, dass sich die Worte überschlagen.

»Ich bin nicht Carmine. Ich nehme zusammen mit Zeb Schauspielunterricht. Als er das mit dem Notruf mitbekommen hat, hat er mich gebeten, den Kerl zu spielen. Ich sollte draußen vor der Wohnung warten, bis die Polizistin auftaucht, und dann meine Nummer abziehen.«

Ich bin so ein Vollidiot. Wie konnte ich je an Carmines wundersame Auferstehung glauben? Die Wahrscheinlichkeit, dass Sofias echter Ehemann nach zwanzig Jahren wieder auftaucht, genau in dem Moment, in dem seine verlassene Ehefrau wegen Mordes an ihm ins Gefängnis wandern soll, muss verschwindend gering sein. Trotzdem habe ich das Lügengespinst, ohne zu murren, geschluckt.

»Was ist mit der ganzen Knastnummer?«

»Das ist alles wahr«, erwidert Carmine, der nicht Carmine ist. »Das Geheimnis der Schauspielerei besteht darin, dass man so nah wie möglich an der Wahrheit dranbleibt.«

»Dann hast du also wirklich in Texas im Knast gesessen?«

»Ja. Und vergewaltigt wurde ich auch. Die Polizistin hat mir die Geschichte ja auch nur wegen meiner selbsterniedrigenden Ehrlichkeit abgenommen. Ich hab mich nackt ausgezogen, im übertragenen Sinne.«

Ich stöhne. Dieses verdammte Land. Alle haben sie Stanislawski gelesen.

»Was hat dir Zeb geboten?«

»Einen Tausender.«

»Einen Tausender dafür, dass du Sofias Ehemann spielst?«

»Genau, Mann. Ich hab meine Entlassungspapiere gefälscht und einen super Ehemann gegeben.«

Das hat er. Ich bin drauf reingefallen, Ronnie auch.

»Was ist mit Sofia?«

Nicht-Carmine lächelt stolz, und ich will verflucht sein, wenn da keine Träne in seinem Auge schimmert. »Sie hat's total geschluckt. Stell dir das mal vor. Scheiß auf Al Pacino. Ich sollte seinen Oscar bekommen.«

Und ich sollte diesen Idioten nicht so sehr hassen, aber ich tu's. Für mich ist er zum leibhaftigen Carmine geworden, und es fällt mir schwer, ihn anders zu betrachten.

»Was hast du gemacht? Die Situation ausgenutzt und Sofia missbraucht? War's so, du Schauspielkünstler?«

»Ich hab niemanden missbraucht«, sagt der Mann, aber seine Rattenaugen flitzen im Raum herum, als würde er ein Schlupfloch suchen, und ich weiß, dass er mir nicht die volle Wahrheit sagt.

»Hast du schon mal *Deer Hunter* gesehen? Bestimmt hast du das. Ein Method Actor wie du steht doch auf so was.«

»Ja, hab ich gesehen«, sagt Nicht-Carmine, und auf seiner Stirn zeigen sich Schweißstriemen.

Ich spanne den Revolver. »Dann weißt du ja, was als Nächstes passiert.«

Das reicht. »Ich wollte es ihr besorgen. Für eine ältere Lady ist sie noch gut in Schuss, aber sie hat ständig Dan zu mir gesagt.«

Ich kann mir vorstellen, dass ein Typ wie er durchaus damit leben kann, Dan genannt zu werden, wenn er dafür über Sofia rutschen darf.

»Und?«

»Und sie meinte, mein Ding sei kleiner, als sie's in Erinnerung hatte. Das ging mir nicht mehr aus dem Kopf. Hat mein Selbstvertrauen zerstört. Und dann ist mir noch eingefallen, dass Zeb gesagt hat, du würdest mich in Stücke reißen, wenn ich mich an der alten Dame vergreife, da konnte ich dann nicht mehr.«

Alte Dame? Sofia ist noch keine vierzig. Ein bisschen Wahnsinn habe ich immer parat, und ich lasse etwas davon durchschimmern.

»Dann hast du sie also sitzenlassen? Schon wieder.«

»Hey, hey, warte mal, Mann. Ich bin nicht Carmine. Ich hab sie noch nie sitzenlassen.«

Ich überlege mir, ob ich ein paarmal abdrücken soll, nur um ihm eine Lektion zu erteilen, aber wofür? Er hat nichts anderes getan, als Sofia das Gefängnis zu ersparen. Also führe ich ihn zum Notausgang und trete ihn auf die Gasse raus.

»Hey, was soll das?«, protestiert er.

Ich weiß, dass ich mich moralisch auf wackligem Boden bewege, da mir der Mann einen Gefallen getan hat, aber er hat sich an Sofia rangemacht, und deshalb kann ich mich nicht überwinden, ihm die tausend Dollar zu geben. Stattdessen werfe ich ihm dreihundertachtzig hinterher, so viel habe ich noch in der Brieftasche. Soll er Zeb wegen dem Rest auf die Nerven fallen. Ich würde zu gerne sehen, wie er ihm mittels Method Acting sechshundertzwanzig Dollar aus der Tasche zieht.

Es macht mich fertig, aber ich muss es sagen: »Ich sollte mich wohl bei dir bedanken. Dein Auftritt war so echt, so überzeugend, dass ich nicht anders kann, als dich zu hassen und zu wünschen, du wärst tot.«

Nicht-Carmine sieht aus, als wollte er weinen. »Danke, Mann. Das ist ein Kompliment.«

Aber von Komplimenten kann man sich nichts kaufen. »Wo ist dann mein restliches Honorar?«

»Sprich mit Zeb«, sage ich. »Der kümmert sich drum.«

Ich weiß nicht, ob der Mann mit dem Vorschlag einverstanden ist oder nicht, denn ich schlage die Tür hinter ihm zu.

Jetzt muss ich Zeb wieder reinlassen, der sich vor Selbstgefälligkeit kaum einkriegen wird, er wird Entschuldigungen verlangen und sich selbst seligsprechen, weil er mir angeblich so viel Gutes getan hat. Ich hasse Zeb, wenn er selbstgefällig ist. Wenn ich es genauer betrachte, war ich von Zebulon Kronskis Launen in letzter Zeit grundsätzlich nicht besonders angetan.

Ich muss mir einen besseren Amigo zulegen.

Ich öffne die Bürotür, und da steht das kleine Arschloch, mit verschränkten Armen und hochgezogenen Brauen wartet er auf seine Entschuldigung.

»Hast du mir was zu sagen, Dan?«

Bringen wir's hinter uns. »Okay. Tut mir leid, in Ordnung?«

»Tatsächlich? Und was genau tut dir leid?«

Er ist wie ein jüdisch-katholischer Priester, wild entschlossen, meine Reue in die Länge zu ziehen.

»Tut mir leid, dass ich dich so grob behandelt habe, wo du dich doch nur um Sofia gekümmert hast.«

Zeb liest meine Körpersprache und deutet meine bebende Schulter korrekt als unterdrückte Gewalt.

»Ich akzeptiere deine Entschuldigung«, sagt er und setzt sich auf den Platz, der dem Alkohol am nächsten ist. »Ich nehme an, du hast Rafe rausgeschmissen?«

Rafe? Verdammte Scheiße.

Ich nicke und nehme mir einen von Zebs Cocktails.

»Und bezahlt hast du ihn auch?«

»Natürlich. Tausend Dollar in Fünfzigern. Eine absolut sinnvolle Ausgabe.«

Zeb sieht mich misstrauisch an, aber ich lenke ihn ab, indem ich ihm noch einen weiteren Drink klaue.

»Hey, Finger weg, Daniel. Hol dir selbst was. Oder ruf Marco, der kann dir ein Tablett schicken.«

Ich wechsele erneut das Thema, lenke Zeb gleich doppelt von Rafes Entlohnung ab.

»Woher wusstest du von dem Notruf?«

»Machst du Witze? Ich spritze zwei von den Mädchen in der Zentrale, außerdem drei auf Streife. Ich hab Ohren überall in der Behörde.«

Das sind Informationen, die ich Ronelle nicht weitergeben werde. Kann nie schaden, einen Schleichweg in den Polizistenpalast zu kennen.

»Und du hättest mir das nicht einfach sagen können?«

Zeb lächelt traurig, weil ich ihn so schlecht kenne. »Du meinst direkt? So tickt der Zeb-Man nicht.«

Der Satz enthält mindestens drei Gründe, weshalb ich dem Zeb-Man die grinsende Visage polieren möchte.

Die Musik draußen wird noch ein paar Zacken lauter gedreht, und mir wird klar, dass ich mir vielleicht eine neue Bleibe suchen muss. Irgendwann wird mir der stampfende Beat-Mist zusetzen. Was ist bloß aus Melodien geworden? Und Sängern, die nicht alle vier Takte ihren eigenen Namen erwähnen?

Jason kommt mit knallrotem Kopf hereingeplatzt, seine linke Hand pumpt im Rhythmus der Musik.

Zeb erschießt ihn mit seiner Zweifingerpistole.

»Wer ist ein verdammtes schwules Genie?«, fragt er.

Jason zeigt mit beiden Zeigefingern auf seinen eigenen Kopf. »Der Mann hier.«

Er hat recht, das muss ich ihm lassen. »Du hast es geschafft, J. Der Laden brummt.«

»Und du bist nicht sauer?«

Ich mache auf gleichgültig. »Ach was. Warum soll ich denn sauer sein?«

»Ziemlich viele Schwule da draußen. Nicht nur Schwule, Superschwule.«

»Das ist ein Nischenmarkt«, sage ich und wiederhole, was Zeb mir eingetrichtert hat. »Eine Goldgrube, wenn man erst mal drankommt.«

Jason rennt um den Tisch und umarmt mich. »Ich wusste, dass du's cool aufnehmen wirst, Partner. Manche Leute wären ausgeflippt, aber du nicht. Danny Boy. Mein Mann.«

»Ich find's total cool«, sage ich und spüre Jasons Bizeps an meinem rechten Ohr. »Aber die Jungs wissen, dass ich hetero bin, oder?«

Jason lässt meinen Kopf los und knufft mir die Schulter, ist ehrlich der Meinung, dass ich Spaß mache. »Ach, ich glaube, die wissen, dass du hetero bist, Mister Banana Republic. Und außerdem ist das ein Kasino und keine Gefängnisdusche. Obwohl wir das vielleicht auch mal am Themenabend spielen könnten.«

»Themenabend?«

»Ich hab Millionen von Ideen, Dan. Die Leute werden von der anderen Seite des Flusses anreisen. Und bis um die Ecke Schlange stehen.«

Das ist gut, denke ich. Boss eines florierenden Unternehmens zu sein. Reich zu werden. Aber ich kann nicht anders, als ein bisschen sehnsüchtig an die Zeiten zurückzudenken, als ich noch ein einfacher Türsteher war, der in der Wohnung unter einer Verrückten gewohnt hat. Ich glaube, das liegt einfach in meiner Natur, niemals zufrieden zu sein. An allem etwas auszusetzen zu haben.

Vielleicht hat Sofia ja doch ein ganzes Magazin in Carmine geballert.

Verstehen Sie, was ich meine?

Das Blut weicht aus meinem Gesicht, und ich habe das Gefühl, in einen Traumzustand abzudriften. Ich dachte, ich käme allmählich wieder runter, aber jetzt ist meine Freundin eine Mörderin. Schon wieder.

»Dann kommst du also mit raus und hörst dir meine Rede an, Partner?«, fragt Jason und tritt von einem Fuß auf den anderen, will unbedingt wieder auf die Tanzfläche.

»Natürlich. Die lasse ich mir doch nicht entgehen. Muss mir nur noch ein bisschen Mut antrinken.«

Ich trinke noch einen, dann singe ich vielleicht ein Lied. Ein Lied, und dann rufe ich Sofia an, vorausgesetzt, mir fällt die Nummer wieder ein. Zeb fährt mit großzügiger Geste über seine Auswahl an Cocktails, bietet mir einen an, was ihm gar nicht ähnlich sieht. Ich wette, dem Zeb-Man ist gerade aufgegangen, dass ihm Schlimmeres passieren könnte, als zum Partner meines neuen superschwulen Clubs gemacht zu werden.

Ich entscheide mich für einen Ball Buster, einschließlich schwimmendem Silberzwiebelhoden.

Scheint mir angemessen.

EPILOG

Es ist jetzt eine Woche her, seit Ronelle Sofia verhaften wollte, und mein Leben verläuft wieder in mehr oder weniger normalen Bahnen, insofern ich vermeintlich gemütliche Abende mit meiner vermeintlichen Freundin verbringe und wir ausländische Spielfilme gucken.

Ich bin zu der Entscheidung gelangt, falls Sofia Carmine erschossen hat, er es höchstwahrscheinlich verdient hat und mir wohl kaum zusteht, darüber zu urteilen.

Unsere Beziehung hat sich verändert, denn jetzt ist mir klargeworden, dass ich derjenige bin, der Sofia braucht, und nicht umgekehrt.

Wie Simon gesagt hat: *Vielleicht gefällt dir ja, dass sie dein wahres Ich nicht kennt, weil dir deine geringe Selbstachtung eingibt, dass du es gar nicht verdient hast, dass man sich zu dir hingezogen fühlt.*

Oder wie Zeb meinte: *Manchmal will der Pitbull den Pudel gar nicht ficken. Er will nur sicher sein, dass es niemand anders tut.*

Beides leuchtet mir ein, denke ich.

Ich entspanne mich also allmählich wieder. Freue mich, dass der Club so gut läuft, und besuche Sofia möglichst oft, bleibe aber weiterhin vor Mike auf der Hut, weil ich weiß, dass sich der verbrecherische Kartoffelfresser nicht ewig von mir fernhalten wird. Das Video von seiner Mutter wird ihm aufstoßen wie Sodbrennen, nur schlimmer.

Ronnie hat mich ein paarmal angerufen, um sich zu vergewissern, dass ich mich benehme. Ich denke, derzeit betrachtet sie mich eher amüsiert. Als wüsste sie, dass meine Tage gezählt sind, und jeder Tag, den ich noch auf freiem Fuß unter den Lebenden weile, entlockt ihr ein mit einem Lächeln gepaartes Kopfschütteln.

Also setze ich meinen Maulkorb auf. Meine Hände fühlen sich ohne Waffe leer an, aber Pech gehabt, ihr Hände, ihr werdet eine Weile ohne Sharpie auskommen müssen.

Aber es gibt noch ein paar andere Dinge.

Zwei ungeklärte Angelegenheiten, mit denen ich nicht leben kann.

Also bitte ich Jason, jemanden für mich ausfindig zu machen, und wie sich herausstellt, hat einer unserer Stammgäste Internetsuchmaschinen praktisch erfunden. Ich darf nicht sagen, welcher Stammgast, weil er zurzeit in über hundert laufende Gerichtsverfahren verwickelt ist, aber der Mann braucht nur fünfzehn Minuten und sein neues Prototyp-Telefon, um meinen Cyberfreund Citizen Pain aufzuspüren. Denjenigen, der hunderttausend Dollar zahlen wollte, um zu sehen, wie ich zu Tode gefoltert werde.

Citizen Pain stammt aus Connecticut, und ich war wild entschlossen, mit dem Bus hinzufahren, vielleicht sogar einen schwarzen Dildo mitzunehmen und ein bisschen ausgleichende Gerechtigkeit zu üben.

Ich glaube, Benny Hill war's, der mal gesagt hat: *Rache ist ein Gericht, das am besten kalt serviert wird*, aber meine sollte glühend heiß auf den Tisch kommen, später würde ich die Reste in Gedanken kalt verzehren.

Ein Plan, der mir das Beste von beidem versprach.

Ich kann mich irren, was das Zitat angeht, für Benny Hill klingt es ein bisschen zu gemein. Aber man weiß nie, viele witzige Männer haben eine dunkle Seite.

Egal, wie gesagt, ich war kurz davor, zu Citizen Pain zu fahren und ihn an seinem Arbeitsplatz als das Arschloch zu enttarnen, das er ist, aber dann hat mir Jasons Mann die restlichen Einzelheiten gesimst. Anscheinend ist Citizen Pain gar nicht der korrupte Senator oder vorbestrafte Sexualverbrecher, den ich mir ausgemalt hatte. Citizen Pain ist eine Lady Mitte fünfzig und Direktorin der Zweigstelle einer großen Dritte-Welt-Hilfsorganisation in Connecticut. Sie macht sogar Werbekampagnen im Fernsehen, bei denen sie vor der Kamera weint. Die haben Sie gesehen, oder?

Und wenn ich da reinplatze, wird die gesamte Hilfsorganisation den Bach runtergehen, und das kann ich mir nicht auf mein Gewissen laden. Das Letzte, was ich gebrauchen kann, sind Alpträume von sudanesischen Kindern, die vorwurfsvoll mit dem Finger auf mich zeigen. Also übergebe ich Ronelle meine Beweise, woraufhin sie sich bereit erklärt, sich diskret darum zu kümmen, was keine leichte Aufgabe für sie ist, wofür ich ihr umso dankbarer bin.

Die zweite ungeklärte Angelegenheit ist die Sache mit Evelyn.

Es fällt mir schwer zu glauben, dass sie mich einfach so fallenlässt. Wir waren uns einmal sehr nah.

Sehr nah.

Sie hat mir alles über Titten beigebracht.

Meine Mom und sie setzten sich gemeinsam gegen die finstere Macht des Paddy Costello zur Wehr.

Kann der Alkohol sie wirklich so verändert haben?

Die Antwort auf diese Frage lautet eindeutig ja. Alkohol macht Menschen kaputt. Als Erstes verliert ein Abhängiger die Kontrolle über seine motorischen Funktionen, als Zweites seinen Anstand. Ich habe Männer gesehen, die ihre Kinder für ein Tetrapack Wein an Fremde verscherbelt haben. Vielleicht hat mich Evelyn für einen niemals endenden Vorrat an Brandy in echter Penthouse-Qualität ziehen lassen, aber inzwischen hatte sie ein paar Tage Zeit, um sich einzuleben, und vielleicht bedauert sie es jetzt, ihren Neffen auf so schäbige Weise verraten zu haben.

Möglicherweise wird sie auch von Edit mit der Drohung erpresst, mich umzubringen: Unterschreib, sonst kriegt Dan eins aufs Dach, so ungefähr, hinterhältig genug ist sie. Auch wenn es nicht sehr überzeugend klingt, vielleicht liebt mich Evelyn doch mehr, als ich dachte.

Ich muss es herausfinden. Immerhin sieht sie aus wie meine Mom, und es gibt nicht so viele gute Menschen in meinem Leben, als dass ich einen davon leichtfertig abschreiben könnte.

In den letzten Tagen rief ich also immer wieder im Penthouse der Costellos an und legte auf, wenn Edit dranging.

Ich weiß. Ganz schön kindisch, aber was anderes ist mir nicht eingefallen.

Gestern hatte ich Glück, und ein Hausmädchen oder eine Putzfrau, die noch keine diesbezüglichen Anweisungen erhalten hatte, nahm den Anruf entgegen.

»Miss Evelyn?«, sagte sie. »Ich gebe ihr das Telefon, aber sie ist ganz schön blau, also wundern Sie sich nicht, okay?«

Ich nehme an, die Dame war neu. Sollte Edit sie feuern, würde ich ihr sofort eine Stelle im Green & Yellow anbieten. Sie sagt, wie's ist.

Mir bleibt nicht viel Zeit am Telefon mit Evelyn – kaum hat sie *Hallo* in die Muschel gelallt, höre ich schon Edits schneidende Stimme im Hintergrund.

»Wer ist das, Evelyn, Liebes? Wer mag das sein, der dich zu sprechen wünscht?«

Wer mag das sein, der dich zu sprechen wünscht? Viel zu viele Wörter in nur einem Satz.

Ich habe geschätzte zehn Sekunden, also mache ich das Beste draus.

»Weißt du noch, der Eisladen, Ev? Montagmittag bin ich da. Jeden Montag, bis du dort auftauchst.«

Kaum habe ich es gesagt, ist die Leitung unterbrochen.

Seit unseren Besuchen im Eisladen ist viel Zeit vergangen. Ich hoffe, Evelyns alkoholvernebeltes Gehirn kann auf die richtige Erinnerung zugreifen.

Auf jeden Fall werde ich hinfahren und warten, jeden Montagmittag. Irgendwann müsste es Evelyn doch schaffen, sich aus dem Bett zu quälen.

Cal Gerbers Tigon Hotel befindet sich unten an der Küste in Atlantic City und ist nicht gerade das, was man als erstklassige Adresse bezeichnet. Okay, es verfügt über einen Pool, aber ich wette, die Filter werden nicht regelmäßig sauber gemacht, und in der Lobby hängen Glücksspiel- und Snackautomaten.

Nichtsdestotrotz bringt der Laden aufgrund seiner Lage direkt an der Strandpromenade eine Menge Geld ein, und die Gerbers sind so was wie die Hiltons von Atlantic City. Cal Junior, der Sohn und Erbe, verbreitet jede Menge dummes arrogantes Zeug in den Klatschzeitungen, die Teenagertochter scheut das Licht der Öffentlichkeit, studiert Hotelmanagement an der Universität, hat aber ein bisschen was über ihr *geheimes Tattoo* durchblicken lassen, was zu endlosen Spekulationen in *US Weekly* führte.

Aber früher, bevor das Hotel Promistatus erhielt, hieß es schlicht The Royale, und die Eisbecher dort galten als die besten auf dem Strip. Als Mom und ich während unserer Reise zum alten Paddy Costello dort abstiegen, lud mich Evelyn jeden Tag auf einen Eisbecher ein. Für mich war dies das Schönste an der ganzen Reise, und seitdem habe ich eine Schwäche für Eisbecher.

Aber ich habe mich auch deshalb für das Tigon als Treffpunkt entschieden, weil Jason und ich vor zwei Jahren dort mal bei Boxkämpfen an der Tür standen und den doppelten Lohn dafür bekamen. Wahnsinn, wie viele reiche weiße Jungs glauben, es mit einem Profi aufnehmen zu können, nur weil sie mal bei einem Boxkampf in der ersten Reihe saßen. Einer hat mich tatsächlich mit einem sanften rechten Haken erwischt, wofür ich ihm im Gegenzug zwei Finger gebrochen habe. J hat sich kaum noch eingekriegt vor Lachen.

Ich kenne das Hotel in- und auswendig, einschließlich der Anordnung der Tische im Starbucks unten in der Lobby, in der sich früher die Eisdiele befand.

Trampele sachte, denn du trampelst auf meinen Träumen herum, wie Bob Hope gesagt hat. Ich glaube, es war Bob Hope, aber vielleicht hat er nur Benny Hill zitiert.

Ich parke zwei Straßenecken weiter für den Fall, dass im Tigon Kameras auf die Nummernschilder gerichtet werden. Ich muss zugeben, dass mir der Caddy allmählich ans Herz wächst, und jedes Mal, wenn ich an den guten alten Bent Tool denke, steigt mir ein Tränchen ins Auge, weil ich mir das Lachen kaum verkneifen kann. Ich habe mir wirklich Mühe gegeben, ein schlechtes Gewissen zu haben, weil Benny T und der Shea-ster ein so schreckliches Ende genommen haben, aber egal wie ich es drehe und wende, ich komme sauber raus. Die beiden wollten mich wegen einer Sache umbringen, von der sie wussten, dass ich gar nicht daran beteiligt war. Das hat ihnen ihr Karma versaut, und das Universum hat's ihnen heimgezahlt. Ich kann kaum abwarten, was das Universum mit Pablo anstellen wird. Das Arschloch trägt Freundschaftsbändchen. Man kann nicht einfach ein paar Räucherstäbchen anzünden, und schon hat man wieder eine reine Weste.

Um diese Zeit am Vormittag ist die Lobby des Tigon rammelvoll. Menschen schleppen mit verzweifelten Mienen eimergroße Kaffeebecher von Starbucks zu den Glücksspielautomaten. Ich nicke dem Türsteher solidarisch zu, weil ich weiß, welchen Blödsinn er noch vor Ende seiner Schicht über sich ergehen lassen muss, und nehme mit Blick zur Tür Platz.

Gäbe es die Eisdiele noch, würde ich wahrscheinlich zwei Eisbecher bestellen und ein bisschen Nostalgie aufrufen, aber ich muss mich mit einem Frappuccino begnügen, der mich zumindest ansatzweise sommerlich stimmt.

Ich rechne nicht im Ernst damit, dass Evelyn auftaucht, nicht am ersten möglichen Tag und schon gar nicht gleich um halb eins, und deshalb überlege ich mir gerade, was ich danach machen will, als sie unglaublicherweise mit Pablo zur Tür hereinspaziert, der sie am Ellbogen fasst und zuckersüß lächelt, als wäre er gar kein kaltblütiger Mörder.

Ich frage mich, ob Evelyn weiß, was das für Männer sind, die Edit mit ihrer Betreuung beauftragt hat.

Evelyn sieht gut aus. Schon wieder eine neue Frisur: ein Pixie-Bob mit herbstlichen Highlights *(Fashion Police)*, dazu eine übergroße vergoldete Sonnenbrille, mit der sie aussieht wie eine sehr reiche Tante.

Evelyn ist seit kaum einer Woche von der Straße runter und reagiert auf das schlichte Drei-Sterne-Tigon-Hotel schon mit sichtlicher Abneigung. Sie winkt Pablo zu einem Sessel am Fahrstuhl, den Zeb als *Nuttensitz* bezeichnen würde, dann kommt sie auf mich zugewankt, recht wacklig auf ihren hohen Absätzen und auch wegen des Gins, den ich rieche, als sie sich vorbeugt, um mich zu küssen.

»Was zum Teufel wollen wir hier, Danny?«, fragt sie, setzt sich mir gegenüber und nimmt einen Schluck von meinem Frappuccino.

»Die Eisbecher? Weißt du noch?«

Evelyn lässt ihrer Abscheu jetzt freien Lauf. »Ach ja? Dan, der Superspion.«

Sofort springt der frostige Funke über. Das Treffen wird nicht mit Umarmungen und Tränen enden.

Na ja, Tränen vielleicht schon.

»Ich wette, du fragst dich, warum ich dich heute herbestellt habe«, sage ich und klinge sogar in meinen eigenen Ohren jämmerlich.

»Ja, irgendwie schon«, sagt Evelyn. »Ich habe einen Seaweed Wrap bestellt und weiß nicht mal, was das sein soll.«

Ist das wirklich Evelyn? Ich habe sie lustig und gewitzt in Erinnerung, aber seit unserem ersten Wiedersehen in Cloisters habe ich auch nicht sehr viel von ihr mitbekommen. Vielleicht ist Evelyn schon lange nicht mehr die Alte.

Aber ich bin aus einem bestimmten Grund hier.

Ich halte mir eine Hand vors Gesicht und spreche verdeckt, für den Fall, dass Ninja/Pablo Lippen lesen kann.

»Evelyn. Wirst du erpresst? Ist es das?«

Evelyn spielt mit ihren Fingern.

Kribbelig.

Sie will was trinken.

Ich lege meine Hände auf ihre und halte sie still. »Evelyn. Sag's mir. Zwingt dich Edit, bei ihr zu bleiben und Dokumente zu unterschreiben? Haben sie gedroht, mich umzubringen?«

Evelyn schaudert aufgrund der Anstrengung, die es sie kostet, sich zusammenzunehmen, aber sie antwortet nicht.

Ich versuche es andersherum. »Kannst du dich nicht mehr an deine Schwester erinnern? Meine Mutter? Wie nah wir uns alle waren?«

Evelyn nimmt mit zitternder Hand ihre Brille ab. »Fick dich, Danny. Das ist billig. Natürlich weiß ich noch, wie's damals war. In Irland, wir drei zusammen. Das war die glücklichste Zeit meines Lebens. Ich denke ständig daran. In meiner Erinnerung liegt auf all dem ein Glanz, als wär's Magie.«

Das ist genau das, was ich hören wollte, aber ich fühle mich trotzdem nicht besser.

»Also was zum Teufel ist los? Ich hab dich gerettet.«

Evelyns Augen sind der einzige Teil ihres Gesichts, der ehrlich ist. Schmerz und Müdigkeit liegen darin.

»Du hast mich gerettet? Du hast mich bei Edit abgeliefert.«

»Weil ich geglaubt habe, das Richtige zu tun.«

Evelyn versteckt die Hälfte ihres Gesichts hinter ihrer übergroßen Brille.

»Das Richtige? Danny, richtig und falsch sind Begriffe für Menschen, die eine Wahl haben. Ich bin längst darüber hinaus. Ich war fest davon überzeugt, in spätestens einem Jahr sowieso tot zu sein, also macht mir ein kleines bisschen Übereifer seitens Edit nichts aus, sofern es bedeutet, dass ich in einem sauberen Bett schlafen kann und mir ein Mädchen die Haare macht.«

Das klingt schrecklich. Entsetzlich. Wie der letzte Nagel im Sarg der Hoffnung.

»Sie wollte mich umbringen lassen, Evelyn. Diese Polizisten wollten mich foltern.«

Evelyns Mundwinkel zucken. Ist das Herablassung?

»Ach ja? Und wo sind die beiden jetzt, Danny?«

Plötzlich lässt mich meine letzte Blutsverwandte fallen, stößt mich von sich. Evelyn weiß, dass Krieger und Fortz tot sind. Das war ihre Bedingung.

Eiskalt.

»Tante Evelyn. Ev. Ich kann mich um dich kümmern. Edit ist gefährlich.«

Evelyn trägt Lippenstift auf. Es ist fast unmöglich, sie sich noch als die stinkende Besoffene vorzustellen, die ich letzte Woche in meinen Wagen verfrachtet habe. Das neue Image begräbt das alte unter sich.

»Hör mal zu, Danny. Ich bin von zu Hause weg, war unterwegs, hab meiner Familie den Rücken gekehrt. Ich dachte, das war's. Daddy würde die Verbindung zu mir ebenso abbrechen wie zu Margaret. Bis vor wenigen Monaten habe ich geglaubt, ich sei mittellos. Du kannst dir nicht vorstellen, was ich für ein paar Dollar zu tun bereit war. Ich habe Menschen sehr weh getan. Ich habe gestohlen. Ich bin mit Männern aufs Klo verschwunden, Danny. Für einen Bourbon. Also scheiß drauf, weißt du? Scheiß drauf. Ich hab von diesem Leben für immer die Schnauze voll. Und wenn es bedeutet, dass ich auf der Hut sein muss, dann ist das egal, denn das musste ich vorher auch.« Sie tätschelt meine Hand. »Du lebst, und ich lebe, und das ist gut. Also musst du jetzt aufhören, mich anzurufen, und mir von deinen Pfadfinderplänen erzählen. Ich *bin* schon gerettet, Danny. Ich habe mich selbst gerettet.« Dann hält sie inne und verkündet: »Und ich habe dich gerettet.«

Wahrscheinlich stimmt das sogar.

»Die Bösen sind tot, die Guten leben und dürfen weitersaufen.«

Nicht alle Bösen sind tot. »Ich sehe, du hast Pablo mitgebracht.«

Evelyn lacht, und sogar ihr Lachen klingt jetzt nach Manhattan und Privatschule. »Pablo ist ein Alptraum. Er zwingt mich, Dehnübungen zu machen. Ich kann kaum noch sitzen. Und das Neueste ist, dass ich nur noch Champagner trinken darf, der hat nämlich relativ wenig Kalorien.«

»Was für ein Arschloch.«

»Es ist zu meinem eigenen Besten. Schließlich will ich mich im Sommer im Bikini sehen lassen. Außerdem fährt er mich, ich habe keinen Führerschein, und selbst wenn ich einen hätte, wäre ich ja mehr oder weniger konstant über der Promillegrenze.«

Ich lächele matt. »Jeder sollte einen Pablo haben.«

»Na dann, okay«, sagt Evelyn, und ich merke, dass das Treffen vorbei ist. »Wenn ich etwas für dich tun kann, Dan, jederzeit. Bitte zögere nicht, mich anzurufen.« Sie neigt besorgt den Kopf. »Wie läuft's denn so mit diesem Provinzganoven, diesem Irish Mike?«

Ganove? Seine eigene Mutter hatte ihn mit drastischeren Begriffen belegt.

»Mike geht's gut. Wir kommen klar.«

»Schön, toll, phantastisch«, sagt Evelyn Costello und springt auf ihre teuer beschuhten Füße. »Dann verstehen wir uns also, mein Lieber? Uns beiden geht es gut, lass uns einfach weitermachen.«

Evelyn beugt sich zu mir vor und drückt mir ein Küsschen auf die Wange, hinterlässt einen Lippenstiftabdruck.

»Edit und ich fahren ein paar Wochen in die Hamptons. Wir

halten es beide für eine gute Idee, mich in die Brunch-Lunch-Gesellschaft einzuführen.«

»Dann lächle und sei einfach du selbst«, rate ich ihr, aber das sind nur leere Worte. Nur irgendein Blödsinn, um die Zeit rumzukriegen. Wir werden einander wohl nie wiedersehen.

»Du bist meine Familie, Danny, vergiss das nicht.«

Ja klar, Familie. Okay.

Ich kann nur noch nicken.

Ich bin so niedergeschlagen, als wäre ich gerade aufgewacht und hätte gemerkt, dass mir im Schlaf ein Bein amputiert wurde.

Evelyn verschwindet aus meinem Leben, ein bisschen aufrechter, als sie vergangene Woche hineintrat. Man würde sie nicht für eine Säuferin halten, es sei denn, man wäre mit einem Alkoholiker aufgewachsen. Sie hält die Hände dicht vor der Brust, so wie dies reiche Leute machen, die sich gezwungen sehen, sich einen Weg durchs gewöhnliche Volk zu bahnen, dann wartet sie darauf, dass ihr der übellaunige Portier die Tür aufhält.

Vor zwei Wochen noch hat Evelyn Kerle in Motels um den Inhalt ihrer Brieftaschen erleichtert. Wäre mir lieber, sie würde ihr altes Leben weiterleben? Und worum geht es mir hier? Evelyns Wohlbefinden oder meinen eigenen verletzten Stolz?

Während ich darüber nachdenke, kommt Pablo auf mich zu, setzt sich und starrt mich durchdringend an. Er fragt sich, ob ich ihn bei Mike erkannt habe. Habe ich mitgeschnitten, dass er der Ninja war?

Der Mann ist reines Eis.

Er mustert mich wie einen Fisch auf einem Teller. Als Soldat in einem fremden Land und auch als Türsteher in einem Kasino wird man häufig angestarrt, und normalerweise starre ich, ohne mit der Wimper zu zucken, zurück, aber es ist schwierig, einen Mann überzeugend anzustarren, der so gut mit einem Gewehr umgehen kann wie dieser. Das Starren dauert circa fünf Minuten, dann halte ich es nicht mehr aus.

»Scheiß drauf, okay. Ich habe deine Freundschaftsbändchen gesehen.«

Pablo schlägt sich aufs Knie. »Ich wusste es. Ich wusste, dass du mich erkannt hast. Scheiße, McEvoy, noch fünf Sekunden, und ich hätte dich vom Haken gelassen.«

Mist. Fünf Sekunden.

»Und was jetzt? Hast du's jetzt auf mich abgesehen?«

»Machst du Witze? Ich hatte nie einen so coolen Job. Evelyn besteht drauf, dass du am Leben bleibst. Sie hat sogar gesagt, dass du gesund bleiben musst, ich darf dich nicht mal in den Rollstuhl bringen.«

Das ist eine große Erleichterung, und ich muss mich beherrschen, um mich nicht zu bedanken.

»Schön zu wissen, aber hey, ich kann dich doch umbringen, oder?«

Pablo lacht eine ganze Minute, ziemlich übertrieben, finde ich.

»Ich mag dich, du Ire. Du hast eine gute Phantasie, aber deine Aura ist umwölkt, und dein Gang schadet deinem Rückgrat. Ich könnte dir helfen. Totale dimensionale Kontrolle. Das ist mein System.« Und dann, ich kann es kaum fassen, steckt er mir seine Visitenkarte zu. »Evelyn meinte, ich soll mit dir trainieren, sie übernimmt die Rechnung. Win-Win.«

Am Leben zu bleiben ist mir im Moment Win-Win genug, aber ich nehme die Karte und lese das Kleingedruckte. Ich will nicht unhöflich erscheinen.

»Ich seh mir mal die Website an und melde mich.«

»Klar, McEvoy. Wie du meinst. Es gibt keine Zeitvorgabe.«

Er erhebt sich gewandt, und ich sehe die Kraft in seinen Armen und Beinen, gezügelt, aber bereit.

Wie konnte ich je übersehen, dass der Mann ein Killer ist?

»Ciao«, sagt Pablo total europäisch, dann folgt er Evelyn hinaus auf den Parkplatz, ohne sich noch einmal umzusehen.

Die Begegnung war so wenig bedrohlich wie seit Monaten

keine andere mehr, und trotzdem gehe ich, nachdem Pablo durch die Drehtür verschwunden ist, ganz schnell auf die Toilette und schließe mich in der Kabine ein, bis ich nicht mehr zittere.

Ich rufe Zeb vom Caddy aus an, weil ich die Stimme eines Freundes hören muss.

»Hey, Paddy McMickster«, sagt er. »Hast du mit diesem Citizen Pain gesprochen?«

»Citizen Pain ist eine Frau«, sage ich und liefere ihm eine Steilvorlage. »Ronelle ist mit der Kalvarie hingefahren und holt sie ab.«

Zeb seufzt. »Kavallerie, Mann. Kalvarie gibt's nicht. Jesus wurde auf dem Kalvarienberg hingerichtet, falls du das meinst.«

»Klar, du musst es ja wissen.«

Eins zu null.

»Oh, der Ire sucht Streit. Bist du in Partylaune, Danny?«

»Weißt du was? Das bin ich. Die letzten beiden Wochen waren ganz schön anstrengend.«

»Wie wär's mit Karaoke heute Abend? Wir könnten ›I Can't Go For That‹ singen.«

»Hall and Oates halt ich nicht aus, das weißt du doch.«

Mir fällt was ein, das mir erstmalig in diesem Jahr zu einem zwei zu null verhelfen könnte. »Hey, Zeb. Hör zu. Weißt du noch, dieser kaputte Pier unten an der *Intrepid*, über den wir uns Gedanken gemacht haben? Weißt du noch? Ich hab im Rathaus angerufen und gefragt, warum er zusammengekracht ist.«

Zeb schnaubt. »Klar, weiß ich doch: Zu viel Pier Pressure, hab ich recht?«

Wichser.